Küstenschmerz

SALIM GÜLER

Küstenschmerz

– Ostseekrimi –

BE
Belle Époque Verlag

Salim Güler
www.salim-gueler.de
https://www.facebook.com/salim.gueler.autor
https://www.instagram.com/salimgueler

Lizenzausgabe des Belle Époque Verlags, Inh. G. Pahlberg,
Wiesenstr. 7, 72135 Dettenhausen,
mit freundlicher Genehmigung des Autors.

Lektorat: *Christiane Saathoff, www.lektorat-saathoff.de*
Innenlayout und Schriftsatz: Hans-Jürgen Maurer
Covergestaltung: Holland Design

Herstellung: Custom Printing, Wał Miedzeszyński 217/1,
04-987 Warszawa, Polen

ISBN: 978-3-96357-296-8

1

Scharbeutz, 10. August

»Es ist wirklich superschön hier.«

»Ich hoffe, ich habe euch nicht zu viel versprochen.«

»Ganz und gar nicht. Scharbeutz und vor allem diese *Roof Bar* gefallen mir sehr gut, da hatten die Rezensenten auf TripAdvisor absolut recht.«

»Die Cocktails sind auch nicht zu verachten«, fügte Alina hinzu, die Vierte im Bunde. Esra nickte.

»Die Jungs genauso wenig«, sagte Kim mit einem Augenzwinkern und schaute zu einem Mann an der Bar.

»Den starrst du ja schon die ganze Zeit an«, bemerkte Alina.

»Das stimmt doch gar nicht«, erwiderte Kim.

»Mädels, entspannt euch. Der ist echt Zucker, aber wir haben gesagt, dass wir heute einen Mädelsabend haben«, sagte Sophia. »Gucken ist natürlich erlaubt.«

»Ich habe das nicht gesagt. Wofür trinken wir, wenn wir nicht mal ein bisschen flirten dürfen?« Kim sah wieder zu dem Mann an der Bar.

»Wir haben noch jede Menge Zeit, das ist doch unser erster Abend hier«, entgegnete Alina.

»Wer weiß, ob der Schnucki morgen wieder hier ist.«

»Du willst doch nicht wirklich mit ihm flirten oder denkst du gleich ans Vögeln?« Alina schüttelte verständnislos den Kopf.

Kim lachte spitzbübisch und spielte mit ihrem Strohhalm. »Er schaut ja nicht mal.«

»Vielleicht hat er eine Freundin«, gab Alina zurück und blickte nun ebenfalls zu dem Mann an der Bar. »Schnuckelig sieht er wirklich aus. Aber Sophia hat recht, wir haben noch zwei Wochen, in denen wir bestimmt jede Menge tolle Männer kennenlernen.«

Kim machte einen Schmollmund. Irgendetwas hatte dieser Mann, was sie faszinierte. Ob es sein äußerst gutes Aussehen war oder die Tatsache, dass er sie nicht zu bemerken schien, oder beides, konnte sie sich nicht erklären. Aber irgendwie würde sie ihn schon dazu bringen, dass er sie bemerkte und ansprach. Egal was ihre Mädels mit ihr vereinbart zu haben glaubten.

Die Kellnerin kam an ihren Tisch, in ihrer Hand ein Tablett mit vier Sektgläsern.

»Das ist von den Jungs da drüben«, sagte sie und stellte die Gläser ab.

»Das ist aber sehr süß«, sagte Kim und nahm ein Glas, dann schaute sie in die Richtung des Tisches, wo vier junge Männer saßen, und prostete ihnen zu.

»Kennst du die Jungs?«, fragte Sophia die Kellnerin.

»Sie kommen aus Mannheim. Machen seit drei Tagen Urlaub am Timmendorfer Strand und sind jetzt das zweite Mal hier. Scheinen ganz korrekt zu sein. Soll ich ihnen was ausrichten?«

»Nur bedanken reicht fürs Erste. Wir machen heute einen Mädchenabend.«

Kim verengte ihre Augen. »Sophia gönnt einem auch gar nichts.«

»Seid ihr gerade angekommen?« Die Kellnerin ging nicht auf Kims Spruch ein.

»Genau. Heute ist unser erster Tag und zum Flirten werden wir noch reichlich Zeit haben«, antwortete Alina.

Die Kellnerin lachte. »Da hast du recht, macht euch mal keine Gedanken. Ihr seid hübsch, an Angeboten wird es nicht mangeln. Ich finde die Idee mit dem Mädchenabend nicht schlecht. Schaut euch erst mal um, lasst es locker angehen. Hier läuft niemand weg. Und die Jungs da drüben sind ja auch noch ein paar Tage hier.«

»Kennst du eigentlich den Mann an der Bar?«, erkundigte sich Kim.

»Den großen?«

»Ja. Touri oder Einheimischer?«

»Kein Touri.« Die Kellnerin lächelte.

»Kim ist unverbesserlich. Sie hat einen Narren an dem Typen gefressen.«

»Soll ich ihn fragen, ob er an euren Tisch …?«

»Nein, Quatsch, bloß nicht. Eine Abfuhr würde ich jetzt nicht ertragen«, schnitt Kim der Kellnerin das Wort ab.

Die Frauen lachten.

»Vergiss es einfach. Kim hat zu viel getrunken, da ist sie immer so.«

»Wie ihr meint. Wenn ihr noch was wollt, ruft nach mir«, sagte die Kellnerin lächelnd.

»Machen wir. Und bestell den Jungs unseren Dank.«

»Geht klar.«

Die Kellnerin entfernte sich, während Kims Blick wieder zu dem Kerl an der Bar wanderte.

»Ich freue mich schon auf den Strand. Höchste Zeit für etwas Bräune«, bemerkte Alina und nippte an dem Sekt.

»Nicht nur du. Zum Glück spielt das Wetter mit. An der Ostsee weiß man ja nie«, pflichtete Kim ihr bei.

»Wenn sich die Wetter-App nicht irrt, haben wir bis Ende nächster Woche bis zu dreißig Grad«, erklärte Esra. Sie hatte bisher kaum etwas zu dem Gespräch beigetragen, sie war die Ruhigste in der Runde.

»Das wäre echt super«, ließ sich Alina vernehmen.

»Und wenn es mal regnet – wir sind an der Lübecker Bucht. Es gibt hier so viele Dinge zu erkunden. Sogar Hamburg ist nur einen Katzensprung entfernt«, fügte Sophia hinzu.

»Das stimmt.« Esra nickte.

»Noch eine Runde Kurze?«, fragte Kim.

»Warum nicht?«, antwortete Alina.

Sie riefen die Kellnerin und bestellten gleich eine doppelte Runde.

Kurz darauf war sie zurück und reichte jeder von ihnen ein kleines Schnapsglas. »Der geht auf mich«, sagte sie und stieß mit den jungen Frauen an.

»Sehr lieb von dir. Wie heißt du überhaupt?«

»Melanie. Und ihr?«

Die vier stellten sich vor.

»Freut mich! Wenn ihr irgendwelche Tipps für die Lübecker Bucht braucht, fragt mich einfach.«

»Danke, aber Sophia kennt sich hier super aus. Sie ist früher oft mit ihren Eltern hier gewesen.«

»Verstehe. Wo übernachtet ihr?«

»Wir sind gleich hier im Hotel, was sehr praktisch ist«, antwortete Alina.

»Perfekt. Ich hoffe, ihr findet Gefallen an der Lübecker Bucht. Für mich ist es die schönste Ecke Deutschlands.«

»Bis jetzt auf jeden Fall.« Kim erhob ihr Glas aus der zweiten Runde, die Kellnerin entfernte sich und die Freundinnen stießen an.

»Mädels, ich muss mal«, sagte Kim dann, stand auf und ging Richtung Toilette, dabei wanderte ihr Blick zu dem Mann, der noch immer an der Bar stand und sich mit jemandem unterhielt. Er schien sie nicht zu bemerken.

»Der ist echt Zucker«, murmelte sie, als sie die Toilette betrat. Der WC-Bereich war interessant gestaltet, denn die bodentiefen Fenster waren so angelegt, dass man eine wunderbare Aussicht auf Scharbeutz hatte.

Wenige Minuten später, frisch geschminkt und parfümiert, verließ sie die Toilette.

»Warte mal«, sprach sie da ein junger Mann an.

»Warum?« Kim wirkte irritiert. So eine dämliche Anmache mochte sie gar nicht, der Ton des Mannes gefiel ihr nicht. »Kennen wir uns?«

»Ich habe euch den Sekt spendiert.«

»Ja und?«

»Wie bist du denn drauf?«

»Wie ich drauf bin?« Kim spürte, wie Wut in ihr aufstieg. »Damit hast du alles falsch gemacht, was man falsch machen kann.«

»Warum? Was ist falsch daran, wenn man hübschen Frauen eine Runde ausgibt? Man hätte doch mal rüberkommen können, um sich zu bedanken.«

»Vielleicht ist es dir entgangen, aber ich habe auf euch angestoßen. Und nur weil du uns eine Runde ausgegeben hast, heißt das nicht, dass …«

»Sehe schon, typisch eingebildete Schickeriatussi«, unterbrach der Mann sie scharf.

»Ganz bestimmt nicht. Aber glaubst du, du kannst mich mit einem Glas Sekt kaufen?«

»Mit einer Flasche wohl eher.«

»Du spinnst doch. Kommst du mit einer Abfuhr nicht klar?«, wurde Kim ungemütlich. Für sie war es nicht das erste Mal, dass

Männer ihr ein Getränk spendierten, weil sie glaubten, dass sie damit ihre Aufmerksamkeit erlangten. Die Strategie an sich war nicht schlecht, aber dieser Kerl hier war unausstehlich.

»Eingebildete Fotze«, antwortete der Mann, der noch betrunkener zu sein schien als sie selbst und offensichtlich ein Egoproblem hatte. Er starrte Kim wütend an und erhob unvermittelt die Hand. Kim befürchtete das Schlimmste, doch da ging ein anderer Mann dazwischen und stellte sich vor Kim.

»Gibt es hier ein Problem?«, fragte er. Es war kein Geringerer als der hübsche Typ von der Bar, den sie die ganze Zeit angehimmelt hatte.

»Ich glaube, der wollte mich gerade schlagen, weil ich ihm eine Abfuhr erteilt habe.«

»Was für eine Abfuhr? Die hängt doch. Manche Frauen sollten nicht so viel trinken. Ich schlage sicherlich keine Frauen«, verteidigte sich der andere.

»Hör zu, geh einfach und lass die Frau in Ruhe, sonst ist für dich heute Feierabend.«

»Feierabend? Bist du der Türsteher hier oder was?«

»Nein, aber ich habe ein großes Problem damit, wenn Möchtegernmachos junge Frauen belästigen.«

Der attraktive Mann war einige Zentimeter größer als der nervige Typ, der jetzt die Brust herausdrückte und seinen Bizeps anspannte, aber ihrem Unterstützer schien das wenig zu imponieren, er war körperlich ebenfalls ausgezeichnet definiert.

»Paul, was geht hier ab?« Eine weitere Person kam dazu. Kim erkannte den Mann, er gehörte zu den Mannheimern.

»Dein Kumpel weiß sich nicht zu benehmen«, antwortete Kim.

»Die spinnt doch, diese eingebildete Fotze«, rutschte es Paul erneut heraus.

»Sorry, der hat echt zu viel getrunken.« Der Kumpel nahm Paul am Arm. »Komm jetzt mit.«

Paul folgte, ohne Widerstand zu leisten.

»Vielen Dank. Du hast mir echt das Leben gerettet.« Kim schaute den hübschen Mann mit ihrem strahlendsten Lächeln an.

Der andere lachte. »So dramatisch war es auch wieder nicht.

Dir noch viel Spaß, aber pass besser auf, von wem du dich einladen lässt.«

Kim war sprachlos und bevor sie antworten konnte, ging ihr Retter einfach weiter und ließ sie wie ein begossener Pudel stehen.

»Der spinnt doch«, sagte sie genervt zu sich und ging zurück zu ihren Freundinnen. Sie ärgerte sich, dass ihr Retter sie nicht in ein Gespräch verwickelt hatte. Zu gerne hätte sie mehr über ihn erfahren.

Ihre Freundinnen schienen nichts von dem Vorfall mitbekommen zu haben. Sie überlegte kurz, ob sie es ansprechen sollte, entschied sich jedoch dagegen, nahm wieder Platz und tat das einzig Richtige in diesem Moment: trinken.

Ihre Blicke wanderten immer wieder über die Dachterrasse, aber ihr Retter war nirgends zu sehen, was sie ungemein wurmte.

Sie stand auf.

»Wohin?«, fragte Esra.

»Auf Klo.«

Sie fühlte sich nüchtern, obwohl sie weitergetrunken hatte und wusste, dass sie betrunken war. Aber dieser unnötige Streit vorhin hatte ihr das leicht beschwingte Gefühl genommen. Ihre Mädels hingegen schienen den Spaß ihres Lebens zu haben, und zwei von ihnen flirteten jetzt auch durch Blicke mit zwei Männern, die zwei Tische weiter weg saßen. Sophia schaute immer wieder zu der Truppe von Paul rüber, was Kim gar nicht schmeckte.

So viel zu den Vorsätzen!

Kim fühlte sich wie ein Fremdkörper in der Bar, deshalb ging sie statt zur Toilette Richtung Fahrstuhl. Sie musste raus hier. In der Location fühlte sie sich eingeengt, als würde sie kaum Luft zum Atmen haben, dabei bot die Dachterrasse nicht den geringsten Anlass, sich beengt zu fühlen.

Der Fahrstuhl fuhr sie nach unten, sie stieg aus und erreichte den Strand.

Kim holte tief Luft, atmete mehrmals ein und aus und schaute über das Wasser. Ihre schlechte Stimmung und das Gefühl der Enge nahmen ab. Das Geräusch der Wellen beruhigte sie.

Ihr Blick wanderte den Strand entlang.

»Hey. Keine Lust mehr auf die Party?«, sprach sie ein Mann

an. Sie drehte sich um und konnte ihr Glück nicht fassen. Ihr Retter stand vor ihr.

»Hey. Doch, schon, wollte nur ein bisschen am Strand sein«, murmelte sie und fragte sich, warum sie ihn anlog.

»Verstehe. Du bist sicherlich im Urlaub hier, oder?«

»Ja, genau. Mit meinen Freundinnen.«

»Schön. Lass sie nicht zu lange warten, nicht, dass sie sich Sorgen machen.«

»Tun sie bestimmt nicht. Die haben gerade den größten Spaß, so betrunken wie die sind.«

»Wirklich nüchtern bist du auch nicht.«

»Quatsch. Ich bin total nüchtern.«

»Das macht die frische Luft, die lässt dich das glauben. Du bist nicht nüchtern.«

»Ach, und du schon, oder was?«

»Mit Sicherheit. Ich hatte nur ein, zwei Longdrinks.«

»Du irrst dich, ich bin wirklich nicht betrunken.«

»Wie du meinst. Lauf lieber nicht zu weit weg und geh zurück zu deinen Mädels.«

»Warum? Hast du Angst, dass mich jemand entführt?« Sie lachte, aber ihr Retter ging auf den Scherz nicht ein.

»Nein, die Lübecker Buch ist sicher. Trotzdem sollte man als angetrunkene junge Frau nicht nachts alleine am Strand rumlaufen.«

»Macho«, rutschte es Kim schärfer heraus, als beabsichtigt. »Glaubst du, wir Frauen sind nicht taff?«

»Doch, sicherlich. Mir wäre es trotzdem lieber, wenn du wieder zu deinen Mädels hochgehst. Soll ich dich begleiten?«

»Ganz bestimmt nicht. Ich bin alt genug. Was ist nur mit euch Männern hier los, dass ihr alle glaubt, wir kämen ohne euch nicht klar?«

»So habe ich das nicht gemeint.«

»Ach, und wie dann?«, reagierte Kim angriffslustig.

»Ich wollte dir nur helfen, aber gut, wie du sagtest: Du bist alt genug. Viel Spaß noch.«

»Wie? Gehst du jetzt?«

»Ist spät. Ich muss morgen zur Arbeit.«

»Dann tu dir keinen Zwang an. Was stehst du noch rum?«

Kim spürte, dass sie sehr wohl angetrunken war, und dazu eingeschnappt. Eine gefährliche Kombination, da konnte sie überaus stur und unfreundlich sein, und dann fielen Worte, die sie so nicht meinte.

»Du solltest hoch zu deinen Mädels gehen«, wiederholte ihr Retter und entfernte sich von ihr. Kim sah ihm nach und ärgerte sich, dass sie so schroff gewesen war.

»Er hat es nicht anders verdient, dieser eingebildete Affe.«

Sie dachte gar nicht daran, zurück zur Dachterrasse zu gehen, jetzt erst recht nicht. Stattdessen ging sie am Strand entlang. Es war angenehm warm, also zog sie ihre Schuhe aus und ging barfuß. Der Sand war herrlich weich und feinkörnig. Ein leichter Wind wehte ihr übers Gesicht. Immer wieder blieb sie stehen und lauschte dem Wellenrauschen. Während sie so weiter schlenderte, kam es zu dem einen oder anderen Gespräch mit Männern, aber nichts Interessantes.

Sie fragte sich, wer ihr Retter war und ob sie ihn wiedersehen oder ihn vergessen würde, sobald sie nüchtern wäre.

So in Gedanken entfernte sie sich immer weiter von der *Roof Bar*, ohne dass sie es mitbekam. Inzwischen war es sehr dunkel und der Strandabschnitt, den sie erreichte, war kaum beleuchtet. Links von ihr lagen hoch bewachsene Dünen.

»Ich glaube, ich sollte langsam zurück«, sagte sie zu sich, blieb kurz stehen, drehte sich um und ging wieder Richtung Hotel.

Kurz darauf hielt sie inne, sie glaubte, ein Geräusch zu hören. Es kam von rechts, von den Dünen.

Kim bekam eine Gänsehaut und ihr wurde plötzlich kalt. Sie schaute in die Richtung, aus der das Geräusch kam, konnte aber nichts erkennen. Ihr Mund wurde mit einem Mal unangenehm trocken, sie beschleunigte ihren Schritt.

Da hörte sie wieder ein Geräusch und zuckte unwillkürlich zusammen. Die Angst in ihr nahm überhand und sie ärgerte sich über sich selbst, dass sie so weit weggegangen war.

Ein leichter Windstoß strich ihr über den Nacken, was sie noch einmal zusammenzucken ließ. Sie drehte sich um, konnte aber nichts entdecken.

»Entspann dich, der Typ hat doch gesagt, die Ecke ist harmlos«, versuchte Kim sich zu beruhigen. In ihrer Hand hielt sie ihr

Handy, sie schaltete die Taschenlampen-App an. Es war ihr unerklärlich, aber ihre Beine wurden schlagartig schwer wie Blei, dabei gab es nur eine Option: Lauf!

Wieder hörte sie ein Geräusch, diesmal konnte sie nicht mehr an sich halten und stieß einen spitzen Schrei aus, doch schnell beruhigte sie sich, als sie sah, was der Grund war. Ein Hund lief auf sie zu.

»Du hast mich aber ganz schön erschreckt«, sagte sie deutlich erleichtert und beugte sich zu dem Hund, um ihn zu streicheln. »Wo ist denn dein Herrchen?«

Sie erhob sich und schaute sich um, konnte jedoch nirgendwo jemanden entdecken. Der Hund lief weg, drehte sich aber immer wieder zu ihr um.

»Wo willst du denn hin?« Kim folgte dem Hund zu den Dünen, sie wollte ihn nicht allein lassen, da sie sein Herrchen nicht sehen konnte.

Als sie auf der Düne war, erblickte sie einen Mann, der sie voller Hass anstarrte.

2

Niendorf, 11. August

Mads hatte unruhig geschlafen, wie die Tage, Wochen und Monate zuvor auch. Zu viele Sorgen plagten ihn, vor allem eine: Wann würde seine Schwester aus dem Koma aufwachen?

»Alles gut?«, hörte er Jule Beckers Stimme. Sie war Kellnerin in der *Seaside Lounge*.

»Schlecht geschlafen«, antwortete Mads.

»Das ist die Hitze. Bei mir in der Wohnung wird es auch sauwarm. Da hilft nur nackt schlafen, ohne Decke«, sagte sie und zwinkerte ihm zu.

»Vermutlich hast du recht. Bringst du mir mein Frühstück?«

»Sehe schon, bist sehr gut gelaunt«, konterte Jule. »Aber so war der Herr schon immer, wenn er hungrig ist.« Sie entfernte sich und Mads blieb mit seinen Gedanken zurück.

Jule war seine Exfreundin, daher kannte sie seine Marotten recht gut, doch sie irrte sich. Er war nicht so kurz angebunden, weil er Hunger hatte, aber das wollte er ihr nicht auf die Nase binden.

Er hatte heute frei und wollte sich später mit seiner Großmutter im Krankenhaus in Lübeck treffen, wo Lena, seine Schwester, seit Monaten auf der Intensivstation lag. Bei ihrem letzten gemeinsamen Einsatz für die Ostseekriminalpolizei war sie schwer verletzt worden und lag seitdem im Koma. Mit jeder Woche, die ihr Zustand so anhielt, wuchs seine Sorge, dass sie nicht mehr aufwachen würde, und wenn doch, irreparable Schäden davontragen würde. Der Gedanke, dass er seine Schwester nie wieder lächeln sehen würde, war unerträglich.

Unbewusst folgte er mit seinen Blicken ein paar Vögeln, die laut zwitschernd hinter einem Baum verschwanden. Sie wirkten unbeschwert, frei von Sorgen und Nöten, die nur den Menschen bekannt waren.

»Seit wann interessierst du dich für Vögel?«, fragte Jule, die jetzt mit einem Tablett zu ihm trat. »Ach, was frage ich. Vögeln war ja schon immer deins.«

»Witzig.«

»Ist doch so. Jemand wie du kann nicht treu sein.«

Der Stachel ihrer Trennung musste noch tief sitzen. Mads hatte damit längst abgeschlossen, nur Jule schien das bis heute zu wurmen, was ihm allerdings herzlich egal war.

»Bei der richtigen Frau bin ich sicherlich der treueste Ehemann der Welt.«

»Du?« Jule hob eine Augenbraue. »Männer wie du können sich nicht ändern, weil sie glauben, dass die Frauenwelt ihnen zu Füßen liegt.«

»Das mit den Füßen, da ist schon was dran.« Mads schenkte Jule ein breites Grinsen. Seine strahlend weißen Zähne blitzten mit seinen blauen Augen um die Wette.

Jule schüttelte nur den Kopf, doch dann warf sie ihm einen dieser Blicke zu, der ihm verriet, dass sie noch etwas für ihn empfand. Sie war hübsch und attraktiv, keine Frage, und er hatte auch immer viel Spaß mit ihr gehabt, nur hatte er keine echten Gefühle, geschweige denn Liebe für sie entwickelt, daher war von seiner Seite aus eine Wiederbelebung ihrer Beziehung ausgeschlossen.

»Ich lass dich mal frühstücken, bevor du noch ganz abhebst.« Jule klopfte ihm auf die Schulter und entfernte sich.

Mads griff nach einem Brötchen. Inzwischen war es nach elf. Da er erst um 13 Uhr in Lübeck sein musste, hatte er reichlich Zeit und ließ es daher gemütlich angehen. Während er in sein Brötchen biss, genoss er von seinem Terrassenplatz aus den herrlichen Blick auf die Ostsee. Unzählige Badegäste tummelten sich im Wasser, was bei den Temperaturen nicht verwunderte. Die Ferienunterkünfte in der Lübecker Bucht waren bis auf das letzte Zimmer ausgebucht.

Glücklicherweise bedeutete das nicht, dass damit auch gleichzeitig die Gewaltverbrechen zunahmen. Es war die letzten Wochen vielmehr recht ruhig zugegangen, sodass sein Onkel Gustav, der Leiter der Ostseekriminalpolizei 1, ihm heute freigegeben hatte, damit er mit seiner Großmutter Lena besuchen konnte. Wenn es um seine Schwester ging, legte sein Onkel ihm grundsätzlich niemals Steine in den Weg. Mads konnte sie besuchen, wann immer ihm danach war, unabhängig von seiner Arbeitszeit.

Zwei junge Frauen, die er auf Anfang zwanzig schätzte, betraten im Bikini, der ihre sportlichen, braun gebrannten Körper perfekt in Szene setzte, die Terrasse. Beide schauten ihn verlegen an, dann sahen sie wieder weg und nahmen zwei Tische rechts von ihm Platz. Er wurde das Gefühl nicht los, dass sie diesen Tisch bewusst gewählt hatten, damit sie Augenkontakt mit ihm halten konnten.

Mads war mit seinen dreiunddreißig Jahren alt genug, um zu wissen, welche Ausstrahlung er auf Frauen hatte. Die Gene hatten es gut mit ihm gemeint, er war groß, sportlich und empfand sich als attraktiven Mann. Allerdings tat er auch viel dafür, damit das so blieb. Er trieb regelmäßig Sport und achtete darauf, was er aß und trank. Meistens jedenfalls.

Aus dem Augenwinkel sah er, dass die beiden Mädels ihn immer wieder anschauten und tuschelten, dabei kicherten sie. Es wirkte sehr kindisch, was sie für ihn sofort uninteressant machte. Nun betraten vier junge Männer die Terrasse, die Mads' Aufmerksamkeit erweckten, er kannte zwei von ihnen. Sie nahmen einen Tisch vor ihm Platz.

Mit zweien von ihnen hatte er am vergangenen Abend in der *Roof Bar* gesprochen. Der eine, Paul, hatte eine junge Frau belästigt. Unwillkürlich fragte er sich, ob die Frau ihren Rausch mittlerweile ausgeschlafen hatte. Sie war nicht auf den Kopf gefallen und hatte ihm den einen oder anderen Spruch reingedrückt. Irgendwie hatte er sie interessant gefunden, aber gestern war er nicht in Stimmung gewesen, um auf einen Flirt einzugehen.

Paul schaute kurz zu ihm rüber, sah jedoch rasch wieder weg und tat, als würde er ihn nicht erkennen. Doch seine Augen verrieten ihn. Er schien noch immer ganz schön wütend zu sein.

»Bringst du mir bitte einen Espresso?«, fragte er Jule, die gerade an seinen Tisch getreten war.

»Klar. Noch was?«

»Erst mal nicht.«

Jule nickte und ging zu den jungen Männern, um auch deren Bestellung aufzunehmen.

»Hast du den geilen Arsch gesehen?«, hörte er Paul sagen, als sie wegging.

»Nicht zu übersehen, Bro. Fest und hart, um meinen Prügel drin zu versenken.«

»Deinen?« Paul lachte. »Mein Schwanz ist viel geiler und härter. Wetten, dass ich sie noch in diesem Urlaub ficke?«

»Niemals«, gab der andere zurück und die Freunde stimmten laut in sein Lachen ein.

Mads konnte sich nicht mehr auf seinem Sitz halten, er stand auf und trat an den Tisch der Jungs.

»Schämt ihr euch gar nicht, euch wie primitive Affen aufzuführen?«

»Was geht dich das an?«, antwortete Paul.

»Jede Menge. Es nervt und es ist asozial.«

Paul stand nun ebenfalls auf. Er trug ein Muskelshirt, das seinen trainierten Körper auffällig zeigte. Mads dagegen hatte ein normales weißes T-Shirt an, aber auch so waren seine wohldefinierten Muskeln gut zu erkennen.

»Jungs, beruhigt euch«, ließ sich Jule vernehmen, die nun an den Tisch trat.

»Der Spast hat angefangen«, fauchte Paul. Seine Freunde erwiderten nichts. Zweien von ihnen sah Mads an, dass ihnen das Ganze unangenehm zu sein schien.

»Das stimmt doch gar nicht, der Kerl hat halt keine Manieren«, mischte sich eine der jungen Frauen im Bikini vom Nebentisch ein. »Der hübsche Blonde hat Ihnen nur gesagt, dass Sie sich zusammenreißen sollen«, sagte sie mit Blick auf Paul.

»Gut«, nickte Jule. »Wenn ihr euch nicht benehmen könnt, muss ich euch bitten, die Terrasse zu verlassen.«

»Und was ist mit ihm?«, gab sich Paul unbeeindruckt.

»Mads ist ein Stammgast und mein Exfreund. Ich denke, dass ich weiß, wie er sich benimmt.« Sie hielt kurz inne und sah Paul eisig in die Augen. »Und er ist Polizist«, fügte sie hinzu.

Paul schluckte, doch sein Blick war noch immer giftig.

»Mensch, Paul, jetzt setz dich. Immer Stress deinetwegen«, wagte sich nun einer der Freunde aus der Deckung. »Sorry, wir wollen keinen Ärger. Paul ist eigentlich nicht so. Aber sein Mädel hat mit ihm Schluss …«

»Was soll der Scheiß?«, brüllte Paul, nahm dann jedoch sichtlich genervt Platz.

»Entspannt euch, ihr seid im Urlaub«, konnte sich Mads einen Spruch nicht verkneifen.

»Das stimmt. Wie gesagt, sorry noch mal«, lenkte der Kumpel von Paul ein. Paul hingegen hielt die Hände vor der Brust verschränkt und schaute zur Seite.

Mads nickte kurz, er glaubte dem Kumpel, aber Paul schien keine Reue zu empfinden. Dennoch ließ er es gut sein und nahm wieder an seinem Tisch Platz.

»Danke«, sagte Jule, als sie ihm seinen Espresso servierte.

»Wofür?«

»Dass du meine Ehre verteidigt hast.«

»Das würde ich für jede andere Frau auch tun.«

»Du Arsch«, entfuhr es ihr und sie entfernte sich schnellen Schrittes, sodass Mads keine Chance hatte, den Satz zu erklären.

Er hasste nun mal Ungerechtigkeiten, aber natürlich hatte es ihn auch gestört, dass völlig fremde Menschen seine Exfreundin beleidigten.

Er trank seinen Espresso und schaute auf die Uhr. Es war an der Zeit, zu zahlen und nach Lübeck zu fahren, daher winkte er Jule zu sich und zahlte.

»Grüß mir deine Oma«, sagte sie. »Ich hoffe, dass es Lena bald besser geht. Wenn was ist, weißt du, dass du mich immer anrufen kannst.«

»Ich weiß. Danke.« Mads gab ihr ein großzügiges Trinkgeld, was Jule erst nicht annehmen wollte, aber Mads bestand darauf.

»Wenn er kein Bulle wäre, würde der nicht so aufmucken«, hörte er Paul sagen, als er die Terrasse verließ. Kurz überlegte er, ob er kehrtmachen und den unangenehmen Typen eines Besseren belehren sollte, beließ es aber bei dem Gedanken und ging die Promenade entlang zu seinem Auto.

Sein Handy klingelte. Er fischte es aus der Hosentasche und sah, dass sein Onkel Gustav anrief.

»Hoffentlich keine Leiche«, sagte er zu sich, bevor er das Gespräch annahm.

3

Gustav dachte an seine Nichte Lena. Schon lange hatte er sich nicht mehr so hilflos gefühlt wie in dieser Situation. Er wusste, dass er in vielen Bereichen Einfluss und noch einflussreichere Freunde hatte. Aber hier waren ihm die Hände gebunden. Keine noch so guten Beziehungen konnten Lenas Zustand verbessern. Sie alle waren zum Warten verdammt.

Sein Blick wanderte zur Uhr, die auf seinem Schreibtisch stand. Es war 11 Uhr. In einer Stunde wollte er sich mit Albert Lange, seinem Freund und Bürgermeister der Gemeinde Timmendorfer Strand zum Mittagessen treffen.

Der Tag war bisher unspektakulär verlaufen, was ihm nur recht war, so konnte er sich endlich den vielen administrativen E-Mails zuwenden, die er als Leiter des K-11 und der Ostseekriminalpolizei 1 bekam und die häufig liegenblieben, weil die tägliche Polizeiarbeit seine volle Aufmerksamkeit erforderte.

Sein Bürotelefon klingelte.

»Moin, Martin«, nahm er das Gespräch an. Der Kollege arbeitete in der Polizeistation Scharbeutz. Die Station war in der Saison vierundzwanzig Stunden besetzt, weil es immer wieder vorkam, dass Touristen etwas gestohlen wurde oder sie andere Probleme hatten.

»Moin, Gustav. Hoffe, alles gut bei dir.«

»So weit schon.«

»Wie geht's Lena?«

»Leider keine Neuigkeiten. Was gibt es bei dir?« Martin rief sicher nicht ohne Grund an. Etwas musste vorgefallen sein.

»Eine junge Frau wurde heute Morgen als vermisst gemeldet.«

»Als vermisst? Von wem?«

»Von ihren Freundinnen. Sie waren gestern im *Bayside Hotel*, oben auf der Dachterrasse im *Roof*. Die Freundin sei nicht mehr aufgetaucht, sagten sie.«

»Wäre es möglich, dass sie mit einem Kerl verschwunden ist?«

»Daran habe ich auch schon gedacht, wäre nicht das erste

Mal. Gerade im Urlaub ist man ja lockerer. Allerdings können sie sie nicht am Handy erreichen.«

»War sie betrunken?«, hakte Gustav nach.

»Ja, laut ihren Freundinnen hatte sie sehr viel getrunken, aber dass sie nicht ans Handy geht, macht ihnen Sorgen.«

»Möglicherweise ist der Akku leer und sie ist noch bei ihrem One-Night-Stand.«

»Wäre möglich. Aber was, wenn nicht?«

»Daran wollen wir gar nicht erst denken. Schick mir alles, was du hast. Ich werde mich darum kümmern«, sagte Gustav.

»Danke. Wenn du Unterstützung brauchst, gib mir Bescheid.«

»Mach ich.«

Gustav beendete das Gespräch, er spürte, wie sich Sorgenfalten auf seiner Stirn bildeten. »Hoffentlich ist es nichts Schlimmes«, murmelte er.

Gerade in der Hochsaison kam es nicht selten vor, dass Personen vermisst wurden, und seine Theorie mit dem leeren Akku war auch nicht so abwegig, wie man meinen mochte. Eine entführte junge Frau war allerdings das Letzte, was er in dieser Zeit gebrauchen konnte.

»Es gibt tausend andere Erklärungen«, sagte er zu sich, um sich zu beruhigen.

Es klopfte an seiner Tür und seine Sekretärin Petra Wiese trat ein.

»Was gibt es?«

»Der Bürgermeister ist da.«

»Dann lass ihn doch rein.«

»Ist ja gut. Wenn man nicht fragt, schimpfst du, und wenn man fragt, auch. Wieder auf der falschen Seite der Couch geschlafen?«, konterte Petra, sie war seit fünfzehn Jahren Gustavs Sekretärin. Gustav erwiderte nichts.

»Herr Lange, Sie werden erwartet«, rief Petra, als sie das Büro ihres Chefs verließ.

Wenig später trat Albert Lange ein.

»Moin, Gustav«, begrüßte er den Freund.

»Moin«, antwortete Gustav und stand auf, um dem Bürgermeister die Hand zu reichen. »Ich dachte, wir treffen uns im *Café Wichtig*?«

»Stimmt, aber ich war gerade in der Nähe, und da hab ich mir überlegt, dass wir uns auf dem Weg dorthin ein wenig die Füße vertreten könnten. Das Wetter spielt ja mit.«

»Du willst doch sicherlich wieder was von mir«, knurrte Gustav. Er kannte Albert zu gut, um nicht zu wissen, dass er etwas beabsichtigte.

»Ganz und gar nicht. Ich möchte nur mit meinem alten Schulfreund ein wenig spazieren gehen. Petra hat schon recht, mit zunehmendem Alter wirst du immer mürrischer.«

Gustav warf Albert einen verständnislosen Blick zu, nahm aber sein Handy vom Schreibtisch und steckte die Geldbörse ein.

»Die kannst du da lassen, ich lade dich ein.«

»Du lädst mich ein? Dann muss es was Ernstes sein«, spottete Gustav.

»Quatsch. Komm, lass uns gehen.«

Gustav hatte eine Vorahnung, die er jedoch zunächst für sich behalten wollte. Im Hinausgehen sagte er: »Petra, die nächsten zwei Stunden bitte nur Anrufe durchstellen …«

»… die wichtig sind«, fiel sie ihm ins Wort.

Fast wäre Gustav ein bissiger Kommentar herausgerutscht, stattdessen seufzte er innerlich und folgte Albert nach draußen.

»Petra hat Haare auf den Zähnen. Aber anders hält man es mit dir auch nicht aus«, amüsierte sich Albert, der natürlich wusste, dass Gustav weder der Geduldigste noch der Diplomatischste war.

»Jetzt übertreibst du aber.«

»Du weißt, dass es stimmt. Wir beide sind keine einfachen Charaktere, deswegen verstehen wir uns so gut.«

»Möglich«, brummte Gustav. Inzwischen waren sie auf der Promenade angekommen und schlenderten Richtung *Café Wichtig*.

»Wo ist Mads?«

»Auf dem Weg zu seiner Schwester ins Krankenhaus, er trifft sich dort mit meiner Mutter.«

»Gibt es Neuigkeiten?«

»Leider nicht.« Albert schien zu bemerken, wie sehr ihn der Gedanke an seine Nichte quälte, und klopfte im leicht auf die Schulter.

»Wir könnten andere Spezialisten zu Rate ziehen«, schlug er vor. »Ich habe gehört, dass es eine Klinik in der Schweiz gibt, die sich auf Komapatienten spezialisiert hat. Der Professor dort soll eine echte Koryphäe sein.«

»Dann kontaktiere ihn, warum sprichst du mich erst jetzt darauf an? Langsam solltest du wissen, dass ich für meine Nichte alles tun würde.«

»Mach ich, gleich nach unserem Lunch.« Für einen Moment trat Stille ein. »Hat sich Mads eigentlich ans Polizistendasein gewöhnt?«

»Danke wegen dem Arzt«, fügte Gustav rasch hinzu und holte kurz Luft. »Ja, so langsam hat er sich damit arrangiert. Auch wenn wir noch öfter aneinandergeraten.«

»Was sicherlich nicht nur seine Schuld ist«, entgegnete Albert. Ein Lächeln huschte ihm übers Gesicht.

»Willst du mir nicht endlich den wahren Grund verraten, warum du im Büro aufgekreuzt bist?« Gustav wusste, dass Albert nicht unrecht hatte. Mads und er waren zwei Alphatiere und konnten stur wie ein Esel sein, dennoch wurde er das Gefühl nicht los, dass der Bürgermeister um den heißen Brei herumredete.

»Weil ich etwas Zeit mit meinem alten Freund verbringen wollte. Wir beide haben sehr anspruchsvolle Jobs und leider wenig Gelegenheit…«

»Mensch, Albert, wen willst du hier auf den Arm nehmen? Was ist los?« So langsam verlor Gustav die Geduld, er mochte es nicht, wenn man ihm so offensichtlich etwas vorgaukelte. Dabei war Albert eigentlich ein direkter Typ. Das konnte demnach nur heißen, dass es um etwas sehr Delikates ging.

Hat er vielleicht Mist gebaut?, überlegte Gustav.

»Na gut. Du hast recht. Wir haben möglicherweise ein Problem, bei dem äußerste Sensibilität gefordert ist.«

»Was für ein Problem?«

»Eine junge Frau wird in Scharbeutz vermisst.«

»Du hast schon davon gehört?« Gustav war überrascht.

»Natürlich. Ich bin der Bürgermeister dieser Gemeinde.«

»Seit wann gehört Scharbeutz zu deiner Gemeinde?«

»Darum geht es doch gar nicht. Wir stecken mitten in der Hauptsaison. Wenn sich rumspricht, dass eine Frau vermisst oder womöglich entführt wurde – oder Schlimmeres – was glaubst du, was dann in hier los ist?«

»Denkst du immer nur ans Geld?«

»Nein, ich denke an das Wohl meiner Gemeinde. Vielleicht interessiert es dich nicht, aber wir sind vom Tourismus abhängig. Der Juli und August sind die umsatzstärksten Monate. Ich muss dir sicher nicht sagen, wie viele Menschen allein von diesen beiden Monaten ihren Lebensunterhalt bestreiten. Möchtest du, dass Touristen unnötig ihre Übernachtungen stornieren?«

»Und was möchtest du, dass ich jetzt tue? Müsste ich dieses Gespräch nicht mit Frank führen?«

»Frank ist eine Flasche, ihm fehlt die Weitsicht. Mir nicht.«

So ungern Gustav das zugab, er musste Albert recht geben. Frank, der Bürgermeister von Scharbeutz, war eher der ruhigere, abwartende Typ. Trotzdem rollte er mit den Augen, bevor er sagte: »Dann schieß los, du hast dir doch sicherlich schon Gedanken gemacht.«

»Das habe ich in der Tat. Ich brauche deine Hilfe.«

»Und die wäre?«

»Mads soll sich der Sache annehmen, er soll die Mädels befragen, sich ein wenig umhören. Es wäre immerhin denkbar, dass das Ganze harmlos ist. So riskieren wir wenigstens nicht, dass die Touristen nervös werden, bis wir Klarheit haben.«

»Ausnahmsweise ist das kein dummer Gedanke«, antwortete Gustav, der bei Albert schon ganz andere Dinge erlebt hatte. »Mads soll sich darum kümmern. Wollen wir hoffen, dass die Sache ein Irrtum ist.« Gustav nahm sein Handy und wählte Mads' Nummer.

4

Mads' Befürchtung, dass ein Mord geschehen war, hatte sich nicht bewahrheitet. Gustav hatte sich nur gemeldet, weil er nach seinem Besuch im Krankenhaus sofort informiert werden wollte, wie es Lena ging. Danach solle Mads zu ihm ins Büro kommen, weil sie noch ein paar Themen zu besprechen hätten.

Dennoch hatte in Gustavs Stimme etwas mitgeklungen, was Mads nicht hatte deuten können. Es war, als würde seinen Onkel noch etwas anderes beschäftigen. Im Hintergrund hatte Mads die Stimme des Bürgermeisters gehört, möglicherweise hing es mit ihm zusammen.

Inzwischen war er auf dem Flur der Intensivstation angekommen und er spürte, wie sich sein Bauch zusammenzog. Er wurde dieses beklemmende Gefühl einfach nicht los. Obwohl er als Elitesoldat bei der Bundeswehr viel Not, Elend und Tod gesehen hatte, war das hier komplett anders. Hier ging es um seine Schwester.

Er betrat Lenas Zimmer und sah sogleich seine Oma Jutta, die neben Lenas Bett auf dem Stuhl saß und ihre Hand streichelte.

»Du bist stark, mein Kind. Vergiss nicht, dass wir dich sehr lieben. Du fehlst uns und wir glauben an dich. Du wirst aufwachen! Ich weiß, dass du jedes meiner Worte hörst. Du schläfst nur, mein Liebling.«

Jutta wirkte überaus dünnhäutig. Mads sah ihr an, wie sehr ihr der Zustand ihrer Enkelin zu schaffen machte. Sie hatte nicht bemerkt, dass er das Patientenzimmer betreten hatte.

»Moin, Oma«, machte er sich leise bemerkbar, er wollte sie nicht erschrecken. Seine Großmutter schaute zu ihm auf. Ihre Augen strahlten, sie weinte nicht und er sah wieder diese Stärke in ihrem Blick, die er immer bewundert hatte.

Sie stand auf und umarmte ihn, dann gab sie ihm einen Kuss auf die Wange. Er musste sich dafür herunterbeugen, denn mit ihren ein Meter fünfundfünfzig war sie deutlich kleiner als er.

»Schön, dass du da bist. Lena wird sich freuen.«

Mads nickte schweigend und schaute seine Schwester an. Sie lag friedlich da und schien zu schlafen. Nur die Schläuche an ihrem Körper, das Krankenbett und dieses verdammte Krankenzimmer verrieten, dass sie nicht schlief, sondern um ihr Leben kämpfte. Es verging keine Minute, in der er sich nichts sehnlicher wünschte, als dass sie aufwachen möge, damit dieser Horror endlich ein Ende fand.

»Nimm ihre Hand, sie wird sich freuen«, sagte seine Oma.

Mads tat ihr den Gefallen, auch wenn es tief in ihm etwas gab, das ihm sagte, dass Lena von all dem vermutlich gar nichts mitbekam. Er hasste diese kritischen Gedanken, machten sie doch seine Hoffnung, dass Lena wieder der Mensch werden würde, der sie gewesen war, kaputt.

Behutsam berührte er ihre Hand. »Schwesterherz, dein Bruder ist da«, sagte er und schluckte.

»Lena, Herz, jetzt sind Oma und dein Bruder bei dir. Dein Onkel kommt heute Abend. Er lässt dich ganz lieb grüßen«, sagte Jutta. Dann wandte sie sich zu Mads. »Rede mit deiner Schwester. Sie möchte bestimmt wissen, wie dein Tag war, was es Neues auf der Arbeit gab.«

Mads tat ihr den Gefallen, obwohl er den heftigen Drang verspürte, einfach wegzurennen, das alles war zu viel für ihn. Er fühlte sich hilflos und machtlos.

»Es ist ruhig zurzeit, du fehlst auf der Dienststelle«, brachte er dennoch hervor, nachdem er sich ebenfalls einen Stuhl ans Bett gezogen hatte. »Vor allem wenn ich mich mit meinem Onkel zoffe. Du fehlst überall, in jeder Sekunde. Ohne dich geht nichts.«

Jutta streichelte Mads übers Haar. Er hatte das schon immer gemocht, es beruhigte ihn ungemein.

»Du bist der Kleber dieser Familie, Lena«, sagte sie. »Es gibt niemanden, der dich nicht vermisst. Und Mads hat recht, ohne dich zoffen sich die beiden Männer viel häufiger.«

Die Tür wurde geöffnet und der Oberarzt trat ein.

»Entschuldige mich kurz«, sagte Mads, stand auf und ging auf den Arzt zu. »Darf ich Sie kurz sprechen?«

»Gerne«, antwortete Dr. Wagner und beide traten aus dem Patientenzimmer.

»Wie ist der Zustand meiner Schwester?« Mads hatte das letzte Mal in der vergangenen Woche mit dem Arzt gesprochen.

»Unverändert. Es gibt leider keine Anzeichen, dass sich ihr Zustand verbessert.«

»Und das heißt?«

»Wie ich Ihnen bereits letzte Woche sagte: Mit jeder Woche steigt das Risiko, dass sie irreparable Schäden davonträgt. Der Zustand Ihrer Schwester ist sehr schlecht. In der Regel wachen Patienten nach einem schweren Schädel-Hirn-Trauma spätestens nach einigen Wochen auf. Bei Ihrer Schwester haben wir es inzwischen mit gut drei Monaten zu tun. Der Komazustand bedeutet, dass wir es mit einer anhaltenden, akuten Erkrankung der Patientin zu tun haben. Wir können uns ihren Zustand derzeit nicht wirklich erklären«, gestand der Arzt ein.

Er konnte nicht ahnen, dass diese Worte wie scharfe Klingen in Mads' Körper fuhren.

»Wollen Sie damit sagen, dass Lena nie wieder gesund wird?«

»Das wäre leider möglich. Ich möchte Ihnen keine falschen Hoffnungen machen. Die Verletzungen im Gehirn, die wir durch verschiedene Untersuchungen beobachten konnten, deuten auf irreparable Schäden hin. Sie und Ihre Familie sollten sich darauf einstellen, dass Ihre Schwester nicht mehr derselbe Mensch sein wird und wenn sie aufwacht, ein Leben lang Pflege braucht.«

»Reden Sie nicht so einen Unsinn, Herr Doktor«, antwortete Jutta, die in diesem Moment aus dem Zimmer getreten war. »Sie kennen Lena und ihren Überlebenswillen nicht. Sie wird aufwachen und sie wird wieder die alte liebenswürdige Enkelin sein, die sie war.«

Der Arzt presste die Lippen zusammen, sein Gesichtsausdruck sagte Mads, dass er es wohl gewohnt war, dass Angehörige sich nicht mit den harten medizinischen Fakten auseinandersetzen wollten, geschweige denn, diese annahmen.

»Ich muss zu der Patientin«, erklärte er knapp und betrat Lenas Zimmer.

»Lass dich bloß nicht von diesem Quacksalber einschüchtern. Lena ist stark und sie ist eine Johannsen. Außerdem lasse ich es nicht zu, dass sie stirbt. Ich habe bereits meinen Sohn und meine Schwiegertochter verloren, meine Enkelin werde ich nicht verlieren.« Juttas Gesichtszüge verhärteten sich und sie knirschte mit den Zähnen. Mads wusste sich nicht anders zu helfen, als sie in den Arm zu nehmen, auch weil er nicht wollte, dass sie sah, dass er Tränen in den Augen hatte.

Er wollte stark sein wie seine Oma und fest daran glauben, dass Lena es schaffte.

»Soll ich dich nach Hause fahren?«, fragte Mads.

»Sehr lieb von dir, Kind, aber ich treffe mich noch mit zwei Freundinnen in der Stadt. Etwas Ablenkung wird mir guttun. Möchtest du denn mit drei alten Schachteln einen Kaffee trinken?«

»Nichts lieber als das, aber Gustav hat ein paar Themen mit mir zu besprechen.«

»Dann lass den alten Miesepeter nicht warten, und wenn er meckert, sagst du, dass du meinetwegen zu spät bist.«

»Du bist die beste Oma.« Mads gab ihr einen Kuss auf die Wange und verabschiedete sich von ihr.

»Wie ist der alte Herr gelaunt?«, fragte Mads Gustavs Sekretärin, als er ins Vorzimmer trat.

»Kann ich dir nicht sagen. Er versteht es perfekt, seine Laune vor mir zu verbergen«, erwiderte sie süffisant.

»Du scherzt?«

Petra lachte. »Ertappt. Vorhin wirkte er noch erträglich. Wie gesagt: vorhin.«

»Gut, dann wollen wir mal in die Höhle des Löwen.« Mads klopfte an und betrat das Büro seines Onkels. Der hatte das Klopfen wohl nicht gehört oder tat so, jedenfalls starrte er unbewegt auf seinen Monitor.

»Moin, Gustav«, machte sich Mads bemerkbar.

»Moin, Mads, nimm Platz.« Gustav löste den Blick noch immer nicht vom Bildschirm.

»Was gibt es so Wichtiges, dass du derart konzentriert auf deinen Monitor starrst?«

»Ich starre nicht, ich lese.«

Mads nahm schweigend Platz.

»Holst du uns einen Espresso?«

»Hättest du das nicht sagen können, bevor ich mich gesetzt habe?« Mads schüttelte den Kopf. »Soll ich Petra …«

»Nein, sollst du nicht. Du wirst ja wohl noch zwei Espresso mit der vollautomatischen Maschine hinbekommen!«, wurde sein Onkel etwas lauter.

Mads atmete hörbar durch die Nase, stand auf und verließ das Büro.

»Das war aber ein kurzer Besuch«, sagte Petra.

»Wir haben noch nicht mal angefangen und der alte Mann möchte schon einen Espresso.«

»Den hätte ich euch doch bringen können.«

»Hab ich dem Sturkopf auch gesagt, aber er zieht mich gern auf.«

»Verstehe. Ich mach euch schnell einen und du nimmst dann beide mit rein«, schlug Petra vor.

»Danke.« Mads' Laune hob sich ein wenig.

Petra stand auf, bereitete zwei Espresso zu, stellte die Tassen sowie Zucker und Kekse auf ein kleines Tablett und reichte es Mads. »Das bleibt unser kleines Geheimnis«, bemerkte sie augenzwinkernd.

»Logisch.«

Mads betrat wieder das Büro und stellte das Tablett auf den Tisch.

»Das hat doch Petra gemacht«, stellte Gustav mit einem kurzen Seitenblick fest.

»Wie kommst du darauf?«

»Weil du sicherlich keine Kekse dazugelegt und kein Tablett benutzt hättest. So verpeilt wie du bist.«

Mads konnte sich ein Schmunzeln nicht verkneifen. »Deswegen wolltest du doch nicht mit mir sprechen, oder?«

»Nein, es geht um eine Vermisstenanzeige«, sagte Gustav nun und griff sich eine Espressotasse.

»Eine Vermisstenanzeige?«

»Genau. Eine Touristin wird seit gestern Abend in Scharbeutz vermisst.«

»Was genau ist denn passiert?«

»Sie war mit ihren Freundinnen abends auf der Dachterrasse

des *Bayside Hotels* feiern, danach ist sie kurz weggegangen und nicht mehr aufgekreuzt.«

Mads erstarrte.

»Was ist los? Hast du einen Geist gesehen?«

»Nein, aber ich glaube, dass ich das Mädel kenne.«

5

Sein Onkel hatte Mads noch ein paar Details über die vermisste Person und ihre Freundinnen verraten und ihn gebeten, sich möglichst unauffällig umzuhören. Sobald er das Gefühl habe, dass sie es mit einem Verbrechen zu tun hätten, würde die gesamte Maschinerie der Polizei hochfahren – unabhängig davon, was der Bürgermeister davon hielt.

Mads hatte sich sofort auf den Weg zum *Bayside Hotel* gemacht und auf der Fahrt mit einer der Freundinnen der Vermissten telefoniert. Jetzt betrat er die Dachterrasse der *Roof Bar*. Zwei von Kims Freundinnen warteten dort bereits auf ihn.

»Moin«, grüßte er in die Runde. »Seid ihr Alina und Sophia?«, fragte er. Er duzte die beiden bewusst, denn sie waren noch recht jung und er hoffte, damit ein Vertrauensverhältnis zu schaffen.

»Ja. Ich bin Alina und das ist meine Freundin Sophia. Und du?«, antwortete Alina und fuhr sich über ihre langen blonden Haare. Sie war etwas größer als Sophia.

»Mads Johannsen von der Kriminalpolizei Timmendorfer Strand. Ihr habt eure Freundin als vermisst gemeldet.«

»Genau. Ich kenne dich doch.«

»Woher?«

»Du warst gestern Abend auch hier. Kim fand dich sehr interessant.«

Für Mads bestand jetzt kein Zweifel mehr, die vermisste Person war die junge Frau, mit der er sich am vergangenen Abend am Strand unterhalten hatte.

»Das stimmt, ich war hier«, antwortete er. »Ich habe Kim noch am Strand getroffen. Das war gegen 1 Uhr morgens. Ist sie danach wieder zu euch gestoßen?«

»Nein, wir haben sie nicht mehr gesehen. Was hat sie am Strand zu suchen gehabt?«

»Gute Frage. Sie war ziemlich aufgebracht, weil ein Kerl sie dumm angemacht hat. Damit ist sie relativ spät rausgerückt. Erst als wir nachgehakt haben, hat sie es erzählt. Man hat ihr angemerkt, dass da was war. Sie war sehr betrunken.«

»Wir waren alle betrunken«, antwortete Sophia. »Ehrlich gesagt haben wir gar nicht mitbekommen, dass sie die Party anschließend verlassen hat.« Ihre Stimme klang besorgt. »Glaubst du, dass ihr was Schlimmes zugestoßen ist?«

»Es ist noch zu früh für irgendwelche Spekulationen.«

»Aber warum geht sie dann nicht an ihr Handy?«

»Möglicherweise ist der Akku leer«, mutmaßte Mads.

»Das sieht ihr nicht ähnlich. Das Handy ist für sie wichtiger als ihre Handtasche, und das will was heißen«, erklärte Alina.

»Kannst du sie bitte jetzt erneut anrufen?«, fragte Mads, er wollte nur bestätigt wissen, dass Kim wirklich nicht erreichbar war.

Alina wählte die Nummer, keine Verbindung.

»Ich lasse die Nummer und das Handy überprüfen, vielleicht gelingt es uns, das Handy per GPS zu orten.«

»Das geht doch nur, wenn der Akku noch geladen ist.«

»Stimmt. Aber falls sie Ortungsdienste aktiviert hat, können wir möglicherweise ihre letzte Location bestimmen.«

Alina nannte Mads die Nummer und er schrieb sie zu den Notizen, die er sich während des Gespräches machte.

»Müssen wir uns Sorgen machen?«

»Nein, müsst ihr nicht. Ihr seid im Urlaub. Vermutlich hat sie einen netten Kerl kennengelernt. Ihr wisst ja, wie das ist, wenn man betrunken ist.«

»Stimmt, gerade Kim, die ist einem Flirt nie abgeneigt und lässt selten was anbrennen«, antwortete Sophia und legte eine Strähne ihrer braunen Haare hinters Ohr.

»Ihr seid doch zu viert hier gewesen, richtig?«

»Genau. Esra ist auf ihrem Zimmer. Ihr geht es nicht gut. Das Ganze nimmt sie arg mit.«

»Verstehe. Gab es gestern irgendetwas, was ich wissen sollte? War da irgendjemand, der mit Kim geflirtet oder sie beobachtet hat?«

»Nein, nicht, dass ich mich erinnere«, antwortete Alina.

»Doch, die Jungs, die uns eine Runde ausgegeben haben«, korrigierte Sophia.

»Was für Jungs?«

»Die saßen weiter vorne.« Sophia deutete mit der Hand in die Richtung. »Das waren, glaube ich, drei oder vier Freunde, die schon etwas länger hier sind. Das jedenfalls hat uns Melanie erzählt.«

»Seid ihr auf die Flirtmasche eingegangen?«

»Nein, wir wollten einen Mädelsabend haben. Aber Kim war ziemlich bockig.«

Mads nickte, er musste mehr über diese Gruppe in Erfahrung bringen. Er zückte seine Visitenkarte und reichte sie Sophia.

»Wenn euch noch was einfällt, meldet euch bei mir.«

»Machen wir.«

»Danke.«

Er verabschiedete sich von beiden, da er nicht davon ausging, dass sie ihm weitere Hinweise geben könnten. Dann trat er an die Bar.

»Moin, Mads. So früh hier?«, fragte Patrick, der hinter der Bar arbeitete. »Hast du frei?«

»Leider nicht. Bin im Dienst. Ist Melanie da?«

»Sie müsste jeden Augenblick kommen. Ihre Schicht fängt in einer Viertelstunde an. Möchtest du einen Espresso?«

»Warum nicht.«

Patrick wandte sich zu der Siebdruckmaschine um und reichte ihm nach einer Weile den Espresso. »Worum geht es denn?«, erkundigte er sich.

»Es geht um eine Touristin, die gestern Abend mit den beiden Mädels da drüben hier war. Sie wird seitdem vermisst.«

»Du meinst Kim?«

»Genau. Kennst du sie?«

»Nicht wirklich, aber sie war gestern, kurz nachdem die vier Platz genommen hatten, an der Bar. Wir haben uns ein bisschen unterhalten. Eine ziemlich Hübsche, ich glaube, sie war mir gegenüber nicht ganz abgeneigt.«

»Verstehe. Ist dir irgendetwas aufgefallen? Gab es jemanden, der sie beobachtet hat?«

»Das Einzige, was mir aufgefallen ist, war, dass Paul sich eine Abfuhr von ihr geholt hat und du ihr zur Seite gesprungen bist.«

»Stimmt. Du kennst diesen Paul?«

»Ja, als Gast. Der war mit drei Kumpels hier. Er hatte ein Auge auf Kim geworfen und den Mädels eine Runde ausgegeben, aber die haben nicht so reagiert, wie er sich das erhofft hatte.«

Mads hörte aufmerksam zu. Paul war also einer der vier Jungs gewesen, von denen Alina und Sophia gesprochen hatten. Machte sein Verhalten ihn zu einem Verdächtigen?

Mads war geneigt, diese Frage mit Ja zu beantworten.

»Weißt du, wo die Clique übernachtet?«

»Logisch. Du weißt doch, wie Touris sind. Die erzählen dem Barmann alles. Was würdest du nur ohne mich machen?« Patrick grinste übers ganze Gesicht.

»Und wo wäre das?« Im Gegensatz zu Patrick war Mads deutlich angespannter, er spürte, dass hier etwas im Argen war.

»In Niendorf. Im *SeeHus Lifestyle Hotel*.«

»Hat dir Paul noch etwas wegen Kim erzählt?«

»Nein.«

»Ist dir vielleicht aufgefallen, ob dieser Paul gegen 1 Uhr nachts die Party verlassen hat? Oder wann er gegangen ist?«

Patrick überlegte einen Moment. »Die Gruppe ist lange geblieben, die haben den Laden quasi abgeschlossen, wenn ich das richtig in Erinnerung habe. War verdammt viel los. Ob Paul davor noch mal raus ist, weiß ich nicht. Aber ich frage die Kollegen und melde mich bei dir.«

»Das wäre sehr gut.«

»Moin, Männer«, machte sich Melanie bemerkbar, sie war gerade an die Bar getreten. »Warum bist du so früh hier? Frei?«

»Moin«, antwortete Mads. »Schön wärs. Ich muss mit dir sprechen.«

»Das hört sich nicht gut an.« Sie wandte sich an Patrick. »Machst du uns einen Kaffee?«

»Gerne«, erwiderte Patrick.

»Für mich nicht, danke«, erwiderte Mads und schob seine leere Espressotasse von sich weg.

»Okay, schieß los«, sagte Melanie und Mads klärte sie kurz auf.

»Das ist ja schlimm«, bemerkte sie besorgt. »Glaubst du, sie wurde entführt oder missbraucht?«

»Das kann ich derzeit überhaupt nicht sagen. Was weißt du über sie?«

»Ich hatte ihren Tisch bedient. Sie waren gerade hier an der Ostsee angekommen und gut drauf. Kim hat gefühlt am meisten getrunken. Und dann war da noch der andere Tisch mit den vier Jungs, die den Mädels einen ausgegeben haben. Kim wollte hingehen, aber ihre Mädels wollten das nicht.«

»Du meinst den Tisch, wo Paul saß.«

»Ich sehe schon, Patrick hat aus dem Nähkästchen geplaudert.«

»Ich habe nur meinen Job gemacht«, kommentierte Patrick und reichte Melanie ihren Kaffee.

»Wie war die Gruppe von Jungs? Kennst du ihre Namen?«

»Zwangsläufig«, Melanie lachte auf. »Die sind seit ein paar Tagen hier und lassen nichts anbrennen. Möchtest du die Namen?«

»Klar.« Mads machte sich Notizen.

»Ich kann dir auch die Handynummer von Finn geben.«

»Du hast seine Handynummer?«

»Nicht, wie du denkst. Rein beruflich. Er hat den Tisch organisiert. Die wären mir eh viel zu jung.«

»Dann leg mal los.«

Melanie nannte ihm die Nummer.

»Da du ihren Tisch bedient hast – ist dir aufgefallen, ob Paul gegen 1 Uhr nachts raus ist?«

Melanie trank einen Schluck Kaffee und überlegte. »Ich bin mir nicht sicher, aber ich glaube schon.«

»Denk bitte noch mal nach, ich muss das genau wissen.«

»Es war viel los und die Jungs waren andauernd an irgendwelchen Tischen oder an der Bar und haben mit Mädels geflirtet. Ich sagte doch, die lassen nichts anbrennen.«

»Bitte, Melanie, das Ganze könnte sich zu einer ernsten Situation entwickeln.«

»Du musst mich nicht ermahnen, ich zermartere mir ja schon das Hirn«, erwiderte Melanie. »Der Gedanke, dass ein Vergewaltiger hier frei rumläuft, ist echt gruselig, aber es fällt mir schwer, zu glauben, dass es dieser Paul gewesen sein könnte. Er ist doch noch grün hinter den Ohren und an Angeboten hat es ihm weiß Gott nicht gemangelt.«

»Überlass die Bewertung bitte mir«, entgegnete Mads.

»Entspann dich«, konterte Melanie leicht genervt. »Ja, ich bin mir ziemlich sicher, dass er raus ist.«

»Ziemlich?«

»Mensch, Mads, warum musst du immer auf jedem Wort so rumreiten? Ich verstehe echt nicht, weshalb die Mädels dich alle so toll finden. Wenn du in deinen Beziehungen genauso bist, würden wir ständig aneinandergeraten.«

»Deswegen hatten wir auch noch nie was miteinander«, erwiderte Mads. Melanie konnte extrem direkt und giftig sein, das wurde gerade wieder sehr deutlich. »Bist du dir nun sicher oder nicht?«

»Ja, bin ich. Zufrieden?«

»Das wird sich zeigen. Hast du noch etwas anderes bemerkt?«

»Nein, habe ich nicht. Müssen wir uns Sorgen machen?«

»Das kann ich noch nicht sagen. Wollen wir hoffen, dass sie nur bei irgendeinem Kerl die Nacht verbracht hat und ihr Handyakku leer ist«, antwortete Mads.

Melanie schwieg, aber ihr Blick wirkte besorgt.

Mads stellte ihr noch ein paar Fragen, dann verabschiedete er sich, um nach Niendorf zu fahren.

Kurz überlegte er, ob er diesen Finn anrufen sollte, entschied sich jedoch dagegen. Möglicherweise würde er die Jungs am Strandabschnitt ihres Hotels treffen, um die Mittagszeit sonnten sich die meisten Touristen am Strand.

Das *SeeHus Lifestyle Hotel* war ein modernes und relativ neues Hotel in Niendorf. Mads betrat die Lobby und erkundigte sich nach der Gruppe. Die Angestellte am Empfang kannte die vier, sie waren wohl schon aufgefallen.

»Vor zwei Stunden sind die an den Strand«, erklärte sie und bestätigte damit Mads' Annahme.

Mads bedankte sich und suchte am Strand nach der Gruppe. Da er Paul und seine Freunde bereits an diesem Morgen beim Frühstück gesehen hatte, wusste er, wie sie aussahen.

Einige Minuten später entdeckte er drei von ihnen. Zwei mit einer Bierdose in der Hand. Sie schienen schon ziemlich angetrunken.

»Moin«, grüßte er in die Runde.

»Hallo. Sie sind doch der Polizist«, antwortete einer der jungen Männer.

»Genau. Mads Johannsen, ich bin Kriminalpolizist in Timmendorfer Strand. Wo ist Paul?«

»Der ist am Imbiss, wollte Nachschub holen. Wie gesagt, was da heute vorgefallen ist, tut uns echt leid. Wir wollen kein Ärger und Paul ist ein guter Junge. Er ist nur wegen seiner Ex etwas durch den Wind. Gibt es wegen heute Morgen Ärger?«

»Nein, ich muss mich nur mit ihm unterhalten.«

»Und worüber?«

»Das kläre ich mit ihm.« Mads überlegte, ob er die drei schon mal wegen der vergangenen Nacht befragen sollte, als er plötzlich einen harten Schlag gegen den Hinterkopf spürte und zu Boden ging.

6

»Du gehst mir so was von auf die Eier«, brüllte Paul und schlug auf Mads ein, der zu Boden gegangen war und gerade wieder zu sich kam. Ein Schmerz durchzuckte seinen Körper und Erinnerungen an einen Afghanistaneinsatz wurden wach, wo sie in einen Hinterhalt geraten waren und es zu einer wilden Schlägerei gekommen war. Nur mit Mühe war es seinen Kameraden und ihm gelungen, sich freizukämpfen.

Damals hatte er Todesangst gehabt, aber das hier waren nur Schläge, die kurz schmerzten.

Erneut hieb Paul auf ihn ein.

»Paul, lass den Scheiß«, glaubte er jemanden schreien zu hören.

»Nein, fick den Bastard«, brüllte Paul und holte aus, aber diesmal war Mads schneller. Er rollte sich im Sand zur Seite, sodass Pauls Fußtritt ins Leere ging und Mads genug Zeit blieb, um auf die Beine zu kommen.

»Verdammt noch mal, was soll der Mist?«, rief er und packte Paul, dann schlug er ihm mit der Faust in den Bauch.

Paul schrie und holte aus, um Mads eine Rechte zu verpassen. Mads sah das kommen. Er bückte sich und rammte Paul die Faust in die Seite. Paul heulte auf und stürzte zu Boden.

Mads holte mit dem Fuß aus und trat ihm gegen den Kopf. Blut schoss aus Pauls Mund. Noch ein Schrei, dann ein kurzes Zucken des Oberkörpers und Paul lag reglos auf dem Sand.

»Sie haben Paul getötet!«, rief einer seiner Kumpel. Man sah ihm an, dass er der Spross eines wohlhabenden Elternhauses war. Er traute sich aber ebenso wenig wie die anderen, gegen Mads einzuschreiten. Der Schrecken stand ihnen ins Gesicht geschrieben.

»Entspannen Sie sich«, blieb Mads ruhig, griff nach der Wasserflasche, die auf dem Boden lag, öffnete sie und goss das Wasser über Pauls Kopf.

Der kam langsam zu sich.

Mads beugte sich zu ihm hinunter und drehte seinen Arm nach hinten. »Wollen Sie noch immer den Helden spielen oder können wir reden?«

»Sie tun mir weh«, entgegnete Paul, aber seine Worte klangen schwach.

»Werden Sie Dummheiten machen, wenn ich Sie loslasse?«

»Nein, entspannen Sie sich.«

»Gut. Falls doch, verspreche ich Ihnen, dass ich sie ausknocke und mit zur Dienststelle nehme.«

»Dürfen Sie das überhaupt?«

Mads erhöhte den Druck auf Pauls Arm. Der schrie auf.

»Ist ja gut, Sie brechen mir noch den Arm.«

Jetzt ließ Mads los und beide richteten sich auf.

»Verdammt, was wollen Sie von mir?«

Mads warf ihm einen mahnenden Blick zu. »Ich wollte mich lediglich mit Ihnen unterhalten, aber Sie greifen mich an. Nur, damit Sie es wissen: Ein tätlicher Angriff gegen einen Polizisten ist kein Kavaliersdelikt. Je nach Gesprächsverlauf behalte ich mir vor, Sie anzuzeigen. Dann verbringen Sie Ihre restlichen Urlaubstage im Knast.«

Paul schluckte. »Das war keine Absicht, ehrlich. Ich weiß nicht, was in mich gefahren ist. Ich habe irgendwie rotgesehen.«

»Dann sollten Sie weniger trinken.«

Paul antwortete nicht, sein Blick wanderte zu Boden. Ein Zeichen für Mads, dass der junge Mann langsam begriff, wie eng es für ihn wurde.

»Glauben Sie, dass Sie in der Lage sind, meine Fragen zu beantworten?«

»Ich glaube schon. Kann mir denken, worum es geht.«

»Und worum geht es?«

»Sicherlich hat diese Tussi von gestern Abend Anzeige gegen mich erstattet. Aber ich habe nichts getan. Ehrlich.«

»Wie lange sind Sie auf der Party geblieben?«, wollte Mads wissen, auf Pauls Worte ging er nicht ein.

»Wir haben den Laden abgeschlossen. Sind ja im Urlaub, warum so früh zurück ins Hotel?«

»Stimmt das?« Mads drehte sich zu den Freunden.

»Ja, stimmt.«

Immerhin log keiner von ihnen.

»Haben Sie zwischenzeitlich die *Roof Bar* verlassen?«, fragte er wieder an Paul gewandt.

»Wie, verlassen?«

»Na, sind Sie an den Strand gegangen, um sich die Beine zu vertreten?«

Pauls Mundwinkel hoben sich, dann schaute er zum Meer. Das Grinsen wollte nicht aus seinem Gesicht weichen. »Ja, habe ich. Warum?«

»Wann war das?«

»Keine Ahnung, ich war betrunken, woher soll ich wissen, wie spät es war? Es war ziemlich dunkel.«

»Weiß es einer von euch?«

»Ganz ehrlich, ich bin doch nicht sein Kindermädchen«, antwortete der Kumpel, der sich auch zuvor zu Wort gemeldet hatte. Die anderen murmelten etwas Ähnliches.

»Dann konzentrieren Sie sich. Wann war das?«

»Keine Ahnung …« Paul hielt inne. »Nicht viel später als um die Zeit, als Sie mich gestresst haben.«

»Ich habe Sie gestresst? Sie haben eine junge Frau dumm angemacht, wir wollen mal bei der Wahrheit bleiben.«

»Was heißt denn dumm angemacht? Ich habe den Bitches für sechzig Euro Sekt spendiert. Da darf man doch ein kleines Dankeschön erwarten und nicht …«

»Nein, dürfen Sie nicht. Keine der Frauen hat Sie gebeten, ihnen einen auszugeben«, unterbrach Mads ihn scharf. »Das heißt, Sie haben die Party kurz nach 1 Uhr verlassen?«

»Ja, möglich. Hab echt keine Ahnung.«

»Und warum?«

»Weil ich einen Ersatz für diese dämliche Tussi gefunden habe. Wir haben uns am Strand ein bisschen vergnügt. Das ist doch offensichtlich.«

Das ging ja schnell, dachte Mads. Er war überrascht, dass dieser Angeber so rasch eine Frau aufgetan hatte, die auch noch mit ihm für ein Schäferstündchen an den Strand gegangen war.

»Wie heißt die Frau?«

»Das geht Sie nichts an.«

»Das tut es sehr wohl, weil ich Ihre Angaben überprüfen muss.«

»Wollen Sie uns nicht endlich sagen, was hier los ist? Wenn diese Frau Paul angezeigt hat, was interessiert es Sie dann, mit wem sich Paul vergnügt hat?«, mischte sich nun einer der Freunde ein.

»Ich habe nicht gesagt, dass die Frau Anzeige erstattet hat. Wir müssen nur überprüfen, ob die Angaben Ihres Freundes stimmen. Wenn nicht, sitzt er tief in der Patsche«, stellte Mads klar. »Wie heißt die Frau?«

»Janine.«

»Und weiter?«

»Keine Ahnung, war doch nur ein Fick.«

Mads gefiel Pauls Einstellung gegenüber Frauen gar nicht. Er schien sie nur als Sexobjekt zu sehen, daher wunderte es ihn nicht, dass Paul wieder Single war.

»Haben Sie ihre Handynummer?«

»Nein, habe ich nicht. Ich sagte doch, das war spontan, wir waren beide betrunken.«

»Sicherlich kennen Sie ihr Instagramprofil?«

Paul druckste ein wenig herum, dann nannte er ihm den Profilnamen von Janine, Mads schrieb mit.

»Wars das?«, fragte Paul.

»Ich brauche noch die Kontaktdaten von Ihnen allen. Sie haben bestimmt Ihre Ausweise dabei.«

Das hatten sie und Mads machte je ein Foto davon, dann verabschiedete er sich von den jungen Männern und beschloss, an den Hafen zu gehen, um etwas zu essen.

Auf dem Weg dorthin schaute er sich das Instagramprofil dieser Janine an. Sie war hübsch, kam aus Bonn und war mit zwei ihrer Freundinnen im Urlaub. Er schrieb ihr eine Nachricht.

Während er weiterging, dachte er über den Fall nach. War Paul eine Vergewaltigung zuzutrauen? *Aber wenn er sie vergewaltigt hat, was hat er dann mit Kim gemacht?*, überlegte er. Paul war ein Angeber und hatte seine Nerven nicht im Griff, aber war er ein eiskalter Mörder?

Mads war nicht sicher. Er würde Paul auf jeden Fall erneut in die Mangel nehmen, je nachdem, was diese Janine antwortete.

Er blickte den Strand hinunter und seine Gedanken wanderten zu Kim.

Du hättest sie zur Party zurückbringen sollen, dann wäre sie jetzt nicht verschwunden, dachte er bitter. Sein Atem ging schneller, weil der Gedanke einen wunden Punkt bei ihm traf, auch wenn er wusste, dass er sich deshalb keine Vorwürfe machen durfte.

»Moin, Thor«, hörte er da eine ihm vertraute Stimme.

»Moin, Jörn.« Dass er nicht gerne Thor genannt wurde, behielt Mads für sich. Jörn kapierte es einfach nicht.

»Wo gehst du hin?«, fragte der junge Mann.

»Zu Oli und Ali, habe Hunger. Und du?«

»Darf ich mit?«

»Klar.«

»Lädst du mich ein?«

»Ausnahmsweise.« Mads kannte Jörn schon seit einer Ewigkeit. Er war Anfang zwanzig und damit gut zehn Jahre jünger als Mads. Jörn hatte eine Lernbehinderung und war sehr naiv und gutmütig, daher ließ Mads ihm mehr durchgehen als anderen. Jörn konnte allerdings auch ziemlich frech und unverschämt sein, dann zeigte Mads ihm seine Grenzen auf.

»Hattest du Ärger mit den Jungs?«, fragte Jörn.

»Welchen Jungs?«

»Na, mit diesen vier Hübschen, mit denen du dich unterhalten hast.«

»Hast du mich beobachtet?«

»Nur kurz. Zufällig.«

Mads antwortete nicht, er sah auf die Wellen und ging schweigend weiter. Am liebsten hätte er sein T-Shirt ausgezogen, um eine Runde zu schwimmen oder, noch besser, um zu surfen. Leider war er im Dienst.

Bald erreichten sie den Imbiss.

»Moin, Jungs«, begrüßte Oli sie. »Beide im Dienst?«

»Ich nicht. Ich bin nur die Begleitung«, antwortete Jörn. »Mads lädt mich zum Essen ein.«

»Das ist aber nett von ihm. Was möchtet ihr denn?«

Mads bestellte ein Krabbenbrötchen und Jörn schloss sich der Bestellung an.

»Und eine Coke«, ergänzte Jörn.

»Ich nehme ein Wasser.«

»Musst du auf deine Linie achten?«, fragte Oli schmunzelnd.

»Klar, sonst ist er ja nicht mehr Thor«, antwortete Jörn.

»Thor?« Oli hob eine Augenbraue.

»Logisch, er sieht doch aus wie Thor.«

»Vielleicht wie die Sparversion von Thor.« Oli schmunzelte, Mads schüttelte nur den Kopf.

»Wo ist Ali?«

»Der ist in Lübeck, ein paar Dinge erledigen.« Dann senkte Oli die Stimme und wurde plötzlich ernst. »Gibt es Neuigkeiten von Lena?«

»Leider nicht«, erwiderte Mads.

»Sie wird wieder gesund. Ihr Johannsens seid zäh. Lena ist eine Kämpferin.«

Oli reichte beiden ihre Krabbenbrötchen und die Getränke. Mads zahlte.

»Wollen wir zu den Booten?«, fragte Jörn.

»Daraus wird nichts, Kumpel. Ich muss zurück zur Dienststelle.«

»Schade.«

Mads verabschiedete sich von den beiden und ging zu seinem Dienstfahrzeug, wieder begleitet von dem schlechten Gewissen, dass er Kim nicht zur Party zurückgebracht hatte.

Statt in die Dienststelle fuhr Mads nach Scharbeutz, parkte in der Nähe des *Bayside Hotels* und ging zum Strand, der im Gegensatz zum Vorabend sehr gut besucht war.

Sie wird Richtung Haffkrug gegangen sein, dachte er, denn er selbst war Richtung Niendorf gegangen, nachdem er sich von ihr verabschiedet hatte.

Sein Blick wanderte über den Strand. Es war unmöglich, hier nach Spuren zu suchen, in dem feinen trockenen Sand waren sie längst verwischt. Außerdem lagen überall Touristen und Einheimische, die sich sonnten. Für die Spurensuche katastrophale Bedingungen.

»Hast du den Strandabschnitt verlassen? Wenn ja, wo? Irgendwann musst du doch bemerkt haben, dass du dich immer weiter vom Hotel entfernst«, murmelte Mads. »Es ist dunkel, du bist betrunken, aber es wird kühler und du fühlst dich allein.« Mads tippte sich gegen das Kinn. »Du bleibst stehen und beschließt, zurückzugehen. Die Frage ist: Wo? Sag mir, Kim, bis wohin bist du gegangen? Wo hast du beschlossen, kehrtzumachen?« Er verengte die Augen zu Schlitzen und schaute sich um. Links von ihm war eine lange Düne, dicht bewachsen mit Sträuchern und hohem Gras. Der Strandbereich hier war weniger stark besucht als die anderen. Nachts war hier nichts los.

Unverwandt starrte er auf die Dünen. Sie boten einen hervorragenden Schutz. Allerdings nicht für Kim, sondern für einen Gewalttäter.

7

»Was stimmt mit dir nicht?«, fragte Finn. »Du kannst doch nicht einen Bullen angreifen!«

»Der geht mir aber dermaßen auf den Sack«, schimpfte Paul.

»Na und? Möchtest du, dass wir alle deinetwegen noch richtig Ärger bekommen?«

»Warum solltet ihr meinetwegen Ärger bekommen?«

»Weil er unsere Handynummern hat, du Ochse«, antwortete Kevin. »Ein Angriff auf einen Polizisten ist eine ernste Angelegenheit.«

»Das ist doch reine Routine.«

»Das glaube ich nicht. Jede Wette, dieses Mädel hat Anzeige gegen dich erstattet. Wie hieß die noch?«, sagte Kevin.

»Kim, glaube ich«, antwortete Cenk, der Vierte in der Gruppe.

»Genau«, bestätigte Kevin. »Was musstest du sie auch anbaggern?«

»Hallo?« Paul schaute ihn mit großen Augen an. »Wir sind im Urlaub und die war sicherlich nicht abgeneigt. Wenn dieser dumme Bulle nicht gewesen wäre, hätte ich die Braut schon geknackt. Die wollte, hat nur auf Zicke gemacht. Ihr kennt doch das Spiel.«

»Ich glaube, genau das ist das Problem. Er hat dich gestern Abend auf der Party gesehen und dich deswegen auf dem Kieker. Ich frage mich nur, warum sie dich angezeigt hat«, sagte Finn.

»Wir wissen doch gar nicht, ob sie mich wirklich angezeigt hat. Entspannt euch mal.«

»Und warum sonst sollte der Polizist mit dir sprechen wollen?«

»Weil er mich eben auf dem Kieker hat, was glaubst du? Aber ich habe nichts gemacht, ich hatte nur ein bisschen Spaß mit Janine …« Paul sprach das Offensichtliche nicht aus. »Jungs, ist doch auch scheißegal. Wir sind im Urlaub, warum stressen wir uns?«

»Weil dieser Urlaub sehr schnell vorbei sein wird, wenn dich der Polizist anzeigt. Du hast ihn angegriffen, und wenn er dich wirklich auf dem Kieker hat, hast du ihm jetzt sogar noch unfreiwillig geholfen. Er könnte dich mit der Anzeige erpressen.«

»Finn, du siehst Gespenster. Soll er mich doch anzeigen. Ich habe ein Alibi: Janine.« Paul öffnete eine Dose Bier und reichte sie Finn. »Entspann dich mal, du bist immer gleich so negativ.«

»Bin ich gar nicht. Ich habe nur keine Lust, deinetwegen dauernd Ärger zu bekommen.«

»Warum solltest du Ärger bekommen?« Paul runzelte die Stirn, seine Brust hob und senkte sich sichtbar, weil er schwer atmete. »Jetzt kapiere ich, du warst auch am Strand!«

»Na und?«

»Nichts na und. Warum warst du am Strand?« An vieles konnte sich Paul nicht mehr erinnern, da er zu viel getrunken und einen Filmriss hatte.

»Bloß die Beine vertreten. Mir war es etwas zu voll auf der Party und zu laut. Gegen mich gibt es immerhin keine Anzeige.«

»Du weißt doch gar nicht, ob es überhaupt eine Anzeige gegen mich gibt«, wurde Paul laut. So langsam nervten ihn die Unterstellungen von Finn, der Geister sah, wo keine waren. Aber so war Finn schon immer gewesen.

»Leute, kommt mal runter. Was soll der unnötige Stress? Wir sollten uns nicht gegenseitig Vorwürfe machen«, versuchte Kevin zu schlichten, doch Pauls Laune war am Boden, da half selbst der Alkohol nicht mehr.

»Vielleicht sollten wir die Mädels kontaktieren und fragen, was genau gegen Paul vorliegt«, schlug Cenk vor.

»Keine dumme Idee«, antwortete Kevin. »Melanie hat doch bestimmt eine Nummer von denen. Am Ende ist es sicherlich was ganz Harmloses.«

»Das glaube ich nicht. Der Polizist sucht Paul nicht wegen einer Lappalie auf, ansonsten hätte der angerufen. Da ist mehr, aber Paul …«

»Was ist mit mir?«, erhob Paul seine Stimme. Finns Unterstellungen schmeckten ihm gar nicht. »Oder willst du nur von dir ablenken, weil du auch am Strand warst? Hast du vielleicht Stress mit Kim gehabt und dieser verdammte Bulle beschuldigt mich fälschlicherweise?«

»So ein Quatsch«, entgegnete Finn. »Ich habe mir nichts zuschulden kommen lassen. Ich wiederhole mich: Ich hab nur keine Lust, deinetwegen Stress mit der Polizei zu bekommen. Im Gegensatz zu dir studiere ich Jura, als angehender Anwalt kann ich mir keinen Ärger mit der Polizei erlauben.«

»Ich habe nichts gemacht, du Idiot. Lass das, sonst werde ich echt sauer.«

»Dann erklär mir mal, wo du die ganze Zeit warst. Janine ist viel früher als du zurück auf der Party gewesen!«

8

Timmendorfer Strand, 12. August

»Wir haben es mindestens mit einem Entführungsfall zu tun«, sagte Gustav eindringlich.

»Ich weiß nicht«, entgegnete Albert.

»Was weißt du nicht?« Gustav spürte, wie sein Blutdruck stieg.

»Na ja, was, wenn sie einfach nur untergetaucht ist?«

»Im Urlaub? Was ist das für ein Unfug?« Gustav sah Albert verständnislos an. Die beiden Männer saßen auf der Terrasse des Restaurants *Wolkenlos* am Timmendorfer Strand. Es lag am Ende einer Brücke und bot somit einen unverbauten Blick auf die Ostsee. Zurzeit war es auch wenig besucht, da die meisten am Strand lagen und sich bräunten. Gustav und Albert saßen recht weit hinten, sodass sie keine neugierigen Blicke oder allzu große Ohren fürchten mussten.

»Das ist kein Unfug«, beharrte Albert. »Es wäre nicht das erste Mal, dass sich eine junge Frau verliebt und sich nicht mehr meldet. Das weißt du doch als Polizist viel besser als ich.«

»Damit kommst Du nicht durch. Wir sollten beten, dass wir es wirklich nur mit einer Entführung zu tun haben«, entgegnete Gustav.

»Womit komme ich nicht durch?«

»Damit, dass wir weiter unter dem Radar ermitteln. Gestern habe ich dir den Gefallen noch tun können, aber heute sieht die Situation anders aus.«

»Wie kann sich eine Situation innerhalb eines Tages so verändern? Gib Mads noch ein paar Tage.«

»Wir müssen damit rechnen, dass wir nicht in einem Entführungsfall, sondern in einem Mordfall ermitteln, verdammt noch mal«, wurde Gustav deutlich.

»Dass du immer gleich das Schlimmste befürchten musst. Was, wenn sie nur abgehauen ist?«

»Wollen wirs hoffen. Trotzdem bleibe ich dabei: Im Urlaub ist das sehr unwahrscheinlich.«

»Gustav, du musst dich auch mal in meine Situation versetzen.

Ich kann keine Panik gebrauchen und erst recht keine Stornierungen.«

»Die wird es nicht geben. Ich werde die Presse nicht kontaktieren.«

»Das ist gut.«

»Was der Scharbeutzer Bürgermeister machen wird, weiß ich allerdings nicht«, fügte Gustav hinzu.

»Was soll das schon wieder?«

»Ich hatte ein Gespräch mit Frank. Er überlegt, ob er die Presse informieren soll, um nach ihr zu suchen.«

»Dieser Holzkopf«, schimpfte Albert. »Keine Ahnung, warum der wiedergewählt wurde. Ich hoffe, du hast ihm gesagt, dass ihr polizeiintern viel bessere Methoden habt, um nach vermissten Personen zu suchen.«

»Habe ich, denn wenn sie entführt wurde, riskieren wir, dass wir den Täter damit aufscheuchen. Wenn sie ermordet wurde, ist Franks Überlegung nicht von der Hand zu weisen.«

»Was hat er gesagt?«

»Er machte den Eindruck, als würde er meinen Wunsch verstehen, findet aber trotzdem, dass die Presse Kenntnis haben sollte«, erklärte Gustav.

»Holzkopf bleibt Holzkopf. Mach dir mal keine Gedanken, ich rufe ihn später an. Der frisst mir aus der Hand.«

»Wenn du meinst.« In Wahrheit kam es Gustav sehr gelegen, dass Albert mit Frank sprechen und seinen Einfluss geltend machen wollte, denn er selbst hatte kein so gutes Verhältnis zu Alberts Amtskollegen. Und das, obwohl Albert keine Gelegenheit ausließ, um gegen Frank zu sticheln.

»Möchten Sie noch etwas?«, machte sich die Kellnerin bemerkbar, die gerade an ihren Tisch getreten war.

»Einen Espresso«, antwortete Albert, Gustav schloss sich der Bestellung an.

»Hat Mads etwas herausgefunden?«, erkundigte sich Albert.

»Das kann er dir selbst erzählen. Da kommt er schon.« Gustav deutete zur Brücke, wo sein Neffe mit schnellen Schritten auf sie zusteuerte.

Beide Männer erhoben sich. Mads grüßte erst den Bürgermeister, dann seinen Onkel und nahm neben Gustav Platz.

»Dein Onkel und ich reden gerade über deinen aktuellen Fall …«

»Lass ihn doch erst was bestellen«, fiel Gustav seinem Freund ins Wort.

»Passt schon. Sicherlich möchtest du wissen, wie der Stand ist.«

»So ungefähr, dein Onkel bleibt da immer etwas vage«, konnte sich Albert eine Spitze nicht verkneifen, was Gustav mit einem Brummen quittierte.

Mads fasste die bisherigen Ergebnisse kurz zusammen, dann schloss er: »Nichts spricht dafür, dass sie mit irgendjemandem durchgebrannt ist. Wir müssen davon ausgehen, dass sie einem Gewaltverbrechen zum Opfer gefallen ist.«

»Glaubst du, dieser Paul hat die junge Frau missbraucht?«

»Kann ich noch nicht einschätzen. Sein One-Night-Stand Janine hat sein Alibi bestätigt. Allerdings hat sie auch gesagt, dass sie vor Paul zurück auf der Party war.«

»Was für ein tragischer Zufall.«

»Wie meinst du das?«

»Na ja, du hattest Kontakt mit ihr. Hättest du dich auf einen Flirt mit ihr eingelassen, hätte sie …«

»Lass das«, fiel Gustav dem Bürgermeister ins Wort. »Mads trifft überhaupt keine Schuld.« Er warf Albert einen wütenden Blick zu.

»So unrecht hat Albert nicht«, lenkte Mads ein. »Wenn ich sie wenigstens zurück zur Party begleitet hätte, hätte das Ganze anders ausgehen können. Sie war betrunken und verärgert.«

»Hätte, hätte. Ich möchte so eine Diskussion nicht an meinem Tisch. Unsere Aufgabe ist es, die junge Frau zu finden, am besten lebend. Wir können es uns nicht leisten, uns mit unrealistischen Theorien zu beschäftigen.«

»Dein Onkel ist wie ein Löwe, wenn es um seine Familie geht«, sagte Albert und ließ seine weißen Zähne aufblitzen.

»Das würde ich für jeden meiner Mitarbeiter tun. Ich spreche gerade als Chef von Mads, nicht als sein Onkel«, korrigierte Gustav, dabei hatte Albert nicht unrecht. Mads genoss schon Privilegien, die er anderen Mitarbeitern nicht gewährte.

Die Kellnerin kam und reichte den beiden ihren Espresso,

dann gaben Mads und Gustav ihre Bestellung für ein Mittagessen auf.

»Was sind die nächsten Schritte?«, wollte Albert anschließend wissen.

»Ich höre mich in den Gaststätten Richtung Haffkrug um. Sie kann nur in diese Richtung gelaufen sein. Und es könnte nicht schaden, wenn wir den Abschnitt mit einer Hundertschaft etwas genauer unter die Lupe nehmen.«

»Du möchtest den Strandabschnitt für eine Durchsuchungsaktion sperren?« Albert hob seine Stimme.

»Wenn es nötig ist, Ja.«

»Das kommt nicht infrage.«

»Ob das infrage kommt, entscheide ich in Abstimmung mit dem Staatsanwalt und dem Richter«, korrigierte Gustav den Bürgermeister.

Albert knirschte mit den Zähnen. »Kann man das nicht in Zivil machen, abends ab 18 Uhr, wenn die meisten Besucher den Strand verlassen haben?«

»Das wäre auch mein Vorschlag«, antwortete Mads.

»Ich entscheide, wann und ob«, stellte Gustav klar. Das fehlte ihm noch, dass Albert ihm diktierte, wie sie zu ermitteln hatten. Es war höchste Zeit, dass er den Bürgermeister in seine Schranken wies.

»Dann trägst du aber auch die Verantwortung für die Konsequenzen. Ich weiß nicht, was ihr euch davon versprecht. In dem trockenen feinen Sand werden doch alle Spuren verwischt worden sein, und wer sagt denn, dass sie am Strand entführt wurde?«

»Um das herauszufinden, müssen wir den Abschnitt eben genauer untersuchen«, erklärte Mads.

»Wäre es nicht vernünftiger, zunächst die umliegenden Gaststätten und Anwohner zu befragen?«

»Ich bitte dich kein zweites Mal, dich nicht in unsere Ermittlungsarbeit einzumischen. Langsam solltest du kapieren, dass mich deine Sorge, dass Touristen ihre Buchungen stornieren könnten, nicht interessieren. Mich interessiert einzig und allein, dass wir Kim lebendig finden«, mahnte Gustav.

Albert atmete hörbar durch die Nase aus, sagte aber nichts.

Gustav sah ihm an, dass er mit der Antwort nicht zufrieden war, doch das war ihm herzlich egal.

»Ich muss leider los«, bemerkte Albert dann. »Informier mich bitte, sobald du Neuigkeiten hast. Ich rede mit Frank.«

»Mach ich.«

Albert verabschiedete sich von beiden und ging Richtung Strand davon.

»Der ist echt stur«, stellte Mads fest.

»Du sagst es. Der wird sich nie ändern. Aber ich kann auch sehr stur sein.«

»Ich weiß.« Mads grinste.

»Ich fahre gleich zu deiner Schwester ins Krankenhaus. Wenn etwas ist, ruf mich bitte sofort an.«

»Mach ich. Was ist mit dem Arzt aus der Schweiz?«

Gustav hatte Mads am vergangenen Abend von Alberts Vorschlag erzählt.

»Habe vorhin mit ihm telefoniert. Mal schauen, wie er uns helfen kann.«

»Danke.«

»Dafür nicht.« Gustav liebte seine Nichte wie seine eigene Tochter. Ihr zu helfen, war für ihn selbstverständlich.

»Ich habe große Sorge um Lena.«

»Nicht nur du. Aber deine Oma hat recht, wir dürfen keine Sekunde zweifeln, erst recht nicht, wenn wir bei Lena sind. Komapatienten bekommen mehr von ihrer Umgebung mit, als wir glauben.«

Mads holte Luft und fuhr sich mit der Hand übers Gesicht, Gustav sah ihm an, dass Lenas Zustand Mads sehr belastete.

»Lass uns über den Fall sprechen«, schlug er daher vor, er wollte, dass sein Neffe auf andere Gedanken kam.

»Es gibt nicht mehr dazu zu sagen als das, was wir heute Morgen im Meeting besprochen haben.«

»Mag sein, aber ich denke, wir können bereits einiges ausschließen.«

»Ja, zum Beispiel, dass sie mit irgendeinem Kerl durchgebrannt ist. Wenn du mich fragst, sollten wir den Strandabschnitt schleunigst mit einer großen Mannschaft absuchen, vielleicht finden wir noch Spuren.«

»Auf bloßen Verdacht hin wird sich weder der Staatsanwalt noch der Richter darauf einlassen. Erst recht nicht die Direktion in Lübeck.«

»Hast du Angst vor Albert?«, reagierte Mads schnippisch.

»Ganz sicher nicht, aber ich kann im Gegensatz zu dir einschätzen, was realistisch ist und was nicht. Ich brauche Beweise, dass wir es mit einem Gewaltverbrechen zu tun haben, und bisher haben wir nichts, was darauf hindeutet.«

»Es gibt aber auch nichts, was darauf schließen lässt, dass sie abgehauen ist. Vor allem im Urlaub, das ist doch idiotisch.«

»Entspann dich. Mit Wut im Bauch klärt sich der Fall nicht auf und so weit gehen unsere Ansichten nicht auseinander. Ich denke ja ähnlich.«

Mads wollte etwas erwidern, doch da kam die Kellnerin mit ihrem Essen. Gustav war das nur recht, auf eine unnötige Diskussion mit ihm war er nicht vorbereitet. Er war müde.

»Das hat nichts mit Wut im Bauch zu tun«, widersprach Mads. »Wir verlieren Zeit! Wenn ein Psycho sie entführt hat, weißt du besser als ich, wie viele Stunden uns bleiben.«

»Mal doch nicht gleich den Teufel an die Wand.«

»Vorhin bei Albert hat es sich noch so angehört, als wärst du auf meiner Seite.«

»Verdammt, Mads, das hier hat nichts mit Sympathien zu tun. Es geht allein darum, eine junge Frau möglichst lebendig zu finden«, wurde Gustav nun laut. Er spürte, wie sein Puls in die Höhe schoss, dabei wollte er sich nicht aufregen. »Iss lieber deine Pasta, bevor sie kalt wird.«

Mads brummte etwas vor sich hin, was Gustav nicht verstehen konnte, und schob seine Gabel in den kleinen Berg aus Nudeln, der hübsch angerichtet auf dem Teller vor ihm lag. Seine Augen funkelten. Ein klares Zeichen, dass Mads mit dem Gesprächsverlauf alles andere als zufrieden war. Aber darauf konnte Gustav keine Rücksicht nehmen. Er war in dieser Situation der Chef von Mads und nicht sein Onkel.

»Statt dich unnötig aufzuregen, solltest du dir Paul noch mal vorknöpfen und herausfinden, warum er später als diese Janine zurück zur Party gegangen ist«, fügte Gustav nun hinzu.

»Das ist geplant, ändert aber nichts an meiner Meinung, dass wir dringend den Strandabschnitt mit einer Hundertschaft durchkämmen sollten. Wir sollten auch …« Mads hielt inne und ließ die Gabel sinken.

»Was ist los?«

Mads' Augen weiteten sich, als hätte er einen Geistesblitz.

»Ich habs!«, sagte er dann.

»Was?«

»Wie wir herausfinden können, ob ein Gewaltverbrechen vorliegt, ohne den gesamten Strandabschnitt abzusuchen.«

»Und wie?« Gustav konnte seinem Neffen gerade nicht folgen.

»Dafür brauche ich nur Meiko und ein Kleidungsstück von Kim.«

Jetzt verstand Gustav und nickte anerkennend. »Das ist gut, sehr gut. Meiko ist bei Oma.« Meiko war Gustavs Schäferhund und gleichzeitig ausgebildeter Polizeihund.

9

»Wie könnt ihr jetzt nur trinken?«, schimpfte Alina.

»Warum?«, fragte Sophia.

»Kim ist verschwunden und ihr tut, als wäre nichts geschehen.«

»Was sollen wir denn sonst machen? Die Polizei sucht doch nach ihr.«

»Jedenfalls nicht saufen, bis der Arzt kommt.«

»Stell dich nicht so an. Wir sind im Urlaub«, gab sich Sophia uneinsichtig.

Esra hingegen war ihr schlechtes Gewissen anzusehen, sie stellte ihr Glas zur Seite.

»Was, wenn Kim etwas Schlimmes zugestoßen ist?«, fragte sie.

»Ihr kennt doch Kim. Die hat Haare auf den Zähnen. Der passiert nichts«, beharrte Sophia.

»Und ihr Handy?«

»Akku leer.«

»Seit über einem Tag?« Alina konnte nicht glauben, dass Sophia nur nach Ausreden suchte, um ihr Verhalten zu rechtfertigen.

»Vielleicht erinnert ihr euch noch an unseren Urlaub vor zwei Jahren in Hurghada. Da war Kim drei Tage lang verschwunden.«

»Aber da war ihr Handy an und sie hat uns geantwortet. Jetzt ist sie gar nicht erreichbar. Wie kannst du das vergleichen?«

»Vielleicht hat sie ihr Handy verloren?«, entgegnete Sophia.

»Kann ich mir schwer vorstellen, dann hätte die Polizei uns informiert.«

»Wir könnten ja mal diesen schnuckeligen Polizisten kontaktieren.«

»Wie kannst du ans Flirten denken, während unserer Freundin gerade wer weiß was …« Alina wagte ihren Gedanken nicht auszusprechen. Im Gegensatz zu Sophia befürchtete sie das Schlimmste.

»Du denkst immer nur an Horrorszenarien. In Hurghada

hast du uns auch den Urlaub vermiest, weil sich Kim nicht gemeldet hat.«

»Weil ich in Sorge war.«

»Du bist immer in Sorge. Zu viel negatives Karma.«

»Sagt gerade die Richtige.«

»Ladys, alle mal kurz durchatmen. Ihr beide habt ja recht. Kim ist halt Kim. Aber wir sollten uns echt überlegen, was wir tun«, versuchte Esra zu vermitteln.

»Wir sollten gar nichts tun, das ist die Aufgabe der Polizei«, entgegnete Sophia und gönnte sich einen besonders großen Schluck aus ihrem Cocktailglas.

Alina antwortete nicht. In Gedanken war sie schon so weit, dass sie überlegte, ob es nicht vernünftiger wäre, Kims Eltern zu informieren oder gar den Urlaub abzubrechen. Aber wenn sie das ansprechen würde, würde Sophia ausrasten und ihr nur weiter unterstellen, dass sie zu negativ eingestellt sei.

»Vielleicht sollten wir diese Jungs mal kontaktieren«, schlug Esra vor.

»Welche Jungs?«

»Na, die, die uns die Runde ausgegeben haben. Dieser Paul war doch plötzlich nicht mehr da und kam dann irgendwann wieder. Kim war auch weg. Was, wenn er etwas mit ihrem Verschwinden zu tun hat?«

»Meinst du nicht, dass dieser hübsche Polizist die Jungs längst befragt hat?« Sophia schien nicht viel von dieser Idee zu halten.

»Möglich. Aber vielleicht waren sie ihm gegenüber nicht ehrlich? Was riskieren wir denn, wenn wir sie fragen?«

»Esra hat recht«, stimmte Alina ihrer Freundin zu. Es war allemal besser, als nichts zu tun und abzuwarten, ob die Polizei Kim fand.

»Na gut, wenn ihr mich dann nicht mehr nervt und wir endlich wieder unseren Urlaub genießen. Aber wie kommen wir an die Nummer der Jungs?«

»Jede Wette, dass Melanie die hat.«

Alina fischte ihr Handy aus ihrer Handtasche und wählte Melanies Nummer.

»Moin«, meldete sich Melanie.

»Hi, ich habe eine Bitte.« Alina hatte ihren Anruf auf Lautsprecher gestellt.

»Klar, schieß los.«

»Kannst du mir die Nummer von Paul oder einem seiner Freunde geben?«

»Deswegen wollte ich euch auch gerade anrufen.«

»Wieso?«

»Die Jungs haben mir gestern Abend eine Nachricht geschickt und nach eurer Nummer gefragt. Ich habe vorhin erst die Nachricht gelesen. Ist es okay für euch, wenn ich den Kontakt weitergebe?«

»Logisch. Aber gib uns auch mal die Nummer von Paul.«

Alina war überrascht, dass die Jungs nach ihrer Nummer gefragt hatten. Wussten sie etwas über Kim? Ihre Nervosität nahm zu.

10

Herauszufinden, wo sich die Freundinnen von Kim gerade aufhielten, war nicht schwer. Mads hatte ihre Kontaktdaten, und ein Blick in die Instagramprofile der Frauen verriet, dass sie momentan in der Buddelbar am Timmendorfer Strand waren.

Vor der Beachbar hatte sich eine lange Schlange gebildet, die Location war beliebt, denn es gab in Timmendorf nur diesen Beachclub.

»Hey, nicht vordrängeln«, meckerte ein junger Mann, als Mads an der Schlange vorbeiging. Mads reagierte nicht darauf.

»Moin«, sprach er den Mitarbeiter an, der vor dem Eingang den Gästen ihre Plätze zuwies.

»Moin, Mads, bist du im Dienst?«

»Leider.«

»Dann geh durch.«

»Danke.«

Mads sah sich um und entdeckte kurz darauf die Mädels, die am Strand VIP-Liegen belegt hatten und sich rege zu unterhalten schienen.

»Moin«, machte er auf sich aufmerksam.

»Hallo«, antwortete Sophia als Erste. »Hast du frei? Kannst dich gerne zu uns setzen.«

»Das ist sehr nett von euch, aber ich bin beruflich hier.«

»Schade.«

»Gibt es Neuigkeiten wegen Kim?«, erkundigte sich Alina.

»Nein, leider noch nicht.«

»Glaubst du, dass sie entführt wurde?«, fragte Esra.

»Denk doch nicht gleich an das Schlimmste. Ich sage nur: Hurghada«, entgegnete Sophia.

»Was war in Hurghada?«, hakte Mads nach. Es war nicht zu übersehen, dass Sophia keine Lust hatte, sich Sorgen zu machen. Ob sie so naiv war und sich nicht vorstellen konnte, dass Kim entführt worden war, oder ob es eher ein Schutzreflex war, konnte er nicht einschätzen.

»In dem Urlaub war sie auch plötzlich spurlos verschwunden.«

»Aber da war ihr Handy nicht aus«, entgegnete Alina.

»Was genau ist vorgefallen?« Mads ging auf den Streit der Mädels nicht ein.

»Sie hat einen Surflehrer kennengelernt und sich Hals über Kopf in ihn verschossen, deshalb war sie einige Tage verschollen. Bei Kim nichts Ungewöhnliches. Sie hat ihren eigenen Kopf.«

»War sie telefonisch erreichbar?«, wollte Mads wissen.

»Ja, war sie. Wir haben sie angerufen und sie meinte nur, dass wir uns keine Sorgen machen müssten«, antwortete Alina und schnitt damit Sophia das Wort ab, deren Augen schmal wurden.

»Ihr verreist wohl öfter zusammen?«

»Die meiste Zeit jedenfalls.«

»Wie lange schon?«

»Seit drei Jahren.«

»Gab es da noch einen ähnlichen Fall mit Kim?«

»Dass sie ein paar Tage untergetaucht ist?«, fragte Alina.

»Genau.«

»Nein.«

»Aber sie hat doch ständig ihr eigenes Ding abgezogen. Ich sage nur Ibiza, wo sie sich jeden Abend einen Kerl …«, setzte Sophia an, wurde jedoch von Esra scharf unterbrochen.

»Da war sie immer erreichbar.«

»Mädels, entspannt euch bitte. Ein Streit ändert nichts an der Tatsache, dass eure Freundin spurlos verschwunden ist«, mischte sich Mads ein.

»Die Jungs wissen leider auch nichts«, sagte Alina.

»Welche Jungs?«

»Paul und seine Clique. Die haben uns an dem Abend eine Runde ausgegeben und wir glauben, dass Paul ein Auge auf Kim geworfen hat. Er war eine Zeit lang nicht auf der Party, deshalb haben wir vorhin mit ihm telefoniert. Er hat sich wohl mit einer anderen Tussi von der Party vergnügt«, erklärte Alina.

»Ich hatte euch die Frage schon einmal gestellt, aber überlegt bitte erneut: Gab es nicht vielleicht noch eine Person, die ein Auge auf Kim geworfen hatte und die Party längere Zeit verlassen hat?«

»Wir haben uns lange darüber unterhalten, aber wir haben nichts bemerkt. Und wenn, war die Person wirklich vorsichtig. So wie du fragst, muss man ja mit dem Schlimmsten rechnen.«

»Das ist reine Routine.«

»Sollen wir ihre Eltern benachrichtigen?«, fragte Esra besorgt.

»Spinnst du?«, wurde Sophia laut. »Was glaubst du, was dann passieren wird? Unsere Eltern werden uns zwingen, nach Hause zu fahren.«

»Wartet bitte den heutigen Tag ab, ich habe da nämlich eine Idee. Wenn wir sie bis morgen nicht finden, solltet ihr die Eltern benachrichtigen«, schaltete sich Mads ein.

»Was für eine Idee?«

»Darüber kann ich nicht sprechen. Ich brauche einen persönlichen Gegenstand von Kim. Ich nehme mal an, dass ihr euch ein Zimmer teilt.«

»Genau. Kim und ich teilen uns ein Zimmer«, antwortete Alina.

»Kannst du mich auf dein Zimmer begleiten? Ich bräuchte ein Kleidungsstück von ihr.«

»Gerne.« Alina lächelte und strich sie eine Haarsträhne hinters Ohr. Keine Frage, sie war hübsch, schlank und jung. Wäre Mads nicht im Dienst gewesen, wäre er einem Flirt mit ihr nicht abgeneigt gewesen. Sie hatte offensichtlich Interesse.

»Okay, danke.« Er schaute in die Runde. »Wenn euch noch was einfällt, ruft mich bitte sofort an.« Dann wandte er sich an Alina. »Wollen wir?«

Alina nickte, packte ein paar Sachen zusammen und zog sich ein Shirt und eine kurze Hose an, die nur das Nötigste bedeckte, anschließend verabschiedeten sich beide von den Mädels und Alina folgte Mads zum Wagen.

Keine fünfzehn Minuten später standen sie in dem Zimmer, wo Alina und Kim schliefen.

»Was genau möchtest du denn?«

»Ein T-Shirt, etwas, was sie hier getragen hat.«

»Und wofür?«

»Wir haben einen Polizeihund und möchten sehen, ob er etwas erschnüffelt.«

»Das hört sich nicht gut an. Wir machen uns wirklich große

Sorgen um Kim, auch Sophia. Die tut nur so taff, aber eigentlich ist Kim ihre beste Freundin. Ich glaube, es ist die Angst, die sie so reden lässt.«

»Das Gefühl hatte ich auch.«

Alina kramte im Kleiderschrank und reichte ihm ein Shirt von Kim. »Das hat sie während der Fahrt nach Scharbeutz getragen.«

»Danke.« Mads zog sich Einmalhandschuhe an, die er immer dabeihatte, und legte das Shirt in eine Tüte, die ebenfalls zu seiner Grundausstattung im Dienst gehörte.

»Müssen wir uns Sorgen um Kim machen?«

»Ich weiß es nicht. Wir stehen noch am Anfang der Ermittlungen. Die Geschichte mit Hurghada ist interessant und sollte uns ein wenig Hoffnung geben.« Egal wie oft Alina diese Frage wiederholte, Mads konnte ihr unmöglich sagen, was er glaubte.

»Ein wenig?«

»Ein wenig mehr. Entspann dich. Ihr seid im Urlaub. Wollen wir hoffen, dass sich alle Sorgen in Wohlgefallen auflösen.«

»Gut, dass du nach ihr suchst.«

»Wie meinst du das?«

»Ich habe ein gutes Gefühl bei dir. Du wirkst sehr authentisch.«

»Danke.«

Alina schien noch etwas auf dem Herzen zu haben, aber sie sprach es nicht an. Stattdessen spielte sie wieder mit ihren Haaren.

»Komm, ich fahre dich zu deinen Mädels.«

»Danke.«

Eine Stunde später hatte Mads Schäferhund Meiko bei seiner Oma abgeholt und parkte sein Auto am Strandabschnitt zwischen Scharbeutz und Haffkrug.

Als er Meiko die Tür öffnete, sprang der Hund heraus und stellte sich sogleich schwanzwedelnd vor ihn.

»Gleich brauche ich deine Hilfe, Großer.« Mads streichelte den Schäferhund. »Komm.«

Er nahm ihn an die Leine. Am Strand zog er wieder Einmalhandschuhe an und ließ Meiko an Kims Shirt, das er in der Tüte mitgenommen hatte, schnüffeln.

»Lass dir Zeit, Meiko. Gleich hast du viel Arbeit vor dir. Wir müssen nach Spuren suchen. Ich weiß, es wird nicht leicht, aber wenn es einer schafft, dann du.«

Meiko war ein ausgebildeter Spürhund, gleichzeitig ein Einsatzhund und ein Sprengstoffspürhund. Mads lächelte, als er an die Fähigkeiten Meikos dachte. Es gab streng genommen nichts, was dieser wunderbare Schäferhund, der ein echtes Familienmitglied für sie geworden war, nicht konnte. Obwohl er Gustavs Hund war, hatte Mads das Gefühl, dass Meiko sich mehr zu ihm hingezogen fühlte. Er liebte Meiko über alles.

Meiko bellte.

»Das ist kein Hundestrand«, meckerte ein Mann um die fünfzig sie an. In der Hand hielt er eine Portion Pommes, in der anderen eine Flasche Cola. Der großzügige Bierbauch verdeckte den Bund seiner Badehose.

Mads ignorierte den Mann, er hatte Meiko noch immer an der Leine. »Riech!«

»Sagen Sie mal, hören Sie schlecht? Das ist hier kein Hundestrand!« Der Mann trat näher an Mads heran. »Wo kommen wir denn hin, wenn jeder seinen Köter an den Strand mitnimmt?«

»Entspannen Sie sich. Ich bin Polizist«, antwortete Mads.

»Na und? Das gibt Ihnen längst nicht das Recht, mit Ihrem Hund am Strand spazieren zu gehen. Kann ja jeder behaupten, er wäre Polizist. Können Sie sich ausweisen?«

»Das kann ich. Und Sie sollten schleunigst zurück zu Ihrem Strandkorb. Meiko ist ein Polizeihund und wir sind im Dienst«, antwortete Mads misslaunig, zückte aber seine Dienstmarke und zeigte sie dem Mann.

Der warf einen kurzen Blick darauf, murmelte ein: »Na ja« und watschelte davon.

»Trottel.« Mads schüttelte verärgert den Kopf. »Du warst aber ganz brav. Lass uns weitermachen.« Wieder hielt Mads Meiko das Shirt hin und ließ ihn lange daran schnüffeln. »Such!«, forderte er ihn schließlich auf.

Meiko wandte seinen Kopf vom Shirt ab und schaute nach oben, dann nach vorne, senkte die Nase und lief los. Da Mads ihn an einer sehr langen Leine hatte, konnte Meiko frei die Richtung vorgeben. Am liebsten hätte er Meiko einfach laufen lassen, da am Strand aber noch reger Betrieb herrschte, konnte er das nicht.

Nach ein paar Metern blieb der Schäferhund stehen und schnüffelte im Sand, dann setzte er sich neben die Stelle. Mads eilte zu ihm.

»Hast du was gefunden?«

Meiko bellte und wedelte mit dem Schwanz, dann schnüffelte er erneut im Sand. Mads bückte sich und schob den Sand mit der Hand, die noch im Einmalhandschuh steckte, ein wenig hin und her, konnte aber nichts erkennen.

»Hast du dich geirrt? Oder hast du etwas anderes erschnüffelt?«, überlegte Mads laut. Es war eine Mammutaufgabe für den Spürhund, auch wenn er noch so gut war.

»Wir kriegen das hin, Meiko«, sagte er dann und streichelte ihn. »Nur kein Druck. Hier ist nichts.«

Plötzlich sah Meiko nach vorn, sein Körper spannte sich und seine Ohren waren aufgerichtet, als hätte er eine Witterung aufgenommen oder etwas gehört. Dann rannte Meiko los. Mads lief ihm hinterher. Nur die Leine hinderte den Schäferhund daran, Mads davonzurennen.

Wieder blieb Meiko unvermittelt stehen, schaute sich um, machte ein paar Schritte.

»Was hast du gewittert?«, fragte Mads ein wenig außer Atem.

Meiko bellte, lief ein paar Schritte, blieb stehen und bellte noch einmal. Einige Strandgäste sahen ihnen nach. Einer schüttelte den Kopf, sagte aber nichts.

Mads interessierte das nicht. Er prüfte die Stelle, die Meiko anstarrte, wischte ein wenig von dem feinen Sand zur Seite, konnte jedoch nichts entdecken, was auf ein Gewaltverbrechen schließen ließ.

»Vielleicht ist da auch gar nichts, Meiko. Vielleicht irre ich mich und Kim ist überhaupt nicht in diese Richtung spaziert.« Er presste die Lippen zusammen.

Verdammt, dachte er, während er mit den behandschuhten Fingern noch immer den Sand durchkämmte.

Plötzlich hielt er inne. Er spürte einen Widerstand. Vorsichtig buddelte er den Sand zur Seite und zog eine Halskette heraus.

Ein Anhänger hing daran und darauf stand: Kim.

11

Paul lag auf seinem Bett. In Gedanken war er bei Kim und den Mädels. Vorhin hatten sie angerufen und waren damit ihrem eigenen Plan zuvorgekommen. Das Gespräch war irgendwie komisch gewesen, die Mädels hatten seltsame Fragen gestellt. Am liebsten hätte er ihnen gar nichts erzählt, aber sie hatten Finn angerufen und der hatte bereitwillig geantwortet.

»Das Ganze gefällt mir nicht«, sagte er zu sich. Obwohl er gut gebechert hatte, fühlte er sich nicht betrunken.

Er dachte wieder an den Abend zurück. Da war er auch betrunken gewesen, wie jeden Tag, seit er im Urlaub war. Und wie streng genommen jeden Tag, seit er Single war. Die Trennung von Milena hatte er noch immer nicht verkraftet, obwohl das Ganze schon drei Monate zurücklag.

»Alles deine Schuld. Ich habe dich geliebt, du Miststück, aber du musstest mich ja betrügen.« Seine Augen wurden feucht, er konnte nichts dagegen tun. Der Gedanke an Milena und an die Tatsache, dass sie ihn betrogen hatte, war selbst hier am Strand nicht zu ertragen.

Er hatte sie wirklich geliebt, sich sogar ausgemalt, wie es wäre, eine Familie mit ihr zu gründen, doch sie hatte ihm das Herz herausgerissen und ihn mit einem Arschtritt abserviert. Genau deswegen hatte er beschlossen, auch wieder ein Arschloch zu sein. Augenscheinlich wollten die Frauen, dass man sie schlecht behandelte, denn wenn man sie gut behandelte, verarschten sie einen nur. Davon war er in seiner Wut und Enttäuschung zumindest im Moment überzeugt.

Sein Blick wanderte zur Uhr auf seinem Handy. Er hatte noch eine Stunde, bevor er sich mit seinen Freunden zum Abendessen treffen würde, aber er hatte überhaupt keine Lust darauf. Am liebsten hätte er sich schlafen gelegt.

Seine Kumpels hatten ihm bei diesem dämlichen Bullen nicht ansatzweise den Rücken freigehalten, sondern wie feige Schafe zu der Polizei gehalten.

»Diese billige Kopie eines Chris Hemsworth, was glaubt er, wer er ist? Hinter einer Marke kann ich mich auch verstecken.«

Paul schnaufte, er brauchte Alkohol. Wütend stand er auf, trat an die Minibar und öffnete sie: leer.

»Mist«, fluchte er. Dann legte er sich wieder aufs Bett, nahm sein Handy und schaute einige Storys auf Instagram an. Seine Gedanken wanderten zu seiner Exfreundin.

Er meldete sich mit seinem eigenen Instagramprofil ab und loggte sich mit einem anonymen Account ein, um ihr Profil anzuschauen. Seine Jungs hatten ihn ermahnt, das nicht zu tun, weil er so nie von ihr loskommen würde, aber er konnte nicht anders. Er musste sehen, was sie gerade tat und ob dieser Idiot an ihrer Seite war.

Das letzte Foto, das sie gepostet hatte, war von ihr – allein. Sie lächelte in die Kamera und hielt ein Glas Wein in der Hand.

»Wie kann man so ein Engel und Teufel zugleich sein«, sagte er zu sich und versuchte, seine Wut zu unterdrücken. Die Gefühle, die er für sie gehabt hatte, hatte er noch nie zuvor für eine Frau verspürt. Er sah sich ihre Storys an, doch auch dort war nichts von dem Idioten, der sie ihm weggenommen hatte, zu sehen. Er atmete erleichtert aus.

Gab es Grund zur Hoffnung?

Hatten sie sich getrennt?

»Mir doch egal. Es ist vorbei, ich lasse mich kein zweites Mal verarschen«, brüllte er in das Zimmer hinein.

Erneut schaute er sich das Foto von ihr an, sein Blick wurde beinahe starr.

Da wusste er wieder, warum er auf der Party so auf diese Kim versessen gewesen war: Die Ähnlichkeit zwischen ihr und seiner Exfreundin war geradezu verblüffend.

12

Zu früh gefreut?

So schnell würde Mads sich nicht geschlagen geben. Nachdem Meiko und er die Halskette gefunden hatten, hatte er Alina angerufen und sie gefragt, ob Kim eine Kette auf der Party getragen habe, doch sie hatte verneint.

Daher hatte er kurzerhand beschlossen, die Mädels persönlich aufzusuchen und ihnen die Kette zu zeigen. Sie waren im *Café Wichtig*, einem überaus beliebten Café und Restaurant an der Promenade von Timmendorfer Strand. Mads war dort selbst gerne zu Gast und hatte schon manch feuchtfröhlichen Abend verbracht.

Er betrat die Terrasse und sah sogleich die Frauengruppe, die sich angeregt unterhielt. Jede von ihnen hatte einen Aperol in der Hand oder vor sich auf dem Tisch stehen.

»Wenn das mal nicht der schöne Polizist ist«, ließ sich Sophia zu einem Kommentar hinreißen. Sie sprach schon etwas undeutlich.

»Hallo. Ich will euch nicht lange stören.«

»Passt schon. Setz dich doch. Möchtest du was trinken?«, fragte Alina.

»Nein, bin im Dienst. Ich möchte, dass ihr euch diese Halskette anschaut und überlegt, ob sie von Kim ist.«

»Wo hast du die her?«, fragte Esra. Sophia hingegen zeigte einen genervten Gesichtsausdruck. So schnell konnte die Partylaune kippen.

»Am Strand zwischen Scharbeutz und Haffkrug. Ich gehe davon aus, dass sie in diese Richtung gegangen ist.« Mads machte eine kurze Gedankenpause. »Schaut euch die Halskette bitte genau an. Auf dem Anhänger steht Kim.«

Er zog sich Einmalhandschuhe an, nahm die Halskette aus der Tüte und zeigte sie den jungen Frauen.

»Nicht anfassen«, ermahnte er Sophia.

»So im Dienst bist du gar nicht mehr süß«, reagierte sie eingeschnappt.

»Süß?« Mads holte Luft. »Jetzt hör mir mal genau zu: Deine Freundin Kim wird vermisst. Vielleicht ist sie nur mit einem Kerl durchgebrannt und hat keinen Bock auf eine Freundin, der es scheißegal ist, was mit ihr passiert. Vielleicht wurde Kim aber auch entführt oder wer weiß was Schlimmeres. Da werde ich doch wohl erwarten können, dass du dich von deinem hohen Ross herunter begibst und dir diese Halskette anschaust. Oder ist das zu viel verlangt?«

Sophia zuckte zusammen, mit so einer scharfen Reaktion hatte sie wohl nicht gerechnet.

»Das ist nicht ihre Kette«, antwortete sie dann. Sie hatte ihre Arme vor der Brust verschränkt, ihr Blick wirkte giftig.

»Was ist mit euch?«

Esra wollte nach der Kette greifen, aber Mads zog sie weg. »Ich sagte doch, nicht anfassen, wir müssen die Spuren daran noch sichern.«

Esra entschuldigte sich, ihr Gesicht lief rot an. »Ich bin mir nicht sicher. Was ist mit dir?«

»Ich glaube nicht. Ich habe sie an dem Abend keine Kette tragen gesehen«, antwortete Alina.

»Könnte sie aus ihrer Handtasche gefallen sein?«, fragte Mads.

»Möglich. Aber ich kann mich echt nicht erinnern, dass sie je eine Halskette getragen hat, auf deren Anhänger ihr Name eingraviert war. Könnte es nicht die Kette einer anderen Kim sein?«

»Das ist denkbar, aber unser Spürhund Meiko ist darauf angesprungen. Er hat eine sehr gut ausgebildete Nase. Dass er sich irrt, halte ich für so gut wie ausgeschlossen.«

»Hunde können sich sehr wohl irren. Genau wie Menschen«, reagierte Sophia zickig.

»Meiko nicht.«

»Muss ja ein richtig toller Hund sein.«

»Wenn du zu dem Fall nichts beizutragen hast, solltest du brav an deinem Aperol nippen. Kim tut mir echt leid. Eine egoistische Freundin wie dich hat sie sicherlich nicht verdient«, konterte Mads.

»Spinnst du? Was glaubst du, wer du bist?«, fauchte Sophia zurück.

»Im Gegensatz zu dir ist es mir nicht egal, was aus Kim wird. Ich tue alles, damit wir sie lebendig finden, aber du schiebst die ganze Zeit und bist nicht am Gespräch beteiligt, gibst dir lieber schön die Kante. Sei froh, dass ich gerade im Dienst bin, sonst würdest du dir ganz andere Worte anhören müssen.«

Jetzt wagte Sophia nichts mehr zu sagen. Ihre Augen wurden feucht und Mads rechnete damit, dass sie gleich weinen würde, aber das war ihm genauso gleichgültig wie das, was sie von ihm hielt.

»Schaut euch bitte die Halskette noch mal ganz genau an.«

»Mir sagt die Kette nichts«, antwortete Esra nach einer Weile. »Tut mir leid. Ehrlich gesagt habe ich nicht darauf geachtet, ob sie an dem Abend eine trug oder nicht.«

»Ich leider auch nicht. Schau dir doch mal die Instagramstorys an.«

»Habt ihr die archiviert?«, fragte Mads hellhörig.

»Ich nicht«, antwortete Esra. »Was ist mit euch?«

»Ich auch nicht. Du, Sophia?«, sagte Alina.

»Warum sollte ich?« Sophia fixierte schlecht gelaunt ihr Glas.

»Habt ihr Fotos an dem Abend gemacht?«

»Ja, einige«, antwortete Esra.

»Zeigt mir mal bitte eure Profile. Vielleicht sieht man auf einem der Fotos Kim.«

Er wusste, dass er die Mädels nicht zu sehr unter Druck setzen durfte, was allerdings gar nicht so leicht war, weil er überzeugt davon war, dass sich Meiko nicht irrte. Andererseits hatte auch er an dem Abend mit Kim gesprochen und konnte sich ebenso wenig daran erinnern, ob sie eine Kette getragen hatte.

Alina reichte ihm ihr Handy, auf dem Instagram geöffnet war. Er schaute sich die letzten Posts an, aber auf keinem konnte er Kim entdecken. Er reichte Alina ihr Handy zurück. Danach nahm er das Handy von Esra. Das gleiche Resultat.

Sophia schob ihm ihr Handy über den Tisch, ohne ihn anzuschauen. Sie hatte an dem Abend ein Foto gepostet, wo man Kim sah, aber nur von hinten.

»Mist«, entfuhr es Mads. »Dann muss ich ihre Eltern fragen.«

»Die Eltern? Bitte nicht«, reagierte Sophia sofort.

»Sie werden wissen, ob sie so eine Kette hatte.«

»Damit beenden Sie unseren Urlaub«, bemerkte Alina entsetzt.

»Das ist mir herzlich egal. Ich muss einen Fall aufklären.«

»Und was, wenn ich die Kette doch gesehen habe?«, meldete sich Sophia wieder zu Wort.

»Das klingt wenig glaubwürdig.«

»Doch, habe ich, wirklich. Jetzt erinnere ich mich daran.«

»Das ist kein Spiel hier«, sagte Mads streng, »deine Freundin wird vermisst.«

»Ich scherze nicht. Ich kenne die Kette.«

»Und woher?«

»Na ja, sie hat sie mal gekauft, als ich dabei war.«

Mads war nicht sicher, ob er ihr glauben sollte. Er schaute sie prüfend an, um zu sehen, ob ihre Körpersprache sie verriet. Sophia traute sich noch immer nicht, ihn direkt anzuschauen.

»Sophia, das ist kein Scherz. Wenn du mich belügst, kriegst du richtig Ärger. Nicht nur mit mir, sondern auch mit dem Staatsanwalt und dem Richter. So was ist kein Kavaliersdelikt, das kann mit Gefängnis bestraft werden. Überleg dir deine Antwort ganz genau.«

»Moin, Mads«, grüßte in dem Moment der Kellner, der für den Tisch der Mädels zuständig war. »Gehörst du zu der Runde?«

»Nein, ich bin gleich weg.«

»Verstehe.« Der Kellner entfernte sich.

»Hast du die Kette gesehen?«, wiederholte Mads seine Frage und ließ Sophia nicht aus den Augen.

»Nein, habe ich nicht«, platzte sie dann heraus. »Wegen dir ist unser ganzer Urlaub im Arsch.«

Mads wollte gerade zu einer bösen Retourkutsche ansetzen, als Alina ihn am Unterarm berührte. »Habt ihr nicht solche Programme, mit denen ihr Bilder analysieren könnt?«

»Haben wir. Warum?«

»Weil ihr damit prüfen könntet, ob auf einem der Instagramfotos von Kim die Kette zu sehen ist. Wenn nicht, kannst du die Eltern immer noch kontaktieren. Kann mir schwer vorstellen, dass das am Ende einen Unterschied macht.«

»Kannst du mir die Kontaktdaten der Eltern geben?«, fragte Mads.

»Ich habe die Handynummer der Mutter.« Alina nannte ihm die Nummer, Mads notierte sie und packte dann alles, was er mitgebracht hatte, wieder ein. Anschließend verabschiedete er sich von der Gruppe.

Meiko hatte er vor dem Gespräch in der Dienststelle rausgelassen. Dorthin ging er nun zurück und rief auf dem Weg Tim an, den IT-Spezialisten bei der Lübecker Kriminalpolizei, der auch für Timmendorfer Strand zuständig war, wenn es um IT-Fragen ging.

»Moin«, hörte er Tim sagen.

»Moin, Tim. Mads hier, ich hoffe, ich störe nicht.«

»Nein, tust du nicht.«

»Noch nicht im Feierabend?«

»Habe einiges zu tun. Wie kann ich dir helfen?«

»Ich ermittele in einem potenziellen Entführungsfall. Meiko hat eine Halskette erschnüffelt, die vielleicht der vermissten Person gehört.«

»Vielleicht? Meikos Nase ist doch weithin berühmt.«

»Ich weiß, aber die Freundinnen von Kim, der verschwundenen Person, können sich nicht daran erinnern, ob sie die Halskette getragen hat.«

»Verstehe, du brauchst Sicherheit und ich soll dir dabei helfen.«

»Genau. Ihr habt doch diese Erkennungssoftware.«

»Haben wir«, bestätigte Tim. »Schick mal ein Foto von der Halskette und ich schaue, was ich machen kann. Und gib mir bitte die Instagramprofile von dieser Kim und ihren Freundinnen. Sind die Profile auf öffentlich gestellt?«

»Das sind sie. Du bist der Beste, danke dir.«

»Nichts zu danken.«

»Was glaubst du, bis wann ein Ergebnis vorliegt?«

»In zwei, drei Stunden, eventuell erst morgen früh. Schwer einzuschätzen.« Tim machte eine kurze Pause. »Unter uns, die von der Polizei genutzte Software ist Müll. Kollege Fischer von der Kölner Kripo, Joe und ich haben eine eigene Software geschrieben. Über die werde ich die Suchanfrage stellen. Aber behalt das bitte für dich.«

»Was soll ich für mich behalten?« Mads schmunzelte.

»Nichts«, lachte Tim. »Ich melde mich bei dir.«

»Danke noch mal. Ich bin die ganze Nacht erreichbar, falls es spät werden sollte.«

Mads wusste, dass Tim ein hervorragender Programmierer war, und von diesem Fischer hatte er auch schon jede Menge Gutes gehört. Ein Joe sagte ihm nichts, aber er hatte absichtlich nicht nachgefragt. Am Ende war er nur an den Ergebnissen interessiert.

Während er noch darüber nachdachte, ob er nicht doch schon Kims Mutter anrufen sollte, hatte er die Dienststelle erreicht und betrat die Polizeistation.

»Gut, dass du da bist, dein Onkel …« Petra unterbrach sich. »Ich meinte natürlich: Dein Chef möchte dich sprechen.« Sie zwinkerte ihm zu.

»Dann will ich ihn nicht warten lassen«, erwiderte Mads.

»Das solltest du nicht. Ich gehe jetzt in den wohlverdienten Feierabend. Bis morgen.«

»Bis morgen.«

Mads ging zum Büro seines Onkels, klopfte kurz an und trat ein.

Meiko begrüßte ihn mit einem Bellen. Er lag vor dem Schreibtisch von Gustav, der wie gewohnt auf seinen Bildschirm starrte.

»Moin, Mads. Setz dich. Ich bin gleich bei dir«, antwortete Gustav. »Nur schnell diese dämliche Mail absenden. Warte, du könntest uns beiden einen Kaffee machen, dann musst du nicht sinnlos rumsitzen.«

»Wenn der Herr es wünscht, mache ich auch einen Kaffee.«

»Du, nicht Petra.« Gustav schaute zu Mads hoch. »Du weißt sicherlich, wie eine Kaffeemaschine funktioniert.«

Mads unterdrückte ein Seufzen und ging ins Vorzimmer zur Kaffeemaschine. Die meisten Kollegen waren schon im Feierabend. Es war nur noch der Notbetrieb da, da die Polizeidienststelle vierundzwanzig Stunden am Tag besetzt sein musste.

Wenig später war er mit zwei gefüllten Kaffeetassen zurück bei seinem Onkel – die Kekse hatte er absichtlich stehen lassen. Petra hätte sie automatisch dazugelegt, er jedoch war nur um Kaffee gebeten worden. Diese kleine Retourkutsche musste er sich gönnen.

»Setz dich und stell die Tassen auf den Tisch, bin in einer Minute bei dir.«

»Wird gemacht, Boss.«

Kaum hatte er am Besprechungstisch Platz genommen, kam Meiko zu ihm. Mads kraulte den Schäferhund, bis sich dieser neben ihn auf den Boden legte. Gustav warf seinem Hund einen missbilligenden Blick zu, schüttelte kurz den Kopf und wandte sich wieder dem Bildschirm zu.

»Meiko weiß einfach, wer der Coolere von uns beiden ist«, bemerkte Mads und griff nach seiner Tasse. »Was gibt es denn so Wichtiges zu schreiben?«

»Es geht um den Schweizer Arzt, von dem ich dir erzählt habe.«

»Was ist mit ihm?«

»Er wird nächste Woche nach Lübeck kommen. Ich benachrichtige gerade den Chefarzt der Uniklinik.«

»Das sind gute Neuigkeiten.« Mads' Laune hellte sich ein wenig auf.

»Ich hoffe doch. Er hat allerdings auch versucht, unsere Hoffnungen zu dämpfen. Er könne keine Wunder bewirken und möglicherweise gar nichts unternehmen, je nachdem, wie der Zustand von Lena sei.«

»Jeder noch so kleine Strohhalm kann wichtig sein«, entgegnete Mads. Er war zwar kein Mediziner und konnte die Lage daher kaum beurteilen, aber er hatte immer wieder davon gehört, dass es Spezialisten gab, die Dinge vollbrachten, die andere Mediziner nicht konnten.

»Du hast recht. Wir werden nichts unversucht lassen, damit Lena gesund wird.« Gustav stand von seinem Bürostuhl auf und nahm gegenüber von Mads am Besprechungstisch Platz.

»Wo ist mein Keks?«

»Von einem Keks war nicht die Rede, du wolltest nur einen Kaffee.« Mads versuchte, nicht zu lachen.

Gustav grummelte etwas vor sich hin, dann sagte er: »Erzähl mir von deinen Ermittlungen. Mir ist zu Ohren gekommen, dass Meiko gute Arbeit geleistet hat.«

»Kann man so sagen«, antwortete Mads und erzählte von dem Halskettenfund, seinem Gespräch mit den Mädels und Tim.

»Wieso bezweifelst du, dass Meiko die richtige Kette erschnüffelt hat?«

»Mir fehlt noch die Bestätigung.«

»Du musst mehr Vertrauen in meinen Hund haben. Meiko irrt sich nie. Er hat eine Trefferquote von 99,99 Prozent.«

»Ja, mag sein, aber das reicht nicht. Auch Meiko kann sich irren, was ich ihm nicht einmal übelnehmen würde.«

»Du hast keine Ahnung«, murrte Gustav. »Meiko irrt sich nicht. Diese Kette gehört der vermissten Kim. Und weißt du, warum er sich nicht irrt?«

»Weil die Indizien dagegen sprechen?«

»Nein, weil ich ihn ausgebildet habe. Deine Zeit bei der Spezialeinheit der Bundeswehr hat dir nicht gutgetan. Du solltest Meiko nicht unterschätzen.«

»Das tue ich doch gar nicht. Aber es ist ja wohl nicht falsch, dass man sich so einen Fund durch die Freundinnen bestätigen lässt, und der Backup über Tim ist sicherlich auch nicht dumm«, verteidigte sich Mads, dem es nicht gefiel, dass sein Onkel ihn so hinstellte, als würde er Meikos Fähigkeiten nicht zu schätzen wissen. Dass seine Zeit bei der Bundeswehr ihm in mancher Hinsicht, vor allem psychisch, nicht gutgetan hatte, stand auf einem anderen Blatt.

»Wenn dir eine Bestätigung durch einen Menschen so wichtig ist, frage ich mich, warum du die Mutter von Kim nicht längst angerufen hast, du hast doch ihre Nummer? Oder habe ich da was falsch verstanden?« Gustavs Blick war zweideutig, als würde hinter seiner Frage eine Absicht, ja beinahe eine Unterstellung stecken. Mads versuchte dennoch, ruhig zu bleiben und sich nicht provozieren zu lassen. Auf einen Streit mit seinem Onkel hatte er gerade keine Lust.

»Es ist wegen der Mädels«, räumte er ein.

»Du meinst die Freundinnen der Vermissten?«

»Ja, genau. Die haben halt Schiss.«

»Wovor haben die Schiss? Sie wurden doch nicht entführt. Sie sonnen sich, während Kim möglicherweise in den Fängen eines Wahnsinnigen ist«, schnaubte Gustav.

»Stimmt alles, was du sagst. Trotzdem haben sie Sorge, dass sie ihren Urlaub abbrechen müssen, wenn ihre Eltern erfahren, dass Kim womöglich entführt wurde. Was können sie denn für die Entführung von Kim? *Wenn* sie entführt wurde. Der endgültige Beweis steht noch aus.«

Gustav zog die Brauen hoch und trank seine Kaffeetasse leer. »Dann such du mal weiter nach dem Beweis. Ich sage dir jetzt schon, dass Tim bestätigen wird, dass die Kette dem Opfer gehört. Ich zweifle keine Sekunde an Meikos Fähigkeiten. Was mir aber gerade wirklich nicht in den Kopf gehen will: Warum machst du dir Sorgen um den Urlaub von irgendwelchen jungen Frauen?«

»Das ist es gar nicht. Aber es macht doch keinen Unterschied, ob ich erst Tims Analyse abwarte, bevor ich die Mutter anrufe. Du hast selbst gesagt, dass wir keine öffentliche Fahndung anstreben aus Sorge, dass Kims Lage sich dadurch verschlechtern könnte – wenn sie entführt wurde. Das waren deine Worte.«

Gustav schüttelte den Kopf, als wollte er etwas abschütteln. »Verdammt, Mads«, wurde er nun lauter. »Was ist los mit dir?« Sein Atem ging schwer. »Ich dachte, du bist mein bester Mann, aber du führst dich hier auf wie jemand, der gerade eine Ausbildung beginnt.« Gustavs Augen waren geweitet und sein Gesicht rot angelaufen. Mads wusste, was jetzt kommen würde. »Wir haben es vielleicht mit einer Entführung oder etwas Schlimmerem zu tun und du gehst der heißen Spur nicht nach, weil irgendwelche Tussis dich darum gebeten haben? Spinnst du denn total?«, brüllte Gustav nun.

»So ist es nicht. Ich …«, versuchte Mads dazwischenzugehen.

»Nix ›Ich …‹«, unterbrach Gustav ihn scharf. »Würde mich nicht wundern, wenn diese Mädels hübsch sind und deinem Beuteschema entsprechen. Schöne Frauen waren schon immer deine Schwäche.«

»Das stimmt überhaupt nicht«, entgegnete Mads und fühlte, wie sein Blut in Wallung geriet. Auch weil er sich über sich selbst ärgerte, denn er hatte keine guten Argumente, warum er die Mutter nicht anrief, außer, dass er tatsächlich unbewusst versucht hatte, den Urlaub der jungen Frauen zu retten, weil sie nichts für die Entführung konnten.

»Und ob das stimmt«, polterte Gustav. »Und es ist mir scheißegal, was du den Mädels versprochen hast. Genauso wie es mir scheißegal ist, ob die Freundinnen von Kim ihren Urlaub abbrechen müssen oder nicht. Du rufst jetzt sofort die Mutter an und ich werde bei dem Gespräch dabei sein.«

13

Alina hasste es, zu lügen, aber das gerade eben war noch mal eine ganz andere Nummer gewesen. Kims Mutter hatte sie angerufen.

Ob sie schon Bescheid weiß?, überlegte sie. Die Mutter hatte ihr jedenfalls komische Fragen gestellt. Hatte Mads sie bereits kontaktiert, um sich nach der Halskette zu erkundigen?

Irgendwie hatte sie gehofft, dass er eine andere Option wählen würde. Sie fühlte sich sehr wohl an der Ostsee und eine frühzeitige Abreise wäre unfair, schließlich konnten sie nichts dafür, dass Kim verschwunden war. Dennoch plagte sie das schlechte Gewissen. Da war sie anders gestrickt als Sophia, die keine Sekunde daran dachte, den Urlaub abzubrechen. Nur, änderte man etwas damit, wenn man jetzt nach Hause fuhr?

»Nein«, sagte sie zu sich, ging ins Bad und machte sich frisch, weil sie sich gleich mit ihren Mädels auf der Dachterrasse ihres Hotels zum Essen treffen wollte.

Ihre Gedanken wanderten zu Kim und dem Abend zurück. Immer wieder hatte sie seit dem Gespräch mit Mads versucht, sich daran zu erinnern, ob Kim diese Kette getragen hatte. Sie war sich nur in einer Sache sicher: Kim hatte ein ärmelloses Shirt angehabt, das hochgeschlossen war und somit die Kette verdeckt haben musste, sollte sie sie getragen haben.

»Sie hat diese Kette nicht getragen, das hättest du bemerkt, als sie sich frisch gemacht hat«, versuchte sie sich zu beruhigen, um sich nicht weiter mit dieser Frage zu quälen.

Nachdem sie im Bad fertig war, zog sie sich an, nahm ihre Handtasche und verließ das Zimmer. Auf der Dachterrasse angekommen, sah sie, dass Esra und Sophia bereits Platz genommen hatten.

»Hi«, machte sie sich bemerkbar und setzte sich. »Seid ihr schon länger hier?«

»Nein, gerade reingeschneit. Ich habe richtig Appetit. Die Sonne macht hungrig«, sagte Esra.

»Schatzilein, vergiss deine Bikinifigur nicht«, erlaubte sich Sophia einen Scherz auf Esras Kosten, dabei war sie weit entfernt davon, ihre Bikinifigur zu ruinieren, sie trainierte fast täglich.

Die drei Mädels schauten sich die Menükarte an, dann kam der Kellner zu ihnen.

»Moin. Wollt ihr schon was zu trinken bestellen?«

Ihr Kellner hieß Patrick, Alina kannte ihn bereits von ihrem ersten Besuch auf der Dachterrasse.

»Ich nehme einen Aperol Spritz«, antwortete Sophia.

»Ich ein Wasser.«

»Wollen wir eine große Flasche bestellen?«, schlug Alina vor.

»Klar.«

»Wollt ihr gar nichts sonst trinken?« Sophia wirkte erstaunt.

»Gerade nicht«, antwortete Alina. »Ist ja noch jede Menge Zeit.«

Esra schwieg.

»Gut. Wegen der Essenbestellung komme ich gleich noch mal.« Patrick entfernte sich.

»Den würde ich auch nicht von der Bettkante schubsen«, sagte Sophia und schaute Patrick nach.

»Ich stehe eh auf große dunkelhaarige Männer. Und dann dieses Lächeln … Aber jede Wette, das ist so ein Kerbenzähler wie dieser Mads«, sagte Esra.

»Kerbenzähler?«, fragte Alina.

»Na, für jeden One-Night-Stand eine Kerbe.« Esra lachte.

»Können wir uns darauf einigen, dass wir heute den Namen Mads nicht in den Mund nehmen?«, maulte Sophia.

»Warum?«

»Weil der nur schlechte Laune verbreitet. Als könnten wir was dafür, dass Kim verschwunden ist.«

»Er macht nur seinen Job.«

»Mit dem Körper und dem Gesicht wäre er beim Film deutlich besser aufgehoben als bei der Polizei, da würde er sicherlich viel mehr Geld verdienen.«

»Nicht jeder Mensch ist so geldgeil wie du«, konnte sich Alina eine Spitze nicht verkneifen.

»Erstens bin ich nicht geldgeil und zweitens funktioniert ohne Geld nichts. Wenn wir kein Geld hätten, würden wir uns dann dieses Hotel leisten können oder hier sitzen und lecker zu Abend essen? Geld ist wichtig, damit man ein schönes Leben führen kann. Wer das leugnet, leugnet die Realität.«

Alina hatte sich gerade einen Spruch zurechtgelegt, da kam Patrick mit den Getränken zu ihnen.

»Wisst ihr schon, was ihr wollt?«

»Wir brauchen noch ein paar Minuten«, antwortete Sophia.

»Kein Problem, ich komme gleich wieder.« Patrick verschwand und die Mädels schauten sich das Menü an.

»Ich glaube, ich nehme als Vorspeise eine Misosuppe und dann Sushi«, sagte Esra. »Das soll hier sehr lecker sein laut den Bewertungen.«

»Sushi hört sich gut an«, pflichtete Sophia ihr bei, Alina stimmte in Gedanken zu.

Patrick kam erneut zu ihnen und die Mädels gaben ihre Bestellungen auf.

»Auf einen schönen Abend, hoffentlich ohne Kopfschmerzen. Und wenn doch, dann bitte nur wegen dem Kater am nächsten Morgen«, sagte Sophia und erhob ihr Glas.

»Wo gehen wir denn heute Abend hin? Oder bleiben wir im *Roof?*«, fragte Esra.

»Ich hätte nichts dagegen, es heute hier gemütlich anzugehen«, antwortete Alina.

»Warum nicht? Ist doch eine Superlocation«, schloss sich Sophia an, Esra nickte.

»Hat euch die Mutter von Kim eigentlich auch kontaktiert?«, erkundigte sich Alina.

»Nein«, erwiderte Esra und auch Sophia schüttelte den Kopf. »Was wollte sie denn?«, wollte Esra wissen.

»Sie hat gefragt, ob Kim bei mir ist, weil sie sie telefonisch nicht erreichen könne.«

»Und was hast du geantwortet?«, fragte Sophia.

»Glaubst du, Mads hat sie schon kontaktiert?«, ging Esra dazwischen.

»Mein Gefühl sagt mir Nein, das hätte sie vermutlich erwähnt. Sie klang auch nicht wirklich besorgt.«

»Kein Wunder bei Kim. Als ihre Mutter weiß sie ja, dass ihre Tochter alles andere als zuverlässig ist.«

Alina gefiel es nicht, wie Sophia über Kim sprach. Es klang bei ihr ständig so, als würde es keinen Zweifel geben, dass Kim allein die Schuld daran trug, dass sie verschwunden war.

»Was hast du ihrer Mutter denn geantwortet?«, fragte Esra.

»Dass Kim jemanden kennengelernt hätte und ihr Handy gestern Abend von der Brücke ins Wasser gefallen sei.«

»Sehr gut.« Sophias Augen leuchteten. »Einmal hast du mitgedacht. Ich will wegen Kims Dummheit bestimmt nicht nach Hause.«

»Dummheit?« Alina spürte, dass sie sauer wurde.

»Entspann dich.« Sophia nippte an ihrem Aperol und deutete zum Eingang. »Das ist doch der Paul mit seinen Jungs.«

Alina schaute in die Richtung und sah, dass die Gruppe sich zwei Tische weiter vor ihnen hinsetzte. Sie stand auf, trat an ihren Tisch, grüßte in die Runde und sprach dann Paul direkt an: »Wenn du Kim am Strand getroffen hast, sag es endlich.«

»Wie kommst du auf so einen Mist?«, reagierte Paul angesäuert.

»Weil du später zurück bist als diese Tussi, mit der du runtergegangen bist.«

»Na und?«

»Nichts na und. Was hast du so lange alleine am Strand gemacht?«

Paul antwortete nicht, er starrte Alina sprachlos an, als hätte sie einen wunden Punkt getroffen.

14

Niendorf, 13. August

»Was schaust du so bedrückt?«, fragte Jule.

Mads saß auf einer Bank an der Promenade in Niendorf, er hatte sie nicht kommen sehen.

»Ich war nur in Gedanken.«

»Und wo waren deine Gedanken? Bei mir?« Jule grinste und setzte sich neben ihn.

»Bei Kim.«

»Wer ist das?«

»Eine junge Frau, die vor zwei Tagen von ihren Freundinnen als vermisst gemeldet worden ist. Gustav hat mich gebeten, erst einmal unter dem Radar zu ermitteln, weil wir noch nicht sicher sein können, warum sie verschwunden ist.«

»Ach so. Gibt es denn jetzt Neuigkeiten?«

»Ich fürchte, wir ermitteln in einem Entführungsfall.«

»Echt?« Jule erschrak.

»Ich will zumindest hoffen, dass es nur ein Entführungsfall ist.«

»Wie kommst du darauf? Sie könnte doch nur untergetaucht sein?«

»Ausgeschlossen. Bis gestern hatte ich diese naive Hoffnung auch, aber inzwischen haben wir ihre Halskette gefunden.«

Mads hatte zwischenzeitlich mit Kims Mutter telefoniert und sie hatte bestätigt, dass es sich um Kims Halskette handelte, sie selbst habe sie ihr zur Konfirmation geschenkt. Nur eine Stunde später hatte auch Tim bekräftigt, dass es Kims Kette war. Die Software hatte einige Treffer geliefert.

»Und woher weißt du, dass es ihre war?«

»Mensch, Jule, warum musst du mich so mit Fragen löchern?« Mads war nicht danach, ihr so ausführlich Auskunft zu geben.

»Verzeih, dass ich mir Sorgen mache. Du teilst mir gerade durch die Blume mit, dass sich ein Wahnsinniger hier in der Gegend rumtreibt, und ich soll dann so tun, als wäre nichts. Hast du den letzten Fall vergessen, wo so ein Psycho mich fast entführt hätte wegen deines dämlichen Plans?«

»Nein, habe ich nicht. Und wenn du dich an meinen Plan gehalten hättest, wäre Lena jetzt nicht auf der Intensivstation«, entgegnete Mads scharf.

»Das ist echt unfair.«

Mads bemerkte sofort, wie sehr er Jule mit seinen Worten verletzt hatte, und fügte rasch hinzu: »Du hast recht, verzeih.« Ihm war bewusst, dass er übers Ziel hinausgeschossen war. »Dieser Fall scheint anders zu sein. Möglicherweise handelt es sich um eine Einzeltat und es geschah Richtung Haffkrug. Glaube kaum, dass du dir Sorgen machen musst.«

»Wie kommst du darauf, dass es eine Einzeltat ist?«

»Weil nichts auf einen Serientäter hindeutet«, antwortete Mads kryptisch. Er wollte Jule nicht ängstigen. In Wahrheit wusste er jedoch überhaupt nicht, mit was für einem Tätertyp sie es zu tun hatten.

»Verstehe. Die arme Mutter. Sie muss komplett durch den Wind sein.«

»Das ist sie auch. Sie wollte mir erst nicht glauben, weil sie kurz vor meinem Anruf mit Alina, einer der Freundinnen, mit denen Kim hier Urlaub macht, telefoniert hat. Alina hat ihr wohl erzählt, dass Kim einen Typen kennengelernt habe und ihr Handy von der Brücke in die Ostsee gefallen sei.«

»Was für eine verlogene Freundin. Das geht gar nicht«, regte Jule sich auf.

»Mit den Mädels rede ich noch, keine Sorge«, antwortete Mads. Gerade von Alina hätte er nie erwartet, dass sie Kims Mutter so dreist anlügen würde.

Was man nicht alles für einen schönen Urlaub tut.

»Wenn ich irgendwie helfen kann, sag mir Bescheid.«

»Wie solltest du mir helfen können?«

»Na ja, mir ist nicht entgangen, dass diese Jungs von letztens etwas mit dem Fall zu tun haben. Sie haben über Kim und die Mädels gesprochen.«

»Was haben sie denn erzählt?«

»Soweit ich das mitbekommen habe, haben einige von ihnen mit den Mädels um Kim geflirtet, und Paul hat sich aufgeregt, dass sie nicht so darauf angesprungen sind, wie er sich das vorgestellt hatte, obwohl er ihnen eine Runde spendiert hat.«

»Haben sie was über Kim erzählt?«

»Nicht, dass ich wüsste.«

»Verstehe. Vielleicht kannst du mir wirklich helfen.«

»Wie?«

»Hör dich mal um, verstricke die Jungs in ein Gespräch, und sollten sie noch mal die Mädels erwähnen, horch nach, wer von denen am Strand war oder die Party verlassen hat.«

»Mach ich.« Jule sah Mads von der Seite an. Er spürte das, obwohl er jetzt zu den Booten am Jachthafen schaute. Er kannte diesen Blick. Diesen schmachtenden, fragenden Blick hatte sie ihm schon früher zugeworfen, als sie noch ein Paar gewesen waren. Meistens hatte eine Frage diesen Blick begleitet: »Wo bist du mit deinen Gedanken?«

Mads wandte sich ihr wieder zu und sagte: »Danke.«

»Kommst du mich nachher besuchen?«

»Ich denke nicht.«

Jules Augen zeigten Enttäuschung. Noch immer schien in ihr der Funke, dass sie wieder ein Paar werden könnten, nicht erloschen zu sein. Mads allerdings hielt das für ausgeschlossen. Seine Gedanken galten einer anderen Frau: Emma.

Seit ihrer letzten Begegnung, die mittlerweile einige Monate zurücklag, konnte er sie nicht vergessen, und es verging kaum eine Woche, in der er sich nicht fragte, was sie gerade trieb.

Aber sein Stolz und die viele Arbeit hatten ihn bisher daran gehindert, sie anzuschreiben. Vor allem sein Stolz. Er hatte gehofft, dass Emma zuerst Kontakt aufnehmen würde, immerhin hatte er ihr das Leben gerettet.

Es war dein Job, korrigierte er seine Heldentat und Emma hatte sich mehr als einmal dafür bedankt. Somit stand sie nicht in seiner Schuld.

»Ich muss los«, holte Jule ihn aus seinen Gedanken.

»Alles klar. Auch wenn keine Gefahr droht, solltest du nicht zu spät zu Fuß nach Hause gehen, lass dich fahren oder nimm dein Auto.«

»Mach ich.«

Mads stand auf und verabschiedete sich von Jule.

Nach einem kurzen Fußmarsch erreichte er das Hotel, in dem

Paul und seine Freunde übernachteten, und trat an die Rezeption.

»Wollen Sie einchecken?«, fragte die junge Angestellte hinter dem Tresen.

»Nein, ich bin von der Kriminalpolizei und suche Paul Giese.«

»Herr Giese ist mir bekannt. Er und seine Freunde sind vor zehn Minuten ins Restaurant gegangen. Soll ich etwas ausrichten?«

»Nein, ich mach das persönlich«, antwortete Mads und ging Richtung Restaurant. Bald hatte er die Gruppe von jungen Männern, die an einem Tisch auf der Terrasse saßen, gefunden.

»Sie schon wieder«, war Paul der Erste, der reagierte. Er verdrehte die Augen.

»Ja, ich schon wieder«, blieb Mads kühl. »Ich muss mit Ihnen reden.«

»Kann das nicht bis nach dem Frühstück warten?« Paul schien auf Krawall gebürstet, dass er sich aber hier auf der Terrasse seines Hotels prügeln würde, nahm Mads nicht an. Im Gegenteil hatte Paul jeden Grund, dankbar zu sein, immerhin hatte Mads ihn wegen des Angriffes nicht angezeigt.

»Nein, kann es nicht«, erwiderte er. »Kim wurde Opfer eines Gewaltverbrechens und ich werde Sie so lange nerven, bis Sie und Ihre Jungs mir die Wahrheit sagen.«

»Welche Wahrheit wollen Sie denn hören? Sicherlich nur Ihre.«

»Ich weiß von Ihrem One-Night-Stand, dass sie alleine zurück zur Party gegangen ist und dass Sie alleine am Strand zurückgeblieben sind.«

»Quatsch, ich bin kurz nach ihr hoch. Habe mich nur kurz erleichtert«, erwiderte Paul unwirsch.

»Wie war das mit der Wahrheit? Haben Sie noch immer nicht gelernt, dass es sich entspannter lebt, wenn man die Wahrheit sagt? Die Angaben von Janine haben auch andere Personen bestätigt. Sie waren noch eine ganze Weile am Strand, ehe Sie wieder auf der Party erschienen sind.«

»Die lügen doch, wenn sie nur ihr Maul aufmachen. Diese verlogenen Fotzen«, platzte Paul heraus. Seine Augen blitzten gefährlich.

»Ich rate Ihnen, keine Dummheiten zu machen«, blieb Mads ruhig. »Sie haben Ihre Nerven nicht im Griff, aber ein zweites Mal werde ich keine Nachsicht mit Ihnen haben. Sie können mir danken, dass ich Sie nicht angezeigt habe, dann hätten Sie ein ganz anderes Problem.«

»Sie haben mich doch bis zur Weißglut gereizt, ich habe mich nur verteidigt. Meine Jungs können das bestätigen.« Paul schaute zu seinen Freunden, die bisher auffällig still geblieben waren.

»Mensch, Paul, warum sagst du ihm nicht einfach die Wahrheit, dann können wir uns endlich auf das Frühstück konzentrieren«, meldete sich Finn zu Wort, der, kaum hatte er das ausgesprochen, mit einem tödlichen Blick von Paul bestraft wurde.

»Ich sage die Wahrheit, spinnst du? Diese dämlichen Fotzen wollen mich doch ans Messer liefern. Du hast ja gesehen, wie diese Alina gestern im *Roof* abgegangen ist.«

»Was ist gestern auf der Dachterrasse passiert?« Mads wurde hellhörig.

»Alina ist auf mich zu, hat mich beschimpft und mir irgendwelche Vorwürfe gemacht, weil sie mit dem Druck nicht fertig wird.«

»Was für ein Druck?«

»Sophia meinte, dass Kims Mutter Alina angerufen und Alina sie belogen habe. Jetzt würde sie mächtig in der Scheiße sitzen, weil Sie der Mutter reinen Wein eingeschenkt haben. Ihretwegen müssen die Mädels vermutlich früher abreisen.«

»Wie kommt es, dass Sophia Ihnen das alles so freimütig erzählt?« Mads konnte nicht glauben, was er da hörte. Die Tatsache, dass die Halskette Kim gehört hatte, hatte alles verändert. Dass Sophia das noch immer nicht einsehen wollte, war ein Armutszeugnis.

»Ich habe halt einen guten Draht zu ihr«, blieb Paul vieldeutig.

»Und das heißt genau?« So schnell wollte sich Mads nicht abspeisen lassen.

»Ich denke nicht, dass Sie das was angeht. Das ist privat.«

»Nicht, wenn es für die Ermittlungen wichtig ist. Sie scheinen wirklich noch dämlicher zu sein, als Sie tun«, platzte Mads der Kragen. »Ich kann Sie auch in die Dienststelle zitieren oder wie wäre es mit ein paar Tagen hinter schwedischen Gardinen?«

Paul wollte aufspringen, doch sein Kumpel, der rechts neben ihm saß, hielt ihn am Arm fest und er blieb sitzen. »Ich muss mir nicht alles von Ihnen gefallen lassen«, grollte er. »Was habe ich überhaupt getan, dass Sie mich festnehmen wollen?«

»Sie waren alleine am Strand und Sie können nicht sagen, warum. Zudem habe ich gesehen, wie Sie sich mit Kim angelegt haben. Glauben Sie mir, das reicht, um Sie festzunehmen.«

Paul verstummte und zum ersten Mal hatte Mads das Gefühl, dass dieser junge Mann, der im Normalzustand nur so vor Testosteron und Wut strotzte, endlich einmal nachdachte.

»Ich hatte einen Filmriss«, gab er schließlich zu. »Ich weiß wirklich nicht, was ich getan habe.«

»Aber dass Sie pinkeln waren und dass Sie Sex hatten, daran können Sie sich erinnern?«

»Hatten Sie noch nie einen Filmriss? An manche Dinge erinnert man sich und an andere nicht. Ich weiß nicht, was ich am Strand getan habe. Gefühlt war ich kurz nach dem Pinkeln wieder oben auf der Party.«

Mads hatte den Eindruck, dass Paul die Wahrheit sagte, und so unrecht hatte er mit seiner Aussage auch nicht. Mads hatte schon manchen Filmriss gehabt, da war es eben so, dass man sich an einige Dinge erinnerte und an andere nicht. Doch hieß das zugleich, dass Paul unschuldig war, bloß weil er sich nicht erinnerte?

Mads glaubte nicht, auch weil Paul bisher die einzige heiße Spur war, die er hatte. Er musste den jungen Mann noch härter in die Mangel nehmen.

»Wären Sie bereit, Ihre Fingerabdrücke und eine DNA-Probe abzugeben?«

»Warum das?«

»So könnten Sie Ihre Unschuld beweisen, wenn wir Kim finden.«

Oder wir können Sie als Täter überführen, sobald wir Kims Leiche haben, dachte Mads, auch wenn er hoffte, dass Kim am Leben war.

»Jetzt spinnen Sie total. Das werde ich nicht. Ich habe mit Kims Verschwinden nichts zu tun«, brüllte Paul in einer Lautstärke, dass einige Gäste sich zu dem Tisch umdrehten, aber keiner wagte, etwas zu sagen.

»Entspannen Sie sich. Sie sind doch unschuldig, was haben Sie also zu verlieren?«

»Warum haben Sie es nur auf mich abgesehen?«

»Weil Sie zur Tatzeit alleine am Strand waren.«

»Das stimmt doch gar nicht.«

»Inwiefern?« Mads verstand gerade nicht, worauf Paul hinauswollte.

»Finn war um dieselbe Zeit am Strand. Ich habe ihn gesehen, er mich aber nicht.«

15

Das anschließende Gespräch mit Kims Freundinnen hatte keine wirklich neuen Erkenntnisse gebracht. Sophia hatte zugegeben, dass sie sich mit Paul schreibe, weil sie ihn ganz sympathisch finde.

Mads wurde aus Sophia und Paul nicht schlau. Erst mochten sie sich nicht und jetzt fanden sie sich sympathisch. Ob dies irgendeine Relevanz für den Fall hatte, konnte Mads allerdings derzeit nicht einschätzen.

Mittlerweile war er im Büro seines Onkels, um Bericht zu erstatten.

»Wie war das Gespräch mit Paul?«, wollte Gustav wissen.

»Er kann nicht sagen, was er am Strand getan hat, nachdem Janine wieder zurück zur Party ist.«

»Glaubst du, dass er es war?«

»Ich weiß nicht. Er ist ein Angeber und Heißsporn, aber er sieht attraktiv aus und kommt augenscheinlich bei den Mädels gut an.«

»Ich fragte dich, ob du glaubst, dass er der Täter ist«, unterbrach Gustav ihn.

»Das wollte ich doch gerade erklären.«

»Dann komm zum Punkt.«

»Mein Gefühl sagt mir, dass er nicht der Täter ist, den wir suchen. Er war sehr betrunken. Wo soll er in dem Zustand Kims Leiche hingeschafft haben?«

»Guter Einwand. Ich habe mir auch bereits Gedanken darüber gemacht und Tim gebeten, alles über diesen Paul in Erfahrung zu bringen. Was hat das Gespräch noch ergeben?«

»Es gibt vielleicht einen weiteren Tatverdächtigen.«

»Und der wäre?«

»Finn Löhr, ein Kumpel von Paul. Er war auch am Strand. Aber nur, um sich die Beine zu vertreten, wie er sagt.«

»Alleine?«

»Genau. Paul hat ihn gesehen, wie er Richtung Haffkrug gegangen ist.«

»Was ihn nicht zu einem Tatverdächtigen, geschweige denn zu einem Mörder macht. Dennoch stellt sich die Frage, warum sich jemand die Beine am Strand vertreten muss, wenn er auf einer Dachterrasse ist. An der stickigen Luft kann es kaum liegen.«

»Diese Frage habe ich mir auch gestellt.«

»Dann solltest du ihm mal genauer auf die Finger schauen.«

»Mach ich.« Bisher hatte Finn einen sehr besonnenen und vernünftigen Eindruck auf Mads gemacht, deshalb konnte er sich ausgerechnet Finn noch weniger als Täter vorstellen. Welchen Grund sollte er haben, Kim etwas anzutun?

Gustavs Bürotelefon klingelte.

»Moin, Tim, über dich haben wir gerade gesprochen. Mads sitzt neben mir, habe auf Lautsprecher gestellt.«

»Moin«, grüßte Tim und Mads grüßte zurück.

»Was gibt es?«, fragte Gustav.

»Ich habe einiges über Paul Giese in Erfahrung gebracht.«

»Schieß los«, forderte Mads.

»Polizeilich ist er nahezu ein unbeschriebenes Blatt. Bis auf ein paar Schlägereien, immer unter Alkoholeinfluss, und ein paar Strafzettel für zu schnelles Fahren gibt es nichts.«

»Danke, dass du so flink Ergebnisse liefern konntest«, antwortete Gustav.

»Dafür nicht. Aber ich habe vielleicht etwas anderes Interessantes gefunden.«

»Und das wäre?«, fragte Mads.

»Besser, du schaust es dir selbst an. Ich hab es auf dem Instagramprofil von Paul entdeckt und euch gleich einen direkten Link zu dem besagten Foto geschickt.«

Gustav öffnete die E-Mail von Tim und klickte auf den Link. Wie sein Onkel sah Mads gebannt auf den Bildschirm. Ein Foto erschien.

»Das ist doch Kim«, sagte Mads erstaunt.

»Nein, ist sie nicht. Das ist die Exfreundin von Paul. Milena.«

»Echt?« Mads schaute sich das Bild genauer an. Die Ähnlichkeit war verblüffend.

»Das ist sehr interessant. Ausgezeichnete Arbeit, Tim.«

»Nicht dafür. Kann ich noch was für euch tun?«

»Ja, du könntest einen Kumpel von Paul durchleuchten. Er heißt Finn Löhr«, antwortete Mads.

»Mach ich.«

»Oder warte, am besten wäre es, wenn du über alle seine Freunde, die mit ihm im Urlaub sind, Infos einholst.«

»Klar, wie heißen die?«

Mads nannte ihm die Namen, die er sich bereits im ersten Gespräch mit der Gruppe notiert hatte.

»Gib mir einen Tag.«

»Passt. Meld dich, wenn du auf was gestoßen bist.«

»Mach ich.«

»Danke noch mal«, sagte nun auch Gustav und beendete das Gespräch.

Mads nahm wieder auf der anderen Seite des Tisches Platz.

»Das mit der Exfreundin ist sehr interessant. Jetzt hätten wir ein Motiv, warum Paul als Täter infrage käme«, sagte Gustav, er schaute noch immer gebannt auf den Bildschirm.

Mads antwortete nicht sofort, er musste diese Info erst einmal verdauen. »Ich werde Paul in die Dienststelle bitten.«

»Gute Idee. Ich bin bei dem Verhör dabei.«

»Traust du mir das nicht zu?«

»Doch, aber als dein Chef ist es mein gutes Recht, dabei zu sein.«

Fehlt nur noch das »Basta«, ging es Mads durch den Kopf.

Es klopfte an der Tür und Petra trat mit einem Tablett ein.

»Einmal Kaffee für den Chef und Espresso für den Neffen.«

»Im Dienst ist er Polizeibeamter und mein Mitarbeiter wie jeder andere auch«, korrigierte Gustav, der sehr viel Wert auf diese Unterscheidung legte. Das hatte er Mads bereits vor Jahren zu verstehen gegeben: Während des Dienstes wollte er nicht als Onkel angesprochen werden. Die meiste Zeit hielt sich Mads auch daran, nur wenn er wütend oder aufgebracht war, rutschte ihm das Wort Onkel heraus.

»Neffe bleibt Neffe, ob Dienst oder nicht«, entgegnete Petra und strich Mads über die Schulter. »Lass dich von diesem störrischen alten Mann nicht ärgern.«

Bevor Gustav etwas erwidern konnte, verließ sie das Büro. Gustav griff nach der Kaffeetasse und sog den Duft ein.

»So muss ein Kaffee sein«, sagte er und ließ anschließend einen Keks in seinem Mund verschwinden.

»Dein Bauch hat es mir gedankt, dass ich letztens den Keks weggelassen habe.«

»Witzig«, entgegnete Gustav trocken.

»Wann kommt das Go für die Hundertschaft?«, erkundigte sich Mads.

»Ich hoffe, jeden Moment. Ich habe es gleich gestern Abend bei der Polizeidirektion Lübeck eingetütet.«

Es klopfte erneut an der Tür, Petra trat ein.

»Herr Lange möchte dich sprechen.«

»Er soll reinkommen.«

Mads erhob sich und wollte gehen, doch Gustav winkte ihn zurück.

»Bleib. Kann nicht schaden, wenn du das Gespräch mitbekommst.«

Albert Lange trat ein. Gustav stand ebenfalls auf.

»Mads, schön, dich zu sehen«, grüßte Albert auf seine gewohnt freundliche, für Mads aber aufgesetzte Art. Mads erwiderte die Begrüßung.

»Moin, Albert. Ich kann mir schon denken, warum du hier bist.«

»Ich würde das gerne mit dir allein besprechen.«

»Nicht nötig. Mads ist leitender Ermittler im Vermisstenfall Kim. Er bleibt.«

»Gut, wenn du meinst. Dann fange ich mal an: Hältst du es wirklich für eine so gute Idee, einen ganzen Strandabschnitt abzusperren, um mit einer Hundertschaft nach Hinweisen in einem möglichen Entführungsfall, der für mich immer noch ein normaler Vermisstenfall ist, zu suchen?«

Mads war jedes Mal erstaunt, wie gut informiert Albert war.

»Der Strandabschnitt liegt in Scharbeutz und gehört nicht zu deiner Gemeinde«, schaltete Mads sich ein.

»Gut erkannt, aber meinst du wirklich, das würde meine Gemeinde nicht betreffen? Was glaubst du, was los sein wird, wenn sich diese Nachricht verbreitet? Und das mitten in der Hauptsaison! Das kommt einer Katastrophe gleich. Wieso können wir nicht weiter unter dem Radar ermitteln?«

»Wir?« Gustav schaute Albert verwundert an. »Seit wann ermitteln ›wir‹? Mads ermittelt und ich unterstütze ihn. Aber du sicherlich nicht.«

»Du weißt, wie ich das meine.«

»Nein, weiß ich nicht. Und nur zu deiner Info: Sobald die Genehmigungen vorliegen, werden wir den Strandabschnitt mit einer Hundertschaft auf weitere Hinweise absuchen. Nichts wird daran etwas ändern.«

»Was soll das bringen? Ihr habt doch ihre Halskette gefunden. Welche Hinweise erhofft ihr euch noch? Die Strandbesucher werden längst sämtliche Spuren verwischt haben. Der Tatort ist für die Spurensicherung unbrauchbar. Überleg es dir bitte, Gustav. Es macht keinen Sinn. Lass Mads weiter seine Ermittlungen voranbringen, ohne gleich in Panik zu geraten.«

»Im Gegensatz zu dir ist mir ein Menschenleben wichtiger als der Umsatz.«

»Ohne diesen Umsatz würden viele Menschen hier arbeitslos sein und könnten ihre Familien nicht ernähren, sie würden gefrustet zu Hause abhängen, was zu häuslicher Gewalt führt. Ich weiß nicht, ob das besser ist.«

Gustav schüttelte verärgert den Kopf. Mads konnte sich denken, warum. Der Vergleich hinkte.

»Es gibt an dem Entschluss nichts mehr zu rütteln. Gibt es noch einen anderen Punkt, über den du sprechen möchtest?«

»Ich halte die Sache für einen großen Fehler. Ihr werdet nichts finden, aber jede Menge Unruhe in meine Gemeinde bringen. Dass Frank das einfach so hinnimmt, beweist nur, was für eine Flasche er ist und wie unwichtig ihm seine Gemeinde ist.«

»Ich glaube, wir sind fertig. Mads und ich müssen arbeiten. Schließ bitte die Tür hinter dir«, wurde Gustav nun deutlich.

Albert schnaubte, sagte aber nichts weiter und stampfte davon, was Mads ein kleines Schmunzeln entlockte.

»Der war ganz schön sauer.«

»Mir doch egal. Ich hoffe, er macht keine Dummheiten«, antwortete Gustav, er klang noch ziemlich verärgert. Dass beide seit Jahrzehnten sehr gute Freunde waren, konnte Mads in diesem Moment kaum glauben. Trotzdem funktionierte es irgendwie bei den beiden. Vermutlich, weil sie sich sehr ähnlich waren.

»Was meinst du mit Dummheiten?«, hakte er nach.

»Dass er querschießt und die Polizeidirektion umzustimmen versucht.«

»So weit wird er doch nicht gehen.«

»Da kennst du Albert nicht. Der ist nicht nur ein Narzisst, sondern auch ein Egoist.« Gustav war noch immer aufgebracht.

»Mag sein, aber du bist sehr gut mit ihm befreundet, wie passt das zusammen?«

»Wir kennen uns seit der Schulzeit. So lange Freundschaften wirft man nicht wegen eines Streits über Bord. Du musst noch viel lernen, Mads.« Gustav schaute auf seinen Bildschirm. »Endlich.«

»Ist die Zusage da?«

»Ja, in zwei Stunden trifft die Hundertschaft an dem Strandabschnitt ein. Wir machen die Vorarbeit und sperren das Gebiet großräumig ab.«

»Wird das nicht etwas eng von der Zeit?«

Gustav legte die Stirn in Falten. »Zwei Stunden, um einen potenziellen Tatort von Touristen zu räumen?« Er stand auf. »Komm, bevor wir unnötig Zeit verlieren. Wir nehmen zehn Mann von der Streife mit. Das sollte reichen.«

Gustav behielt recht. Knapp zwei Stunden später hatten sie den Strandabschnitt, den sie genauer untersuchen wollten, geräumt sowie Polizeiabsperrband und Hinweisschilder angebracht, dass niemand den Abschnitt betreten dürfe.

Kaum waren sie fertig, kam die Hundertschaft.

Gustav hatte Meiko bei sich. Neben ihm waren noch vier weitere Spürhunde vor Ort, die an Kims Shirt rochen. Dann begann die aufwändige Suche. Zentimeter um Zentimeter des Strandes wurde abgesucht. Viele Schaulustige standen hinter der Absperrung und sahen sich das Schauspiel an. Einige machten Videos, daher war es nur eine Frage von Minuten, bis das Internet voll davon sein und ganz Deutschland erfahren würde, dass an der idyllischen Lübecker Bucht vermutlich ein Verbrechen begangen worden war.

Am liebsten hätte Mads die Handys der Voyeure, nichts anderes waren sie in seinen Augen, konfisziert. Dass das unmöglich war, war ihm bewusst.

»Ich habe was«, hörte er da einen Polizeibeamten rufen.

Mads eilte zu ihm und sah, dass der Mann ein Handy gefunden hatte. Es lag im Gebüsch an der Düne. Nicht weit entfernt vom Fundort der Halskette.

»Was denkst du?«, fragte Gustav, der nun neben Mads auftauchte.

»Sie hat sich gewehrt. Der Täter hat ihr die Kette vom Hals gerissen, vermutlich hat er sie geschlagen. Darauf wurde sie entweder bewusstlos oder er hat sie betäubt. An dieser Stelle bemerkt er, dass sie noch ihr Handy hat. Möglicherweise, weil ein Anruf eingeht. Er nimmt ihr Handy und wirft es einfach weg, weil er keinen Grund sieht, es zu vernichten.«

Gustav nickte anerkennend. »So könnte es gewesen sein. Das Handy muss dringend auf Spuren untersucht werden, Tim soll den Inhalt prüfen. Scheint so, als wäre der Akku leer, es lässt sich zumindest nicht mehr einschalten.«

Sollte es wirklich Kims Handy sein, hatten sie damit bereits die zweite Spur, die bewies, dass sie offenbar Opfer einer Entführung geworden war.

Mads befürchtete das Schlimmste. Doch was war nun mit Paul und Finn? Waren sie unschuldig?

16

Es war kurz vor 21 Uhr, als Mads die Polizeidirektion Lübeck erreichte. Tim hatte ihn vor einer halben Stunde angerufen und Mads hatte es sich nicht nehmen lassen, persönlich hinzufahren.

Er klopfte an Tims Bürotür und trat ein.

»Moin, Tim.«

»Schön, dass du noch kommen konntest«, begrüßte ihn Tim.

»Ich habe zu danken, dass du im Büro bist. Ist ja menschenleer bei euch.«

»Kein Wunder, um diese Zeit sind die Kollegen lieber zu Hause. Ist der Kaffee für mich?«

»Richtig erraten.« Mads reichte ihm einen Becher, den anderen behielt er in der Hand und zog sich einen Stuhl heran, um sich zu Tim zu setzen.

»Schieß los, was hast du?«

»Bei dem Handy vom Strand handelt es sich tatsächlich um Kims Handy. Ich konnte die PIN hacken …« Tim unterbrach sich, lachte verlegen und fuhr sich mit der Hand über den Kopf.

»Hey, alles gut. Mir ist es ehrlich gesagt völlig egal, wie du den Code geknackt hast, juckt mich null. Ich möchte nur wissen, ob uns der Inhalt bei den Ermittlungen hilft.«

»Du erinnerst mich von deiner Art her an Arndt und deinen Onkel.«

»Gleich an beide?«

»Ja, sie sind wie du nur an den Lösungen interessiert, der Weg dahin ist nicht entscheidend. Unter uns: Die Software, die wir, das BKA oder andere Behörden nutzen, ist einfach nur schlecht. Da schreibe ich doch lieber selbst ein Programm mit meinen Jungs.«

»Du meinst den Kollegen Fischer und diesen Joe?« Mads erinnerte sich an ihr letztes Gespräch.

»Genau. Fischer ist wirklich gut, wir sind inzwischen richtige Freunde. Aber dieser Joe, der ist noch mal ein anderes Kaliber. Vielleicht hast du irgendwann das Vergnügen, ihn kennenzulernen. Was der am Computer macht, ist phänomenal, von dem kann ich mir noch eine fette Scheibe abschneiden.«

Es war nicht zu übersehen, dass Tim diesen Joe bewunderte, vermutlich war er ein amerikanischer Meisterhacker und wahrscheinlich noch nicht einmal volljährig, mutmaßte Mads.

»Dann erzähl mal, was hast du für mich?«

»Ein Foto.«

»Ein Foto?« Mads war überrascht, er hatte sich mehr erhofft.

»Als das Handy fallen gelassen wurde, hat es ein Foto aufgenommen, vermutlich ist es unglücklich gelandet, sodass sich der Selbstauslöser der App aktiviert hat.«

»Was gibt es auf dem Foto zu sehen?«

»Schau selbst.« Tim klickte auf eine Datei und ein Foto erschien auf dem Bildschirm.

»Nicht gerade viel. Alles sehr dunkel.« Mads' Enttäuschung wurde immer größer.

»Warte.« Tim vergrößerte einen Bereich, dann fuhr er mit dem Mauszeiger über den Bildschirm und das Bild wurde heller.

»Ist das die Pfote eines Hundes?«

»Davon gehe ich aus. Genaueres kann ich dir sagen, wenn die Analyse des Fotoabschnittes abgeschlossen ist, ich hoffe, morgen früh.«

»Was macht ein Hund um diese Zeit am Strand?«, überlegte Mads laut.

»Gute Frage.«

»War der Täter mit seinem Hund Gassi gehen und ist dann auf Kim gestoßen?« Mads hielt diesen Gedanken gar nicht für abwegig. »Aber warum hat er sie entführt oder Schlimmeres?«

»Vielleicht kam es zum Streit? Sie war betrunken, hat sich womöglich über den Hund beschwert. Du weißt, mit Hundebesitzern sollte man sich nicht anlegen. Vielleicht wurde der Hundebesitzer wütend und hat im Affekt auf Kim eingeschlagen, sie ist unglücklich gestürzt und hat sich dabei schwer verletzt.«

»Möglich, aber in meinen Augen eher unwahrscheinlich. Wir haben den gesamten Strandabschnitt abgesucht und das Handy war die beste Spur. Ansonsten: kein Blut, nichts. Wenn sie gestürzt ist und sich schwer verletzt hat, müsste es einen harten oder spitzen Gegenstand dort geben. Und die wenigen Steine, die wir gefunden haben, haben keine Hinweise auf Blut geliefert. Wenn sie gestürzt ist, dann weil der Täter sie entweder geschlagen oder betäubt hat, alles andere ergibt keinen Sinn.«

»So, wie du das erklärst, klingt es plausibel. Aber es erklärt noch immer nicht, was der Hund zur Tatzeit dort zu suchen hatte.«

»Doch. Tut es. Wahrscheinlich.«

»Wie meinst du das?«

»Es gibt nur zwei Möglichkeiten: Entweder es ist ein Streuner, was in Scharbeutz eher unwahrscheinlich ist, oder der Hund gehört dem Täter.«

»Und wenn er seinem Besitzer davongelaufen ist? Der Mann geht Gassi mit ihm. Es ist spät, er lässt den Hund von der Leine und der Hund läuft los, albert rum, entfernt sich von seinem Herrchen und stößt dann auf den Täter, der sich gerade des Handys entledigt. So entsteht das Foto.«

Mads überlegte kurz. »Du hast recht, wir haben drei Optionen – theoretisch. Bei deiner Theorie würde das nämlich bedeuten, dass der Hundehalter eventuell den Täter und Kim gesehen hat. Und wenn er das hat, frage ich mich, warum er nicht zur Polizei gegangen ist?«

»Weil es dunkel war. Der Hund war zu weit weg, als dass er etwas hätte erkennen können. Als er bei seinem Hund ankam, war der Täter samt Opfer längst verschwunden. Oder der Hund ist zu seinem Herrchen zurückgelaufen.«

Mads nickte anerkennend. Inwieweit der Hund eine heiße Spur war, würde sich noch herausstellen müssen. »Ich muss unbedingt wissen, welche Rasse der Hund ist, dann sehen wir weiter.«

Es klopfte an der Tür und kurz darauf trat Arndt Schumacher ein.

Er grüßte in die Runde. »Was machst du denn um diese Zeit hier?«, fragte er dann an Mads gewandt.

»Das Gleiche wie du. Arbeiten.« Die beiden tippten zur Begrüßung die Fäuste gegeneinander.

»Schön, dass du wieder im Team deines Onkels bist. Ich hatte schon bei unserer letzten Begegnung das Gefühl, dass du zurückkommen würdest. Ein Johannsen hat das Polizistsein im Blut. Es steckt in eurer DNA.«

»Danke. Bin auch froh, wieder an Bord zu sein.«

»Gibt es Neuigkeiten von Lena?«

»Leider nicht.«

»Sie wird schon, immer positiv denken«, gab Arndt zurück. Mads sah ihm an, dass er seine Worte ehrlich meinte und nicht bloß etwas Positives dahersagen wollte. »Tim, wenn ihr noch im Gespräch seid, komme ich später wieder.«

»Nein, passt schon. Wir sind eh fertig, oder gibt es noch was?«, fragte Mads.

»Von mir aus nicht. Ich kenne meine Tasks. Sobald ich die Rasse habe, melde ich mich bei dir.«

»Alles klar, und sag Bescheid, wenn du etwas benötigst.«

»Mach ich.«

Mads verabschiedete sich von den beiden, ging zum Wagen und fuhr nach Niendorf zurück. Mit jeder Menge Fragen im Gepäck.

Die Luft war noch angenehm mild und er wollte nicht nach Hause, daher beschloss er, ein wenig am Hafen entlang zu spazieren und sich einen Kaffee im *Ahoi Kaffee* zu gönnen.

Der Niendorfer Hafen war sehr gut besucht, wie immer in der Hochsaison und bei solch wunderbaren Wetterbedingungen.

Er setzte sich mit seinem Becher auf eine Bank und schaute sich die Boote an, die am Jachthafen vor Anker lagen an.

In Gedanken war er jedoch bei dem Fall und der Frage, ob es Sinn hatte, öffentlich nach dem Hund und gegebenenfalls nach dessen Besitzer zu suchen, sobald Tim die Hunderasse identifiziert hatte. Auf jeden Fall würde er mit seinem Onkel darüber sprechen. Kurz überlegte er, ob er ihn jetzt schon anrufen sollte, aber ohne zu wissen, um was für einen Hund es sich handelte, war das wenig zielführend.

Er stand von der Bank auf und schlenderte die Promenade entlang.

Was ist mit dir passiert Kim, nachdem wir uns am Strand getrennt haben? Wem bist du begegnet? Die Fragen ließen ihn einfach nicht los.

Der kommende Tag würde sehr lang und anstrengend werden. Zusammen mit den Kollegen würde er die Anwohner an dem Strandabschnitt, wo sie die Halskette gefunden hatten, befragen. Die Kette und ein paar andere Dinge, die sie aufgesammelt hatten, lagen inzwischen bei der Spurensicherung. Auch wenn Mads nicht daran glaubte, gab es die geringe Hoffnung, dass die Kollegen etwas finden würden.

Er erreichte die *Seaside Lounge*, Jule hatte Schicht. Den Gedanken, dort auf einen Absacker Halt zu machen, verwarf er, stattdessen betrat er den Strand, der um diese Zeit bereits leer war. In kurzer Distanz sah er lediglich ein junges Pärchen im Sand sitzen und knutschen.

Plötzlich hörte er einen Hund bellen. Der Vierbeiner steuerte auf ihn zu und blieb bei ihm stehen. Mads streichelte den Kleinen. »Du bist ja ein ganz Süßer. Wo ist denn dein Herrchen?«

»Verzeihen Sie, Bruno macht, was er will«, antwortete ein junger Mann, der nun zu ihnen gelaufen kam.

»Alles gut, er ist ja ein ganz Feiner, dieser Bruno.« Mads erhob sich und wollte seinen Augen nicht trauen. Vor ihm stand Kevin, der Kumpel von Paul.

»Ist das Ihr Hund?«

»Ja. Mit Ihnen hätte ich jetzt gar nicht gerechnet«, antwortete Kevin. Mads sah ihm an, dass er sich gerade gar nicht wohlfühlte. Automatisch kniete Mads sich noch einmal zu dem Hund und schaute sich dessen Pfote genauer an. Vom Fell her passte sie zu dem Foto, das Tim ihm gezeigt hatte.

17

Timmendorfer Strand, 14. August

Mads hatte über die Zeit bei der Spezialeinheit der Bundeswehr fast vergessen, wie nervenaufreibend Ermittlungen sein konnten. Der Fall Kim war sein erster großer Fall, seit er wieder im Team seines Onkels war, und er spürte, dass es viel einfacher gewesen war, Soldat zu sein. Als solcher hatte er einen Auftrag bekommen und das Ziel, das sie eliminieren sollten. Aber hier als Kriminalbeamter jagte er einen Geist und er fürchtete, dass er Gefahr lief, jeden zu verdächtigen, der auch nur annähernd ins Täterprofil passte.

Am vergangenen Abend hatte er für einen Augenblick Kevin verdächtigt, weil dieser einen Hund hatte, aber Kevin hatte ein Alibi. Er war auf der Party gewesen, auf derselben Party, auf der auch Mads gewesen war. Seinen Hund hatte er im Hotel gelassen, somit war ausgeschlossen, dass dieser gleichzeitig in Scharbeutz am Strand gewesen sein konnte.

An diesem Morgen hatte Gustav alle, die an den Ermittlungen beteiligt waren, zu einer Besprechung eingeladen. Mads hatte die Strecke von seiner Wohnung in Niendorf bis zur Dienststelle nach Timmendorfer Strand mit dem Fahrrad zurückgelegt. Als er jetzt den Besprechungsraum betrat, saßen bereits alle an ihren Plätzen. Er nahm neben Tim Platz und grüßte in die Runde.

»Wie es ausschaut, sind wir vollzählig«, kommentierte Gustav das Erscheinen seines Neffen. »Ich möchte nicht viel Zeit verlieren, vor allem wegen der Kollegen aus Lübeck, die extra für die Besprechung zu uns gekommen sind. Danke für eure Zeit.«

Ole, der Leiter der Spurensicherung, und Tim nickten ihm kurz zu.

»Kaffee?«, fragte Mads seinen Sitznachbarn leise.

»Gerne«, antwortete Tim und Mads füllte zwei Becher für sie.

»Das meiste werdet ihr bereits aus den bisherigen Berichten wissen. Ich möchte nur kurz zusammenfassen: Kim Schuster wird seit dem 11. August nach 1 Uhr morgens vermisst. Mads war die letzte Person, die Kontakt mit ihr hatte, er war zufällig auf derselben Party auf der Dachterrasse des *Bayside Hotels* in Scharbeutz. Eine Gruppe junger Männer, unter ihnen vor allem Paul Giese, sind bisher im Kreis der potenziellen Verdächtigen. Meiko hat auf dem Strandabschnitt, an dem wir Kims letzten Aufenthaltsort vermuten, bevor sie auf ihren Täter traf, eine Halskette gefunden, die wir eindeutig Kim zuordnen konnten. Daraufhin haben wir den Strandabschnitt weiträumig abgesucht. Dabei wurde ein Handy sichergestellt. Die Analyse dazu liefert uns gleich Tim. Ole wird uns über den Stand der Spurensicherung auf dem Laufenden halten.« Gustav hielt inne und schaute zu Mads. »Hast du noch etwas hinzuzufügen?«

»Nicht wirklich. Nur, dass einer der Jungs auch einen Hund hat. Ich bin ihm am Strand begegnet. Aber er scheidet als Tatverdächtiger aus.«

»Warum?«, fragte Gustav.

»Na ja, er war auf der Party und der Hund am Strand. Sehr unwahrscheinlich, dass er nach Niendorf ins Hotel fährt und den Hund holt, um am Strand in Scharbeutz volltrunken mit ihm spazieren zu gehen.«

»Gibt es Zeugen, die das bestätigen?«

»Ja, mich. Ich habe ihn gesehen, als ich die Party verließ.«

»Gut, dann streichen wir ihn von der Liste. Hast du noch was?«

»Leider nicht. Es sieht aus, als würden wir komplett im Dunkeln tappen.«

»Ole, möchtest du uns kurz auf den aktuellen Stand bringen?«

»Gerne.« Ole fuhr sich mit der Hand über die Glatze. »Wir haben einige Spuren gesichert, darunter Faserspuren, DNA von Haaren und Hautpartikeln sowie Fingerabdrücke. Inwieweit die gefundenen Haare zu dem Opfer oder dem Täter passen, können wir derzeit noch nicht sagen. Sobald die Ergebnisse aus dem Labor vorliegen, gebe ich euch Bescheid.«

»Danke. Was ist mit den Fingerabdrücken?«, erkundigte sich Gustav.

»Hier liegen die Ergebnisse vor. Keine Übereinstimmungen mit unseren Datenbanken. Wenn einer der Fingerabdrücke vom Täter stammt, ist dieser bisher nicht in Erscheinung getreten.«

»Spricht das dann nicht für jemanden, der wusste, was er tut?«, fragte Nils Schüler, der wie Mads für Gustav arbeitete.

»Möglich«, blieb Ole vage.

»Was, wenn er ihr aufgelauert hat?«

»Wie passt dann der Hund dazu?«, entgegnete Mads. Er konnte sich nicht vorstellen, dass der Täter Kim bewusst als Opfer ausgesucht hatte.

»Vielleicht ist es gar nicht sein Hund. Ich war wie du bei der Durchsuchung des Strandabschnittes dabei. In der Gegend gibt es einige langgezogene künstliche Dünen, die sind ein optimales Versteck für einen Psycho«, blieb Nils bei seiner Einschätzung.

»Möglicherweise, wenn tatsächlich keiner der Fingerabdrücke vom Täter stammt. Genauso denkbar wäre es, dass es seine erste Tat war«, beharrte Mads.

»Bitte keine sinnlosen Diskussionen. Wir haben zu wenig, um uns auf einen Täterkreis festzulegen. Wir ermitteln in alle Richtungen. Ole, gibt es von deiner Seite noch etwas?«, ging Gustav dazwischen.

»Derzeit nicht. Sobald ich was Neues habe, melde ich mich.«

»Mach das. Tim, was hast du beizutragen?«

»Hoffentlich einiges, was die Ermittlungen voranbringt. Ich habe das Handy von Kim ausgewertet und bin dabei auf ein interessantes Foto gestoßen, das durch den Selbstauslöser der Foto-App gemacht wurde. Möglicherweise, als das Handy auf den Boden gefallen ist.«

»Was kannst du über das Foto sagen?«

»Jeder von euch hat einen Ausdruck an seinem Platz. Auf dem Foto erkennen wir deutlich die Pfote eines Hundes. Mithilfe einer Software habe ich auch den restlichen Körper des Hundes rekonstruiert. Der Ausdruck liegt ebenfalls an euren Plätzen.«

Tim machte eine kurze Gedankenpause, die er nutzte, um einen Schluck Kaffee zu trinken.

Mads schaute sich beide Fotos an. Was die Software von Tim gezaubert hatte, war bewundernswert. Bei dem Hund handelte es sich um einen Malteser. Ein kleiner süßer Hund mit weißem Fell. Dass sein Herrchen ein eiskalter Entführer oder Mörder war, war schwer vorstellbar.

»Ist es ausgeschlossen, dass sich die Software irrt?«, fragte Nils.

»Ist es.«

»So einen Hund stelle ich mir nicht gerade als Begleitung eines Killers vor.«

»Noch wissen wir nicht, was mit Kim geschehen ist. Daher ermitteln wir mit dem Ziel, sie lebendig zu finden«, entgegnete Gustav. »Wir wissen auch nicht, ob der Hund dem Täter gehört oder einem Spaziergänger, der zufällig in der Nähe des Tatortes war. Der Hund spielt uns in die Karten.«

»Inwiefern?«, wollte Nils wissen. Mads sah ihm an, dass er Gustavs Bemerkung wie eine Belehrung empfunden haben musste.

»Ein Malteser ist kein gewöhnlicher Hund. Im Schnitt kostet so einer schnell eintausend Euro und mehr und er ist auch nicht so weit verbreitet. Wir werden einen öffentlichen Aufruf starten, damit sich die Leute bei uns melden, die einen Malteser in der Nähe des Tatortes gesehen haben oder selbst einen besitzen.« Gustav wandte sich an Ole. »Du sagtest eben, dass die Haaranalysen noch fehlen. Weißt du, ob ihr Hundehaare gefunden habt, die von einem Malteser stammen könnten?«

»Wir haben Hundehaare gefunden, ebenso weißes Hundehaar. Der Strandabschnitt wird abends häufig von Hundebesitzern mit ihren Hunden aufgesucht, insofern ist das nichts Ungewöhnliches. Aber ich gehe stark davon aus, dass die Analyse ergeben wird, dass einige Haare einem Malteser zugeordnet werden können. Tims Software irrt sich eigentlich nie.«

»Nichts anderes habe ich erwartet. Ich habe vollstes Vertrauen in Tims Fähigkeiten, trotzdem wäre die Analyse wichtig für die Ermittlungen«, erwiderte Gustav.

»Wird es auch eine öffentliche Fahndung zu Kim Schuster geben?«, erkundigte sich Carsten Meinke, ein weiterer Mitarbeiter aus Gustavs Team, der sich bisher zurückgehalten hatte.

»Dazu komme ich gleich. Tim, hast du noch was für uns?«

»Auf dem Handy befanden sich keine weiteren Hinweise, die uns bei den Ermittlungen nützlich sein könnten. Ich habe mir auch ihre Profile im Internet angesehen, da gibt es ebenfalls nichts, was Aufschluss über den Täter gibt. Da sie im Urlaub war, müssen wir davon ausgehen, dass sich Täter und Opfer nicht kannten.«

»Das sehe ich auch so«, pflichtete Gustav ihm bei. »Hat noch jemand etwas beizusteuern?« Sein Blick wanderte in die Runde, aber keiner sagte etwas. »Gut, dann wollen wir zu den offenen Punkten und Aufgaben kommen.« Er machte eine nachdenkliche Pause, atmete hörbar aus und fuhr fort: »Ich habe beschlossen, dass wir nicht nur den Hund, sondern auch Kim zur öffentlichen Fahndung ausschreiben. Tim, kannst du bitte dafür sorgen, dass das geschieht? Auch in den sozialen Medien.«

»Mach ich. Sobald ihr mir alle Daten und Fotos zur Verfügung stellt.«

»Das übernimmt Mads. Er ist dein Ansprechpartner.«

»Gut.«

»Gleich nach der Besprechung schicke ich dir die Unterlagen«, sagte Mads, Tim nickte.

»Neben der öffentlichen Fahndung werden wir die gesamte Nachbarschaft befragen, ob jemand am 10. August nach 22 Uhr einen Malteser gesehen hat oder einen Mann mit Hund. Dafür bekommen wir Verstärkung von den Kollegen von der Streife. Die Leute in den umliegenden Gaststätten und die Anwohner werden Mads, Nils, Carsten und Alfred befragen. Ich kümmere mich um sämtliche administrativen Aufgaben und Genehmigungen. Geht bitte davon aus, dass diese bereits vorliegen. Ich trage das volle Risiko, sollten diese nicht vorliegen. Damit will ich sagen, dass ich keine Ausreden hören möchte, warum etwas nicht gemacht wird, weil angeblich Anträge oder Genehmigungen fehlen.« Gustavs Blick war ernst, seine Augen wirkten müde, aber er war entschlossen, das stand für Mads außer Frage. Vermutlich erhoffte sich sein Onkel von diesen Maßnahmen endlich einen Schub für die Ermittlungen. Mads konnte das Vorhaben noch nicht gut genug einschätzen.

»Wenn es keine Fragen mehr gibt, beende ich die Besprechung. Ich denke, alle Anwesenden wissen, was sie zu tun haben. Bei Fragen könnt ihr mich jederzeit kontaktieren. Ole und Tim möchte ich noch einmal danken, dass sie dabei waren.«

Die Kollegen klopften zum Dank auf die Tischplatte und verabschiedeten sich, dann verließen alle den Besprechungsraum bis auf Gustav und Mads.

»Du stimmst dich bitte mit Nils, Carsten und Alfred ab. Ich

möchte nicht, dass ihr Doppelbefragungen vornehmt, weil ihr euch nicht richtig abgesprochen habt.«

»Das war so geplant. Ich würde gerne die Gaststätten in unmittelbarer Nähe zum Fundort der Halskette und des Handys abklappern. Die Anwohner können die anderen Kollegen übernehmen.«

»Verstehe, du rechnest dir bei den Gaststätten eine höhere Erfolgschance aus.«

»Logisch. Dort gehen Menschen ein und aus und die Gäste sind direkt am Strand, die Häuser liegen ja versetzt. Von da hinten aus zu sehen, wer sich abends am Strand tummelt oder ob da ein Hund rumläuft, halte ich für eher unwahrscheinlich.«

»Wie dem auch sei. Sag deinen Kollegen, dass ich deinem Vorschlag zugestimmt habe.«

»Mach ich. Gibt es noch etwas?«

»Von meiner Seite aus nicht. Der Hund entlastet Paul und seine Freunde, richtig?«, fragte Gustav.

»Nur, wenn es der Hund des Täters ist«, erwiderte Mads, begleitet von dem Gefühl, dass sein Onkel genau diese Antwort hören wollte.

Gustav nickte nur und grummelte etwas vor sich hin, was Mads nicht verstand, dann sah er ihn auffordernd an. »Was sitzt du noch rum? Ich will bis heute Abend erste Resultate.«

»Ist ja gut, wollte schon los«, entgegnete Mads, dachte sich seinen Teil und ging aus dem Besprechungsraum.

Nachdem er den Kollegen die Entscheidung seines Onkels mitgeteilt hatte, verließ er die Dienststelle. Die Kollegen hatten keine Einwände gegen ihren Plan gehabt. Draußen schwang er sich auf sein Fahrrad und fuhr Richtung Scharbeutz. Das Wetter war einfach zu schön, um mit dem Auto zu fahren, und Scharbeutz lag quasi um die Ecke. In Mads' Ohren steckten Bluetooth-Kopfhörer, damit er Telefongespräche unkompliziert annehmen konnte.

Und so kam es dann auch. Jemand rief an. Es war Jule.

»Moin, Mads«, grüßte sie ihn.

»Moin. Was gibt es?«

»Wolltest du heute nicht zum Frühstück kommen?«

»Mist«, rutschte es Mads heraus. »Ganz vergessen, ich habe Dienst.«

»Am Samstag? Oder ist das nur eine billige Ausrede, weil du gestern Abend irgendeine Tussi vernascht hast?«

»Wie kommst du auf so einen Quatsch? Ich habe tatsächlich Dienst. Langsam solltest du mich doch kennen. Warum sollte ich dich anlügen?«

»Stimmt«, antwortete sie knapp. »Also kommst du nicht mehr?«

»Nein, wie denn? Ich bin im Dienst.«

»Ist ja gut, ich habs verstanden.« Ihre Enttäuschung war nicht zu überhören.

»Vielleicht nächstes Wochenende. Wenn es die Ermittlungen zulassen.«

»Vielleicht. Habt ihr denn endlich eine heiße Spur?«

»Nein, haben wir nicht. Gibt es noch was?«, fragte er ungeduldig.

»Willst du mich loswerden?«

»Ich bin gleich an meinem Ziel.«

»Verstehe. Melde dich, wenn du Zeit hast.«

»Mach ich.« Mads beendete das Gespräch, er hatte tatsächlich sein Ziel erreicht, einen recht überschaubaren Strandpavillon, in dem ein kleiner Imbiss mit Außenbereich untergebracht war.

Er parkte sein Fahrrad und trat ans offene Fenster, hinter dem ein Verkäufer stand und die Kunden bediente.

»Anstehen, junger Mann«, schimpfte eine Frau aus der Schlange. Mads ignorierte sie.

»Echt frech, wir stehen auch an«, kam ein Mann der älteren Frau zu Hilfe. »Hinten anstellen oder ich werde ungemütlich.«

»Entspannen Sie sich, ich bin von der Polizei …«

»Na und? Glauben Sie, deswegen müssen Sie sich nicht anstellen?«, unterbrach der Mann ihn scharf. »Was für ein billiger Trick.«

»Ich will nichts bestellen«, erhob Mads seine Stimme und trat zu dem Mann. »Ich habe nur ein paar Fragen zu einer vermissten Frau. Haben Sie damit ein Problem?«

Der Mann schluckte, vermutlich hatte er mit so einer heftigen Reaktion seitens Mads' nicht gerechnet. »Das kann ich ja nicht wissen«, sagte er kleinlaut und senkte den Blick.

Mads warf der älteren Frau auch einen strengen Blick zu, doch die schaute weg.

»Noch jemand ein Problem damit, dass ich mich vordrängle, weil ich an einem Samstag Kriminelle verfolge, während Sie faul in der Sonne liegen?«

Keiner aus der Reihe wagte, etwas zu entgegnen. Mads wusste, dass er damit übers Ziel hinausgeschossen war, aber der Erfolgsdruck, unter dem er stand, war immens, und das, was er bisher in den Händen hatte, war geradezu lächerlich.

»Moin«, sprach er den Mitarbeiter am Kiosk-Fenster an.

»Moin«, antwortete der junge Mann. »Wie kann ich Ihnen helfen?«

»Schätze mal, Sie haben mitbekommen, dass ich Polizist bin.«

»War nicht zu überhören«, erwiderte der Mitarbeiter schmunzelnd, er schien die Aktion sportlich zu nehmen. »Sicherlich hat das mit der Absperrung gestern zu tun. Der Strandabschnitt war ja voll von Polizisten.«

»Genau, wir suchen eine vermisste junge Frau.«

»Habe mir fast so was gedacht, warum sonst die Polizeihunde und die Hundertschaft. Wie kann ich helfen?«

»Waren Sie am 10. August abends hier?«

»Da hatte ich Schicht.«

»Bis wann?«

»Wir haben bis Mitternacht aufgehabt, ich bin kurz vor 1 Uhr raus. Warum?«

»Junger Mann, kann ich meine Currywurst und die Pommes haben, die werden sonst noch kalt«, schaltete sich ein Gast in das Gespräch ein. Er stand rechts neben Mads.

Der Mitarbeiter schaute Mads an, als erwartete er eine Antwort von ihm.

»Geben Sie ihm schon seine Currywurst«, sagte Mads mit einem kritischen Seitenblick auf die Figur des Gastes. Der Mann warf ihm einen missbilligenden Blick zu, während der Mitarbeiter ihm die Speisen reichte. »Eine Coke hatten Sie auch, oder?«

»Genau.«

»Bitte.«

»Danke.« Der Gast nahm die Bestellung entgegen und warf Mads einen bösen Blick zu, als er sich umdrehte und Richtung Strand davonlatschte. »Dass ich es mit der Schilddrüse habe, weiß der Idiot ja nicht«, konnte Mads ihn noch meckern hören.

»Am Ende ist es immer die Schilddrüse.« Mads schüttelte den Kopf. »Sind Sie momentan alleine?«

»Ja, außer mir ist nur jemand da, der das Essen brutzelt. Mein Kollege hat sich vor einer Stunde krankgemeldet. Jede Wette, der hat gestern zu tief ins Glas geschaut. Ich kann mich also nicht lange mit Ihnen unterhalten, Sie sehen ja, dass die Schlange immer länger wird.« Der Mann hob entschuldigend die Schultern.

»Wir sind gleich fertig. Ist Ihnen in der Nacht ein Hund, genauer gesagt, ein Malteser begegnet?«

»Ein Malteser? Wie sieht denn so einer aus?«

»Ein kleiner Hund mit weißem Fell«, antwortete Mads, zückte sein Handy und zeigte ihm ein Foto.

»Nee, so einen habe ich hier nicht gesehen.«

»Ganz sicher?«

»Denke schon.«

Mads steckte das Handy wieder ein. »Sie sagten, dass Sie erst nach Mitternacht Feierabend hatten, gut möglich, dass man die Fellfarbe in der Dunkelheit nicht mehr erkennt. Haben Sie überhaupt einen kleinen Hund gesehen?«

»Ich denke nicht. Ganz ehrlich, es war spät, ich war sehr müde, war ein anstrengender Tag, da habe ich nicht auf einen Hund geachtet.«

»Vielleicht haben Sie ein Bellen gehört?«

»Auch nicht.« Der Mitarbeiter schaute an Mads vorbei, wo die Schlange immer länger wurde, die Nervosität des Angestellten stieg in gleichem Maße. Mads interessierte das herzlich wenig.

»Überlegen Sie bitte noch einmal. Es geht um eine junge Frau, die vermisst wird.« So leicht wollte er es dem Mann nicht machen.

»Es tut mir wirklich sehr leid, aber ich habe weder einen Hund gesehen noch ein Bellen gehört. Ich muss jetzt echt arbeiten, sonst habe ich gleich ein großes Problem.«

»Was ist mit dem Kollegen in der Küche. War er auch hier?«

»Ja.«

»Dann fragen Sie ihn bitte.«

Der Mitarbeiter presste die Lippen zusammen, drehte sich um und fragte seinen Kollegen. Da es ein kleiner Imbiss war, konnte Mads jedes Wort mithören.

Der Koch trat nun selbst ans Fenster.

»Meinten Sie so einen kleinen Hund mit hellem Fell?«, fragte er Mads.

»Genau. Haben Sie einen gesehen?«

»Gestern Abend nicht, nein.«

»Aber …?« Es hörte sich so an, als wollte der Koch noch etwas hinzufügen.

»Ich kenne jemanden, der so einen Hund hat«, erwiderte der Koch.

18

»Jungs, so stelle ich mir Urlaub vor«, schwärmte Walter. »Meine besten Freunde um mich, dazu ein kühles Blondes, ein leichter Wind und das Meer. Herz, was willst du mehr.«

»Da gebe ich dir ausnahmsweise uneingeschränkt recht. Ich glaube, wir waren alle urlaubsreif. Dass das Wetter dann noch mitspielt, ist nicht selbstverständlich. Und das Beste: Hier gibt es richtiges Bier, nicht dieses Spülwasser, das ihr Kölsch nennt«, antwortete Lasse Brandt.

»Ich mag Kölsch«, entgegnete Emre Aydin.

»Du wirst ja schon von Fruchtsaft besoffen«, konnte sich Brandt einen Scherz auf Kosten seines besten Freundes und Kollegen bei der Kölner Kripo nicht verkneifen.

»Wirklich schade, dass Tolga heute keine Zeit hat«, sagte Walter.

»Morgen ist er zurück mit seiner Gruppe, dann hast du noch genug Zeit für ihn«, antwortete Aydin. »Er kann es kaum abwarten, dich zu sehen.«

»Das will ich hoffen, ich habe nämlich nicht vor, die ganzen Currywürste wieder mit nach Köln zu nehmen.«

»Da sei unbesorgt, die werden keine zwei Tage halten, so verfressen wie mein kleiner Bruder ist«, scherzte Aydin.

»Du hast die letzten Tage auch schon einige verputzt«, sagte Brandt und schaute auf Aydins Bauch.

»Lass dich nicht von ihm ärgern. Bauch ist sexy, schau dir meinen an«, lachte Walter und massierte seinen runden, blassen Bauch. »Was haltet ihr davon, wenn wir mit Tolga, Leah und dem Rest der Familie in den Hansapark fahren?«

»Sehr gute Idee.« Aydin öffnete die Kühlbox. »Jemand noch ein Bier?«

»Ich sage nicht Nein. Meins ist gerade leer.« Walter reichte Aydin die Flasche, der steckte sie in eine Tüte und gab Walter eine volle aus der Box, nachdem er sie geöffnet hatte.

»Was ist mit dir?«, fragte Aydin.

»Im Moment nicht.« Brandt schaute aufs Wasser und genoss die Aussicht. An diesem Tag war recht starker Wellengang, was gerade in dieser Ecke der Lübecker Bucht nicht die Regel war. »Wenn ich die Wellen so sehe, würde ich gerne mal aufs Surfbrett steigen.«

»Du und surfen?« Aydin war skeptisch.

»Ich kann dich mir bei einigem vorstellen, aber nicht beim Surfen«, schlug Walter in die gleiche Kerbe.

»Jungs, ich war sogar mal richtig gut. Habe an Meisterschaften teilgenommen, ist allerdings schon lange her.«

»Sehr lange«, lachte Walter. »Also wenn ich an einen Surfer denke, dann sehe ich nicht dich, sondern eher so einen Typen wie den jungen Mann da vorne vor mir.«

Brandt schaute in die Richtung, in die Walter zeigte, und tatsächlich sah er dort einen jungen Mann, vermutlich Ende zwanzig, groß, bestimmt fast einen Meter neunzig groß, muskulöser, sportlicher Körper, markantes Gesicht, dunkelblonde Haare, leicht gebräunte Haut. Ja, so stellte man sich einen Surfer vor, aber Brandt hatte in jungen Jahren dem unbekannten Mann ähnlich gesehen.

Aydin blickte nun auch in die Richtung. »Das ist doch nicht …«

»Du kennst ihn?«

»Ich denke schon.« Er stand auf und winkte dem Mann zu, der zu ihm schaute und dann auf sie zusteuerte.

»Wer ist das?«

»Das ist Mads Johannsen, von dem ich dir erzählt habe«, antwortete Aydin. Brandt erinnerte sich an ihr Gespräch.

»Da hattest du ja noch untertrieben, der sieht schon verdammt cool aus. Wenn ich mir den so ansehe, musst du dir keinen Kopf machen, dass die Mädels dich zu deiner Studienzeit für ihn links liegen lassen haben.«

»Witzig.«

Brandt grinste breit, dann standen er und Walter ebenfalls auf.

»Moin, das gibts ja nicht«, sagte Mads, als er bei ihnen war. »Wie gehts dir?«

»So weit ganz gut. Dir?«

»Den Umständen entsprechend. Schön, dich zu sehen. Ich dachte, du wärst jetzt in Köln.«

»Bin ich auch. Wir sind im Urlaub hier«, sagte Aydin. »Lasse und ich sind Kollegen und das ist Walter. Er ist nicht bei der Polizei, aber wenn du mal Kölns leckerste Currywurst essen möchtest, musst du in seinen Imbiss kommen.«

»Werde ich mir merken.« Mads grinste Walter zu, dann schaute er Brandt an. »Lasse hört sich skandinavisch an.«

»Ist es. Ich bin Halbnorweger. Du bist doch auch Skandinavier, oder?«

»Genau. Meine Familie gehört der dänischen Minderheit an. Wir leben schon seit Generationen an der Lübecker Bucht.«

»Leiste uns doch Gesellschaft, wir haben noch ein kühles Blondes für dich, wenn du magst«, schlug Brandt vor. Er fand Mads interessant und wollte mehr über diesen jungen Mann erfahren.

»Würde ich sehr gerne. Aber ich bin im Dienst.«

»Im Dienst? Samstag bei dem Wetter?«, fragte Aydin.

»Das solltest du als Polizist doch besser wissen«, erwiderte er schmunzelnd. »Wenn die Pflicht ruft, gibt es kein Wochenende, dabei würde ich jetzt nichts lieber tun, als mit euch ein Bier zu trinken.«

»An welchem Fall arbeitest du?«, erkundigte sich Brandt.

»Seit einigen Tagen wird eine junge Frau vermisst. Wir gehen davon aus, dass sie auf diesem Strandabschnitt entführt wurde.«

»Schlimme Sache. Habt ihr schon Hinweise?«

»Nicht wirklich, nur einen Malteserhund, der zur Tatzeit am möglichen Tatort gesehen wurde. Von Kim, so heißt das Opfer, und dem Täter fehlt bisher jede Spur.« Mads konnte nicht verbergen, dass er über diesen Zustand sehr unzufrieden war. Brandt konnte das nur zu gut nachfühlen.

»Wir können helfen, wenn du magst, und uns etwas umhören«, schlug Aydin vor.

»Quatsch. Ihr seid im Urlaub, das kommt nicht infrage. Obwohl ich jede Hilfe gebrauchen kann und mich sehr gut daran erinnere, dass Emre einer der Besten seines Jahrgangs war.«

»Danke für die Blumen, aber an dich kam ich nicht ran. Dir ist das alles nur so zugeflogen, du konntest wirklich alles.«

»Du übertreibst. Ich habe nur versucht, immer das Beste aus mir rauszuholen. Wenn deine ganze Familie bei der Polizei ist, hast du keine andere Wahl.«

Brandt gefiel die Antwort, Mads gab sich kein bisschen so abgehoben, wie Aydin ihn beschrieben hatte. Er war eine Person, die mit Selbstbewusstsein nicht geizte und dennoch nicht vergessen hatte, dass Freundlichkeit und Respekt wichtig waren.

»Jungs, ich muss leider los. Wie lange seid ihr noch hier?«

»Bis nächste Woche Sonntag.«

»Schön, vielleicht kriegen wir es ja hin, die Tage ein Bier zu trinken.«

»Wir würden uns freuen«, antwortete Brandt. »Aber keine Sorge, wir wissen, wie unberechenbar Ermittlungen sind. Wenn es nicht klappt, dann ein andermal. Du bist jederzeit eingeladen, uns in Köln besuchen zu kommen.«

»Danke. Ich versuche, mir eine Stunde Zeit zu stehlen. Wer weiß, wann ich euch wiedersehe. Und wie gesagt, etwas Ablenkung würde mir echt guttun. Hier ist meine Handynummer.« Er nannte die Nummer, Aydin und Brandt notierten sie. Dann riefen beide nacheinander Mads an, damit er auch ihre hatte.

»Viel Erfolg und hoffen wir, dass du den Täter findest. Wir hören uns mal unauffällig um«, sagte Brandt.

»Das müsst ihr wirklich nicht. Ich möchte nicht, dass ihr euren kostbaren Urlaub …«

»Passt schon, keiner weiß, dass wir Polizisten sind, vielleicht spielt uns das in die Hände. Kannst du uns noch ein paar Infos geben?«

Mads überlegte kurz. »Na gut, aber wirklich nur nebenbei, versprecht es mir.«

»Darauf hast du mein Wort.«

Mads nannte ihnen ein paar Eckpunkte des Falles, dann verabschiedete er sich und zog weiter.

»Verdammt cooler Typ, so stelle ich mir einen Surfer vor«, sagte Walter, als sie wieder allein waren.

»Ja, smarter Kerl. Gegen so einen darf man gerne den Kürzeren ziehen, dafür musst du dich nicht schämen«, bestätigte Brandt und sah zu Aydin.

»Ich sagte ja, einige kriegen das volle Programm. Hübsch, intelligent und dann auch noch nett, während andere für all das kämpfen.«

»So hässlich bist du auch nicht«, versuchte Walter seinen

Freund aufzubauen. Aydin nickte freundlich. »Aber irgendwie wirkte Mads bedrückt«, fügte er hinzu.

»Wie meinst du das?«

»Habt ihr nicht seine Augen gesehen?«

»Was meinst du?«, wollte Brandt wissen.

»Es war, als würde ein dunkler Schleier über ihnen liegen. Etwas beschäftigt ihn«, erwiderte Walter. »Er hat bestimmt nicht ohne Grund mehrmals betont, dass ihm Ablenkung guttun würde, und er sagte, es gehe ihm ›den Umständen entsprechend‹.«

»Mir ist nichts aufgefallen«, sagte Aydin.

»Mir ehrlich gesagt genauso wenig. Aber wir sind ja nicht so feinfühlig wie Walter«, sagte Brandt schmunzelnd, obwohl man ausgerechnet das dem großen, massigen Imbissbudenbesitzer gar nicht ansah. Rein äußerlich und vielleicht auch aufgrund seiner vielen Tattoos sah er eher wie jemand aus, dem man im Dunkeln lieber aus dem Weg ging. Dabei war Walter der harmloseste und liebenswürdigste Mensch, den Brandt kannte. Er war der beste Beweis, dass man jemanden nicht allein nach seinem Äußeren beurteilen durfte.

»Jungs, glaubt mir, irgendwas beschäftigt ihn.«

»Vielleicht der Fall«, überlegte Aydin.

»Nein, das glaube ich nicht. Das ist was anderes. Etwas Privates.«

»Wir fragen ihn, wenn wir ihn wiedersehen«, schlug Brandt vor. »Und wenn wir ihm helfen können, dann helfen wir ihm.«

»Gute Idee. Wie können wir ihn denn in seinem aktuellen Fall unterstützen?«, fragte Aydin.

»Ich habe da vielleicht eine Idee«, antwortete Brandt.

19

Die Begegnung mit Aydin und seinen Freunden hatte Mads gutgetan. Eine kurze angenehme Ablenkung, die ihm mehr als willkommen war. Walter und vor allem Brandt hatten einen sehr positiven ersten Eindruck bei ihm hinterlassen, obwohl er sie überhaupt nicht kannte, und er hoffte, dass er sein Versprechen, ein Bier mit ihnen zu trinken, würde einhalten können.

»Vielleicht hättest du ihnen nichts über deinen Fall erzählen sollen«, murmelte er vor sich hin, denn er traute Aydin und Brandt tatsächlich zu, dass sie ihm helfen und so ihren kostbaren Urlaub aufs Spiel setzen würden.

Was andererseits für ihren Charakter sprach. Einen Kollegen wie Brandt hätte Mads auch gerne gehabt, stattdessen hatte er einen Onkel als Vorgesetzten, mit dem er immer wieder aneinandergeriet und der ihn gerne spüren ließ, wer das Sagen hatte.

Köln … Rasch wischte er den flüchtigen Gedanken beiseite. Er konnte sich nicht vorstellen, in Köln oder sonst wo Polizist zu sein. Wenn, dann nur an der Lübecker Bucht, das war seine Heimat, hier war er fest verwurzelt. Er liebte das Meer und er würde immer ein Küstenkind bleiben. Was hatte Köln schon zu bieten, außer den Dom?

Emma!, kam sofort die Antwort, die er lieber nicht zu nahe an sich heranlassen wollte. Er wusste, dass ihre Eltern in Köln wohnten und dass sie nach dem Mord an ihrem Verlobten und ihrer Befreiung aus dem Keller zurück nach Köln gegangen war, um das Ganze zu verarbeiten.

Ob es ihr gut geht? Er wünschte ihr so sehr, dass sie die schlimmen Erlebnisse verarbeitet hatte und glücklich war. Auch wenn er aufgrund der Distanz nicht an ihrer Seite sein konnte. Es war offensichtlich, dass sie sich für Köln und ein Leben ohne ihn entschieden hatte, sonst hätte sie ihn längst kontaktiert.

Mads erreichte die nächste Gaststätte und fragte, ob jemand zur Tatzeit einen Malteser oder einen Mann gesehen hatte, der sich in den Dünen herumtrieb, aber keiner der Angestellten konnte sich an so etwas erinnern, was vermutlich vor allem daran lag, dass sie zu beschäftigt gewesen waren, um darauf zu achten. An Kim konnte sich auch niemand erinnern.

Es war die buchstäbliche Suche nach der Nadel im Heuhaufen. Bisher hatte Mads nur diese eine Person, die der Koch ihm genannt hatte. Wo genau der Hundebesitzer wohnte, wusste er nicht, aber er hatte seinen Namen und Mads hatte Tim gebeten, zu schauen, ob er ihn ausfindig machen könne. Gleichzeitig hatte er ihn gebeten, zu prüfen, wie viele Malteserhunde in der Region beim Hunderegister gemeldet waren. Dass der Angestellte nur den Namen, aber den Mann selbst nicht genauer kannte, hatte Mads gewundert, doch er war nicht näher darauf eingegangen.

Jetzt steuerte er die dritte Gaststätte an. Danach warteten noch zwei auf ihn. Dass Kim weiter als bis dorthin gegangen war, glaubte Mads nicht, dann wäre er schon fast in Haffkrug und damit mehr als 2,5 Kilometer vom *Bayside Hotel* entfernt.

Auf der gegenüberliegenden Seite der Straße waren weitere Gaststätten, die würde er besuchen, falls die nächsten beiden keine Hinweise brächten.

Gerade als er die Gaststätte betreten wollte, klingelte sein Handy.

Es war Tim.

»Ich habe die Anschrift des Mannes. Und auch die Abfrage der Hunde.«

»Das ging aber schnell, schieß los.«

Tim nannte ihm die Anschrift. »Die Daten zu den anderen Malteserhunden maile ich dir. Aber unter uns, ich habe sie rasch überprüft. Bis auf den einen Mann kommt keine andere Person infrage, da es nur Frauen sind, die ihren Malteser registriert haben. Schau einfach mal selbst drüber.«

»Mach ich. Danke, Tim«, antwortete Mads. Dass eine Frau für das Verschwinden Kims verantwortlich war, hielt er ebenfalls für ausgeschlossen. Dennoch würde er sich die Personen genauer ansehen, zumindest in der Akte, und dann entscheiden, ob ein Besuch Sinn hatte oder nicht. Den Mann hingegen würde er gleich aufsuchen, er wohnte nicht so weit weg von ihm.

»Wenn du noch was brauchst, melde dich«, sagte Tim.

»Eins würde mich mal interessieren: Könnte man den Hund

anhand der Pfote eindeutig identifizieren? Also nicht die Rasse, sondern den einzelnen Hund?«

»Das wäre sicherlich möglich, aber ich fürchte, mit unserem Foto nicht. Selbst hochskaliert und geglättet hat es nicht eine so hohe Qualität, dass es vor Gericht Bestand hätte. Trotzdem schaue ich mal, ob ich noch mehr rausholen kann.«

»Verstehe, danke dir, wäre super.«

»Dafür nicht. Und wie gesagt, wenn du noch was brauchst, melde dich einfach.«

»Warte kurz. Darf ich dich was fragen?«

»Klar.«

»Du bist doch dicke mit Fischer von der Kripo Köln.«

»Genau.«

»Kennst du dann zufällig Emre Aydin und Lasse Brandt?«

»Die kenne ich sogar ganz gut. Wir haben das ein oder andere Mal bei einem gemeinsamen Fall ermittelt. Arndt ist mit den beiden sehr gut befreundet. Die sind superkorrekt. Was ist mit denen?«

»Nichts, ich habe sie vorhin am Strand kennengelernt. Sie verbringen ihren Urlaub an der Lübecker Bucht.«

»Dann werden sie sich sicherlich auch mit Arndt treffen. Wenn du sie noch mal sehen solltest, richte liebe Grüße aus.«

»Mach ich. Glaubst du, sie würden eigenständig in unserem Fall ermitteln, wenn sie Wind davon bekommen?«

»Nein, das nicht, aber wenn du, Gustav, Arndt oder ich sie bitten würde, dann würden sie helfen, ohne mit der Wimper zu zucken. Egal, ob im Urlaub oder nicht.«

»Verstehe. Wir hören uns.«

Mads beendete das Gespräch und fühlte sich noch einmal bestätigt, was die Kölner Kollegen anbelangte.

Er steckte das Handy ein und betrat den Imbiss. Wieder fragte er die Angestellten, aber keiner konnte sich an einen Hund oder jemanden, der sich in den Dünen herumtrieb, erinnern. Die Antworten ähnelten sich sehr, was Mads nicht verwunderte. Das Wetter war super, die Strände überfüllt und Seeluft machte hungrig. Die Gastro konnte sich bisher sicherlich nicht über die Saison beschweren.

Als Nächstes stand der Besuch bei dem Hundebesitzer Thomasz Hennig auf seiner Liste. Er wohnte in der Dorfstraße in Haffkrug, unweit der Promenade, in die die Gemeinde in den letzten Jahren viel Geld gesteckt hatte, damit sie für Touristen attraktiver wurde. Mads mochte vor allem das Restaurant *Oceans*, das neben der Seebrücke lag und einen tollen Blick auf die Ostsee ermöglichte. Zu gerne hätte er einen Stopp dort eingelegt, aber die Pflicht rief, sodass er zur Dorfstraße weiterfuhr.

Hennig wohnte in einem Einfamilienhaus leicht nach hinten versetzt. Weder rechts noch links davon standen andere Häuser. Hennigs Haus sah recht unspektakulär aus, vermutlich stammte es aus den Fünfzigerjahren.

Mads stellte sein Fahrrad ab und trat an die Haustür, dann drückte er auf die Klingel.

Kurz darauf kam ein Mann von rechts hinter dem Haus hervor, wahrscheinlich hatte er auf der Terrasse gesessen.

»Moin«, grüßte er Mads.

»Moin. Mein Name ist Mads Johannsen, ich bin von der Kriminalpolizei. Sind Sie Thomasz Hennig?«

»Der bin ich. Worum geht es?« Hennig wirkte gelassen.

»Haben Sie einen Malteser?«

»Ja, warum?«

»Möglicherweise ist Ihr Hund Zeuge einer Straftat geworden.«

»Mein Anyon?« Hennig wirkte überrascht. »Und wenn – wie soll ein Hund Ihnen helfen, eine Straftat aufzuklären?«

»Das lassen Sie bitte meine Sorge sein. Kann ich Anyon sehen?«

»Klar. Er ist auf der Terrasse. Kommen Sie doch bitte mit.«

Was für ein komischer Name für einen Hund, dachte Mads, während er Hennig folgte. Das Wort Anyon erinnerte ihn eher an Physik als an einen Hund.

An die großzügige Terrasse schloss sich ein nicht minder großzügiges Grundstück mit einem Teich, einem Gartenhaus und einer Garage an. Soweit Mads es überblicken konnte, gehörten auch einige Bäume zu dem Anwesen, die die Sicht etwas versperrten.

»Sie haben ein sehr großes Grundstück«, bemerkte Mads.

»Dank meiner Großeltern und Eltern. Meine Großeltern

haben damals das Land gekauft und meine Eltern haben darauf gebaut. Ich gehöre zu der Generation der Erben. Alleine könnte ich mir das von meinem Gehalt nicht leisten.«

»Was arbeiten Sie denn?«

»Ich bin in der Verwaltung, beim DRK.«

»Leben Sie allein hier?«

»Ich bin Junggeselle.« Hennig presste die Lippen zusammen und versuchte gleichzeitig zu lächeln, was ein bisschen komisch wirkte.

»Bestimmt viel Arbeit, so ein großes Grundstück«, sprach Mads weiter. Er wollte die Stimmung mit etwas Small Talk aufheitern.

»Das stimmt, aber ich habe reichlich Zeit. Ich gehe nicht gerne aus, lieber beschäftige ich mich mit dem Garten.«

»Und bestimmt mit dem Teich. Haben Sie Kois?«

»Nein, dafür ein paar Goldfische und ab und zu höre ich die Frösche quaken. Das sind die ungebetenen Gäste, die man erdulden muss.« Der letzte Satz klang ein wenig zu unwillig, als würde er Mads gelten.

Irgendetwas gefiel ihm an diesem hageren Mann nicht, der fast so groß war wie er. Hennigs Augen sahen müde oder vielmehr erschöpft aus und sein Gesicht war abgezehrt, wodurch die breiten Wangenknochen besonders auffielen. Es passte nicht so recht zu Hennigs restlicher Figur, es wirkte knochiger als seine gesamte Gestalt.

»Darf ich jetzt Ihren Hund sehen?«, erinnerte Mads ihn an den Grund seines Besuches.

»Sie meinen Anyon?«

Was für eine seltsame Antwort, dachte Mads irritiert.

»Haben Sie denn noch einen anderen?«, fragte er daher.

»Nein.« Hennigs Blick wirkte leer. »Er hält sicherlich gerade seinen Mittagsschlaf«, fügte er dann hinzu.

»Seinen Mittagsschlaf?«

»Genau. Er hält jeden Tag Mittagsschlaf.«

»Eben haben Sie noch erzählt, er sei auf der Terrasse«, bemerkte Mads.

»Ist er doch auch.«

»Und wo?«

»Im Schatten, wo sonst? Nur ein dummer Hund würde sich der Hitze aussetzen, aber Anyon ist kein dummer Hund.«

Mads zwang sich, nicht die Beherrschung zu verlieren, das Gespräch wurde immer skurriler.

»Und wo schläft Ihr Hund genau?«

»An seinem Lieblingsplatz.« Hennig schaute Mads an, als wäre diese Frage vollkommen absurd.

»Und dieser Platz wäre?«

»Unter dem Apfelbaum.«

Mads schaute in Richtung Garten, wo einige Apfelbäume standen, und wollte sich eben auf den Weg machen, um selbst nach dem Hund zu schauen, da hielt Hennig ihn zurück.

»Wohin wollen Sie?« Er schob seinen Kopf leicht nach vorne, dann etwas zur Seite, als wäre er ein Roboter.

»Zu Ihrem Hund, wohin sonst«, erwiderte Mads betont ruhig.

»Das geht nicht. Ich sagte doch, er hält Mittagsschlaf. Eine fremde Person könnte ihn erschrecken.«

»Dann holen Sie ihn verdammt noch mal her!« Nun platzte Mads doch der Kragen.

Hennig sah ihn verwundert an. Andere Gesprächspartner wären aufgrund seines plötzlichen Ausbruchs zusammengezuckt, aber nicht Hennig. Der schien die Ruhe selbst.

»Sie sind ein sehr wütender Mensch«, kommentierte er Mads' kurzen Ausfall.

»Da irren Sie sich, ich versuche nur seit einigen Minuten, Ihren Hund zu sehen, weil er im Rahmen eines möglichen Ermittlungsfalls wichtig sein könnte, aber Sie erzählen mir einen vom Pferd. Holen Sie endlich Ihren Hund her, sonst werde ich es auf meine Weise tun.«

»Entspannen Sie sich, ich hole Anyon.« Hennig bewegte sich in Zeitlupe Richtung Apfelbaum. »So viel Wut«, hörte Mads ihn noch vor sich hin brabbeln.

»Trottel«, knurrte Mads leise. »Wer bitte nennt seinen Hund Anyon?«

Er schaute dem Mann hinterher, der nach einer Weile vor einem Apfelbaum stehenblieb, der weit hinten im Garten stand, dann bückte er sich und streichelte den am Boden liegenden Hund. Der Hund stand auf.

Hennig sagte etwas zu ihm, was Mads aus der Entfernung nicht verstand, und machte eine komische Handbewegung, worauf der Hund seinem Herrchen folgte. Das Schauspiel wirkte kurios. Der Hund schien perfekt dressiert, er lief hinter seinem Herrchen und gab keinen Ton von sich. Das hatte Mads so noch nicht gesehen. Zudem bewegte er sich geradezu mechanisch. Mads hatte erneut das Bild eines Roboters vor Augen.

Wie auch immer Hennig seinen Hund erzogen hatte, es konnte kaum gesund sein für Anyon, fand Mads. Ein Hund musste ein Hund sein, Auslauf haben, bellen, springen und Dinge tun, die Hunde eben machten.

Unwillkürlich dachte Mads an Pferde, die in seinen Augen ebenso freie Tiere waren, aber beim Dressurreiten Dinge taten, die sicherlich kein normales, frei lebendes Pferd auf der Welt tun würde. Und warum? Weil es sein Reiter so wollte oder weil es um Medaillen ging. Die Menschen konnten schon grausam sein. Erst vor Kurzem war die Welt wieder Zeuge davon geworden, als bei den Olympischen Spielen in Tokio eine deutsche Athletin ein Pferd furchtbar gequält hatte, nur weil das arme, eingeschüchterte Tier nicht ihren Anweisungen folgen wollte.

Mads liebte Tiere, sein Onkel hatte immer einen Hund gehabt und somit war Mads auch mit Hunden großgeworden.

»Sie können nun Ihre Befragung starten«, war Hennigs süffisanter Kommentar, als er mit Anyon auf der Terrasse ankam.

Mads ersparte sich eine Antwort und schaute sich den Malteser genauer an.

»Du bist aber ein sehr schöner Hund«, sagte er und ging in die Hocke, um ihn zu streicheln.

»Nicht streicheln, das mag Anyon gar nicht. Er mag keine fremden Menschen.«

Mads war das herzlich egal, er streichelte den Malteser und dieser zeigte keine Anzeichen, dass es ihm nicht gefiel. Mads hatte einfach einen guten Draht zu Hunden.

»Können Sie bitte aufhören, ihn zu streicheln?« Hennigs Stimme wurde schriller. »Er mag das nicht.«

»Das Gefühl habe ich nicht«, entgegnete Mads und kraulte den Hund weiter, der langsam auftaute und nun sogar mit dem Schwanz wedelte.

Hast du was gesehen? Warst du am Strand?, fragte sich Mads und begutachtete unauffällig die Pfoten des Hundes. Auf den Dünen gab es zahlreiche Büsche, es wäre demnach möglich, dass er sich dort an den Pfoten verletzt hatte, aber Mads konnte auf die Schnelle nichts erkennen. Die Pfoten sahen gut aus, ebenso wie das Fell. Der Hund schien top gepflegt.

»Und, haben Sie Ihre Fragen gestellt?«

»Sie halten das Ganze für einen Scherz, oder?« Mads erhob sich und baute sich einen Meter vor Hennig auf, sein Blick war ernst und diesmal wirklich wütend.

»Ganz und gar nicht«, versuchte Hennig seinen Scherz auf die Spitze zu treiben.

»Dann verraten Sie mir, ob Sie am 10. August gegen 22 Uhr oder später am Strand waren.«

»Warum?«

»Beantworten Sie nur meine Frage.«

»Nein, war ich nicht.«

»Sicher? Was ist mit Ihrem Hund? Kann es sein, dass er ausgerissen ist und allein am Strand war?«

»Ganz sicher nicht. Anyon hört aufs Wort.«

»Ihr Hund wurde aber am Strand gesehen.«

»Mein Anyon? Auf keinen Fall. Es muss sich um eine Verwechslung handeln. Das war bestimmt die Aussage eines einfachen Pöbels, für den Malteser alle gleich sind.« Hennigs Mundwinkel bogen sich nach unten, seine Miene wurde finster, geradezu angsteinflößend. Wie schnell Hennig solch eine böse Maske aufsetzen konnte, war selbst für Mads überraschend, doch er ließ sich von so etwas sicherlich nicht einschüchtern. Stattdessen zog er sein Handy aus der Hosentasche und öffnete die Foto-App.

»Was machen Sie da?«

»Ein Foto von Ihrem Hund.«

»Ganz sicher nicht. Er ist mein Eigentum und ohne richterlichen Beschluss dürfen Sie keine Fotos auf meinem Grundstück machen, erst recht nicht von meinem Eigentum«, reagierte Hennig scharf. Seine Augen schienen plötzlich aus den tiefen Augenhöhlen hervorzustechen. »Handy sofort weglegen, sonst werde ich ungemütlich.«

20

An diesem Tag hatte Mads Johannsen sich noch nicht gemeldet, was Paul nur recht war. Er hatte nicht die Nerven, diesem eingebildeten Polizisten schon wieder über den Weg zu laufen.

Außerdem fühlte er sich gut, die Gedanken an Kim oder seine Ex quälten ihn nicht länger und er hatte sich das Instagramprofil seiner Ex auch nicht mehr angeschaut. Zu guter Letzt gab es noch einen anderen Grund, warum er so blendend gelaunt war: ein Date mit Sophia.

»Wolltest du dich nicht mit Sophia treffen?«, fragte Finn daher wohl, als Paul die Terrasse der *Seaside Lounge* betrat.

»Wollte ich, das stimmt. Habe mich aber in der Zeit vertan.« Paul nahm Platz.

»Das kann auch nur dir passieren«, lachte Cenk.

»Witzig. Ich war mir sicher, dass sie 16 Uhr geschrieben hat, dabei hat sie 6 geschrieben und meinte damit 18 Uhr. Was kann ich dafür, wenn sie nicht mal die Uhrzeit richtig schreiben kann.«

»Immer die Schuld auf die anderen schieben«, kommentierte Cenk und nahm einen Schluck aus seinem Cocktailglas.

»Wo ist Kevin?«

»Gassi gehen mit Bruno. Sollte aber bald dazustoßen.«

»Genau deswegen habe ich keinen Köter, da hat man ja nie Zeit für sich selbst.«

»Warum? Ist doch nur kurz und Bruno ist ein toller Hund«, antwortete Cenk.

»Na ja, aber Kevin kann nicht mal alleine in den Urlaub ohne diesen dämlichen Köter.«

»Das stimmt nicht. Er möchte nicht ohne Bruno in den Urlaub. Es gibt jede Menge Hundepensionen und auch seine Eltern würden auf Bruno aufpassen, aber Kevin hängt zu sehr an ihm.«

»Kein Wunder, dass er Single ist. Diese Hundeliebe kann nicht gesund sein. Wer weiß, was er mit Bruno abends unter der Decke heimlich anstellt.«

»Jetzt spinnst du komplett und das sogar in nüchternem Zustand«, kommentierte Cenk, seine Worte klangen mahnend.

»Ich sags ja nur. Ihr kennt sicher diese Nutella-Geschichte von der Hundebesitzerin und ihrem Hund.«

»Können wir bitte das Thema wechseln? Mir wird schlecht.« Cenk schüttelte angewidert den Kopf.

Die Kellnerin kam an ihren Tisch. Paul erkannte sie. Es war diese Jule, die Exfreundin von dem dämlichen Bullen.

»Moin, weißt du schon, was du möchtest?«

»Einen Milchkaffee«, antwortete Paul. Der überraschte Gesichtsausdruck von Jule entging ihm nicht, sicherlich hatte sie erwartet, dass er etwas Alkoholisches bestellen würde. Die beiden anderen wollten nichts, daher entfernte sie sich.

»Milchkaffee? Junge, Junge, du musst es ja ernst meinen mit dieser Sophia.«

»Quatsch, aber ich hab gerade Bock auf Kaffee und möchte mich auch nicht danebenbenehmen. Ihr wisst doch, wer ficken will, muss freundlich sein.«

»Du und freundlich?« Cenk hob die Augenbrauen.

»Ja, ich kann auch nett sein. Was soll das? Ihr stellt mich immer so hin, als hätte ich keine Manieren und meine Nerven nicht im Griff.«

»Cenk, nicht ich. Ich habe gar nichts gesagt«, korrigierte Finn.

»Jetzt Cenk, später du. Ich finde das nicht cool. Wir sind doch Freunde, da sollten wir uns gegenseitig den Rücken stärken.«

»Entspann dich, Bro, das war nur so dahergesagt«, versuchte Cenk seine Worte herunterzuspielen.

»Finde ich nicht witzig.«

Cenk verdrehte die Augen und saugte an seinem Strohhalm, dabei schaute er Richtung Strand.

Jule kam mit Pauls Bestellung zurück.

»Das mit letztens tut mir übrigens leid«, sagte Paul zu ihr.

»Was?«

»Na, als ich mich ein bisschen danebenbenommen habe. War echt keine Absicht. Keine Ahnung, irgendwie fühlte ich mich durch deinen Freund, diesen Bull…, äh, Polizisten unter Druck gesetzt.«

»Alles gut. Mads ist übrigens nicht mein Freund, sondern

mein Ex«, antwortete Jule. »Ich kann mir gut vorstellen, dass du gestresst warst. Immerhin bist du im Urlaub und dann blitzt du bei dieser Kim ab. Kein Wunder, dass Mads dich als Ersten verdächtigt hat, als ihre Freundinnen die Vermisstenanzeige aufgegeben haben. Du musst auch ihn verstehen.«

»Tue ich doch. Wie gesagt, ich hatte zu viel gesoffen und Mads hat mich auf dem falschen Fuß erwischt. Es tut mir furchtbar leid, was mit Kim geschehen ist, aber ich habe nichts damit zu tun.«

»Hast du denn ein Alibi?«

»Ja, habe ich. Hatte ein Date am Strand.«

»Dann musst du dir doch keine Sorgen machen.«

»Eigentlich nicht, aber dein Freund lässt nicht locker, der hat es auf mich abgesehen. Vielleicht solltest du mal mit ihm reden.«

»Er ist mein Ex«, korrigierte Jule ein weiteres Mal. »Und glaub mir, Mads lässt sich von mir nichts sagen, wenn es um seinen Job geht. Kann sein, dass dein Alibi nicht wasserdicht ist. Sicherlich hat er mit deinem Date am Strand gesprochen.«

»Ja, leider. Die blöde Trulla hat erzählt, sie sei früher zurück auf die Party als ich. Ich hätte sie warnen müssen. Hab halt nicht daran gedacht, dass dieser Mads sie so schnell kontaktiert.«

»Sei froh, dass du es nicht getan hast, das hätte dich nur noch verdächtiger gemacht.«

»Hast auch wieder recht.« Jule wurde ihm immer sympathischer.

»Wenn ich das richtig verstehe, hast du also kein Alibi für die Zeit nach deinem Date?«

»Genau. Ich war stockbesoffen und habe einen Filmriss. Ich weiß, dass ich noch pinkeln war und irgendwann wieder auf die Party bin, aber wie lange ich unten am Strand war, weiß ich nicht.«

»Was ist mit deinen Jungs, können die dir nicht helfen?«

»Die waren doch auch betrunken«, erwiderte Paul. »Bis auf Finn war niemand unten am Strand.«

»Du hast Finn gesehen? Ich dachte, du erinnerst dich an nichts mehr?«, fragte Jule erstaunt.

»Ja, gut, an fast nichts mehr. Ich habe Finn gesehen, daran erinnere ich mich noch.«

»Ich habe dich aber nicht gesehen«, entgegnete Finn.

»Siehst du, genau das meinte ich«, maulte Paul. »Ihr seid keine Freunde, statt mir beizustehen, fallt ihr mir in den Rücken.«

»Das ist doch Quatsch, ich habe nur gesagt, dass ich dich nicht gesehen habe. Du übertreibst wieder maßlos.«

»Was hast du denn am Strand gemacht?«, erkundigte sich Jule.

»Mir kurz die Beine vertreten. War mir zu laut auf der Party, ich brauchte mal fünf Minuten für mich.«

»Schade, dass du Paul nicht gesehen hast, dann wärt ihr beide jetzt safe.«

»Wieso bin ich nicht safe?« Finn wirkte irritiert.

»Ich kenne Mads. Du hast auch kein Alibi. Er wird keinen von euch beiden in Ruhe lassen, bis er sicher ist, dass keiner von euch etwas mit Kims Verschwinden zu tun hat.« Sie wandte sich an Paul. »Dir empfehle ich, dich schleunigst zu erinnern, was du am Strand getan hast.« Dann entfernte sie sich.

»Die hängt doch«, wurde Finn ungehalten.

»Warum?«, fragte Paul. Cenk hörte schweigend zu.

»Was habe ich mit Kims Verschwinden zu tun?«, empörte sich Finn.

»Und was habe ich damit zu tun?«

»Na, du hast dich mit ihr auf der Party gezofft und sie sieht deiner Ex verdammt ähnlich, da verstehe ich, dass die Polizei dich im Auge hat.«

»Weißt du was? Ich habe dich echt satt. Diesen Mist höre ich mir nicht mehr an.« Paul stand auf, fischte fünf Euro aus seiner kurzen Hose und legte sie auf den Tisch. »Cenk, bezahl bitte für mich mit. Ich hau jetzt ab, bevor ich mich vergesse und Finn für seine Unverschämtheit die Fresse poliere.«

»Wie du meinst, Bro«, sagte Cenk und nahm die fünf Euro an sich.

Paul verließ die Terrasse und hörte noch, wie Finn sagte: »Der ist so fucking dünnhäutig, seit seine Ex mit ihm Schluss gemacht hat.«

»Mag sein, aber du hast eben echt übertrieben«, erwiderte Cenk, woraufhin Finn meinte: »Das war doch gar nicht böse gemeint, ich kann mir halt keinen Stress mit der Polizei erlauben. Ich bin Jurastudent.«

Du versteckst dich immer hinter deinem Studium, dachte Paul wütend. Finn machte es sich verdammt einfach.

Als ob sein Leben nichts zählte, nur weil er nicht studiert und keinen Vater hatte, der angesehener Anwalt war. Wie konnte man so egoistisch sein?

Okay, es stimmte, er war momentan ziemlich dünnhäutig. Er hatte seine Ex geliebt, war es da nicht verständlich, dass man emotional wurde? Trotzdem war er kein Kameradenschwein und immer für seine Freunde da. Finn schien vergessen zu haben, wer ihm bei seinem Umzug geholfen und all die schweren Sachen geschleppt hatte.

»Freundschaft ist eben nicht mehr als eine Interessengemeinschaft. Nein, noch weniger, sie ist nur eine leere Hülse«, sagte er zu sich.

»Was ist eine leere Hülse?«, fragte Kevin, er kam ihm entgegen und musste seine letzten Worte gehört haben. Bruno bellte und sprang an Paul hoch. Paul bückte sich und streichelte den Hund. Schließlich konnte der nichts dafür, dass er schlechte Laune hatte.

»Ach, nichts. Bin nur sauer auf die Jungs, vor allem auf Finn.«

»Verstehe, habt ihr euch eben gestritten?«

»Kann man so sehen. Er macht mich einfach rasend, dieser eingebildete Affensohn.«

»Ich dachte, du hast ein Date?«

»Habe ich auch.«

»Was machst du dann hier?«

»Bin gerade auf dem Weg. Wir treffen uns im *Restaurant Wolkenlos*, bin gut in der Zeit.«

»Na dann. Und nimm Finn das nicht übel, der hat halt einen überkorrekten Vater. Eigentlich ist er doch gar nicht so.«

»Alles auf seinen Vater zu schieben, ist auch einfach.« Paul hatte Mühe, ruhig zu bleiben.

»Geh mal zu deinem Date, das wird dir guttun. Und unter uns: Die Polizei wird sicher noch mehr Verdächtige haben als dich.«

»Ich wünschte es, nur irgendwie fühlt sich das nicht so an. Ich weiß, dass ich Kim nichts angetan habe, aber dieser dämliche Mads muss mich auch noch mit ihr streiten sehen.«

»Das ist echt Pech. Sicher, dass die Polizei niemand anderen hat? Hat der Polizist denn gar nichts in dieser Richtung angedeutet?«

»Nein, hat er nicht. Er macht es sich einfach. Ich bin das perfekte Opfer.«

»Quatsch, ohne Beweise kann er dir nichts. Und wer weiß, am Ende taucht diese Kim plötzlich wieder auf, als wäre nichts gewesen.«

»Wollen wir hoffen. Gut, ich muss los.«

»Bis dann und viel Spaß.«

»Danke, euch auch. Ich melde mich, wenn das Date ein Reinfall werden sollte.«

»Mach das.«

Paul hoffte, dass es keine Enttäuschung würde, aber er ging auch nicht davon aus. Er hatte einen guten Draht zu Sophia. Die WhatsApp-Nachrichten, die sie ausgetauscht hatten, sagten eher, dass er sie heute noch ins Bett kriegen würde. Sophia war kein Kind von Traurigkeit, was Paul gut gefiel. Schließlich war er im Urlaub, um Spaß zu haben.

Das Gespräch mit Kevin hatte gutgetan, seine Laune besserte sich merklich.

So in Gedanken erreichte Paul das Restaurant. Sophia hatte den Ort vorgeschlagen, da das *Wolkenlos* am Ende einer Strandbrücke lag. Es sah ein bisschen asiatisch aus, was vermutlich nur dem Design geschuldet war. Paul fand es richtig ansprechend.

Sein Blick wanderte zu seinem Handy, er hatte noch zehn Minuten und wollte nicht zu früh erscheinen, das war unmännlich.

Also drehte er eine kleine Runde und überlegte krampfhaft, was er in besagter Nacht noch am Strand getan hatte, aber es wollte ihm einfach nicht einfallen.

»Ein Mal, verdammtes Hirn, nur dieses eine Mal könntest du auf meiner Seite sein und mich nicht enttäuschen.« Paul wusste, dass er nicht der Intelligenteste war, dass er mit dem Intellekt eines Finn oder Kevin nicht mithalten konnte, dafür war er mit Sicherheit der Stärkste von ihnen. Man respektierte ihn in seiner Hood, so nannte er sein Viertel. Da, wo er großgeworden und zur Schule gegangen war, in der Neckarstadt in Mannheim, war Respekt wichtiger gewesen als gute Noten. Und diesen Respekt hatte man sich meistens mit den Fäusten erkämpft.

Natürlich gab es Tage, da fragte er sich, was wohl aus ihm geworden wäre, wenn er sich nicht immer geprügelt und stattdessen für den Unterricht gelernt hätte. Aber es war müßig, zu viel Zeit mit solchen Gedanken zu verschwenden. Er war Paul, Möbelpacker von Beruf, und schon immer ein Mensch gewesen, der nach vorne und nicht zurück schaute. Dieser dämliche Bulle würde ihn mit Sicherheit nicht zum Sündenbock machen.

»Wenn ich mich nur endlich erinnern würde«, murmelte er.

Aber er erinnerte sich nicht. Es war, als würde er in ein tiefes schwarzes Loch schauen. Der Filmriss war erbarmungslos.

Am vergangenen Abend hatte er sogar Janine kontaktiert in der Hoffnung, dass sie vielleicht wusste, warum er noch am Strand geblieben war – abgesehen von der Tatsache, dass er hatte pinkeln müssen –, aber Janine wusste es nicht.

Möglicherweise kommt die Erinnerung wieder, wenn ich die Tage weniger Alkohol trinke, überlegte er und ging zurück zur Brücke und zum *Restaurant Wolkenlos*.

Diesmal sah er Sophia schon auf der Terrasse sitzen. Sie sah atemberaubend aus: Sie trug ein kurzes rotes Kleid, das ihre braune Haut und die langen braunen Haare verführerisch betonte und zeigte, was für einen erotischen Körper sie hatte.

Ihre Chanel-Handtasche war ein Accessoire, das Paul sagte, dass sie in Kreisen verkehrte, zu denen er sich nicht zählte, und dass sie vermutlich eine dieser Frauen war, die auf Geld standen. Aber das war ihm gerade herzlich egal. Er war im Urlaub und wollte seinen Spaß.

»Auf die Minute genau. Ich mag Männer, die pünktlich sind«, begrüßte Sophia ihn mit einem Küsschen rechts und links.

»Und ich Frauen, die pünktlich sind. Du siehst umwerfend aus.«

»Danke.« Sie lächelte, das Kompliment schien ihr zu gefallen.

Beide nahmen Platz und gleich darauf kam der Kellner.

»Wollt ihr schon was zu trinken bestellen?«, fragte der junge Mann und schaute dabei vor allem Sophia an.

»Für mich einen Aperol«, antwortete sie.

»Für mich auch«, ergänzte Paul.

Der Kellner nickte und entfernte sich.

»Eine Superwahl, dieses Restaurant, es ist sehr schön hier.«

»Finde ich auch. Mitten im Wasser, wo gibt es das sonst in dieser Ecke?«

»Gute Frage.« Paul schaute übers Meer, das Wasser war nur leicht bewegt und das sanfte Rauschen der Wellen beruhigte ihn ungemein. »Und, darfst du hierbleiben oder musst du zurück?«

Sophia hatte ihm gestern geschrieben, dass Kims Mutter inzwischen Bescheid wusste und die Eltern der anderen Mädels kontaktiert hatte. Ihre Mutter wollte, dass sie nach Hause kam, ebenso wie die Eltern der beiden anderen.

»Ich denke schon, dass ich bleibe, auch wenn meine Eltern das nicht für richtig halten. Aber es kann einem immer und überall was passieren. Heute Abend habe ich noch ein Gespräch mit ihnen.«

»Gute Entscheidung. Du hast recht, es kann einem immer und egal wo alles Mögliche passieren. So gesehen dürfte man gar nicht mehr das Haus verlassen. Was für ein langweiliges Leben.«

»Sehe ich genauso. Und langweilig ist nicht mein Ding.« Sophia grinste.

Der Kellner kam und brachte die Getränke. Da sie noch kein Essen bestellen wollten, ging er zum nächsten Tisch.

»Nervt euch dieser Mads auch so sehr?«, fragte Paul.

»Aber Hallo. Der hat uns eine Standpauke gehalten, was wir für Freunde wären, weil wir nur ans Feiern denken, statt in Sorgen zu zerfließen. Trottel. Aber irgendwie ein süßer Trottel. Stresst er euch auch?«

»Und wie. Der hat mich auf dem Kieker, und das nur, weil ich mich nicht erinnere, was ich noch am Strand …« Paul unterbrach sich. Er konnte es nicht glauben: Die Erinnerung war plötzlich wieder da!

21

Timmendorfer Strand, 16. August

Der Sonntag hatte nicht viel Neues gebracht. Mads war einigen weiteren Hinweisen gefolgt, aber sie waren alle im Sande verlaufen. Auch die Gespräche in den restlichen Gaststätten hatten keine neuen Erkenntnisse zutage gefördert, wobei er noch nicht jeden hatte befragen können.

Weder von Kim noch von dem Täter gab es eine heiße Spur, ja nicht mal irgendeine Spur. Langsam mussten sie sich mit dem Gedanken beschäftigen, dass Kim Opfer eines Gewaltverbrechens geworden war. Aber solange man ihre Leiche nicht gefunden hatte, gestattete es Gustav nicht, dass man davon sprach.

An diesem Morgen stand Mads wieder einmal vor dem großen Whiteboard an der Wand in seinem Büro und ergänzte einige Stichworte und Querverbindungen zum möglichen Tathergang auf dem Schaubild, das er zuletzt erstellt hatte. Anschließend zog er sich einen Stuhl heran und setzte sich vor das Whiteboard, um mit etwas Abstand neue Ideen zu bekommen.

»Paul, Finn und dieser komische Vogel Hennig«, dachte er laut nach. »Finn vermutlich nicht und bei Paul …« Mads gab einen Zischlaut von sich. »Er ist ein Idiot, aber ist er ein Mörder?« Er faltete die Hände und legte beide Zeigefinger unter die Nase, dabei stützte er sich mit den Ellbogen auf den Oberschenkeln ab und dachte nach. »Vielleicht im Affekt und Vollsuff«, sagte er dann. »Ich bin auf die Gespräche nachher gespannt.«

Er hatte Paul und Finn für diesen Mittag auf die Dienststelle gebeten. Gustav und er wollten beide befragen.

»Hennig hat einen Hund, der zur Beschreibung passt, aber macht ihn das zum Mörder?«, sinnierte er weiter. Etwas gefiel ihm an Hennig nicht, daher hatte er Tim gebeten, mehr über ihn in Erfahrung zu bringen.

»Wenn wir nur mehr Hinweise bekommen könnten. Es kann doch nicht sein, dass niemand was gesehen haben will.« Die öffentliche Fahndung lief auf Hochtouren, es kamen mittlerweile unzählige Hinweise rein, aber viele davon liefen ins Leere, eine wirklich heiße Spur war nicht darunter. Mads war geneigt zu glauben, dass die öffentliche Fahndung ohne Erfolg bleiben würde, obwohl noch nicht alle Hinweise ausgewertet worden waren, seine Erfahrung sprach allerdings für diese Annahme. Auch die Liste mit den Besitzern der Malteser im näheren Umkreis hatte Mads nichts gebracht. Die Personen passten einfach nicht ins Täterprofil, daher legte er sie vorerst in das virtuelle Regal: derzeit keine Prio.

Sein Bürotelefon klingelte.

»Moin, Petra.«

»Moin, Mads. Dein Onkel … verzeih, der Boss möchte dich sprechen.«

»Bin gleich da.«

»Lass ihn nicht warten. Der Bürgermeister ist gerade in seinem Büro und ich glaube, die haben nicht das angenehmste Gespräch, zumindest der Geräuschkulisse nach zu urteilen.«

»Dann warte ich lieber, bis Albert gegangen ist«, sagte Mads.

»Das solltest du nicht. Gustav meinte, du sollst unverzüglich in sein Büro kommen«, widersprach Petra.

»Na gut. Ich komme gleich.« Mads atmete hörbar aus und beendete das Gespräch. Sein Blick wanderte zu dem zweiten Schreibtisch, der in seinem Büro stand. Er gehörte seiner Schwester Lena. Es war ihr Büro gewesen.

Ein Foto, das sie zusammen mit Mads zeigte, stand auf ihrem Schreibtisch, daneben andere Fotos der Familie.

»Gib nicht auf, Schwester«, sagte Mads, nahm das Foto und küsste es. »Morgen kommt ein Spezialist aus der Schweiz. Alles wird gut. Du kannst nicht glauben, wie sehr du mir fehlst.«

Er stellte das Foto zurück an seinen Platz und verließ das Büro. Kurz darauf stand er im Vorzimmer seines Onkels, wo Petra an ihrem Arbeitsplatz saß und konzentriert auf ihrer Tastatur tippte.

»Ist Albert noch da?«, fragte Mads.

»Ist er. Ab in die Höhle des Löwen, Tiger.« Petra grinste kurz und widmete sich sofort wieder ihrer Arbeit.

Mads ging zur Tür, klopfte an und betrat das Büro.

»Moin«, machte er sich bemerkbar. Beide Männer schauten zu ihm auf. Albert war der Erste, der aufstand.

»Moin, der Smartere von den Johannsens«, begrüßte er ihn.

Mads erwiderte den Handschlag, dann begrüßte er auch seinen Onkel.

»Nimm Platz.«

»Worum geht es?«, fragte er, nachdem er sich gesetzt hatte.

»Es gibt eine Anzeige gegen dich.«

»Eine Anzeige? Sag nicht, von diesem Paul?«

»Nein, von Thomasz Hennig.«

»Von dem Nerd? Warum das?« Mads konnte nicht glauben, dass Hennig das tatsächlich getan hatte.

»Du hast ohne seine Erlaubnis auf seinem Grundstück ein Foto von seinem Hund gemacht.«

»Na und? Deswegen zeigt der Vogel mich an?« Mads schüttelte ungläubig den Kopf, er konnte sich noch sehr gut an die übertriebene Reaktion Hennigs erinnern, als er das Foto gemacht hatte. Aber Mads hatte sich geweigert, es zu löschen, und Hennig klargemacht, dass die Aufnahme für die Ermittlungen wichtig sei.

»Ja, genau deswegen. Wenn es ganz dumm läuft, dürfen wir das Foto nicht als Beweismittel verwenden. Was hast du damit gemacht?«

»Ich habe es Tim geschickt.«

»Mein Neffe ist nicht der Hellste«, schimpfte Gustav und sah Albert an. »Dabei war er nicht nur Jahrgangsbester, in den letzten Jahrzehnten hatte nur eine Person einen besseren Abschluss als er.«

»Wer war das?«, fragte Albert.

»Sein Vater.« In Gustavs Augen blitzte es auf, dann presste er die Lippen zusammen und schwieg.

Mads lag ein böser Kommentar auf der Zunge, weil Gustav ihn plötzlich entgegen seiner Überzeugung im Dienst »Neffe« nannte, doch als er seinen Vater erwähnte, war er zu keiner Reaktion mehr fähig. Er hatte einen dicken Kloß im Hals. Sein Vater war vor einigen Jahren bei einem Einsatz ums Leben gekommen und noch heute hatte Mads daran zu knabbern, denn er hatte ein sehr enges Verhältnis zu ihm gehabt.

»So dumm war das doch gar nicht«, versuchte Albert eine Lanze für Mads zu brechen. »Immerhin hat er ein Foto gemacht.«

»Um damit nachweisen zu können, ob Hennigs Hund an dem möglichen Tatort war.« Mads unterbrach sich. »Sollten wir das nicht ohne Albert besprechen? Das sind Polizeiinterna.«

Gustav lachte, es klang verächtlich. »Vor Albert haben wir keine Geheimnisse, er ist eh besser informiert als wir beide zusammen. Keine Ahnung, wie er das immer anstellt, aber er hat es drauf.«

»Netzwerk, mein Lieber. Wer weiß, wo du heute sitzen würdest mit deinen Fähigkeiten, wenn du das Netzwerken auch nur ein klitzekleines bisschen beherrschen würdest.«

»Das Arschkriechen überlasse ich dir«, konterte Gustav, dann wandte er sich Mads zu. »Wollen wir hoffen, dass Hennig seine Anzeige zurückzieht. Wenn es so ist, kannst du Albert danken.«

»Albert?« Mads verstand nicht.

»Ich werde mit Hennig reden«, erklärte Albert jovial. »Ich kenne ihn. Er ist ein seltsamer Kauz, aber eigentlich ganz harmlos.«

»Danke.«

»Hältst du es für möglich, dass er der Täter ist?«, fragte Gustav.

»Der mit Sicherheit nicht. Der lebt abgeschieden. Ein Weltraumbesessener. Habe ihn noch nie mit einer Frau gesehen«, antwortete Albert.

»Ich wäre mir da nicht so sicher. Er hat kein Alibi und war extrem gereizt, als ich fragte, ob sein Anyon am Strand war. Deswegen auch das Foto.«

»Du Trottel«, entfuhr es Gustav. »Warum hast du den Hund nicht gestreichelt und ihm dabei ein paar Haare abgezupft? Malteser haaren zwar nicht so stark, aber das wäre unauffällig möglich gewesen und wir hätten ein viel sichereres Ergebnis als durch dein dämliches Foto, das uns nur Ärger einbringt.«

»Ist das nicht illegal?«, fragte Albert.

Gustav warf ihm einen tödlichen Blick zu. »Ausgerechnet du stellst mir diese Frage?«

Albert hob abwehrend die Hände. »Gut, ich lasse die Familie mal allein. Wie schaut es mit Mittagessen aus?«

»Gerne. Wir sehen uns im *Portobello* um 13 Uhr.«

»Passt. Mads, du kannst dich uns gerne anschließen.«

»Danke für die Einladung, italienisch hört sich sehr gut an, aber ich werde das wohl nicht schaffen.«

»Verstehe, keine Lust auf zwei alte Männer, die glauben, noch jung zu sein.« Albert lachte und zeigte dabei seine strahlend weiße Zahnreihe. Mads musste bei dem Anblick unwillkürlich an die Pose auf einem Wahlplakat denken. Dann verabschiedete sich Albert und verließ das Büro.

»Ich finde es nicht okay, dass du mich vor Albert so bloßstellst.«

»Wann habe ich dich denn bloßgestellt?«, fragte Gustav.

»Na eben, mit dem Foto.«

»Verdammt, Mads, das war doch kein Bloßstellen. Ich wollte dir eine Lektion erteilen, damit du nächstes Mal deinen Verstand einschaltest. Wir treten auf der Stelle, und das Letzte, was ich möchte, ist, dass irgendwelche Anzeigen gegen meine Mitarbeiter auf meinem Tisch landen.«

Mads lag ein Kommentar auf der Zunge, aber er verkniff es sich. Dieses eine Mal jedenfalls. Es hatte keinen Sinn, mit seinem uneinsichtigen Onkel zu diskutieren, und die Woche fing gerade erst an.

»Lass uns Tim anrufen, mal schauen, ob er mit deinem Foto was anfangen konnte.«

»Wollte ich längst tun, aber ich sollte ja herkommen.«

Gustav warf seinem Neffen einen zweideutigen Blick zu, dann wählte er Tims Nummer.

»Moin, Gustav«, grüßte Tim sofort, augenscheinlich hatte er Gustavs Nummer im Display erkannt.

»Moin, Tim. Ich hoffe, du bist gut in die Woche gestartet.«

»Mit jeder Menge Arbeit. Kann mir schon denken, weshalb du anrufst.«

»Mads ist neben mir. Uns würde interessieren, ob du etwas mit dem Foto anfangen konntest?«

»Ich fürchte, das wird leider nichts. Ich hatte Mads ja schon angedeutet, dass wir, selbst wenn ich das Foto vom Handy noch weiter glätte und hochskaliere, kein Foto erhalten werden, auf dem man die Pfote des Hundes eindeutig identifizieren und einem bestimmten Hund zuordnen kann. Es gibt ein paar Anhaltspunkte, die darauf hindeuten, dass es derselbe Hund sein könnte, aber ein guter Anwalt wird das Ausgangsmaterial auseinandernehmen, weil es zu stark bearbeitet wurde. Sorry, Mads, ich wünschte, ich könnte dir eine andere Antwort geben. Sollte sich doch noch was ergeben, sag ich dir Bescheid, aber rechne lieber nicht damit.«

»Mach dir keinen Kopf, einen Versuch war es wert, und wie es scheint, dürfen wir mein Foto eh nicht benutzen«, sagte Mads.

»Warum?«

»Hennig hat mich angezeigt, weil ich das Foto gemacht habe.«

»Die Welt wird immer verrückter«, erwiderte Tim erstaunt. »Ich muss leider in die nächste Besprechung mit Arndt. Sobald ich wegen der anderen Punkte was habe, melde ich mich.«

»Mach das und richte Arndt liebe Grüße aus«, antwortete Gustav und beendete das Gespräch. »Siehst du, deswegen nimmt man lieber eine DNA-Probe«, fügte er hinzu. Er konnte das Sticheln wohl einfach nicht lassen.

Mads wusste jedoch, dass sein Onkel recht hatte, nur war er in dem Augenblick nicht auf diese Idee gekommen, und darüber ärgerte er sich am meisten. Das musste sein Onkel allerdings nicht wissen, deshalb entgegnete er nur: »Tim hat gesagt, es gebe einige Übereinstimmungen.«

»Die auch auf die Bearbeitung des Fotos zurückzuführen sind«, hielt Gustav dagegen. »Vergiss das mit dem Foto. Wenn du glaubst, dass dieser Hennig Dreck am Stecken hat, besuch ihn erneut und besorg dir Hundehaar. Das muss aber unter uns bleiben.«

»Ist mir schon klar.« Ein weiteres Gespräch mit Hennig war nicht das Problem. Die Frage war, ob er Mads den Hund ein zweites Mal zeigen, geschweige denn erlauben würde, dass er Anyon zu nahe kam oder ihn berührte.

»Hat sich seit gestern Abend eigentlich noch was ergeben?«, wechselte Gustav das Thema. Er und Mads hatten gemeinsam mit seiner Großmutter zu Abend gegessen und über den Fall gesprochen.

»Nein, wäre auch verwunderlich. So lange bin ich noch nicht im Büro«, erwiderte Mads.

»Hätte ja sein können, dass durch die öffentliche Fahndung ein Hinweis bei dir eingetrudelt ist.«

»Ist es nicht, und wenn du so fragst, gehe ich davon aus, dass du auch keine neuen Informationen hast.«

»So ist es. Wir müssen wohl oder übel das Gespräch mit den beiden Jungs abwarten.«

»Ich fürchte auch. Vorher werde ich noch zwei Gastrobetriebe aufsuchen, weil die Mitarbeiter, die zur möglichen Tatzeit Schicht hatten, am Wochenende frei hatten.«

»Gut, mach das. Wenn es zeitlich klappt, komm ins *Portobello*. Pizza geht auf mich.«

»Heute eher keine Kohlenhydrate. Lieber Fisch oder Hähnchen.«

»Verstehe, die Pizza könnte deinen Sixpack ruinieren.«

»Immerhin habe ich noch einen«, entgegnete Mads mit einem süffisanten Grinsen. »Findest du es eigentlich eine gute Idee, vor Albert so viele Details preiszugeben?«

»Ich sehe da kein Problem, ich sagte doch schon, dass er der Bürgermeister ist und eh alles herausfindet. Besser, er arbeitet für uns als gegen uns.«

»Ich verstehe dich nicht. Letztens habt ihr euch noch gefetzt, weil er nicht wollte, dass wir den Strandabschnitt absuchen, und heute seid ihr wieder die besten Freunde. Das passt doch nicht zusammen.«

»Und ob das passt«, entgegnete Gustav. »Genau das ist Freundschaft. Wir streiten uns, aber immer nur über dienstliche Themen. Wir ziehen das nicht in unser privates Leben, das können wir sehr gut trennen, deswegen sind wir seit Langem so gut befreundet.«

Mads überzeugte die Antwort nicht so recht, weil die beiden sich auch privat oft in die Haare kriegten, wollte aber nicht weiter darauf herumreiten.

»Ich melde mich wegen des Mittagessens. Bin dann weg.«

»Mach das. Und sobald du was hast …«

»… rufe ich dich sofort an.« Mads legte den gestreckten Zeige- und Mittelfinger der rechten Hand an die Schläfe und verabschiedete sich wie mit einem militärischen Gruß. Gustav nahm es mit einem Brummen und Kopfschütteln hin.

»Du lebst ja noch«, sagte Petra, als Mads das Büro verließ.

»Kennst mich doch. Wir sehen uns später.«

Zurück in seinem Büro stellte er sich noch einmal vor das Whiteboard und starrte auf das Schaubild. Da sich jedoch immer noch kein Geistesblitz einstellen wollte, beschloss er, die beiden anderen Gastrobetriebe aufzusuchen, um die besagten Mitarbeiter zu befragen.

Er verließ die Dienststelle, schwang sich auf sein Fahrrad und fuhr los. Das Wetter war wieder einmal herrlich sonnig und zu den Gaststätten war es von hier aus nur ein Katzensprung, kein Grund also, unnötig die Luft zu verpesten.

Er ließ die *Ostsee Therme*, ein beliebtes Erlebnisbad vor den Toren des Timmendorfer Strandes, hinter sich. Hier hatte er so manchen schönen Tag verbracht, einige davon sogar in Begleitung einer hübschen Frau. Die Erinnerungen daran ließen ihn kurz schmunzeln.

Die Strecke, die er nutzte, war nicht verbaut und bot eine wunderbare Aussicht auf die Ostsee, die friedlich vor sich hinplätscherte. In der Ferne konnte er ein Segelboot ausmachen und spürte wieder den Wunsch, den er oft hatte, wenn er ein Boot sah: Einfach eins mieten und drauflossegeln, irgendwohin, weit weg von der Zivilisation und ihren Problemen. Aber so simpel war das nicht, er hatte Verpflichtungen und weglaufen war noch nie seine Antwort auf Schwierigkeiten gewesen.

Du Lügner! Damals bist du vor deinen Problemen weggelaufen, meldete sich eine innere Stimme und erinnerte ihn an die Vergangenheit.

Als sein Vater bei dem Polizeieinsatz ums Leben gekommen war, hatte Mads den Polizeidienst quittiert und war zur Bundeswehr gegangen.

Und am Ende hast du Lena im Stich gelassen, mit Mama. Ein weiterer Vorwurf, der wie ein böser Stachel tief in seinem Herzen saß. Nach dem Tod seines Vaters war seine Mutter schwer an Krebs erkrankt, und statt sich mit Lena um sie zu kümmern, hatte er in Afghanistan für die Menschenrechte gekämpft. Für Menschenrechte, über die die Taliban, die dort inzwischen wieder an der Macht waren, heute nur lachten. So gesehen waren die westlichen Regierungen für ihn bloß eine Witzfigur, mehr nicht.

So in Gedanken erreichte er den Imbiss, wo der Koch ihn auf Hennig aufmerksam gemacht hatte, daher änderte Mads seinen Plan und steuerte den Imbiss an.

Zu seinem Glück gab es keine Schlange davor.

»Moin«, grüßte er die Mitarbeiterin, die am Fenster die Kunden bediente. Er kannte sie nicht.

»Moin. Was möchtest du?«, fragte sie.

»Nichts, ich möchte nur mit eurem Koch Florian Maahsen sprechen.«

»Bist du ein Kumpel von ihm?«

»Nein, von der Kripo, wir haben uns vor Kurzem unterhalten.«

»Verstehe. Es geht um das verschwundene Mädchen.«

»Richtig. Kennen Sie die Frau?«

»Nein, ich hatte da keine Schicht. Aber Flo hat es mir erzählt.« Sie drehte sich um. »Flo, komm mal her, hier ist ein Polizist, der dich sprechen möchte.«

Der Koch trat ans Fenster und wischte sich die Hände an der schwarzen Schürze ab. »Moin. Haben Sie mit Hennig gesprochen?«

»Moin, das habe ich. Danke für den Hinweis.«

»Nichts zu danken. Ich hoffe, ich oder Thomasz konnte weiterhelfen. Leider habe ich ja nichts weiter gesehen. Habe mich auch noch mal mit den Kollegen unterhalten, aber uns allen ist nichts aufgefallen. Wir haben einfach zu viel zu tun und Sie meinten ja, dass der Täter erst gegen 1 Uhr morgens zugeschlagen haben könnte, da waren wir schon weg.«

Maahsen redete ohne Unterlass, Mads erkannte ihn kaum wieder. Bei ihrem letzten Gespräch war er viel reservierter gewesen, was vermutlich daran lag, dass eine Menge Betrieb in dem Imbiss geherrscht hatte.

»Genau deswegen wollte ich mich mit Ihnen unterhalten. Das Gespräch mit Herrn Hennig ist nicht so verlaufen, wie ich es mir erhofft hatte.«

»Verstehe. Hatte ich schon befürchtet.«

»Was hatten Sie befürchtet?«

»Thomasz ist ein bisschen speziell. Wenn man ihn auf dem falschen Fuß erwischt, kann er ganz schön seltsam sein. Freundlich ausgedrückt. Sind Sie seinem Hund zu nahe gekommen?«

»Sie scheinen ihn ja recht gut zu kennen«, erwiderte Mads, was ihn erstaunte, denn beim letzten Mal hatte der Koch nicht den Eindruck gemacht, als wäre er so gut mit Hennig und seinem Hund bekannt.

»Was heißt kennen? Wir sind im selben Sci-Fi- und Astronomieverein.«

»Ein Sci-Fi-Verein?«

»Genau. Thomasz hat ihn vor Jahren gegründet. Für alle, die Interesse am Weltall und außerirdischem Leben haben. Außerdem an klugen Sci-Fi-Filmen. Man mag es kaum glauben, aber es gibt unzählige Filme, die Technologien, die Jahre später entwickelt wurden, vorausgesagt haben. Denken Sie nur mal an Star Trek und Handys.«

»Verstehe. Und Sie alle glauben an Aliens?«

»Ganz sicher, Sie nicht? Es wäre ja geradezu vermessen, es nicht zu tun. Wissen Sie, wie viele Planeten es im Universum gibt? Mehr als Sandkörner auf der ganzen Welt, und da soll die Erde der einzige bewohnte Planet sein? Das ist schon sehr naiv.«

Mads behielt seine Meinung darüber für sich. Immerhin verstand er jetzt, warum der Malteser Anyon hieß. Sein Herrchen hatte ganz sicher ein paar Schrauben locker, daran gab es für Mads keinen Zweifel mehr. »Wie ist er denn so als Mensch?«, erkundigte er sich daher. »Sie haben ja öfter mit ihm zu tun.«

»Was heißt öfter? Ich bin erst seit einem Jahr in dem Verein und wir treffen uns nur einmal im Monat. Er ist halt ein bisschen schräg und im Gegensatz zu mir besessen von dieser ganzen Außerirdischensache. Er meint, dass sie bereits unter uns sind. So weit würde ich persönlich jetzt nicht gehen, aber ansonsten ist er ganz okay, wenn man ihn eben nicht auf dem falschen Fuß erwischt.«

»Wissen Sie, ob er je eine Freundin hatte?«

»Soviel ich weiß, nicht. Unter uns«, der Koch senkte die Stimme, »welche Frau will so einen Mann als Partner? Manchmal ist er mir echt unheimlich, vor allem wenn er tief in Gedanken ist und man das Gefühl hat, er wäre wie weggetreten.«

»Aber trotzdem sind Sie Mitglied in dem Verein, den er gegründet hat?« Mads konnte den Koch nicht ganz verstehen.

»Klar, ich finde das Thema superspannend, und was Hennig menschlich fehlt, macht er mit seinem ungeheuren Fachwissen wett. Er ist wie ein Besessener, wenn ihn ein Thema interessiert, er recherchiert alles darüber. Der nächste Astronomieverein wäre erst wieder in Lübeck, und da ich in Haffkrug wohne, ist der von Thomasz praktischer.«

Mads fiel auf, dass Maahsen mal den Vornamen, mal den

Nachnamen Hennigs nannte, als könnte er sich nicht entscheiden, ob er ihn duzen sollte oder nicht.

»Wissen Sie, ob er am 10. August am Strand war?«

»Davon gehe ich aus.«

»Aber sicher sind Sie nicht?«

»Nein, er führt halt seinen Hund jeden Tag Gassi, und vor einiger Zeit hat er mir erzählt, dass Anyon die Dünen hier besonders mag. Er liebt es wohl, im Gebüsch zu spielen und dort sein Geschäft zu verrichten, wo ihn niemand beobachten kann.«

»Wieso das? Als ob es Anyon interessiert, ob ihm jemand dabei zusieht. Er ist doch nur ein Hund.«

»Lassen Sie das ja nicht Thomasz hören. Für ihn ist Anyon weit mehr als nur ein Hund, er ist sein Lebensgefährte.«

»Verstehe.« Diese Aussage deckte sich mit dem Eindruck, den Mads bei dem Gespräch mit Hennig gewonnen hatte. Eine absurde Mensch-Hund-Beziehung, aber waren all diese Spleens Grund genug, Hennig zu verdächtigen?

Nein, er brauchte mehr Hinweise, besser Beweise, dann hätte er einen Punkt, wo er ansetzen könnte.

»Wissen Sie, ob Herr Hennig am Samstag am Strand war?«, wiederholte Mads seine Frage.

»Wissen nicht, aber wie gesagt, er ist wirklich oft hier.«

»Das reicht leider nicht, ich muss es genau wissen.«

»Das tut mir leid. Ich weiß es nicht und ich möchte Thomasz nicht unnötig in die Pfanne hauen.«

»Das tun Sie nicht.«

»Na ja, wenn Sie so oft nachfragen, hört sich das für mich an, als würden Sie ihn verdächtigen. Ich hatte eher gedacht, dass er ein Zeuge ist.«

»Ich verdächtige ihn nicht. Aber wenn er ein Zeuge ist und am Strand war und mir diese Information vorenthält, weil er ein Problem mit mir hat, hilft er niemandem.«

»Thomasz kann sehr stur sein. Leider.«

»Deshalb bitte ich Sie, sich zu erinnern.«

»Wirklich, ich weiß es nicht. Daher sage ich lieber Nein.«

So einfach wollte es Mads dem Koch aber nicht machen. »Ein ›Lieber Nein‹ bringt mich nicht weiter. Eine junge Frau wird seit Tagen vermisst und wenn Hennig Hinweise zu dem Täter hat oder selbst in den Fall verstrickt ist, müssen wir dem so schnell wie möglich nachgehen. Jeder Tag kann darüber entscheiden, ob wir Kim lebendig finden oder nicht.«

Maahsen schluckte, er wirkte betroffen. »Hören Sie, das tut mir wirklich sehr leid, aber es ändert nichts daran, dass ich glaube, dass er an dem Samstag nicht in dieser Ecke war. Der Kollege hat ihn ja auch nicht gesehen. Ich möchte echt keinen Ärger mit Hennig.«

»Wieso? Haben Sie Angst vor ihm?«

»Nein, das nicht. Aber wenn ich ihn aus der puren Laune heraus verdächtige und er das herausbekommt, traue ich ihm so einiges zu. Ich habe mal erlebt, was passiert, wenn er einen Wutanfall bekommt. Muss ich nicht haben.«

Mads konnte nicht glauben, was er da hörte. Kuschte der Koch etwa vor Hennig?

»Darf ich auch kurz was sagen?«, schaltete sich die Kollegin nun in das Gespräch ein, nachdem sie die ganze Zeit nur zugehört hatte.

»Brauchen Sie mich noch?«, fragte Maahsen hastig. »Ich muss nämlich zurück in die Küche. Die Gäste warten auf ihre Bestellungen.«

»Nein, danke für Ihre Auskünfte. Wenn Ihnen noch etwas einfallen sollte, rufen Sie mich an. Meine Visitenkarte haben Sie ja.«

»Mach ich.« Der Koch ging zurück zu seiner Kochstation. Die Kollegin schaute ihm nach, dann sah sie Mads erwartungsvoll an.

»Was wollten Sie mir noch sagen?«, fragte Mads. Er war nicht sicher, ob es relevante Informationen sein würden oder ob sie nur ihren Senf dazugeben wollte.

»Ich glaube, ich habe ihn gesehen«, sagte sie dann.

»Herrn Hennig?«

»Exakt. Mit seinem Hund.«

»Wo genau?« Mads war gespannt. Sollte diese Kollegin doch eine wichtige Hinweisgeberin sein?

»Nicht weit von hier.«

»Ich dachte, Sie hatten keine Schicht?«

»Hatte ich auch nicht. Aber ich habe an dem Tag mit ein paar Freundinnen Minigolf gespielt und da habe ich ihn gesehen.«

»Wann genau war das?«

»Das war am 10. August. Nach 20 Uhr. Wir sind erst kurz vor 20 Uhr am Minigolfplatz gewesen und er ist mir danach aufgefallen. Lief mit seinem Hund Richtung Scharbeutz.«

»Danke.« Endlich hatte Mads den Hinweis, auf den er so lange gewartet hatte. Er ließ sich die Kontaktdaten der Angestellten geben und verabschiedete sich.

Was Hennig ihm wohl antworten würde, wenn er ihn erneut darauf ansprach? Diesmal würde er sich jedenfalls nicht so leicht abwimmeln lassen.

Und vielleicht kann ich Anyon doch noch ein paar Haare abzupfen, dachte er, als er wieder auf sein Fahrrad stieg.

22

»Woran denkst du?«, fragte Albert.

»An meinen Neffen.«

»Und was genau?«

»Ob er mit dem Fall nicht überfordert ist«, erwiderte Gustav.

»Mads?« Albert wirkte erstaunt.

»Habe ich noch einen zweiten Neffen?«

»Entspann dich. Du bist in letzter Zeit verdammt reizbar.«

»Aus gutem Grund, aber jetzt geht es nicht um mich, sondern um Mads.«

»Ganz ehrlich, der Junge hat sich doch prima entwickelt, wie kommst du darauf, dass er überfordert sein könnte?«, fragte Albert erstaunt.

»Ich weiß, dass er stark ist, er ist ein Johannsen. Aber dieser Fall und dann noch Lena auf der Intensivstation, das macht ihm mehr zu schaffen, als er mir gegenüber zuzugeben bereit ist.«

»Kein Wunder, du packst den Jungen ja auch hart an.«

»Quatsch. Ich behandele ihn nicht anders als meine anderen Mitarbeiter. Die Kriminalpolizei ist kein Ponyhof.«

»Trotzdem machst du dir Sorgen um ihn«, beharrte Albert.

»Weil er mein Neffe ist. Das eine schließt das andere doch nicht aus. Er war eine ganze Zeit raus aus der Ermittlungsarbeit und genau das bereitet mir Kopfschmerzen. Er ist ein wenig eingerostet und leicht hitzköpfig, habe ich das Gefühl. Diese Anzeige war völlig unnötig. Das wäre Mads vor der Bundeswehr nicht passiert.«

»Gib dem Jungen doch etwas Zeit. Er ist gut, sehr gut und er hat Biss. Aber er muss sich wieder daran gewöhnen, dass er kein Elitesoldat ist. Und unter uns: Wir wissen nicht, was für schreckliche Dinge er bei seinen Einsätzen erlebt hat. Oder hat er mit dir darüber gesprochen?«

»Nein, er frisst das alles in sich rein«, erwiderte Gustav nachdenklich.

»Siehst du. Würde mich nicht wundern, wenn er unter Albträumen leidet, man hört ja die wildesten Geschichten über Soldaten und deren Psyche.«

Gustav schwieg und dachte sich seinen Teil. Ob Albert recht hatte und er seinem Neffen gegenüber doch zu rabiat war?

»Vielleicht solltest du ihm nach dem Fall Urlaub geben«, schlug Albert vor.

»Gute Idee. Da kann er etwas entspannen.«

»Ich habe immer gute Ideen.«

»Jetzt übertreibst du wieder.«

»Ich bin Politiker, das gehört zu meiner Vita.« Albert grinste breit.

»Warum hast du nie daran gedacht, für den Landtag oder den Bundestag zu kandidieren? Du hättest sicherlich ein Direktmandat bekommen.«

»So geil auf Politik bin ich dann doch wieder nicht. Timmendorfer Strand ist meine Heimat, so wie sie deine ist. Ich werde diese Ecke niemals verlassen, nicht einmal mit den Füßen voran. Du bist ja wohl nicht anders.« Albert unterbrach sich. »Warte, doch, du bist anders. Du kannst nicht mit Menschen.«

»Das stimmt überhaupt nicht«, verteidigte sich Gustav.

»Doch, du bist zu direkt und gehst immer mit dem Kopf durch die Wand.«

»Du übertreibst, iss lieber deine Pasta, bevor sie kalt wird«, sagte Gustav und widmete sich ebenfalls wieder der Pasta auf seinem Teller, dann ließ er den Blick über die Promenade wandern. Sie saßen auf der gemütlichen Terrasse des *Portobello*, von wo aus man einen wunderbar freien Blick auf die Flaniermeile hatte.

»Guten Tag, Herr Bürgermeister«, wurden Sie von einem Mann unterbrochen, den Gustav nicht kannte.

»Guten Tag, Herr Tackenberg. Lassen Sie es sich schmecken.«

»Danke, Sie auch. Glauben Sie, dass Sie Mittwochvormittag einen Termin für mich haben?«

»Mit Sicherheit. Was halten Sie von 10 Uhr?«

»Gerne. Zum Frühstück im *Seeterrassen Restaurant*?«

»Das passt.«

»Danke.«

Der Mann nickte ihm zu und nahm mit seiner Begleitung zwei Tische weiter hinten Platz.

»Wer war das denn?«, fragte Gustav.

»Das ist Franz Tackenberg, ein Immobilieninvestor, der sich vor allem auf Hotels spezialisiert hat. Er hat große Pläne für unsere Gemeinde. Aber noch nichts Spruchreifes.«

»Schön, bedeutet mehr Arbeitsplätze und höheren Anreiz für Touristen.«

»Genau. Wäre gut, wenn das klappt. An mir soll es jedenfalls nicht scheitern. Was meiner Gemeinde einen großen Vorteil gegenüber Grömitz bietet, die auch an dem Projekt interessiert sind. Was man von dem Bürgermeister in Grömitz übrigens nicht sagen kann. Spießiger Typ.« Alberts Augen blitzten auf. Wenn es um das Wohl seiner Gemeinde ging, war ihm kein Aufwand zu groß. Wieder einmal fiel Gustav auf, wie wenig Albert von seinen Amtskollegen hielt.

»Dann drück ich die Daumen, wobei das sicherlich nicht notwendig ist. Wenn du ihn nicht überzeugst, wer dann?«

Der Kellner kam und fragte, ob sie noch etwas bestellen wollten, aber beide verneinten, sodass er sich wieder entfernte.

»Mach dir wegen Mads keine Sorgen, der kriegt das hin. Und wie gesagt, um die Anzeige kümmere ich mich. Betrachte das als erledigt.«

Gustav sah nachdenklich auf die Menschen, die über die Promenade schlenderten. Wenn das mal so einfach war. Seit gestern überlegte er intensiv, ob er Mads bei den Ermittlungen nicht stärker unter die Arme greifen sollte, vielleicht sogar als inoffizieller Partner. So könnte er zumindest sicherstellen, dass sein Neffe keine Dummheiten anstellte und wieder lernte, was es bedeutete, richtig zu ermitteln, ohne gleich einen ganzen Scherbenhaufen zu hinterlassen. Den Anfang hatte er für heute immerhin gemacht, die Gespräche mit Paul und Finn würde er gemeinsam mit Mads führen.

»Ich werde mir wegen Mads etwas einfallen lassen«, sagte er dann.

»Tu das, aber setz ihn nicht zu sehr unter Druck. Ihr beide seid Sturköpfe, da kann das Gutgemeinte schnell nach hinten losgehen.«

»Ich weiß. Er hat eine verdammt kurze Zündschnur.«

»Nicht nur er«, lachte Albert. »Können wir bitte noch zwei

Espressos haben und die Rechnung?«, fragte er, als der Kellner wieder an ihren Tisch trat.

Der Kellner bedankte sich, nahm ihnen die leeren Teller ab und verschwand.

Als Gustav erneut seinen Blick über die Promenade schweifen ließ, fielen ihm einige Autos auf, die hier entlang fuhren, darunter ein paar Luxuskarossen. Timmendorfer Strand war eben ein beliebtes Ziel bei der Schickeria, vor allem aus Hamburg. Gustav hatte sich nie etwas aus teuren und schnellen Autos gemacht. Er war mit seinem Dienstwagen mehr als zufrieden und wäre nie auf die Idee gekommen, sich privat noch ein Auto zu leisten – im Gegensatz zu Mads, der ein Oldtimer-Cabrio sein Eigen nannte.

Gustavs Blick blieb an einem VW Touran hängen, der hinter einem Bentley zum Stehen kam, weil der Bentley-Fahrer dreist vor dem Kreisel hielt, um jemanden aus dem Wagen aussteigen zu lassen. In dem Touran saßen zwei Personen auf der Rückbank. Instinktiv schaute er genauer hin und wollte seinen Augen nicht trauen. Es waren ein Mann und eine Frau.

»Das kann nicht sein«, sagte er und sprang von seinem Sitz auf, um zu dem Touran zu rennen.

»Was ist los?«, rief der völlig überraschte Albert ihm nach.

»Mach ein Foto von dem VW Van, schnell! Ich glaube, auf der Rückbank ist Kim Schuster«, rief er Albert zu.

Wenn seine Augen ihn nicht getäuscht hatten, saß die gesuchte Kim tatsächlich auf der Rückbank und neben ihr ein Mann, der sie augenscheinlich bedrohte.

23

Hennig war nicht zu Hause gewesen, auch an sein Handy war er nicht gegangen. Mads hatte ihn sogar anonym angerufen.

Entweder war Hennig tatsächlich nicht zu Hause oder er spielte seine Spielchen mit Mads. Mads hatte sogar auf dem Grundstück nach ihm gesucht, beziehungsweise sich Hoffnungen gemacht, dass Anyon irgendwo allein im Garten schlief. Leider erfolglos.

Also war er abgezogen, um die zwei übrig gebliebenen Gastrobetriebe aufzusuchen. Jetzt stand er vor dem ersten auf der Liste und ging wie immer direkt nach vorne zur Bedientheke. An der Lübecker Bucht war es üblich, dass die Imbisse und Gastrobetriebe, die am Meer lagen, einen Außentresen hatten, damit auch draußen am Fenster bedient werden konnte.

Ein Mann in der Warteschlange klappte den Mund auf, um etwas zu sagen, doch Mads kam ihm zuvor.

»Ja, ich drängle mich vor. Kein Grund, gehässig zu werden. Sie sind im Urlaub und ich bin von der Polizei.« Der Mann sah ihn mit offenem Mund an.

Die anderen Gäste, die in der Schlange warteten, nuschelten etwas, aber keiner wagte, zu widersprechen, sodass Mads sich dem Angestellten hinter der Theke zuwandte.

»Moin!«

»Moin. Sind Sie wirklich von der Polizei?«, fragte der Jugendliche, der sicherlich noch keine achtzehn war und sich vermutlich in den Ferien etwas Geld dazuverdiente.

»Das bin ich.«

»Verstehe, dachte, das wäre so eine Masche, um an der Schlange vorbeizukommen. Sie sehen nicht wirklich wie ein Polizist aus.«

Der Jugendliche machte einen frechen, aber aufgeweckten Eindruck, Mads fand das sympathisch. Er zückte seinen Dienstausweis.

»Alles gut, muss ich nicht sehen«, sagte der Junge. »Echt mal ein cooler Polizist. Könnte mehr von Ihrer Sorte geben. Wie kann ich Ihnen helfen? Bestimmt wollen Sie gar nicht zu mir, oder?« Er wirkte plötzlich ein wenig nervös und Mads sah ihm an, dass er gewisse Sorgen hatte.

»Sicherlich nicht, wenn du keinen Joint bei dir hast«, erlaubte sich Mads dennoch einen Scherz. Er ging davon aus, dass das kein Fremdwort für sein Gegenüber war. Mads hatte in jungen Jahren selbst alles Mögliche ausprobiert.

Der Jugendliche schluckte. »Ich brauche den Job hier …«, murmelte er dann.

»Und warum?«

»Ich möchte mir eine Vespa kaufen. Ganz ehrlich. Wer hat mich denn …«

»Entspann dich. Ich bin nicht deinetwegen hier«, beendete Mads seinen kleinen Spaß. »Ich möchte mit Ursula Vetter sprechen.«

»Verstehe, es geht um das verschwundene Mädchen.«

»Weißt du was davon?«

»Nein, aber die Kollegen reden darüber.« Der Jugendliche drehte sich um und rief ins Innere der Gaststätte: »Ursula, die Polizei möchte mit dir reden.«

Die Angesprochene trat ans Fenster. »Moin«, sagte sie. »Geht es um die verschwundene Frau?«

»Genau.«

»Kommen Sie doch mit auf die Rückseite. Sie sehen ja, die Schlange wird immer länger.«

»Mach ich.« Mads verabschiedete sich von dem Jugendlichen und ging hinter die Gaststätte, wo es eine Terrasse gab, die sehr gut besucht war.

»Wie kann ich Ihnen helfen?«, fragte Ursula. Sie hatte sich eine Zigarette angezündet, augenscheinlich nutzte sie die Gelegenheit für eine kurze Pause. »Ich hoffe, das stört Sie nicht«, sagte sie mit Blick auf die Zigarette.

»Tut es nicht«, antwortete Mads. »Ihre Kollegen meinten, Sie hätten am 10. August die Abendschicht gehabt.«

»Das stimmt. War viel los. Der Sommer ist wirklich verrückt. Kaum ein Tag, wo wir nicht bis Feierabend überrannt werden. Aber wen wundert es bei dem Wetter. Die Menschen sind hungrig nach Sonne, Meer und Urlaub. Als hätten sie jahrelang keinen Urlaub machen dürfen.« Der sarkastische Unterton war nicht zu überhören.

»Ist Ihnen trotzdem etwas aufgefallen? Ein Mann mit einem Hund am Strand? Vielleicht haben Sie sogar Kim gesehen?« Mads zückte sein Handy und zeigte ihr ein Foto der jungen Frau. Auch den anderen hatte er gestern bei der Befragung ein Foto gezeigt und es herumgeschickt, damit die Angestellten es sich untereinander zeigen konnten.

Vetter zog an ihrer Kippe, verengte die Augen und sah sich das Foto sehr genau an. Das wiederholte sie noch einmal, bevor sie feststellte: »Hübsches Mädel.«

»Haben Sie sie gesehen?«

»Ich denke nicht. Aber irgendwie sehen die jungen Dinger doch hier alle gleich aus. So aufgetakelt.«

»Konzentrieren Sie sich bitte. Es ist wichtig.«

»Um welche Uhrzeit soll das gewesen sein?«

»Nach 1 Uhr. Sie wird in diese Richtung gelaufen sein. Ihre Kollegen meinten, dass Sie erst nach 1 Uhr die Gaststätte verlassen hätten.«

»Das stimmt. Da bin ich nach Hause gegangen.«

»In welche Richtung?«

»Richtung Scharbeutz, Promenade.«

Das war interessant, denn genau von dort war Kim gekommen und schließlich irgendwo auf ihren Entführer oder im schlimmsten Falle auf ihren Mörder getroffen.

»Dann wäre es absolut möglich, dass Sie ihr begegnet sind.«

»Bin ich aber nicht. Es war auch nicht viel los am Strand. Die üblichen Verdächtigen halt.«

»Was heißt, die üblichen Verdächtigen?«

»Na, die, die zu tief ins Glas geschaut haben und nicht nach Hause wollen. Oder die Rammler. Hinter den Dünen geht es rund.«

»Aber keine junge Frau?«, hakte Mads nach.

»Jedenfalls keine, die aussieht wie Kim.«

»Und einen Mann, der sich auffällig verhielt?«

»Auch nicht. Nur ein junges Pärchen, das sich hinter einem Gebüsch auf den Dünen vergnügte.«

»Sie kennen das junge Pärchen nicht zufällig oder können es beschreiben?«

»Nein, noch nie gesehen. Es war dunkel und ich habe nur bemerkt, wie ein Mann und eine Frau hinter einem Busch verschwunden sind.« Vetter nahm erneut einen intensiven Zug von ihrer Zigarette, atmete tief ein, hielt den Atem an und ließ den Rauch dann langsam aus ihrer Lunge entweichen.

Mads fragte sich, ob das junge Pärchen etwas gesehen hatte. Die beiden zu finden, wäre allerdings schier unmöglich. Es gab nur die Hoffnung, dass das Pärchen die öffentliche Fahndung mitbekam und sich bei der Polizei meldete, falls die beiden etwas bemerkt hatten.

»Haben Sie vielleicht einen Mann mit Hund gesehen?«

»Ja, habe ich.«

»Wissen Sie, was für ein Hund das war?«

»Klar weiß ich das.«

»Und?«

»Ein Mops. Die kleinen Viecher sind unglaublich süß, aber total überzüchtet. Ich begreife nicht, wie man als Hundeliebhaber so einen Hund halten kann. Für mich kommt das Tierquälerei gleich.«

»Sicher, dass es ein Mops war? In der Dunkelheit kann man sich leicht täuschen.«

»Das war ein Mops, die sind mir entgegengekommen. Noch bin ich nicht blind.«

Mads war unschlüssig, wie er diese Information bewerten sollte, hatte er doch gehofft, dass sie den Malteser von Hennig gesehen hatte.

»Haben Sie den Mann erkannt?«

»Nicht wirklich. Er hat auf den Boden geschaut, als er an mir vorbei ist, und ich habe ihn auch nicht richtig angeschaut. Wollte ja nur heim, der Tag war lang und anstrengend und ich sehr müde. Mir ist halt bloß der süße Mops aufgefallen, der schon ein paar Jährchen auf dem Buckel hatte.«

In dem Moment, als Mads eine weitere Frage stellen wollte, kam ein Mann zu ihnen.

»Ursula, Ende der Zigarettenpause. Wir brauchen dich.«

»Frau Vetter beantwortet mir gerade ein paar Fragen und so

lange geht sie nirgends hin«, stellte Mads klar. Der Ton des Mannes, vermutlich ihr Vorgesetzter, gefiel ihm gar nicht.

Der Mann warf ihm einen missbilligenden Blick zu, wagte aber nichts zu erwidern, schaute dann wieder Vetter an und betrat die Gaststätte.

»Manni ist korrekt, nur leider oft zu gestresst«, brach Vetter eine Lanze für ihren Chef. Sie schien solche Ansprachen gewohnt zu sein.

»War der Mann groß? Welche Statur hatte er?«, führte Mads seine Befragung fort.

»Er war etwas kräftiger als Sie und ein bisschen kleiner, wenn ich mich nicht irre. Aber fragen Sie mich nicht, wie alt er war.«

»Und das war deutlich nach 1 Uhr?«

»Mit Sicherheit, vermutlich kurz vor 1:30 Uhr oder etwas später, aber nicht viel.«

Mads notierte sich die Information und überlegte, ob Hennig vielleicht eine falsche Spur war und dieser Mann mit dem Mops ihr Zeuge war. Von den Zeitangaben her war das absolut denkbar.

Nur, wenn er wirklich ein Zeuge war, warum hatte er sich dann noch nicht bei der Polizei gemeldet?

Weil er die öffentliche Fahndung möglicherweise nicht gesehen hat, gab sich Mads die Antwort. Dass der Mann als Täter infrage kam, wollte er nicht glauben. Wenn er gegen 1 Uhr Kim entführt hatte, warum war er dann mit seinem Hund an der Strandpromenade gewesen?

Weil er Kim nach 1:30 Uhr entführt hat, gab sich Mads die nächste Antwort. Vetter hat den Täter gesehen, vor der Tat.

War das tatsächlich der entscheidende Hinweis? War eben doch dieser ominöse Mann mit Mops ihr Täter?

So langsam wurde die Liste der Fragen immer länger, nur die Liste der Antworten blieb gleich kurz.

Mads' Sorgenfalten wurden jedenfalls nicht weniger.

24

Das Gespräch in der anderen Gaststätte hatte keine neuen Erkenntnisse gebracht und da Mads es auch nicht mehr zum Italiener geschafft hatte, hatte er sich stattdessen eine Dönerbox ohne Pommes auf die Hand bestellt und sie am Strand gegessen.

Jetzt betrat er die Dienststelle und wollte gerade in sein Büro gehen, als Gustav ihm entgegenkam.

»Komm mit ins Büro«, sagte Gustav. Er wirkte aufgeregt.

»Was ist los?«

»Sage ich dir in meinem Büro.« Sie erreichten Gustavs Vorzimmer. »Petra, kannst du uns zwei Kaffee machen?«

»Ein Bitte einzufügen, war zu schwer, oder?«, reagierte Petra schlagfertig, sie stand gerade am Kopierer.

»Mensch, Petra, jetzt nicht. Ich habe jede Menge um die Ohren, da kann ich mich nicht noch um dein Bitte kümmern.«

»Bitte, Petra, es wäre sehr lieb. Du kennst ja meinen Onkel«, schaltete sich Mads ein und entlockte Petra ein Lächeln.

»Ich bin hier Herr Johannsen, dein Chef, nicht dein Onkel«, ermahnte Gustav seinen Neffen.

»Der ist ja mal wieder bester Laune«, konnte sich Petra einen Kommentar nicht verkneifen.

»Ich möchte nicht wissen, wie ihr reagieren würdet, wenn ihr meine Last zu tragen hättet«, polterte Gustav.

Mads lag ein Spruch auf der Zunge, den er sich jedoch verkniff. Gustav betrat als Erster das Büro. Mads drehte sich in der Tür zu Petra um, zeichnete mit seinen Händen einen großen Bauch nach und schaute finster. Petra schmunzelte.

»Das habe ich genau gesehen«, grummelte Gustav.

»Seit wann hast du Augen im Hinterkopf?«

»Unterschätze mich nicht. Ich sehe alles.«

»Dann schieß mal los, was ist der Grund für deinen Unmut?« So gut kannte Mads seinen Onkel, dass er wusste, dass hier etwas im Argen sein musste. Grundlos fuhr er nicht dermaßen aus der Haut und Mads konnte diesmal nicht der Auslöser sein.

Gustav schnaufte, als überlegte er, ob er Mads die Ursache für seine Aufgebrachtheit wirklich erzählen sollte. Schließlich gab er sich einen Ruck. »Du wirst es eh früher oder später erfahren«, sagte er.

»Dann besser jetzt.«

Es klopfte an der Tür und Petra trat mit einem Tablett ein, auf dem wie gewohnt zwei Becher Kaffee standen. »Der Kaffee für Ihre Hoheit«, sagte sie, als sie das Tablett auf den Tisch stellte, dann machte sie einen kurzen Knicks und entfernte sich wieder.

»Nur Petra kann mit deinen Launen leben. Jede andere Sekretärin hätte längst gekündigt. Du weißt nicht, was du an ihr hast.«

»Quatsch. Natürlich weiß ich, was ich an ihr habe«, schimpfte Gustav und vertilgte zuerst den Keks, bevor er sich einen Schluck Kaffee gönnte.

Mads reichte seinen Keks zu Gustav rüber. »Ich glaube, du brauchst ihn gerade mehr als ich.« Dann trank er ebenfalls einen Schluck aus seinem Becher. »Was ist denn jetzt passiert?«

»Etwas sehr Peinliches, und das Schlimmste daran: Albert war Zeuge.«

»Und was war so peinlich?«

»Tja, ich war mit ihm beim Italiener, wie du weißt, und da habe ich diesen VW Van gesehen. Keine Ahnung, warum, aber ich glaubte, Kim säße auf der Rückbank und irgendein Kerl würde ihr drohen. Also bin ich wie von der Tarantel gestochen rausgerannt. Der Van hielt, weil vor ihm ein anderes Auto gestoppt hatte, um jemanden rauszulassen. Ich stürzte auf den Van zu, riss die hintere Tür auf und sah der erschrockenen Frau ins Gesicht. Es war nicht Kim.«

Mads hatte Mühe, nicht laut loszulachen. »Und Albert hat das alles gesehen?«

»Lach nicht«, grollte Gustav, der nun den zweiten Keks verspeiste. »Wenn du zu Mittag gekommen wärst, wäre das alles nicht passiert.«

»Also ist es meine Schuld, dass du eine völlig fremde Frau mit Kim verwechselt hast?«, erkundigte sich Mads, mühsam ein Schmunzeln unterdrückend.

»In irgendeiner Weise schon.«

Nun konnte Mads nicht mehr und lachte los. Seinen Onkel

in so einer peinlichen Situation zu sehen, kam selten genug vor. »Und du hast mir Vorwürfe gemacht, ich wäre überfordert!«, brachte er schließlich heraus.

»Das ist doch was völlig anderes. Die Sonne hat geblendet und meine Brille war auch nicht sauber …«

»Jetzt redest du dich raus. Sag einfach, dass du Mist gebaut hast.«

»Quatsch. Es war eine Verwechslung, die ich rasch klären konnte. Am Ende ist niemand zu Schaden gekommen.«

»Du weißt, dass Albert dich damit bis in alle Ewigkeit aufziehen wird.«

»Leider«, murmelte Gustav und Mads wusste, dass das der eigentliche Grund dafür war, dass sich sein Onkel so darüber ärgerte.

»Schade, dass ich nicht dabei war, ich hätte mir das Schauspiel gerne angeschaut.«

»Genug gescherzt. Lass uns über den Fall reden. Gleich kommen die beiden möglichen Verdächtigen. Was hast du heute in Erfahrung gebracht?«

»Vielleicht bin ich auf etwas Interessantes gestoßen. Ursula Vetter, eine Mitarbeiterin in der Imbissbude am Strand, ist auf ihrem Nachhauseweg auf einen Mann mit Mops getroffen, das war gegen 1:30 Uhr in der Nähe des Tatorts.«

»Das ist doch die Angestellte von der Gaststätte, wo noch das Gespräch offen war, richtig?«

»Genau.« Sein Onkel hatte den Bericht vom Wochenende offenbar gelesen, alles andere hätte Mads auch gewundert. Gustav las alle Berichte akribisch durch und stellte immer Fragen, wenn etwas unklar war. Daher war er stets bestens informiert.

»Und du glaubst, dieser Mann mit Mops könnte unser Täter sein? Was ist mit Hennig?«

»Den habe ich leider nicht erreicht. Ich versuche es nachher noch mal, oder morgen. Ich weiß nicht, ob der Typ mit Mops unser Mann ist, aber er könnte ein potenzieller Zeuge sein.«

»Möglich. Wir müssen uns natürlich eine Frage gefallen lassen.«

»Die wäre?«

»Ist jetzt jeder Hundebesitzer gleichzeitig Täter und Zeuge?«

»Selbstverständlich nicht. Aber ein Hundebesitzer, der um 1:30 Uhr in der Nähe des Tatorts war, macht sich mehr als verdächtig und so viele Hundebesitzer werden zu der Zeit nicht unterwegs gewesen sein.«

»Weißt du, wer der Mann ist oder hast du eine Beschreibung?«

»Leider nicht. Sie kannte den Mann nicht und eine exakte Beschreibung ist auch schwer. Es war spät und sie erschöpft von einem anstrengenden Tag. Nur so viel: Er hat ungefähr meine Größe und ist etwas kräftiger.«

»Das kann so gut wie jeder sein.« Gustav schüttelte verständnislos den Kopf.

»Trotzdem sollten wir dem Hinweis nachgehen.«

»Machen wir. Wir können die bisherigen Kontakte noch einmal nach dem Mann mit dem Mops befragen und ich werde die Kollegen von der Streife bitten, nach so einem Hundehalter Ausschau zu halten. Tim kann das Hunderegister anzapfen. Es wäre auf jeden Fall sinnvoll, wenn du dich morgen erneut mit dieser Vetter unterhältst, manchmal dauert es, bis gewisse Erinnerungen zurückkommen. Vielleicht erinnert sie sich ja doch an mehr. Bestimmte Jacke, Kette, Haarfarbe oder Haarlänge. Jedes noch so kleine Detail kann wichtig sein.«

»Ich rufe sie morgen an.«

»Gut. Hast du noch andere Punkte, die du mit mir besprechen möchtest?«

»Nein.«

»Dann lass uns die Vorgehensweise für die beiden anstehenden Gespräche durchgehen. Wer kommt zuerst?«

»Finn. Der müsste gleich eintrudeln. Eine Stunde später kommt Paul.«

»Eine Stunde ist genug Zeit, wir werden sicherlich nicht so lange brauchen. Ich schlage Folgendes vor«, sagte Gustav und stellte Mads anschließend seinen Plan vor. Mads stimmte zu, dabei hielt er es gar nicht für notwendig, einen Plan zu haben. Die Fragen waren klar, auch die Vorgehensweise. Aber deswegen mit seinem Onkel zu streiten, war wenig zielführend.

Es klopfte an der Tür und Petra trat ein. »Finn Löhr ist da.«

»Sehr gut. Bring ihn in Verhörraum 1. Wir sind gleich da.«

»Mach ich. Soll ich ihn fragen, ob er was trinken möchte?«

»Das wäre gut«, antwortete Mads.

»Alles klar.« Petra verließ das Büro.

»Was sagt dein Gefühl?«

»Ehrlich gesagt, habe ich bei Finn kein Gefühl. Er studiert Jura und sein Vater ist ein erfolgreicher Anwalt, das jedenfalls hat Tim herausgefunden. Warum sollte so jemand Kim entführen oder gar ermorden? Er hat kein Motiv. Und vor allem, wo hat er Kim hingeschafft? Ich erhoffe mir eher, dass er vielleicht mehr gesehen hat, als er bisher zugibt. Dass er Paul mit Kim gesehen hat.«

»Das wäre ein Jackpot. Aber du weißt, wie loyal Freunde sind.«

»Genau. Deswegen werde ich ihn hart rannehmen.«

»Das überlässt du mir. Das Letzte, was ich will, ist, dass Finn heulend seinen Papa anruft und du die nächste Anzeige am Hals hast. Das können wir uns nicht leisten. Anwälte sind noch mal ein anderes Kaliber als dieser Hennig.«

Mads ließ diese gut verpackte Standpauke unkommentiert.

»Komm, lass uns gehen«, sagte Gustav und stand auf.

Mads folgte seinem Onkel, aber er dachte nicht daran, Finn mit Samthandschuhen anzufassen, wenn er das Gefühl hatte, dass der ihnen Informationen vorenthielt.

Gustav und er betraten den Verhörraum, Finn saß bereits am Tisch. Vor ihm ein Becher mit Kaffee.

»Moin«, grüßte Gustav, dann nahmen er und Mads Platz.

»Hallo. Ich hoffe, das Ganze dauert nicht allzu lange.«

»Das hängt von Ihren Antworten ab.«

Mads sah Finn an, dass er angespannt war.

»Sie heißen Finn Löhr?«

»Ja, warum brauchen Sie meinen Namen?«

»Nur fürs Protokoll. Das Gespräch wird aufgezeichnet und mein Mitarbeiter macht Notizen.«

»Ist das nicht ein bisschen übertrieben?«

»Das überlassen Sie bitte uns.«

Finn schien mit der Antwort nicht zufrieden, er verzog das Gesicht, sagte aber nichts.

»Sie waren am 10. August auf der Party in der *Roof Bar*, richtig?«, fragte Gustav.

»Ja, war ich.«

»Von wann bis wann?«

»Wir waren gegen 21 Uhr da und sind bis zum Schluss geblieben. Das müsste so gegen 3 Uhr morgens gewesen sein, bin mir da nicht mehr so sicher. Wir haben ordentlich gebechert. Sind schließlich im Urlaub und jung.«

»Ihr Tisch hat Kim Schuster und ihren Freundinnen Getränke spendiert?«

»Auch das stimmt. Ganz ehrlich, warum stellen Sie mir Fragen, auf die Sie die Antwort schon haben?«

»Beantworten Sie nur unsere Fragen«, erwiderte Gustav. Mads war erstaunt, wie ruhig und sachlich sein Onkel war, denn er kannte auch seine andere Seite.

»Sagte ich doch schon. Paul hat den Mädels eine Runde ausgegeben, aber die haben nicht so reagiert, wie er sich das erhofft hatte. Paul ist derzeit etwas neben der Spur, mit einer Abfuhr kommt er nicht so richtig klar.«

»Hat er das denn als Abfuhr empfunden?«, hakte Mads nach.

»Was sonst? Wie fänden Sie das, wenn Sie für zig Euro Sekt spendieren und die Mädels nicht mal danke sagen.«

»Hat Paul sich Kim deswegen zur Brust genommen und zur Rede gestellt?«

»Vermutlich. Das weiß ich nicht. Ich habe nur gesehen, wie er diese Kim von der Seite angemacht hat, da wusste ich schon, dass das nicht gut ausgeht, und wollte dazwischengehen. Aber Sie kamen mir zuvor.« Er sah Mads an. »Paul ist ein Guter, wirklich. Leider hat er seine Nerven nicht im Griff, wenn er getrunken hat.«

Finns Antwort deckte sich mit Mads' Einschätzung von Paul.

»Paul hat dann also die Party verlassen, mit Janine Rühl?«

»Ihren Nachnamen kenne ich nicht. Aber sie hieß Janine, richtig.«

»Hat er Ihnen gegenüber etwas über Kim gesagt, bevor er mit Janine flirtete?«

Finn wirkte überrascht. »So genau weiß ich das nicht mehr, ich war betrunken.«

»Herr Löhr, Sie müssen die Wahrheit sagen. Wir wissen, dass Sie angehender Jurist sind, daher sollte Ihnen bewusst sein, was es bedeuten kann, wenn man die Polizei bei laufenden Ermittlungen belügt«, sagte Gustav.

»Paul ist mein Kumpel.«

»Das ist mir völlig egal. Was hat er Ihnen über Kim gesagt?« Gustavs Stimme klang zum ersten Mal etwas fordernder.

»Dass sie eine eingebildete, verwöhnte Zicke sei. Vermutlich so eine Golddigger-Frau.«

»Und was noch?« Mads konnte sich nicht vorstellen, dass Finn nur deswegen so zögerlich reagierte.

»Das wars, wirklich, an mehr erinnere ich mich nicht.«

»Das denke ich nicht, sonst hätten Sie nicht so zögernd geantwortet. Es bringt Ihnen nichts, Ihren Freund in Schutz zu nehmen.«

»Das tue ich doch gar nicht. Ich möchte nur nicht in Ihre Ermittlungen hineingezogen werden. Ich habe nichts mit Kims Verschwinden zu tun.«

»Sie sind längst Teil der Ermittlungen«, stellte Mads klar.

»Wie bitte? Kommt das in irgendeine Akte? Das dürfen Sie nicht«, wurde Finn nun laut. Er knallte seinen Kaffeebecher deutlich hörbar auf den Tisch.

»Was wir dürfen oder nicht, überlassen Sie bitte uns«, stellte Gustav klar und schaute missbilligend auf den Becher.

»Nein, dürfen Sie nicht. Ich kenne meine Rechte. Was glauben Sie, was geschieht, wenn mein Vater davon erfährt? Der wird die ganze Dienststelle auseinandernehmen.«

Mads fischte sein Handy aus seiner Hosentasche und legte es auf den Tisch. »Rufen Sie Ihren Vater an. Erzählen Sie ihm, dass Sie mit uns sprechen, und wenn er mich ans Telefon bittet, werde ich sagen, dass Sie Teil unserer Ermittlungen in einem Vermisstenfall sind.«

Finn starrte das Handy an wie das Kaninchen die Schlange. Sein Mund schien plötzlich trocken zu sein, er fuhr sich mit der Zunge mehrmals über die Lippen.

»Der klatsche ich noch eine«, sagte er dann kaum hörbar.

Mads steckte sein Handy wieder weg. Er kannte Studenten wie diesen Finn, die mit ihren erfolgreichen Eltern drohten, aber am Ende war das oft nur heiße Luft. Finn wollte sicherlich nicht, dass sein Vater ihn aus dem Urlaub zurückbeorderte.

»Ist es das, was Paul über Kim gesagt hat?«, hakte Gustav nach.

»Ja, aber er war betrunken, das müssen Sie mir glauben, das hat nichts zu sagen.«

»Sprechen Sie immer so über Frauen, die Ihnen eine Abfuhr erteilen?«, bohrte Mads weiter.

»Nein. Paul ist in seiner Wortwahl halt manchmal rabiat. Das bedeutet allerdings nicht, dass er ein schlechter Kerl ist.«

»Hat Paul sich noch mal mit Kim unterhalten, nach dem Streit?«

»Nein, zum Glück hat er Janine kennengelernt. Da hatte er Kim längst wieder vergessen.«

»Haben Sie gesehen, wann er mit ihr runter an den Strand ist?«

»Keine Ahnung, habe nicht darauf geachtet.«

»Wann sind Sie runter an den Strand?«

»Das habe ich doch schon alles in den anderen Gesprächen erzählt.«

»Bitte beantworten Sie nur die Frage«, ermahnte ihn Mads.

»Das war gegen 1 Uhr, so genau weiß ich das nicht. Zehn Minuten früher oder später, was macht das schon aus? Ich war betrunken.«

»Vorher haben Sie aber noch Janine hochkommen sehen?«

»Genau, gerade als ich Richtung Fahrstuhl bin, ist sie mir entgegengekommen. Ohne Paul.«

»Sie sind dann runter an den Strand. Warum?«

»Weil ich mal Ruhe brauchte. Die Party war geil, keine Frage, aber sehr voll und ich wollte halt am Strand sein, meine Ruhe haben.«

»Einfach so?«

»Ja, ist das verboten?«

»Nein, ich frage mich nur, warum man betrunken eine geile Party verlässt? Hatten Sie keine Chance bei den Mädels? Hat Sie das genervt?«

»Sie spinnen doch«, reagierte Finn gereizt. »Ich wollte mir nur ein bisschen die Beine vertreten. Das ist ja wohl noch erlaubt in Deutschland und in Scharbeutz.«

»Als Sie dann also am Strand waren, sind Sie da sofort auf

Paul gestoßen?«, erkundigte sich Gustav. Er schien dem Gespräch die explosive Stimmung nehmen zu wollen.

»Nein, bin ich nicht. Ich bin ans Meer. Es war schön, nicht zu warm, dazu das Wellenrauschen. Das hat mir gutgetan, also bin ich spazieren gegangen.«

»In welche Richtung?«

»Wenn man vor der Ostsee steht nach links.«

»Also Richtung Haffkrug, nicht nach Niendorf, wo Ihr Hotel liegt.«

»Genau.«

Demnach war er in die Richtung gegangen, in die auch Kim gegangen war. Ob Finn das zu einem Verdächtigen machte, konnte Mads nicht einschätzen, aber wenn er in dieser Richtung auf Paul gestoßen war, würde dieser eine gute Erklärung dafür finden müssen. Gerade vor dem Hintergrund, dass er Finn gegenüber gesagt hatte, dass er Kim eine habe klatschen wollen.

Mads fand diese Äußerung jedenfalls nicht so harmlos, wie Finn das darstellte. Er schätzte Paul schon als jemanden ein, der im betrunkenen Zustand auch Frauen gegenüber handgreiflich wurde. Vielleicht war es zu einem Streit mit Kim gekommen und er hatte sie im Affekt getötet.

Aber wenn dem so war, wo war dann Kims Leiche?

Sie hatten die Gegend vollständig abgesucht, ohne Kim zu finden. Sie war groß, vermutlich etwas über einen Meter siebzig. Wie hätte er ihre Leiche wegschaffen können, ohne dass es auffiel? Zumal er sich in der Gegend nicht auskannte.

»Sind Sie auf dem Weg einer Person mit einem Hund begegnet?«, fragte Mads weiter.

»Nein, nicht dass ich wüsste. Ich denke nicht.«

»Wo sind Sie dann auf Paul gestoßen?«, schwenkte Mads wieder um.

»Das war etwas weiter, kurz vor einem Imbiss, wenn ich mich recht erinnere. Fragen Sie mich nicht, wo genau. Er hat mich nicht gesehen, ich aber ihn. Er hatte es recht eilig, zurückzugehen.«

»Und Sie haben nicht nach ihm gerufen?«

»Nein, warum? Ich wusste ja, dass er zurück zur Party gelaufen ist.«

»Waren da links vom Meer Dünen mit bewachsenen Sträuchern und einigen Bäumen und hohem Gras?«

»Ja, genau. Ich habe angenommen, dass er in den Dünen pinkeln war und dann halt zurück zur Party ist.«

»Wann war das ungefähr?«

»Keine Ahnung. 1:30 Uhr rum? Ehrlich, ich weiß es nicht, als ob ich dauernd auf die Uhr schaue. Wie stellen Sie sich das vor?«

Die Uhrzeit passte, das war die vermutliche Tatzeit, und dass Paul da von den Dünen gekommen war, konnte bedeuten, dass er in der Nähe auf Kim gestoßen war und sie überwältigt hatte.

Aber was hat er mit der Leiche gemacht, er ist doch zurück zur Party gegangen?, grübelte Mads erneut. Das war der kritische Punkt, der sein Kartenhaus aus Indizien zum Einstürzen brachte.

Und dann schoss sie ihm plötzlich durch den Kopf: die Möglichkeit, wie Paul die Leiche doch weggeschafft haben könnte, und der Grund, warum er es so eilig gehabt hatte, zurück zum *Bayside Hotel* zu gelangen, wo die Party auf der Dachterrasse stattfand.

»Sind Sie mit dem Auto oder mit dem Taxi zur Party gefahren?«

»Paul ist hingefahren, warum?«

25

Paul war angespannt, weil er nicht wusste, was ihn erwartete. Dass die Polizei ihn und Finn in die Dienstelle eingeladen hatte, konnte nichts Gutes bedeuten und er hatte sich schon so seine Gedanken gemacht. Vermutlich war Finn der Köder, um ihn als Mörder zu verhaften. Warum sonst Finn? Schließlich hatte der ausgesagt, dass er Paul gesehen habe, und er hielt Mads für clever genug, Finn so zu manipulieren, dass dieser möglicherweise mehr sagte, als wahr war.

Das unterschied ihn von Finn: Paul war ein Mann, jemand, der für seine Freunde den Kopf hinhalten würde.

Nach dem Urlaub würde er eh einiges überdenken müssen, vor allem, ob seine Freundschaft zu Finn noch Sinn hatte.

Sein Handy vibrierte, er fischte es aus der Tasche und sah, dass Sophia ihm eine Nachricht geschrieben hatte.

Na, Süßer, was machst du Schönes?

Pauls Laune besserte sich deutlich, er grinste.

Bin auf dem Weg zur Polizei. Habe doch mein Gespräch,

schrieb er als Antwort. Er hatte Sophia diesbezüglich reinen Wein eingeschenkt, warum hätte er auch lügen sollen? Er war unschuldig.

Ich weiß, deswegen schreibe ich dir. Lass dich nicht in die Ecke drängen. Die können dir nichts.

Tue ich nicht. Habe ja nichts gemacht.

Ich weiß,

antwortete sie und schickte gleich noch ein Kuss-Emoji hinterher.

Das mit Sophia war für Paul schwer zu greifen. Sie hatten einen wunderschönen Abend verbracht, danach war sie mit zu ihm aufs Hotelzimmer gegangen, da sie sich mit Esra ein Zimmer teilte und er eines für sich hatte. Die Nacht war sehr schön gewesen und er hatte sich eingestehen müssen, dass Sophia gar nicht diese Schickeriatussi war, für die er sie gehalten hatte. Sie mochte eben Taschen und Mode, aber welche Frau tat das nicht?

Sehen wir uns nachher?

Klar, würde mich freuen. Auch wenn meine Mädels bestimmt rumzicken werden,

kam die Antwort schnell.

Meine Jungs sind da nicht besser. Aber ich möchte gerade lieber mehr Zeit mit dir als mit den Jungs verbringen.

Geht mir nicht anders.

Die Antwort berührte Pauls Herz und es folgten einige Herzsymbole. Paul schickte ihr auch eines.

Ich melde mich, sobald ich das Gespräch hinter mir habe.

Mach das. Und wie gesagt, lass dich von diesem Idioten nicht einlullen oder einschüchtern.

Keine Sorge, mach ich nicht.

Paul steckte das Handy wieder in die Hosentasche.

Er konnte nicht einschätzen, wohin das mit Sophia führte. Aber im Moment tat sie ihm einfach gut. Er dachte nicht mehr an seine Exfreundin und erst recht nicht an Kim, die ihm diesen ganzen Mist eingebrockt hatte.

Er erreichte die Dienststelle und schloss das Fahrrad, das er vom Hotel ausgeliehen hatte, ab, als Finn aus dem Gebäude kam.

»Hallo«, sagte Finn.

»Hi. Wie war es?«

»Ganz entspannt. Mach dir keine Gedanken. Wir sind nur Zeugen. Sehen wir uns heute Abend zum Essen? Die Jungs und ich hatten überlegt, ob wir in Niendorf im *Feuerstein* essen sollen. Irgendwie haben wir Bock auf Pizza.«

»Eher nicht. Ich bin mit Sophia verabredet.«

»Echt? Ich dachte, das wäre nur eine Sexgeschichte?«

»Nicht wirklich. Ich mag sie und ich glaube, sie mich auch.«

»Ihr kennt euch doch gar nicht.«

»Woher willst du das wissen? Manchmal reicht ein Augenblick, und es ist, als würde man sich ewig kennen.«

»Mensch, Paul, verrennst du dich da wieder in was? Diese Sophia …«

»Was ist mit ihr?«

»Die ist doch gar nicht dein Kaliber.«

»Wie meinst du das?« Pauls Stimme wurde scharf.

»Nicht, wie du wieder denkst. Aber das ist doch so eine Golddigger, die nur auf Kohle aus ist. Das hast du selbst gesagt. Was willst du von so einer Frau? Die passt gar nicht zu dir.«

»Das war, bevor ich sie kennengelernt habe. Sie ist nicht so.«

»Wie du magst, du bist alt genug. Wir sind jedenfalls ab 20 Uhr im *Feuerstein*. Du weißt doch, wo das ist?«

»Logisch, ganz in der Nähe vom Hotel.«

»Wir würden uns freuen, wenn du kommst.«

»Ich melde mich, aber rechnet eher nicht mit mir.«

Finn verabschiedete sich und Paul betrat die Polizeidienststelle. Nachdem er sich am Empfang angemeldet hatte, wartete er kurz, dann wurde er von einer Sekretärin abgeholt und in einen Raum gebracht. Auf die Frage, ob er etwas trinken wolle, bat er um eine Cola, anschließend verließ sie den Raum.

Das Zimmer war klein und wirkte grau. Etwa in der Mitte stand ein Tisch, daran drei Stühle. Zwei auf einer Seite und einer gegenüber. Auf dem Tisch war ein Mikro angebracht, vermutlich um die Gespräche aufzuzeichnen.

Der Anblick erinnerte ihn an die vielen Krimis, die im Fernsehen liefen. Dass er selbst einmal in so einem Raum stehen würde, hätte er nicht geglaubt, da er bisher nicht als Zeuge und erst recht nicht als Tatverdächtiger in so einem Raum gewesen war.

Als wer sitze ich überhaupt hier? Als Tatverdächtiger oder als Zeuge?, fragte er sich und überlegte, ob Finn die Wahrheit gesagt hatte oder doch vor der Polizei gegen ihn gestichelt hatte, um sich zu entlasten.

Sicherlich erfährst du das gleich, gab er sich selbst die Antwort. Es klopfte an der Tür und die Sekretärin trat wieder ein, sie reichte ihm die Cola und bat ihn um etwas Geduld, da Gustav und Mads Johannsen ein Telefongespräch führten.

»Johannsen? Heißen beide Johannsen?«, fragte Paul.

»Genau.«

»Zufall oder verwandt?«

»Gustav ist der Onkel von Mads«, erklärte sie und verließ den Raum.

Paul wusste nicht, inwiefern diese Information wichtig für ihn sein würde, aber sein Bauchgefühl sagte ihm, dass es eher zu seinem Nachteil war. Dieser Mads hatte ihn auf dem Kieker, daran zweifelte er keine Sekunde, und wenn auch sein Onkel Polizist war, war es absolut denkbar, dass der Neffe seinen Onkel bereits beeinflusst hatte, was seine Einstellung ihm gegenüber anbelangte.

Die Sache demotivierte ihn gerade sehr. Nur der Gedanke an Sophia ließ ihn nicht in ein mentales Loch fallen.

»Wann kommen die denn?«, murmelte er, er wurde zusehends nervöser. Die Colaflasche hatte er schon zu mehr als der Hälfte geleert.

Oder war das Taktik? Wollten sie ihn zermürben, um ihn kribbelig zu machen, damit er ihnen aus der Hand fraß? Wut stieg in ihm auf, er schaute sich um.

»Wo ist das verfickte Fenster, hinter dem ihr mich gerade beobachtet?«, knurrte er.

Aber da war kein Fenster. Es war ein kleiner, kahler Raum mit vier raufaserweißen Wänden.

Paul atmete tief ein, hielt die Luft an und atmete langsam wieder aus. Dann klopfte er mit dem Zeigefinger auf die Tischplatte, griff zur Colaflasche und leerte sie. Sein Blick wanderte zu seinem Handy. Inzwischen wartete er bereits mehr als fünfzehn Minuten und von dem Onkel und dem Neffen war noch immer nichts zu sehen.

»Frechheit, als ob ich nichts anderes zu tun hätte«, sagte er verärgert. »Gleich gehe ich.« Am liebsten wäre er aufgestanden und hätte die Dienststelle verlassen. Er war ja nicht offiziell vorgeladen, sondern freiwillig hier. Daher gab es keinen Grund, sich Sorgen zu machen, falls er einfach ginge.

Dennoch entschied er sich, zu bleiben, aus Sorge, dass er sich mit seinem Weggang erst recht verdächtig machte.

Jetzt klopfte er mit dem linken Zeigefinger auf den Tisch und schaute wieder auf das Display seines Handys.

»Zwanzig Minuten. Die spinnen doch.«

Leider hatte er keinen Empfang, sonst hätte er wenigstens ein wenig surfen, sich ein paar Storys auf Instagram anschauen können. Aber so langweilte und ärgerte er sich zugleich. Ganz zu schweigen davon, dass die Anspannung immer unerträglicher wurde, als würde man im Wartezimmer beim Arzt auf seine Untersuchungsergebnisse warten.

Endlich wurde die Tür geöffnet. Ein älterer Mann und Mads traten ein.

»Verzeihen Sie die Verspätung. Wir hatten leider einen wichtigen Anruf, den wir nicht aufschieben konnten«, sagte der ältere Mann, das musste Gustav Johannsen sein.

»Das war doch pure Absicht, um mich zu ärgern«, wäre es Paul fast herausgerutscht, aber er konnte sich bremsen und antwortete: »Ist schon gut.«

»Danke. Mein Name ist Gustav Johannsen. Ich leite diese Dienststelle und das K-11 der Ostseekriminalpolizei 1. Das ist Mads Johannsen, der leitende Ermittler im Fall Kim. Ihn kennen Sie ja bereits.«

»Moin«, grüßte Mads und beide Polizisten nahmen ihm gegenüber Platz.

Paul sagte nichts, er konnte sich nicht erklären warum, aber gerade fühlte er sich furchtbar unsicher. Ob es daran lag, dass er nicht wusste, was Finn den Polizisten erzählt hatte, oder daran, wie Mads ihn angeschaut hatte, so verächtlich, als wäre er der Täter für ihn – Paul wusste es nicht, aber diese Nervosität würde ihm im Gespräch nicht helfen.

»Sicherlich wissen Sie, dass Ihr Freund Finn vorhin hier war«, begann Mads.

»Ja, bin ihm draußen begegnet.«

»Wir wollen das Gespräch nicht unnötig in die Länge ziehen, da wir ja bereits einige Gespräche mit Ihnen hatten.«

»Passt mir sehr gut. Ich habe noch eine wichtige Verabredung.«

»Mit wem?«

»Mit Sophia, der Freundin von Kim«, antwortete Paul. Im selben Augenblick überlegte er, ob das so vernünftig gewesen war, denn Mads schaute ihn irritiert an.

»Ich dachte, die Mädels fahren zurück?«

»Nein, sie konnten ihre Eltern überzeugen, dass es keinen Sinn macht, immerhin hat der Urlaub viel Geld gekostet und soviel ich weiß, wollte das Hotel nicht kostenlos stornieren.«

»Sicher? Oder haben die Mädels das ihren Eltern bloß erzählt?«

»Keine Ahnung, Sophia hat mir das so gesagt. Warum sollte sie mich anlügen?«

»Haben Sie mit Sophia über Kim gesprochen?«

»Nur kurz. Sie weiß nichts. Auch ihre Mädels wissen nichts. Es ist einfach dumm gelaufen, dass Kim alleine am Strand war. Was können Sophia und die anderen dafür? Soweit ich weiß, war Kim schon immer eine, die ihren eigenen Kopf hatte, nicht so anpassungsfähig.«

»So wie Sie?«

»Was soll das?«, fragte er erbost. Paul war zwar nervös und Mads hatte in diesem kleinen Raum ein Heimspiel, das hieß aber nicht, dass er sich alles gefallen lassen musste.

»Sie ecken doch auch gerne an. Ihre Freunde haben das bestätigt und ich bin ebenfalls Zeuge einer solchen Szene geworden.«

»Sie wissen gar nichts über mich. Ja, ich bin manchmal emotional, und wenn ich zu viel getrunken habe, rutscht mir mal ein dummer Spruch raus, aber bin ich deshalb ein schlechter Mensch?«

»Das habe ich nicht gesagt. Nur, dass Sie im betrunkenen Zustand Ihre Nerven nicht im Griff haben.«

»Mag sein, aber das macht mich sicherlich nicht zu einem Mörder und so ganz unschuldig sind Sie auch nicht.«

»Wie kommen Sie auf so einen Unsinn?«

»Sie waren doch genau wie ich am Strand. Aber der Polizist ist ja der Gute, daher kommt er als Verdächtiger nicht infrage.«

»Beherrschen Sie sich. Das eine hat mit dem anderen nichts zu tun. Wie kommen Sie darauf, dass ich am Strand war?«, erwiderte Mads kühl.

»Hat mir Sophia erzählt. Oder sind Sie so feige und leugnen das? Weil Sie sonst am Ende selbst als Verdächtiger die Hosen runterlassen müssten?«

»Das tue ich nicht«, wurde Mads laut. Paul sah, dass er einen wunden Punkt getroffen hatte. So unfehlbar, wie sich der Polizist gegeben hatte, war er nicht. »Ich habe Kim gesagt, sie solle zurück auf die Party gehen«, verteidigte er sich.

»Und warum haben Sie sie nicht begleitet?«, bohrte Paul nach.

»Weil das nicht mein Job ist. Und es geht hier nicht um mich, sondern um Sie. Lenken Sie nicht ab.« Mads sah ihn mit stechendem Blick an.

»Sie sagten bereits in einem vorherigen Gespräch, dass Sie am Strand noch austreten waren, nachdem Janine Rühl zurück zur *Roof Bar* ist«, meldete sich nun Gustav zu Wort und kam damit Mads zuvor, dem wohl etwas auf der Zunge lag.

»Ja, das stimmt«, antwortete Paul.

»Wissen Sie, wo Sie uriniert haben?«

»Ich war betrunken. Einige Erinnerungsfetzen sind da, aber ich bin mir nicht sicher, ob meine Gedanken mir einen Streich spielen.«

»Lassen Sie uns hören, dann sehen wir weiter.«

»Janine ist zurück und mir tat die Ruhe gut. Ich wollte nicht wieder auf die Party, also bin ich spazieren gegangen.«

»Das haben Sie letztes Mal nicht erwähnt«, fiel Mads ihm ins Wort.

»Da hatte ich die Erinnerungen noch nicht.«

»Erzählen Sie bitte weiter«, forderte Gustav ihn auf und warf dem jüngeren Johannsen einen strengen Blick zu, was Paul irgendwie sympathisch fand.

»Ich bin Richtung Haffkrug gegangen. Das Wetter war traumhaft, dazu das Rauschen der Wellen, da kommt man echt runter. Ich habe mich auch nicht mehr betrunken gefühlt. Und dann musste ich halt pinkeln. Da die Dünen in dem Abschnitt mit Büschen und Gras bewachsen sind, bin ich auf die Düne und habe mich dort erleichtert.«

»Sind Sie auf dem Weg dahin einer Person mit Hund begegnet?«

»Ich glaube nicht.«

»Das heißt?«

»Nein.«

»Aber zu der Zeit dürfte der Strandabschnitt sehr leer gewesen sein. Da würde einem ein Hund auffallen, egal wie betrunken man ist.«

»Die Ecke war ziemlich einsam, ja, da war eben niemand. Auch kein dämlicher Hund.«

»Niemand?«, fragte Mads. »Sind Sie sicher?«

»Nein, bin ich nicht. Finn war auch dort, das wissen Sie doch. Sonst war da wirklich niemand, den ich gesehen oder bemerkt habe.«

»Haben Sie mit Finn gesprochen?«

»Nein, ich glaube, er hat mich nicht bemerkt. Ich wollte ihm seine Ruhe gönnen.«

»Sind Sie außer ihm wirklich keiner anderen Person begegnet?«

»Nein, sagte ich doch. Wollen Sie die gleiche Frage hundertmal stellen?« Paul war genervt von der Sturheit dieses Polizisten. »Ehrlich: Ich war spazieren, dann pinkeln und dann bin ich zurück zur Party. Keine Ahnung, wo Kim da war oder wer sie entführt hat.«

»Ich frage Sie ein letztes Mal, bleiben Sie bei der Aussage, dass Sie niemandem begegnet sind, auch nicht Kim?«

Am liebsten hätte Paul seine Wut herausgebrüllt, aber er musste sich beherrschen, denn plötzlich nahm ein anderer Gedanke Besitz von ihm. Wusste die Polizei etwas, woran er sich nicht erinnern konnte? Etwas, was Finn erzählt hatte? Oder war das am Ende nur ein Trick, um ihn zu verunsichern? Bisher hatte er selbst ja nur eine Taktik gehabt: die Wahrheit sagen. Aber war das wirklich so klug?

Doch, das war es, denn jemand, der die Wahrheit sagte, konnte sich nicht in Lügen verstricken, deshalb antwortete er:

»Ich bleibe dabei. Wie gesagt, ich hatte einen Filmriss. Vielleicht bin ich jemandem begegnet, kann mich aber nicht daran erinnern. Hat Finn Ihnen was erzählt? Ist er jemandem begegnet?«

»Sind Sie ohne Umwege zur Party zurückgegangen?«, fragte Mads weiter.

»Ja, bin ich.«

»Ganz sicher?«

»Verdammt«, wurde Paul nun ungemütlich. »Ich sagte Ihnen doch, dass ich einen Filmriss hatte. Wenn Sie etwas wissen, warum sagen Sie es mir nicht? Habe ich nicht das Recht, es zu erfahren? Bin ich noch jemandem über den Weg gelaufen, an den ich mich nicht erinnere?« Das Gespräch war nicht fair. Dieser Mads hatte ihn gefressen und wollte ihm etwas in die Schuhe schieben, davon war Paul überzeugt, dabei sagte er die Wahrheit. Jedenfalls alles, woran er sich erinnerte.

»Was ich nur merkwürdig finde, Sie haben vorhin erzählt, dass das Rauschen der Wellen Sie beruhigt habe. Wie kann es dann sein, dass Sie einen Filmriss hatten?«

»Weil ich betrunken war. Ich habe unzählige Shots getrunken, dazu mehrere Cocktails. Sie waren doch selbst da. Wollen Sie mir jetzt unterstellen, dass ich nüchtern war?«, schimpfte Paul. Es reichte ihm, er sprang von seinem Sitz auf und rief an den alten Johannsen gewandt: »Auf diesen Mist habe ich keine Lust mehr. Ihr Neffe hat mich doch längst vorverurteilt.«

»Bitte bleiben Sie«, antwortete Gustav, der ebenfalls aufstand. »Seien Sie versichert, niemand verurteilt Sie im Vorwege. Wir versuchen nur, die einzelnen Puzzleteile zusammenzufügen.«

»Auf meine Kosten.«

Es verlangte Paul einiges an Beherrschung ab, aber er nahm wieder Platz.

»Danke«, sagte Gustav und setzte sich ebenfalls. »Seien Sie versichert, dass wir Sie nicht vorverurteilen, aber Sie müssen auch uns verstehen. Seit einigen Tagen wird eine junge Frau vermisst, und jede Stunde, die wir hier verlieren, ist eine Stunde, die Kim nicht hat.«

»Das mag stimmen und es tut mir auch sehr leid. Aber das ist ja nicht meine Schuld. Ja, ich hatte mit ihr Streit auf der Party, das wars dann aber auch. Ich bin ihr danach nicht mehr begegnet.« Wie oft musste Paul das noch wiederholen, was war daran so schwer zu verstehen? Wenn sie ihn nicht verdächtigten, warum nervten sie ihn wieder und wieder mit denselben Fragen? Paul war entsetzlich gereizt und er kannte sich, eine weitere dumme Frage und er würde explodieren.

»Wie sind Sie eigentlich zur Party gekommen?«, fragte Mads.

Mit dieser Frage erwischte er Paul kalt. Dieser plötzliche Schwenk war seltsam.

»Mit dem Taxi«, antwortete er.

26

»Ich mache mir Sorgen um Paul«, sagte Finn. Er und seine Freunde saßen auf der Terrasse der Seaside Lounge.

»Warum?«, fragte Cenk.

»Die Ermittlungen belasten ihn sehr und jetzt die Sache mit Sophia.«

»Sophia ist doch nur eine Fickgeschichte«, entgegnete Kevin und streichelte Bruno, der auf seinem Schoß saß. Im Gegensatz zu den anderen trank Kevin diesmal keinen Alkohol, sondern einen Eiskaffee.

»Das denke ich nicht. Ich bin ihm vor dem Polizeigebäude begegnet und da hat er so komische Andeutungen gemacht.«

»Was für Andeutungen?«, fragte Cenk.

»Dass es eben doch keine Sexgeschichte wäre, sondern möglicherweise mehr.«

»Er und Sophia? Die ist überhaupt nicht sein Kaliber.«

»Das habe ich ihm auch gesagt, aber das hat er, glaube ich, in den falschen Hals bekommen.«

»Paul ist zu emotional seit der Trennung«, erwiderte Kevin. »Tja, Sophia – ich weiß nicht. Wenn sie ihm guttut, warum nicht? Er ist im Urlaub. Lasst ihm doch seinen Spaß.«

»Und wenn er sich in sie verliebt? Hast du gesehen, mit was für Klamotten die rumläuft? Allein die Chanel-Tasche kostet mehr als fünftausend Euro.«

»Vielleicht ein Türkei-Fake«, erlaubte sich Cenk einen Spruch. »Ist sie nicht Kellnerin?«

»Genau. Und was sagt uns das? Dass sie auf Kerle mit Geld steht.«

»Also auf Jungs wie dich.«

»Witzig. Ich bin ein Mann, kein Junge, und mein Vater hat das Geld, der alte Geizhals.« Bitterkeit schwang in Finns Stimme mit. Das Verhältnis zu seinem Vater war manchmal nicht einfach, vor allem, weil dessen Erwartungen an seinen Sohn unglaublich hoch waren. Daher hatte er in dem Gespräch mit den Polizisten auch geblufft. Er hätte seinen Vater niemals angerufen, das hätte seine Situation nur deutlich verschlechtert.

Ein Mann muss Verantwortung für seine Worte und Taten übernehmen, hatte sein Vater ihm immer wieder eingebläut, sogar schon als er noch ein kleiner Junge war und lieber mit seinen Freunden Unfug angestellt hatte, als an Verantwortung zu denken.

»Wir sollten uns da nicht einmischen. Er ist alt genug.«

»Aber auch naiv. Wenn sie merkt, dass er auf sie steht, wird sie das eiskalt ausnutzen.«

»Quatsch, Finn. Sophia hat einen sehr netten Eindruck auf mich gemacht. Und ganz ehrlich, bald ist der Urlaub vorbei. Dann ist sie zurück in Düsseldorf und wir in Mannheim.« Cenk schien Finns Sorgen nicht zu teilen.

»Und wenn nicht? Dann können wir uns seine Heulerei noch lange anhören.«

»Wieso machst du so ein Fass auf? Sophia tut ihm gut. Lass ihn doch. Oder stehst du selbst auf sie? Mir war schon auf der Party so, als hättest du ein Auge auf sie geworfen. Paul mag ein Chaot sein und nicht so gebildet wie du, aber die Mädels stehen auf ihn. Schon immer. Und weißt du, warum?«

Finn antwortete nicht.

»Weil er authentisch ist, weil er sich nicht verstellt. Man bekommt immer hundert Prozent Paul. Und deswegen mag ich den Jungen.«

»Ich mag Paul doch auch und genau deshalb mache ich mir Sorgen um ihn. Ich hatte beim Verhör das Gefühl, dass die Polizei ihn verdächtigt.«

»Ihn? Ich dachte, er wäre ein Zeuge«, warf Cenk ein.

»Dachte ich auch. Aber als ich denen erzählt habe, dass ich gesehen habe, wie Paul von den Dünen kam, wurden sie sehr hellhörig und haben komische Fragen gestellt.«

»Glaubst du, Kim wurde dort entführt?«

»Ja, irgendwie schon, auch wenn sie es mir nicht sagen wollten. Sophia meinte gestern, dass ein Großaufgebot der Polizei Richtung Scharbeutz nach Kim gesucht hat.«

»Mist«, entfuhr es Cenk. »Logisch. Paul hatte Streit mit Kim, dann ist er nachts allein am Strand rumgelaufen und das ausgerechnet in der Ecke, wo Kim entführt wurde.«

»Nun spinn das Ganze mal weiter: Jetzt verführt er auch noch Sophia, eine gute Freundin von Kim. Sieht das für die Polizei nicht danach aus, als wollte er sich ein Alibi verschaffen oder Sophia aushorchen?«

»Aber was hat Paul mit der Leiche angestellt? Diese Frage wird sich die Polizei doch auch stellen. Er muss sie ja irgendwie weggeschafft haben«, überlegte Cenk laut.

»Auch dafür gibt es eine Antwort: Paul ist mit seinem Auto zur Party gefahren«, antwortete Finn.

27

Paul Giese ahnte nicht, dass er sich mit seinem letzten Satz einen Bärendienst erwiesen hatte, denn dass Finn Löhr gelogen hatte, nahm Mads nicht an.

»Sie sind alle zusammen mit dem Taxi zur Party gefahren?«, fragte er daher. Er wollte, dass Paul seine Lüge wiederholte, damit bekam sie noch mehr Gewicht. Wenn er in dieser Sache log, hieß das für seine anderen Antworten womöglich, dass sie ebenfalls alle gelogen waren. Oder nicht?

»Ja, sagte ich doch. Ganz ehrlich, ich bin verabredet. Können wir das hier nicht endlich beenden?«

»Ihre Verabredung muss warten. Vor allem, wenn Sie uns weiter belügen.« Dass Paul ausgerechnet mit einer Freundin von Kim ein Date hatte, fand Mads extrem merkwürdig, er hielt es für möglich, dass Paul damit etwas bezweckte.

»Ich lüge nicht. Was soll das? Sie sind doch total befangen, weil Sie mich nicht leiden können.«

»Was ich privat über Sie denke, hat rein gar nichts mit meinen Ermittlungen zu tun. Aber Sie lügen und erwarten trotzdem, dass wir Ihnen vertrauen. Wie soll das funktionieren?«

»Womit habe ich denn gelogen? Womit?« Pauls Stimme klang laut und gereizt. Sein Bizeps spannte sich und an seinem Hals trat eine Ader deutlich hervor.

Mads war erstaunt, wie locker sein Onkel bisher geblieben war. Ohne ihn an seiner Seite hätte er das eine oder andere Mal sicherlich emotionaler gekontert, das musste er sich ehrlich eingestehen.

»Ich bin kein Lügner«, rief Paul und sprang unvermittelt von seinem Sitz auf, er eilte Richtung Tür. Das geschah so schnell, dass weder Mads noch Gustav ihn stoppen konnten, aber Mads reagierte immerhin und nahm die Verfolgung auf.

Paul rannte einfach los, stieß eine Polizistin zu Boden, indem er sie wegschubste. Dann erreichte er den Eingangsbereich und lief aus dem Gebäude. Mads war dicht hinter ihm.

»Bleiben Sie stehen!«, rief Mads ihm nach, gleichzeitig fragte er sich, warum jemand, der nichts zu verbergen hatte, überhaupt weglief.

Paul dachte gar nicht daran, stehenzubleiben, er lief wie kopflos Richtung Promenade. Mads blieb ihm auf den Fersen.

Wie es schien, hatte Paul mächtig Ausdauer, da Mads ihm keinen Schritt näher kam, aber Mads hatte noch reichlich Reserven.

Inzwischen hatten sie die Strandallee erreicht und Paul lief Richtung Scharbeutz.

»Bleiben Sie endlich stehen, verdammt noch mal«, rief Mads.

»Niemals«, brüllte Paul. »Ich bin unschuldig, ich gehe nicht in den Knast.« Als hätte das Zauberwort »Knast« ungeahnte Energien freigesetzt, erhöhte Paul das Tempo erneut, sodass Mads nichts anderes übrigblieb, als auch das Tempo zu erhöhen und das aufkommende Seitenstechen zu ignorieren.

Verdammt, ist der schnell, fluchte Mads in Gedanken und hatte Sorge, dass er Paul nicht einholen könnte, weil der noch immer keine Ermüdungserscheinungen zeigte.

Kurz überlegte Mads, ob er ihn nicht einfach laufen lassen sollte. Er wusste ja, wo er übernachtete, und seine Handynummer hatte er auch, somit gab es keinen Grund, sich das hier anzutun. Dennoch lief er weiter, weil aufgeben keine Option war.

Eine Gruppe von Jugendlichen kam ihnen entgegen.

»Haltet den Kerl auf«, brüllte Mads, aber Paul lief ungebremst durch die Gruppe hindurch und keiner traute sich, sich ihm in den Weg zu stellen. »So viel zur Zivilcourage«, schimpfte Mads und spürte ein Stechen in der Lunge.

»Der spinnt doch«, hörte er noch jemanden rufen.

Mads biss die Zähne zusammen und legte einen kleinen Sprint ein. Endlich machte er Meter gut. Paul drehte sich kurz um und erkannte, dass er an Vorsprung verlor, also sprintete auch er los wie ein Verrückter und vergrößerte den Abstand.

Wie geht das?, dachte Mads, ignorierte das Stechen und rief weitere, kaum vorhandene Reserven auf, um das Tempo nochmals zu erhöhen, aber er kam an Paul nicht heran. Dieser Tatverdächtige hatte ungeahnte Kräfte, dennoch hoffte er, dass Pauls Ausdauer nicht ewig reichen und er sich bald der Erschöpfung ergeben würde.

Kurz vor der Einfahrt des *Belvedere Hotels*, das an die *Ostsee Therme* angeschlossen war, witterte Mads die nächste Chance, Paul endlich zu stellen, da gerade ein Auto auf die Fahrbahn fahren wollte und dem Flüchtenden somit den Weg versperrte.

Yes!, dachte Mads hoffnungsvoll, doch was er dann sah, wollte er kaum glauben. Paul rollte sich einfach über die Motorhaube ab, als wäre er ein Stuntman.

Während er noch auf das Auto zulief, war Mads klar: Stoppen und warten, bis das Auto weggefahren war, war keine Option, also tat er es Paul gleich. Er rollte sich über die Motorhaube ab und landete auf den Füßen, um die Verfolgung fortzusetzen.

Jetzt erreichten sie die *Ostsee Therme*. Paul bog nach rechts ab, weiter Richtung Scharbeutz. Mads hinterher und noch immer hatte er keinen Meter dazugewonnen. Wieder meldete sich der Gedanke, Paul einfach laufen zu lassen, doch er wehrte ihn ab. Er war eine durchtrainierte Maschine, hatte bei der Bundeswehr zig Kilometer mit schwerer Ausrüstung zurückgelegt, da wollte er sich nicht vor Paul geschlagen geben. Das ertrug sein Ego nicht.

»Bleiben Sie endlich stehen. Sie tun sich keinen Gefallen damit«, brüllte Mads, wohl wissend, dass jedes Wort, das er rief, an seiner Kondition kratzte. Sofort wurde sein Rufen mit mehreren Stichen in die Seite belohnt. Sein Atem wurde immer schwerer und es machten sich Anzeichen von Erschöpfung bemerkbar. Dass Paul gar keine solchen Probleme hatte, konnte und wollte er sich kaum vorstellen.

Die letzten Reserven, machte sich Mads Mut und beschleunigte seinen Lauf noch einmal.

Plötzlich sah er, wie sich jemand Paul in den Weg stellte, Paul stolperte und fiel zu Boden.

Mads konnte sein Glück nicht fassen. Wenige Sekunden später erreichte er den Flüchtigen und erkannte nun auch den Mann, der ihn zu Fall gebracht hatte: Walter!

»Danke. Was für ein Glück, dass du hier bist«, brachte Mads ganz außer Atem hervor. Zu dem am Boden liegenden Paul sagte er: »Sie machen jetzt keine Dummheiten mehr.«

»Ich habe nichts getan«, keuchte der.

»Soll ich helfen?«, fragte Walter.

»Nein, du hast schon mehr getan, als ich mir hätte wünschen können. Bist du alleine hier?«

»Nein, Emre und Lasse warten am Auto mit den Kids. Wir waren in der Therme mit Tolga und Leah.«

»Eine gute Idee. Grüß sie von mir.« Mads wandte sich wieder Paul zu. »Langsam auf die Beine und keine Dummheiten.«

Paul stand auf, er schien zu begreifen, denn er bewegte sich nicht von der Stelle.

»Sie sind an Blödheit wirklich nicht zu überbieten. Mit der Flucht haben Sie sich keinen Gefallen getan, das macht Sie nur noch verdächtiger.«

»Ich gehe nicht in den Knast«, beharrte Paul, er war ebenfalls außer Atem. Mads sah ihm an, dass er erschöpft war, also ging er davon aus, dass er ihn auch ohne Hilfe von Walter eingeholt hätte.

»Das Grüßen kannst du gerne selbst machen. Da sind sie«, bemerkte Walter, was Mads nur am Rande mitbekam, er war zu sehr mit Paul beschäftigt. Trotzdem drehte er sich automatisch um und sah, wie Emre Aydin und Lasse Brandt auf ihn zuliefen, augenscheinlich hatten sie die Situation vom Parkplatz aus beobachtet.

»Was ist los? Können wir helfen?«, fragte Brandt.

»Alles gut, dank Walter.«

Paul nutzte die kurze Unachtsamkeit von Mads und wollte sich mit einer Linksdrehung wegschleichen, aber Brandt bemerkte das und stellte sich ihm in den Weg. »Wohin?«

»Nirgendwohin«, antwortete Paul und hob abwehrend die Hände.

»Ihr seid nicht zufällig mit dem Auto hier?«, fragte Mads.

»Doch. Sollen wir euch zur Dienststelle fahren?«

»Das wäre super, wenn es keine Umstände macht. Würde mir gerne den Fußweg ersparen, nicht dass Herr Giese wieder irgendwelchen Mist anstellt.«

»Ich?« Paul sah ihn verwundert an.

»Sehen Sie sonst noch einen Idioten, der ohne Grund wegrennt?«

»Ich bin kein Idiot. Wieso beleidigen Sie mich? Das gibt eine Anzeige.«

»Entspannen Sie sich. Vor der Polizei weglaufen ist nie eine gute Idee, das sieht man doch in jedem Krimi«, schaltete sich Brandt ein.

»Ich war in Panik, der Typ hat mich auf dem Kieker, er will mich eines Mordes bezichtigen.«

»Mord? Woher wissen Sie, dass Kim ermordet wurde?«, fragte Mads. Hatte sich Paul gerade versprochen und damit indirekt einen Mord gestanden?

»Weil ich nicht dumm bin. Sie wird seit einigen Tagen vermisst und man findet sie nicht. Da muss man kein Polizist sein, um zu kapieren, dass sie ermordet wurde. Aber nicht von mir.«

»Ich denke, ihr solltet das Gespräch auf dem Revier weiterführen«, schlug Brandt vor.

»Das denke ich auch. Fährst du uns?«

»Klar.« Brandt wandte sich an Aydin und Walter. »Geht doch mit Leah und Tolga ein Eis essen. Ich melde mich, sobald ich auf dem Rückweg bin.«

»Alles klar«, antwortete Aydin.

Mads zückte seine Handschellen, die er meistens dabeihatte.

»Muss das sein?«, fragte Paul.

»Ganz sicher muss das sein.«

Paul verdrehte die Augen, aber Mads war das herzlich egal, er legte ihm Handschellen an.

»Wollt ihr mit Leah und Tolga schon los? Ich möchte nicht, dass sie das hier sehen«, sagte Brandt.

»Genau, das wollte ich gerade vorschlagen«, stimmte Walter zu. »Bis nachher dann.«

»Danke noch mal«, antwortete Mads.

»Nicht dafür. Immer wieder gerne. Frag mal die Jungs, wie oft ich denen schon den Arsch gerettet habe«, lachte Walter und reichte Mads die Hand zum Abschied, auch Aydin verabschiedete sich.

»Ganz ehrlich, ich weiß das zu schätzen«, sagte Mads, als sie an Brandts Auto angekommen waren und er die hintere Wagentür öffnete.

»Nicht dafür. Wenn wir helfen können, sehr gerne.«

Mads wandte sich wieder Paul zu. »Setzen, ich werde jetzt die Handschelle am Türgriff befestigen.«

»Ist ja gut, ich mache nichts. Einfach nur albern, das mit den

Handschellen«, murrte Paul und nahm Platz. Mads öffnete eine Handschelle und befestigte sie am Türgriff, dann setzte er sich nach vorne auf den Beifahrersitz.

»Weißt du, wo die Dienststelle ist?«

»Klar, war schon öfter hier. Ich bin ja in Hamburg großgeworden, da habe ich im Sommer viele Tage am Timmendorfer Strand verbracht.«

»Und wie kommt es, dass man dann nach Köln zieht?«

»Damals hat sich das irgendwie ergeben«, antwortete Brandt schlicht.

»Bereust du es?«

»Ab und zu habe ich Sehnsucht nach Hamburg und dem Meer, klar. Gerade im Sommer. Aber ich bereue es nicht ernsthaft. Köln ist eine Superstadt, die Menschen haben ihr Herz am rechten Fleck.«

»Kölsche Frohnatur. Sag aber nicht, dass du dieses Spülwasser magst?«

»Ganz sicher nicht, das ist eher Emres Ding. Ein Bier muss nach Bier schmecken.« Brandt lachte.

»Jetzt bin ich beruhigt.«

»Wie war Emre eigentlich so in der Akademie?«, erkundigte sich Brandt. »Hast du irgendwelche Geschichten, mit denen ich ihn aufziehen kann?«

»Da gibt es kaum Geschichten, so gut kannten wir uns nicht. Ich weiß nur, dass er sehr fleißig war. Nur einmal sind wir aneinandergeraten.«

»Lass mich raten, wegen einem Mädel?«

»Ist das nicht immer so?« Diesmal lachte Mads.

»Hast du sie ihm weggeschnappt?«

»Nein, es war andersrum. Ich fand das Mädel echt scharf, aber sie hat sich für Emre entschieden, was ich damals schwer akzeptieren konnte. Ich war doch sehr von mir eingenommen, muss ich gestehen.«

Brandt grinste. »Interessant. Emre meinte, du hättest den Jungs alle Mädels weggeschnappt, das wäre dir sehr leichtgefallen, während er und die anderen um die Mädels kämpfen mussten.«

»So unrecht hat er da nicht. Ich sagte ja, ich war etwas abgehoben und noch grün hinter den Ohren. Wie der Kollege hinter uns.« Mads sah in den Rückspiegel. Paul reagierte nicht. »Wie warst du denn in jungen Jahren? Warst du auch auf der Akademie?«, erkundigte sich Mads.

»Nein, ich bin ein richtiger Straßenpolizist.«

»Wie mein Onkel. Nur mein Vater war auf derselben Akademie. Und wie war es damals mit den Mädels? Lagen sie dir auch zu Füßen?«

»Nicht so wie dir.« Brandt schmunzelte und Mads sah ihm an, dass er wohl untertrieb, denn obwohl er älter als Mads und Aydin sein musste, sah er verdammt attraktiv aus – groß, blond, mit blauen Augen und markanten Gesichtszügen, dazu ein durchtrainierter Körper. Da sagten die Frauen bestimmt nicht Nein.

Mads mochte ihn, irgendwie hatten sie einen guten Draht zueinander, obwohl sie sich kaum kannten, und plötzlich war da wieder der Gedanke, dass er gerne so jemanden als Partner bei der Polizei gehabt hätte. Aydin hatte großes Glück mit ihm.

»Was macht der Fall?«, erkundigte sich Brandt.

»Läuft alles sehr schleppend. Leider«, seufzte Mads. Mehr wollte er dazu gerade nicht sagen, da Paul mithörte.

»Verstehe. Wir haben ja deine Nummer für alle Fälle«, antwortete Brandt, der den gleichen Gedanken zu haben schien.

»Ich weiß. Danke. Aber wie ich schon am Strand sagte, ihr seid im Urlaub. Genießt ihn mit euren Liebsten. Es war natürlich ein glücklicher Zufall, dass Walter sich Herrn Giese in den Weg gestellt hat.«

So im Gespräch erreichten sie bald die Dienststelle. Brandt parkte und sie stiegen aus. Mads schloss die Handschelle auf, Paul stieg ebenfalls aus, dann legte Mads die offene Handschelle um Pauls freies Handgelenk.

»Besten Dank. Kann ich dir noch einen Espresso anbieten?«, fragte Mads an Brandt gewandt.

»Nichts lieber als das, aber die anderen warten auf mich.«

»Stimmt.«

»Ansonsten bist du jederzeit willkommen, uns Gesellschaft zu leisten, sobald die Ermittlungen es zulassen«, versicherte Brandt.

»Mach ich. Bis dann«, verabschiedete sich Mads. Er hoffte, dass er wirklich noch Zeit finden würde, um mit Brandt und seinen Freunden ein Bier zu trinken.

»Sieht nach einer großen Romanze aus«, ließ sich Paul frech vernehmen.

Mads ließ die Bemerkung unkommentiert, stattdessen drängte er Paul in das Gebäude.

Auf dem Weg zum Verhörraum kam ihnen Petra entgegen.

»Ist mein Onkel noch im Raum?«

»Nein, du sollst das Gespräch allein fortführen. Er hat eine Unterredung mit der Direktion in Lübeck. Es geht wohl um einen unangenehmen Artikel in der Ostseezeitung. Die Bosse werden nervös.«

»Danke dir für die Info.«

»Wollt ihr noch was trinken?«

»Ich hätte gerne eine Cola«, antwortete Paul.

»Ganz sicher nicht. Wir haben ein paar offene Fragen, auf die ich Antworten haben möchte«, entgegnete Mads.

»Wie du meinst«, erwiderte Petra. »Ach ja, bevor ich es vergesse: Du sollst dich nach dem Gespräch bei Gustav melden.«

»Wollen Sie mich echt mit diesem Wahnsinnigen allein lassen?«, fuhr Paul ihr ins Wort.

»Ich sehe hier keinen Wahnsinnigen. Warum sind Sie auch weggerannt?« Petra schüttelte den Kopf, dann verabschiedete sie sich von Mads und entfernte sich.

Kurze Zeit später betrat Mads mit Paul den Verhörraum.

»Nehmen Sie Platz«, forderte er Paul auf. Als er saß, nahm Mads ihm die Handschellen ab, anschließend trat er zur Tür, fischte einen Schlüsselbund aus der Hosentasche und schloss ab. Dass sein Onkel beim Verhör nicht dabei war, denn ein Gespräch war es nun definitiv nicht mehr, kam ihm sehr gelegen, weil er es nun endlich so würde führen können, wie er es eigentlich geplant hatte. Mit Gustav im Nacken hatte er einige Dinge nicht so umsetzen können, wie er es gerne getan hätte, da er wusste, wie man einen Lügner entlarvte.

»Was soll das?« Unsicherheit lag in Pauls Stimme, er sah nervös zur Tür.

»Damit Sie nicht wieder auf dumme Gedanken kommen. Da wir allein sind, wird uns auch niemand stören. Zeit für die Wahrheit.«

Paul schluckte und Mads sah ihm an, dass er Angst hatte, was ihm nur recht war.

28

Gustav schnaufte vor Wut. »Die von der Direktion haben doch alle einen Schuss«, schimpfte er vor sich hin und schüttelte verärgert den Kopf. »Noch haben wir Pressefreiheit in Deutschland.« Er hieß den geplanten Artikel in der Ostseezeitung ohnehin nicht gut, aber dass sie ausgerechnet ihn als Interviewpartner vorgeschlagen hatten, war der Gipfel. »Das ist die Aufgabe der Presseabteilung. Nicht meine. Ich bin Leiter der Einheit hier am Strand, verdammt noch mal.«

Es klopfte an der Tür und Petra trat ein, in der rechten Hand hielt sie eine Espressotasse. »Ich dachte, den bräuchtest du jetzt.«

»Danke. Mehr als du glaubst. Diese Idioten von der Direktion.«

Petra stellte den Espresso ab und Gustav griff sofort zu dem Keks, der auf der Untertasse lag.

»Ist Mads zurück?«, fragte er.

»Ja, vor einer Viertelstunde. Er ist mit dem Tatverdächtigen im Verhörraum. Soll ich ihm was ausrichten?«

»Nein, ich gehe auch gleich hin.«

»Sicher?«

»Warum?«

»Na ja, ich hatte den Eindruck, dass Mads das Gespräch gerne allein führen würde.«

»Genau das möchte ich nicht. Er ist zu aufgebracht und neigt zu emotionalen Reaktionen.«

»Woher er das bloß hat?«, konterte Petra, drehte sich um und wollte eben das Büro verlassen, da wäre sie fast mit dem Bürgermeister zusammengestoßen, der plötzlich vor der offenen Tür stand.

»Ich erlaube mir, einzutreten«, sagte Albert.

»Tun Sie sich keinen Zwang an. Möchten Sie auch einen Espresso?«

»Sehr gerne, Frau Wiese.«

»Gut«, erwiderte Petra und schloss die Tür hinter sich.

»Du siehst verärgert aus«, sagte Albert und setzte sich. »Was ist los?«

»Ach, nichts. Nur ein dämliches Gespräch mit der Direktion in Lübeck.«

»Lass mich raten, es geht um das geplante Interview mit der Ostseezeitung.«

»Verdammt. Woher weißt du schon wieder davon?«

»Entspann dich. Ich wurde auch angefragt, deswegen bin ich hier.«

»Hätte mich auch gewundert, wenn du nur meinetwegen hier wärst«, gab Gustav zurück.

»Oh, heute so sensibel? War das Gespräch so unangenehm?«

»Du kennst mich doch. Ich hasse Unterhaltungen mit der Presse. Bin ja nicht so medienaffin wie du.«

»Ich wiederhole mich: Das ist der Grund, weshalb ich hier bin. Lass uns das Interview gemeinsam führen.«

»Gemeinsam?« Gustav war gespannt, worauf Albert hinauswollte. Konnte es wirklich sein, dass er einen Vorschlag unterbreitete, von dem auch Gustav profitierte?

Erneut klopfte es an der Tür und Petra trat mit dem Espresso für Albert ein.

»Danke Ihnen.«

»Dafür nicht.« Sie schaute Gustav an. »Noch ein Wunsch?«

»Gerade nicht.«

Petra verließ das Büro.

»Ich kann nicht oft genug sagen, was für einen Glücksgriff du mit ihr gelandet hast.«

»Manchmal bin ich mir da nicht so sicher«, grummelte Gustav, aber tief in seinem Inneren sah er das genauso. »Dann schieß mal los mit deinem Vorschlag.«

»Wie ich eben schon vorschlug, wir führen das Gespräch gemeinsam. Ich als Bürgermeister und du als Chef der Timmendorfer Kriminalpolizei und dann lässt du mich einfach reden.«

»Warum nicht? Du kannst ja quasseln wie ein Wasserfall. Glaubst du, die Ostseezeitung macht da mit?«

»Warum sollten sie nicht? Ich bin per Du mit dem Chefredakteur.«

»Wieso wundert mich das nicht?«

»Ich mache eben meine Hausaufgaben. Etwas netter sein würde dir auch nicht schaden.«

»Einige nennen es nett, andere …« Gustav sprach das Offensichtliche nicht aus.

»Soll ich mich darum kümmern?«, fragte Albert und überging Gustavs Bemerkung geflissentlich.

»Mach das. Mir kommt das sehr gelegen, auch wenn ich gerne ganz auf das Interview verzichten würde.«

»Da kommen wir nicht drum herum. Aber mit mir an deiner Seite stellen wir sicher, dass die Ostseezeitung nichts druckt, was die Leute in Panik versetzen könnte. Wir haben großes Glück, dass die große Stornierungswelle ausgeblieben ist, und es ist mein Job, dass das so bleibt.«

»Du denkst auch nur ans Geld.«

»Ich denke an meine Gemeinde, dafür wurde ich gewählt. Gibst du der Direktion Bescheid oder soll ich mich darum kümmern?«

»Nein, das ist nun wieder mein Job«, gab Gustav zurück.

»Gut. Ich kontaktiere die verantwortliche Redakteurin und organisiere den Termin. Passt dir Mittwoch früh um 8 Uhr?«

»Passt mir sogar sehr gut.«

»Wunderbar. Wollen wir das Interview bei einem Frühstück führen?«

»Gute Idee.« Gustav stand auf.

»Wohin?«, fragte Albert erstaunt und erhob sich ebenfalls.

»Zu Mads, er führt gerade ein Gespräch mit einem potenziellen Tatverdächtigen.«

»Und warum lässt du ihn das nicht allein machen?«

»Weil er sich ein paar Schnitzer erlaubt hat. Er war schon vorhin nicht ganz bei der Sache und da ist der Tatverdächtige aus dem Verhörraum geflohen. Mads konnte ihn glücklicherweise einfangen.«

»Das sieht ihm gar nicht ähnlich«, bemerkte Albert.

»Stimmt. Ich werde mich nachher mit ihm unterhalten. Ich glaube, er braucht ein paar Tage frei.«

»Willst du ihm den Fall entziehen?«

»Mir bleibt womöglich nichts anderes übrig.«

»Das wird er nicht gut finden.«

»Darauf kann ich keine Rücksicht nehmen«, knurrte Gustav und verließ mit Albert sein Büro. In Gedanken gab er seinem Freund allerdings recht. Große Lust hatte er sowieso nicht auf das Gespräch, aber so etwas wie vorhin durfte einem erfahrenen Ermittler nicht passieren, erst recht nicht, wenn dieser Johannsen hieß.

»Ich melde mich wegen des Interviews«, sagte er und verabschiedete sich von Albert.

»Mach das«, sagte der und ging den Flur hinunter zum Ausgang.

Gustav lief zum Verhörraum, doch als er die Tür öffnen wollte, fand er sie verschlossen.

Mach keinen Unsinn, dachte er besorgt, denn ihn beschlich ein seltsames Gefühl.

Dann hörte er einen Schrei.

29

»Was soll das?«, wurde Mads wütend, da Paul mit einem Mal losschrie, ohne ersichtlichen Grund. Dabei hatte er ihm nur eine banale Frage gestellt.

Überhaupt war das gesamte Gespräch bisher eine reine Katastrophe gewesen. Statt zu kooperieren, zeigte sich Paul als nervliches Wrack.

Spielte er ihm etwas vor oder war er tatsächlich mit den Nerven am Ende?

Mads glaubte, das Erstere, daher schlug er vor, eine kleine Pause zu machen. »Das hat so keinen Sinn«, ergänzte er. »Vielleicht kommen Sie dann zur Vernunft. Wollen Sie etwas trinken?«

Paul schaute ihn entgeistert an und sagte: »Eine Cola bitte.«

Mads stand auf, da sah er, wie die Tür geöffnet wurde, die er vorhin erst abgeschlossen hatte. Sein Onkel, trat ein. Er hatte wie Mads einen Universalschlüssel, der zu fast allen Türen passte.

»Was geht hier vor sich?«, wollte Gustav wissen. Er wirkte alarmiert.

»Wir machen gerade eine Pause.«

»Verstehe. Komm.« Gustav verließ als Erster den Raum. Mads folgte ihm und schloss hinter sich ab.

»Was ist los hier? Warum hast du die Tür abgeschlossen?«

»Ich wollte nicht, dass er erneut abhaut.«

»Wieso hast du nicht auf mich gewartet?«

»Gewartet? Petra hat gesagt, ich solle allein weitermachen, weil du ein Gespräch hast.«

Gustav sah ihn eine Sekunde schweigend an und schnaubte. »Und warum hat Paul Giese eben geschrien?«

»Das ist nur Show. Er weiß, dass es für ihn eng wird. Warum sonst ist er abgehauen?«

»Mads, versteh mich nicht falsch – das Gespräch vorhin, das hat mir nicht gefallen. Ich überlege, ob es nicht besser wäre, wenn du mich das machen lässt und dir den restlichen Tag freinimmst.«

»Ist nicht dein Ernst?« Mads konnte nicht glauben, was sein Onkel ihm gerade vorschlug.

»Ist mein voller Ernst. Du bist zu leicht erregbar.«

»Ich?« Mads lachte, es war ein verzweifeltes Lachen, weil er nicht begreifen konnte, was sein Onkel ihm vorwarf. »Willst du mir den Fall entziehen?«

Gustav antwortete nicht sofort. »Nein, das will ich nicht, aber ich denke, es wäre gut, wenn du dir eine kleine Auszeit nimmst.«

»Schwachsinn«, wurde Mads nun laut. »Ich habe alles im Griff. Dass Paul weglaufen konnte, ist nicht allein meine Schuld. Du warst auch im Raum und er ist an deiner Flanke entwischt. Außerdem habe ich ihn zurückgeholt, nicht du. Dass du mir jetzt Vorwürfe machst, ist nicht okay. Aber was wunderts mich? Das ist typisch mein Onkel. Immer nur anderen Vorwürfe machen, am liebsten der eigenen Familie. Ist ja einfacher, als selbst Verantwortung zu übernehmen.«

»Jetzt übertreibst du. Ich möchte dich nur schützen«, erwiderte Gustav.

»Mich schützen? Sehe ich so aus, als ob man mich beschützen müsste? Ich bin keine fünf mehr, Gustav. Gibs doch zu, du hast kein Vertrauen zu mir.«

»Das stimmt nicht. Verdreh nicht die Tatsachen«, sagte Gustav streng.

»Nein, es stimmt, du vertraust mir nicht, das hast du noch nie getan, und genau das hat dich schon immer von meinem Vater unterschieden: Er hat mir stets den Rücken freigehalten, während du mich dauernd kritisiert und kleingehalten hast. Aber ich gebe diesen Fall nicht ab, niemals. Da musst du mich schon gewaltsam aus dem Gebäude werfen oder mir kündigen.« Mads war kurz davor, zu explodieren, und bevor er sich komplett um Kopf und Kragen redete, lief er zur Küche, um Paul die Cola zu holen und das Verhör – nichts anderes war es in seinen Augen inzwischen – fortzusetzen.

Er hoffte nur, dass sein Onkel ihm keinen Strich durch die Rechnung machte.

Als er die Küche erreichte und seine Wut leicht abflaute, taten ihm einige der Worte leid, die er Gustav eben an den Kopf geworfen hatte.

Er öffnete den Kühlschrank und holte zwei Dosen Cola heraus. Eine öffnete er und leerte sie beinahe in einem Zug. Zucker und Koffein, das war genau das Richtige, um sich zu beruhigen. Er warf die leere Dose weg. In diesem Moment betrat sein Onkel die Küche. Mads ahnte schon, was kommen würde: ein Schwall an Vorwürfen. Möglicherweise würde er sogar seine Dienstmarke abgeben müssen und suspendiert werden. Doch das war Mads gerade alles herzlich egal, er würde weiter ermitteln, denn er glaubte, einen großen Schritt gemacht zu haben. Es musste schließlich seinen Grund haben, dass Paul sich so anstellte. Wie konnte er angesichts seiner sonderbaren Aktionen unschuldig sein?

»Kriege ich auch eine Cola?«, fragte sein Onkel.

Mads öffnete den Kühlschrank, holte eine weitere Dose heraus, öffnete sie und reichte sie seinem Onkel.

»Danke.« Gustav gönnte sich einen Schluck, dann schaute er Mads an und schwieg eine Weile, bevor er sagte: »Glaubst du, dass du dem Fall gewachsen bist?«

»Das bin ich«, antwortete Mads mit fester Stimme. »Ja, ich weiß, dass nicht alles so glatt läuft, wie du und ich es uns wünschen, das ändert aber nichts daran, dass ich der richtige Mann für diesen Fall bin.«

»Verstehe.«

Gustav war verdächtig ruhig, was Mads missfiel. Das war eine Seite an ihm, die er selten zeigte. Mit dem aufbrausenden Gustav konnte er etwas anfangen, ihm Kontra geben, aber diese Stille, die war beunruhigend. Mads rechnete damit, dass sein Onkel jeden Moment explodieren würde, doch nichts geschah. Gustav trank in aller Seelenruhe einen weiteren Schluck aus der Dose.

»Darf ich weiterermitteln?«, fragte Mads daher geradeheraus.

»Ja, darfst du«, erwiderte Gustav.

Mads glaubte nicht, was er gerade hörte. Noch eben hatten sie einen heftigen Streit gehabt, und jetzt war sein Onkel nicht nur zahm wie ein Lamm, sondern ließ ihn auch weiter ermitteln.

»Danke«, antwortete Mads, bevor Gustav es sich anders überlegte.

»Danke mir nicht zu früh. Ich hoffe, du weißt, wie groß der Druck auf deinen Schultern ist.«

»Das weiß ich, keine Sorge. Und ich weiß auch damit umzugehen.«

»Gut, dann sollten wir zurück zu dem Verdächtigen. Aber klär mich zuerst auf, worüber ihr gesprochen habt.«

»Das war noch nicht viel. Er mauert jetzt. Ich wollte wissen, warum er weggelaufen ist, nur wie gesagt, er mauert, schaltet auf stur.«

»Vielleicht kriegen wir die Nuss zu zweit geknackt.«

»Bestimmt.«

Beide gingen zurück zum Verhörraum. Bevor Mads die Tür öffnete, sagte er noch: »Das mit eben tut mir leid. Kann sein, dass ich etwas übers Ziel hinausgeschossen bin.«

»Kann sein?« Gustav schaute ihn verwundert an. »Ganz sicher bist du das. Aber wir sind eine Familie, da darf man auch mal seine Wut rauslassen.«

Ist das noch mein Onkel?, dachte Mads erstaunt, während er die Tür öffnete. Wenn er ehrlich war, gefiel ihm diese Seite an ihm.

»Wo ist meine Cola?«, fragte Paul. Er stand jetzt hinter dem Tisch. Augenscheinlich hatte er vor Nervosität oder Ungeduld seine Runden im Raum gedreht.

Mads reichte ihm die Dose. »Nehmen Sie bitte Platz.«

Paul setzte sich, öffnete die Dose und gönnte sich einen kräftigen Schluck, dann wischte er sich über den Mund und stellte die Dose vor sich auf den Tisch. »Wie lange brauchen Sie mich noch? Ich sagte doch, dass ich ein Date habe.«

»So lange, bis Sie unsere Fragen beantwortet haben. Es liegt in Ihrem Interesse, zu kooperieren und nicht solche kopflosen Dinge zu tun wie vorhin«, antwortete Gustav. Seine Stimme klang gelassen.

»Okay, das war dumm, gebe ich zu. Aber ich bin echt in Panik geraten. Plötzlich habe ich nur noch den Knast gesehen und ich möchte nicht eingebuchtet werden. Ich möchte leben. Vor allem bin ich unschuldig.«

»Dann haben Sie nichts zu befürchten.«

»Das sagt sich so leicht, wenn man längst vorverurteilt ist.«

»Herr Giese, niemand tut das. Sie sollten aufhören, solche

Gedanken an sich heranzulassen, damit tun Sie sich keinen Gefallen. Nur deswegen sind Sie letztlich so unter Druck geraten und haben die Dummheit begangen, wegzurennen.«

»Ich bin diesen Druck nicht gewohnt. Ich bin Möbelpacker. Ich kann schleppen und rennen, aber diese Psychospiele, das ist nichts für mich.«

Dass er rennen konnte, davon hatte sich Mads persönlich überzeugt.

»Gut, dann beantworten Sie unsere Fragen und Sie sind frei, zu gehen.«

»Welche Fragen haben Sie denn noch? Ich habe doch schon alles beantwortet. Wir drehen uns im Kreis.«

»Das überlassen Sie uns.«

Noch immer führte Gustav das Gespräch und Mads hielt sich zurück, vielleicht war das die beste Taktik. Paul schien zu Gustav einen deutlich besseren Draht zu haben.

»Ja, dann mal hopp«, sagte Paul lakonisch. »Was wollen Sie wissen? Ich muss zu meinem Date.«

»Sie sagten, dass Sie im Taxi nach Scharbeutz gefahren seien. Ich frage Sie erneut: Sind Sie sicher, dass Sie im Taxi zur Party gefahren sind?«

Paul antwortete nicht sofort, er sah Gustav nur an, dann presste er die Lippen zusammen und schaute zur Seite. Schließlich sagte er: »Sie kennen die Antwort, richtig?«

»Und die lautet?«, blieb Gustav vage.

»Jetzt kapiere ich es. Ich bin vielleicht nicht der Hellste, aber Finn hat Ihnen sicherlich verraten, dass ich mit dem Auto gefahren bin.«

»Stimmt das?«

»Finn ist ein mieser Verräter, dieser Bastard«, schimpfte Paul und von dem ersten Eindruck, dass er endlich kooperierte, war nicht mehr viel übriggeblieben.

»Sind Sie mit dem Auto zur Party gefahren?«

»Ja, bin ich. Aber das hat doch nichts zu sagen. Finn lenkt nur von sich ab. Er war auch da an der Düne. Wer sagt denn, dass nicht er Kim begegnet ist …«

»Es geht jetzt um Sie, nicht um Ihren Freund. Außerdem haben Sie Streit mit Kim gehabt und laut Aussage Ihres Freundes haben Sie ihm anvertraut, dass Sie Kim gerne eine geknallt hätten«, schaltete sich Mads in das Gespräch ein.

»Mein Gott, ich war betrunken. Ich schlage keine Frauen. Sie sollten Finn mal auf die Finger klopfen.«

»Warum?«

»Weil er Sie manipuliert. Ich sehe keinen Grund mehr, ihn zu schützen, wenn er mir so hundsgemein in den Rücken fällt.«

»Womit schützen Sie ihn denn?« Mads hatte eher das Gefühl, dass Paul krampfhaft versuchte, sich selbst aus der Verantwortung zu ziehen.

»Na damit, dass ich eine Sache noch nicht erwähnt habe: Mein Wagenschlüssel lag während der Party auf dem Tisch. Jeder meiner Jungs hätte ihn nehmen können. Und was seltsam ist: Finn hat das Auto am Tag danach einer gründlichen Reinigung unterzogen, in so einer Profiwaschstraße. Was, wenn er Kim mit meinem Auto entführt oder weggeschafft hat?«

30

Zu Mads' Überraschung stimmte Paul zu, dass sie sein Auto durchsuchten. Er hatte die Autoschlüssel dabei, gab sie Mads und erklärte ihm, wo der Wagen parkte.

Mads wäre am liebsten sofort mit ihm zu dem Auto gegangen, damit keine weiteren Spuren verwischt würden, und er hätte ihn auch bei der Untersuchung des Autos gerne dabei gehabt, aber Gustav entschied, dass dies nicht nötig sei und er zu seiner Verabredung gehen könne. Also verabschiedete sich Paul, Gustav und Mads standen auf.

»Wenn Kim im Wagen war, wird Meiko darauf anspringen«, sagte Gustav. »Und die Spurensicherung wird sicherlich ebenfalls Fasern, DNA und Ähnliches finden. Die professionellen Reinigungen kriegen kein Auto so sauber, dass es frei von Spuren ist.« Er schloss die Tür zum Verhörraum. »Ich hole Meiko.«

Mads nickte, obwohl er das blinde Vertrauen Gustavs in Meiko nicht teilte, so sehr er den Hund auch liebte.

Wenig später saßen sie mit Meiko in Gustavs Dienstwagen.

»Hast du die Spurensicherung kontaktiert?«, fragte Mads.

»Erledigt. Hast du das Shirt von Kim?«

»Gerade aus der Asservatenkammer geholt.« Mads hatte das Shirt wohlweislich noch nicht nach Lübeck geschickt oder es Alina zurückgegeben, weil er geahnt hatte, dass es ihnen noch einmal nützlich sein könnte.

»Wenn wir keine Spuren finden, müssen wir davon ausgehen, dass Paul möglicherweise eine falsche Fährte ist«, bemerkte Gustav.

»Das kann ich mir schwer vorstellen. Es passt doch alles zusammen: Er war wütend auf sie, dann war er bei den Dünen und jetzt das Auto. Mehr Indizien kann man sich gar nicht wünschen.«

»Du sagst es: Indizien, keine Beweise. Warum sollte er sich selbst in die Pfanne hauen und uns die Wagenschlüssel geben?«

»Weil er dumm ist und glaubt, dass durch die Autowäsche alle Spuren verwischt wurden. Es gibt doch jede Menge idiotischer

Entscheidungen oder Handlungen, die die meisten Täter am Ende überführen.«

»Na ja, aber Finn hat das Auto waschen lassen, nicht Paul.«

»Stimmt. Finn ist ein sehr gründlicher und spießiger Typ. Vielleicht war ihm das Auto einfach zu schmutzig.«

»Oder Finn hat Dreck am Stecken.«

»Kann ich mir kaum vorstellen. Am Ende egal, wenn wir einen Hinweis auf Kim finden, werde ich mir jeden von den Jungs schnappen und dann kriegen wir unseren Täter.«

»Und wenn nicht?«, beharrte Gustav, er schien deutlich skeptischer als Mads.

»Keine Ahnung, dann fangen wir bei null an«, presste Mads hervor. Dieses Szenario wollte er sich lieber nicht ausmalen. Er wollte den Fall aufklären, mehr Zeit für seine Schwester haben und ein Bier mit Aydin und den Jungs trinken. Sein Onkel hatte recht, der Fall belastete ihn mehr, als er zugeben wollte.

»Meine Erfahrung sagt mir, dass wir in einer Sackgasse sind«, schloss Gustav.

»Ich denke nicht. Sei nicht so pessimistisch.«

»Bin ich nicht.«

Inzwischen hatten sie das *SeeHus Lifestyle Hotel* erreicht und Gustav parkte den Wagen. Alle stiegen aus. Gustav hielt Meiko an der Leine.

»Ich geh rein«, sagte Mads und ging zum Empfang.

»Moin«, grüßte ihn ein Mitarbeiter.

»Moin. Ich bin von der Kriminalpolizei. Wo parken die Autos der Gäste?«

»Meistens in der Tiefgarage. Warum?«

»Weil wir den VW Tiguan Ihres Gastes Paul Giese durchsuchen müssen.«

»Dürfen Sie das denn?«

»Selbstverständlich. Wir haben die Genehmigung von Herrn Giese und seine Autoschlüssel. Später wird noch ein Team der Spurensicherung dazustoßen, die haben auch einen richterlichen Durchsuchungsbeschluss, obwohl Herr Giese der Durchsuchung ja schon zugestimmt hat.«

»Ein Team der Spurensicherung? Muss das sein? Was sollen die Gäste denken?«, sagte der Mitarbeiter skeptisch.

»Das ist mir herzlich egal.«

»Können Sie sich überhaupt ausweisen?«

Mads zeigte seinen Dienstausweis.

»Danke, warten Sie bitte kurz.«

Der Mitarbeiter verschwand in einem Hinterzimmer und sprach mit jemandem, der älter war, vermutlich der Vorgesetzte. Dieser trat nun nach vorne zu Mads.

»Guten Tag. Sie sind von der Polizei?«

»Das bin ich. Ich wüsste nicht, worüber wir jetzt noch sprechen müssten. Ich habe mit Ihrem Mitarbeiter bereits alles geklärt.«

»Uns geht es vor allem um Diskretion …«

»Das ist mir vollkommen egal«, unterbrach Mads den Mann, der ihm sicherlich erklären wollte, dass man so etwas so unbemerkt wie möglich über die Bühne bringen sollte. »Sie finden uns in der Tiefgarage.«

»Uns?«, fragte der Mann missbilligend.

»Meinen Chef mit seinem Spürhund und mich«, antwortete Mads und entfernte sich. Der vernichtende Blick des Vorgesetzten entging ihm nicht.

Zurück bei Gustav fragte der ihn sogleich: »Und wo ist das Auto?«

»In der Tiefgarage.«

»Dann lass uns keine Zeit verlieren«, sagte Gustav und gemeinsam gingen sie nach unten. Den VW Tiguan zu finden, war nicht schwer, so viele Autos parkten hier nicht und mit dem Auslösen des Knopfes zur Entriegelung auf dem Autoschlüssel gab der Tiguan einen Ton von sich.

»Blitzblank«, stellte Mads angesichts des sauberen Wagens fest.

»Zieh deine Handschuhe an«, sagte Gustav und zog ein paar Einmalhandschuhe aus der Tasche.

»Hatte ich vor.« Mads tat es ihm gleich, dann holte er das Shirt aus der Tüte und hielt es vor Meikos Nase. »Du kennst das ja, Großer. Enttäusch mich nicht.«

Meiko bellte und schnüffelte erneut an dem Shirt. »Und jetzt such«, forderte Mads ihn auf. Er öffnete sämtliche Türen des Wagens und Gustav gab Meiko viel Leine, damit er sich frei bewegen konnte. Zuerst schnüffelte er an den Reifen.

»Ole wird sicherlich schimpfen, dass die Spurensicherung das Auto nicht als Erste auf Spuren untersucht.«

»Ole schimpft immer. Wenn Kim im Wagen war, wird Meiko das erschnüffeln.«

»Das heißt im Umkehrschluss aber auch, dass wir die Spurensicherung gar nicht brauchen, wenn Meiko nichts findet«, konterte Mads.

»Werd nicht frech.«

Mads grinste. Meiko war mittlerweile im Inneren des Wagens und schnüffelte weiter. Immer wieder legte Gustav eine Pause ein und ließ den Schäferhund anschließend weiterschnüffeln.

Das ging eine ganze Weile so, aber Meiko fand nichts.

»Das hast du gut gemacht«, sagte Gustav schließlich, streichelte Meiko und reichte ihm ein Leckerli. Dann wandte er sich an Mads. »Sie war nicht im Wagen.«

»Bist du sicher?«

»Ganz sicher. Ich habe dir schon tausendmal gesagt, dass du mehr Vertrauen in Meiko haben musst, aber für Holzköpfe wie dich gibt es ja noch die Spurensicherung.«

»Danke für die Blumen.«

»Der war kostenlos«, erwiderte Gustav schmunzelnd. »Ich muss zurück. Du solltest dir diesen Finn zur Brust nehmen. Mich würde interessieren, warum er den Wagen hat reinigen lassen.«

»Mach ich.«

»Sehen wir uns heute Abend bei Jutta?«

»Klar, Omas leckeren Schweinebraten lasse ich mir sicherlich nicht entgehen.« Mads ging in die Knie und streichelte Meiko zum Abschied, was dieser sichtlich genoss. Dann verließen sie die Tiefgarage und Mads ging zurück zum Empfang. Der junge Mann stand hinter dem Tresen, doch als er Mads sah, eilte er gleich in das Hinterzimmer und sein Vorgesetzter kam nach vorne. »Cordes« stand auf seinem Namensschild.

»Haben Sie Ihre Pflicht getan?«, fragte er.

»Wir schon, aber wie gesagt, es kommt noch ein Team der Spurensicherung. Bis dahin darf das Auto nicht bewegt werden. Hier ist der Autoschlüssel. Diesen dürfen Sie nur Ole Vogt, dem Leiter der Spurensicherung aushändigen.« Mads schob dem verdutzten Cordes den Schlüssel über den Tresen.

»Wäre es nicht klüger, das Auto umzuparken?«

»Ganz sicher nicht. Ich sagte doch, das Auto bleibt, wo es ist«, wurde Mads nun deutlicher. Am liebsten hätte er hinzugefügt: *»Entspannen Sie sich endlich und ziehen Sie den Stock aus dem Arsch.«*

»Wie Sie meinen. Ich hoffe, das geht ebenso geräuschlos über die Bühne.«

»Das wird es. Herr Vogt und sein Team sind Profis«, antwortete Mads und wunderte sich erst jetzt, warum Cordes oder einer seiner Mitarbeiter nicht vorhin in der Tiefgarage gewesen war, um zu schauen, ob dort alles mit rechten Dingen zuging. »Ich hätte noch eine Frage«, fügte er dann hinzu.

»Und die wäre?«

»Wissen Sie, wo ich Finn Löhr jetzt finde?«

Cordes hob kurz die Hand als Signal, dass Mads einen Moment warten solle, dann sagte er: »Ronnie, kannst du bitte übernehmen?«, verabschiedete sich und ging zurück ins Hinterzimmer.

»Sie wollen zu Herrn Löhr?«, fragte ihn der jüngere Mitarbeiter.

»Genau. Wo ist er?«

»Das weiß ich leider nicht. Ich habe ihn und seine Freunde einige Stunden nicht gesehen. Haben Sie nicht die Handynummer?«

»Doch, habe ich. Danke.« Mads verabschiedete sich und suchte zuerst am Strand nach den Jungs, da er Finn zunächst nicht anrufen wollte. Leider konnte er ihn nicht finden.

Mittlerweile war es Zeit fürs Abendessen, daher war es denkbar, dass sie irgendwo im Restaurant saßen. Paul hatte eine Verabredung, somit waren die Jungs zu dritt.

»Wo würden sie essen gehen?«, murmelte Mads.

In der näheren Umgebung des Hotels gab es jede Menge Gaststätten, also wollte er zunächst dort anfangen. Er betrat die Promenade und beschloss, Richtung Timmendorfer Strand zu gehen. Wenn die Gruppe nach dem Essen noch etwas trinken gehen wollte, war diese Richtung naheliegend, denn hier gab es deutlich mehr Bars und Kneipen.

Ruf ihn an, du Depp, mahnte ihn die Vernunft. Die Jungs blind zu suchen, war mehr als naiv. Aber Mads hörte nicht darauf, sondern folgte der Promenade und blickte konzentriert in jedes Restaurant und jede Bar.

Das ist doch Kevin! In kurzer Distanz sah er den jungen Mann und seinen Hund. Er ging auf ihn zu und grüßte ihn.

»Gassi gehen?«, fragte er.

»Klar. Auch im Urlaub muss man sich um seinen Hund kümmern.«

»Er bedeutet Ihnen viel, oder?« Mads kniete sich hin und streichelte den Malteser, der das freudig geschehen ließ.

»Mehr als die Menschen.«

»Wie meinen Sie das?«

»Menschen enttäuschen einen, immer wieder. Hunde nicht. Sie sind loyal, jederzeit. Man kann sich auf sie verlassen.«

Für Mads war diese Feststellung nicht ungewöhnlich. Schon mancher Hundebesitzer hatte ihm das so oder ähnlich gesagt, er hingegen sah das etwas differenzierter, denn Hunde konnte man schwer mit Menschen vergleichen. Aber darüber mit einem Hundeliebhaber zu diskutieren, war ungefähr so sinnvoll wie die Diskussion über die beste Füllung eines Berliners.

»Deswegen haben Sie ihn auch mit in den Urlaub genommen, richtig?«, fragte Mads.

»Genau. Ich würde Bruno niemals allein lassen, geschweige denn in so eine Hundepension bringen.«

»Ist es für Ihren Hund nicht eine große Umstellung, allein im Hotelzimmer zu sein, wenn Sie mit Ihren Freunden unterwegs sind?«

»Nein, Bruno ist das gewohnt. Er kennt Hotels, er liebt das. Ich buche auch jedes Mal ein großes Zimmer. Das ist besser als eine Hundepension, wo er wochenlang fremde Menschen um sich hat.«

»Verstehe.« Die Einstellung kannte Mads von seinem Onkel. Meiko musste ebenfalls immer mit in den Urlaub, und wenn das mal nicht ging, kümmerte sich seine Oma um Meiko. Aber in eine Hundepension oder in fremde Hände hätte Gustav seinen Hund niemals gegeben. Was Mads etwas übertrieben fand, da er wusste, dass es erstklassige Hundepensionen gab.

»Er ist meine Familie«, bestätigte Kevin.

»Und was sagen Ihre Freunde dazu, dass Bruno mit im Urlaub ist? Stört sie das nicht?«

»Warum sollte es? Wir haben doch jeder ein Einzelzimmer.« Bruno bellte und wedelte mit dem Schwanz. Kevin bückte sich und streichelte ihn. »Du musst noch dein Geschäft machen«, sagte er zu Bruno, der wieder bellte.

Da kam Mads eine Idee. »Darf ich Sie was fragen?«

»Klar.«

»Hat Paul Ihnen gegenüber erwähnt, was er allein am Strand gemacht hat?« Es konnte nicht schaden, Kevin danach zu fragen. Er hatte das Gefühl, dass dieser im Vergleich zu Paul sehr beherrscht und aufrichtig war.

»Er kann sich nicht mehr daran erinnern. Mehr hat er uns auch nicht erzählt.«

»Er behauptet, dass sein Autoschlüssel während der Party offen auf dem Tisch gelegen habe.«

»Das stimmt. Das macht er immer so, egal wo wir sind. Er legt seine Geldbörse und seine Autoschlüssel immer auf den Tisch. Es stört ihn in der Hosentasche beim Sitzen.«

Mads hatte das schon befürchtet. Die Aussage entlastete Paul, unter diesen Umständen konnte jeder den Schlüssel unbemerkt genommen haben.

»Wissen Sie, ob Paul an dem Abend sein Auto noch mal benutzt hat?«

»Nein, ich glaube nicht.«

»Sind Sie alle zusammen nach Hause gefahren?«

»Nein.«

»Das heißt?«

»Ich bin vor den Jungs zurück, wollte nach Bruno schauen.«

Das war eine sehr interessante neue Information für Mads. Bisher war er davon ausgegangen, dass die Jungs die Party zusammen verlassen hatten. Weder Melanie noch Patrick oder Angestellte der *Roof Bar* hatten ihm etwas Gegenteiliges erzählt. Vielmehr hatte Melanie gesagt, dass die Jungs bis zum Schluss geblieben seien, doch da hatte sie sich geirrt. Möglicherweise, weil viel Betrieb herrschte und Kevin jemand war, der nicht auffiel. Er war unscheinbar. Kein Muskelprotz wie Paul oder ein in Markenklamotten gekleideter und nach Geld riechender Typ wie Finn. Insofern konnte er es Melanie und Patrick nicht krummnehmen, dass sie das nicht bemerkt hatten. Gerade wenn eine

Party so stark besucht war. Zudem war er im Gespräch mit beiden viel zu sehr auf Paul fokussiert gewesen, als dass sie über seine Begleiter länger nachgedacht hätten.

»Und wie sind Sie nach Hause gekommen?«, hakte Mads nach.

»Mit dem Taxi.«

»Und die anderen sind dann zusammen zurückgefahren? Auch im Taxi?«

»Davon gehe ich aus. Ich habe nicht gefragt.«

»Wer hat denn das Auto am nächsten Tag abgeholt?«

»Das war Finn.«

»Und warum nicht Paul?«, bohrte Mads weiter.

»Der wollte lieber am Strand liegen und Finn wollte mit dem Wagen nach Lübeck. Eine Besorgung für seinen Vater machen.«

»Was für eine Besorgung?«

»Keine Ahnung, müssen Sie ihn fragen.«

Das würde Mads tun.

»Paul behauptet, dass Finn das Auto professionell hat reinigen lassen. Stimmt das?«, wollte er nun noch wissen.

»Ja, das stimmt. Das Auto sah angeblich nicht so lecker aus. Finn ist da sehr eigen.«

»Wissen Sie, wo ich ihn jetzt finde?«

Kevin schaute auf die Uhr. »Wir wollten uns gleich im Restaurant *Feuerstein* treffen. Ich glaube, er und Cenk sind schon da. Soll ich ihn anrufen?«

»Nein, ich weiß, wo das ist.«

Mads verabschiedete sich, streichelte nochmals Bruno und eilte Richtung *Feuerstein*.

Wie er das Gespräch mit Kevin bewerten sollte, konnte er noch nicht einschätzen. Gleichzeitig begleitete ihn die leise Ahnung, dass die Jungs eine Sackgasse waren. Meiko hatte nichts im Wagen gefunden, und dass die professionelle Reinigung alle Spuren vernichtet hatte, wollte Mads irgendwie nicht glauben, wodurch die wichtigste Frage offenblieb: Wie hatten Paul oder Finn Kim weggeschafft? Dass sie sie am Strand zurückgelassen hatten, war undenkbar. Dann hätte man sie gefunden. Dass einer von ihnen Kim stattdessen irgendwo hingeschleppt hatte, um sie an einem ruhigen Ort zu töten, wollte

Mads ebenso wenig glauben. Die Jungs waren hier im Urlaub, sie waren keine Psychopathen, die nach jungen Frauen Ausschau hielten.

Vielleicht war es an der Zeit, sich mit dem Gedanken anzufreunden, dass keiner von ihnen etwas mit Kims Verschwinden zu tun hatte. Das wäre zwar sehr bitter, aber während einer Ermittlung nichts Ungewöhnliches, das hatte er auch früher schon bei der Polizei erlebt.

Inzwischen hatte er das *Feuerstein* erreicht und entdeckte Finn und Cenk, die auf der Terrasse Platz genommen hatten.

»Moin«, grüßte er die beiden.

»Hallo. Wollen Sie zu Paul?«, fragte Finn.

»Nein, zu Ihnen.«

»Zu mir? Was hat Paul denn jetzt wieder fabriziert?«

»Ich sagte doch, es geht um Sie, nicht um Ihren Freund«, erwiderte Mads ungerührt.

»Und was wollen Sie von mir?« Die Lockerheit wich aus Finns Gesicht, auch wenn er krampfhaft versuchte, sich das nicht anmerken zu lassen.

»Mich würde interessieren, warum Sie den Wagen von Herrn Giese haben reinigen lassen.« Kevin hatte zwar eine Erklärung geliefert, aber er wollte sie von Finn hören.

»Weil ich damit nach Lübeck gefahren bin und das Auto dreckig war. Ist das verboten?«

»Was haben Sie in Lübeck gemacht?«

»Ich habe einem Freund meines Vaters, der auch Anwalt ist, etwas übergeben«, antwortete Finn und betonte dabei wieder einmal das Wort »Anwalt« besonders, als würde das bei Mads irgendetwas auslösen. Für solche Spielchen hatte der jedoch nicht mehr als ein müdes Lächeln übrig.

»Sie waren zur möglichen Tatzeit am Strand«, fuhr er daher fort. »Sind Sie dabei Kim nicht über den Weg gelaufen?«

»Nein, das hatte ich doch schon gesagt.«

»Ich weiß, nur wollte ich es noch einmal von Ihnen hören. Ich frage mich, warum man so weit spazieren geht. Nachts, wo man viel Spaß auf einer Party hat.«

»Ich war betrunken, am Strand war es sehr angenehm und ich bin einfach gelaufen, ich finde daran nichts Anrüchiges.« Finn hatte sich wieder gefangen. Er lächelte gestellt, wohl um damit zu zeigen, dass Mads mit ihm nur seine Zeit verschwendete.

»Wissen Sie, was ich irgendwie merkwürdig finde? Sie und Herr Giese verlassen die Party, sind ungefähr zur selben Zeit am Strand und gehen zufälligerweise auch noch in dieselbe Richtung. Jeder sieht den anderen, glaubt aber, der andere sieht ihn nicht. Statt jedoch auf den Freund zuzugehen, sich bemerkbar zu machen, ignoriert man ihn. Der eine geht zurück zur Party und Sie bleiben am Strand.«

»Was soll daran komisch sein?«

»Das sagte ich doch, würde man sich als Freund nicht bemerkbar machen?«

»Sie drehen sich im Kreis, Herr Johannsen. Ich sagte doch, dass ich meine Ruhe wollte, und Paul hatte es ziemlich eilig. Warum hätte ich nach ihm rufen sollen?«

»Ich wiederhole mich gerne: weil er Ihr Freund ist«, beharrte Mads.

»Na und? Freunde brauchen auch mal Abstand voneinander. Und Sie vergessen, dass wir betrunken waren.«

Finns Antworten wirkten souverän, nicht wie von jemandem, der Angst hatte, etwas verraten zu können.

»Wissen Sie, was wir uns die ganze Zeit fragen?«, ergänzte er dann.

»Was?«, fragte Mads.

»Warum Sie Paul überhaupt so auf dem Schirm haben? Klar, er hat Kim blöd von der Seite angemacht, aber er ist im Urlaub und an dem Abend war er betrunken. Wenn er Kim etwas angetan hätte, wie hätte er sie verschwinden lassen sollen? Er kennt sich hier doch gar nicht aus.«

Mit dem Auto!, wäre es Mads fast herausgerutscht, doch diese hoffnungsvolle Theorie hatte sich erledigt. Es blieb bei dem Problem, dass er keine Antwort darauf hatte, wie die Leiche fortgeschafft worden sein könnte. Dieser Baustein fehlte.

Vielleicht, weil es ihn gar nicht gibt und Kim noch lebt, dachte Mads selbstkritisch.

Zu Kevin sagte er: »Sie irren sich. Ich verdächtige weder Herrn Giese noch Sie. Nur ist es eine Tatsache, dass Sie beide am Strand waren, zu der Zeit, wo auch Kim am Strand war, und komischerweise will keiner von Ihnen sie gesehen haben. Sie beide waren betrunken. Herr Giese redet sich damit heraus, dass er einen Filmriss hatte, und Sie?«

»Ich rede mich gar nicht raus. Ich habe sie einfach nicht gesehen. Wer sagt überhaupt, dass sie in die gleiche Richtung gelaufen ist wie ich?«

»Ich, weil ich in die entgegengesetzte Richtung gelaufen bin.« So leicht wollte Mads Finn nicht davonkommen lassen. »Bleiben Sie bei Ihrer Aussage, dass Sie Kim nicht am Strand gesehen haben?«

»Das gefällt mir langsam nicht mehr. Muss ich meinen Vater anrufen?«

»Rennen Sie ruhig zu Papa. Sie haben ja meine Nummer, er kann mich jederzeit anrufen«, entgegnete Mads scharf. Er hatte längst durchschaut, dass Finn nur bluffte. Und wenn nicht, war das auch egal. Er hatte keine Angst vor Anwälten. »Ich frage Sie erneut: Haben Sie Kim am Strand gesehen?«

Finn schien plötzlich deutlich angeschlagen von der Ansage. Er starrte Mads nur an und war zu keiner Reaktion fähig.

»Haben Sie Kim am Strand gesehen?«, wiederholte Mads seine Frage.

31

Timmendorfer Strand, 17. August

Mads hatte sehr unruhig geschlafen. Heute Abend würde das Gespräch mit dem Spezialisten aus der Schweiz stattfinden. Er setzte große Hoffnungen in ihn, und der Gedanke, dass der Spezialist ihn enttäuschen könnte, war so schwer auszuhalten, dass er nachts immer wieder hochgeschreckt war.

Gegen 6 Uhr morgens hatte er aufgegeben, war aufgestanden und hatte sein Surfbrett gepackt, um surfen zu gehen. Nur er und die Wellen. Den Kopf freibekommen. Es hatte kurzfristig geholfen.

Danach war er wieder nach Hause gefahren, hatte sich umgezogen und beschlossen, zur Arbeit zu joggen. Die Strecke von Niendorf bis zum Timmendorfer Strand war nicht die Welt.

In der Dienststelle kam ihm Petra entgegen. »Bist du gejoggt?«, fragte sie.

»Bin ich so außer Atem?«, fragte er scherzhaft.

»Etwas schon. Dein Shirt ist verschwitzt. Ich weiß nicht, ob dein Onkel es gut findet, wenn du so in die Besprechung gehst.«

»Da unterschätzt du mich, liebe Petra. Ich habe in meinem Büro immer T-Shirts vorrätig, genau für so einen Fall.«

Petra lachte. »Du bist eben sein Neffe, man sieht es.«

Mads lächelte. Das Gespräch mit Petra, so kurz es war, tat ihm gut. »Wie ist der alte Herr gelaunt?«, erkundigte er sich.

»Bis jetzt würde ich ihm eine Acht von Zehn geben. Du weißt, das gebe ich sehr selten.«

»Wollen wir hoffen, dass es so bleibt.«

Mads ging in sein Büro, öffnete einen Schrank, holte ein frisches Shirt heraus und zog sich um. Dann nahm er am Computer Platz, startete seinen Rechner und schaute, ob er eine dringende Nachricht bekommen hatte. Da nichts Wichtiges dabei war, beschloss er, schon zum Besprechungsraum zu gehen, obwohl er noch zehn Minuten bis zum Beginn der Sitzung hatte. So war es auch kein Wunder, dass er der Erste in dem Raum war. Er schenkte sich von dem Kaffee ein, den Petra bereits gekocht hatte, und setzte sich.

Nach und nach trudelten die anderen Kollegen ein. Es gab ein kurzes Schwätzchen und jeder bediente sich an den beiden Kaffeekannen, die Petra auf den Tisch gestellt hatte. Als Letzter betrat Gustav den Raum. Er grüßte alle und nahm Platz.

»Wie ich sehe, sind wir vollzählig. Tim und Ole schalten sich per Videostream dazu.« Er wandte sich an Mads. »Kannst du bitte die Leitung aufbauen?«

»Klar.« Mads hatte sich bereits den Laptop herangezogen, von dem aus die Schalte bedient wurde. Es dauerte keine zwei Minuten, bis die Gesichter von Ole und Tim über den Beamer auf der Leinwand erschienen.

»Moin«, grüßte Gustav die beiden. »Schön, dass ihr dabei seid. Seht und hört ihr uns?«

»Klar und deutlich. Wir sind bereit«, antwortete Ole. Er saß im Büro von Tim.

»Sehr gut«, erwiderte Gustav. »Dann wollen wir keine Zeit verlieren. Ole, möchtest du gleich loslegen?«

»Gerne.« Ole räusperte sich kurz. »Ich fange am besten mit der Durchsuchung des VW Tiguan gestern an.«

»Mach das«, stimmte Gustav zu.

»Ihr hattet den Wagen ja schon mit Meiko nach Spuren abgesucht. Nächstes Mal wäre es besser, wenn die Spurensicherung zuerst tätig sein könnte. Meiko könnte einige Spuren verwischt haben. Ich weiß, du bist von deinem Hund und seinen Fähigkeiten überzeugt, aber wir haben inzwischen Möglichkeiten, an die die sensible Nase eines Meiko nicht heranreicht.« Ole machte eine kleine Pause, als erwartete er eine Reaktion von Gustav, doch da dieser keine Anstalten machte, etwas zu sagen, fuhr Ole fort: »Wir haben einige Proben entnommen und Spuren sichern können, vor allem Haare und Hautpartikel – darunter vermutlich Schuppen, also DNA – sowie Faserspuren und Fingerabdrücke. Bezüglich der DNA haben wir mittlerweile ein Ergebnis vorliegen. Negativ.«

Mads überraschte die Antwort nicht und auch Gustav machte nicht den Eindruck, als wäre er erstaunt. Er hatte ohnehin voll auf Meiko gesetzt.

»Woher habt ihr die DNA von Kim Schuster?«, hakte Carsten nach.

»Kim Schuster leidet an Hämophilie. Ein Anruf bei der Mutter hat das Ganze beschleunigt, sodass ihr Hausarzt uns ihre Werte geschickt hat.«

»Mal unter uns, wenn wir keine DNA gefunden haben, sind doch die anderen Untersuchungen und Analysen hinfällig«, bemerkte Carsten.

»Warum?«, fragte Mads.

»Na, wenn der Täter sie im Wagen hatte, war sie vermutlich verletzt oder betäubt. Sie hätte dann auf jeden Fall DNA-Spuren hinterlassen, und sei es nur ein Haar, das sie verloren hat.«

»Das Auto wurde doch professionell gereinigt«, erwiderte Nils Schüler.

»Na und? DNA kann man nicht einfach wegwischen.«

»So ganz stimmt das nicht«, schaltete sich Ole ein. »Wenn das Auto tatsächlich einer gründlichen Reinigung unterzogen wurde, wäre es sehr gut möglich, dass keine Haare oder Hautfetzen zu finden sind.«

»Und die Hautpartikel, die ihr gefunden habt – warum sind die noch da?«

»Das Auto wurde vor ein paar Tagen gereinigt. In der Zeit danach kommen natürlich neue Spuren hinzu, die sich am Auto festsetzen. Es wird ja bewegt.«

Mads fand diese Aussage interessant. »Das heißt, du kannst nicht hundertprozentig ausschließen, dass Kim doch in dem Wagen war?«

»Komplett nicht, nein, die Wahrscheinlichkeit ist allerdings gering. Wir dürfen nur eines nicht vergessen: Zwischen der möglichen Tatzeit und der Durchsuchung liegen nicht nur ein paar Tage, sondern das Auto wurde eben gründlich gereinigt. Es wäre auch denkbar, dass eine Decke darin lag und diese vernichtet wurde, was die Spurensicherung nochmals erschweren würde.«

Gustav warf Mads einen fragenden Blick zu und Mads verstand. »Ich werde nachhaken, ob Paul eine Decke in seinem Auto hatte«, sagte er, obwohl er nicht davon ausging.

Er hatte sich schon so viele Gedanken über den Fall gemacht und seit diesem Morgen wurde er das Gefühl nicht los, dass sie auf dem Holzweg waren und mit den Jungs eine falsche Spur verfolgten. Ansprechen wollte er das jedoch keinesfalls, schließlich war es möglich, dass Tim und Ole noch etwas Interessantes beizusteuern hatten, was die Jungs wieder belastete.

Ermittlungen sind wie ein Überraschungsei, dachte Mads.

»Was hast du noch für uns? Gibt es neue Ergebnisse vom Absuchen des Strandabschnittes?«, fragte Gustav.

»Das meiste habe ich euch schon zugeschickt. Gestern kamen noch ein paar Analysen rein, damit können wir bestätigen, dass wir Hundehaar von einem Malteser am Strand gefunden haben. An der Halskette und dem Handy wurde seitens der Spurensicherung nichts Verwertbares entdeckt, das hatte ich aber schon im letzten Bericht erwähnt. Die gefundenen Hautpartikel und andere DNA vom Strandabschnitt gleichen wir noch mit der DNA von Kim Schuster ab. Sobald hier ein Ergebnis vorliegt, informiere ich euch. Von meiner Seite aus war es das vorerst, alles Weitere dann über die üblichen Kanäle.«

»Danke dir.«

»Ist es okay, wenn ich mich ausklinke?«, fragte Ole. »In zwanzig Minuten habe ich die nächste Besprechung mit Arndt. Wir haben gestern die unkenntliche Leiche einer jungen Frau in einem Baggersee in der Nähe von Lübeck gefunden.«

»Kannst du machen. Grüße mir Arndt bitte.«

»Mach ich.«

Ole verabschiedete sich und loggte sich aus der Besprechung aus. Bei Mads hatte für einen Moment bei dem Stichwort »unkenntliche Frauenleiche« eine Alarmglocke geschrillt. Allerdings konnte er sich kaum vorstellen, dass Kim in der Nähe von Lübeck ermordet worden war, auch wenn Finn dort gewesen war. Aber es gab nun mal keine Spuren von ihr in dem Auto, die Sache drehte sich im Kreis. Sollte es doch Verknüpfungen zu ihrem Fall geben, würde Ole sie informieren.

»Tim, kannst du übernehmen?«, hörte er Gustav sagen.

»Mach ich.« Tim holte kurz Luft. »Ich fange mit dem Foto an, das mir Mads zukommen lassen hat.«

»Gab es ein Resultat?«

»Ich hatte Mads ja bereits gesagt, dass es schwer ist, anhand seines Fotos und des Fotos von Kims Handy zu bestimmen, ob es sich um denselben Hund handelt.«

»Ich erinnere mich daran«, antwortete Mads.

»Vielleicht habe ich aber doch etwas Licht ins Dunkel gebracht.«

»Schieß los!« Mads war gespannt, was Tim gezaubert hatte. Wenn es eine Übereinstimmung gab, würde er sich Hennig vorknöpfen, das hatte er ohnehin vor.

»An der rechten Pfote des Hundes gibt es eine minimale Verletzung. Das Fell verdeckt sie ganz gut, aber wenn man das Foto vergrößert und glättet, kann man die Wunde erkennen. Ihr könnt es gleich auf der Leinwand sehen.«

Kaum hatte er das ausgesprochen, sahen die Anwesenden die Pfote und die kleine Wunde auf der Leinwand.

»Ein Kratzer?«, fragte Nils.

»Genau. Mads sagte ja, dass die Dünen mit hohem Gras und Büschen bewachsen sind. Sehr gut möglich, dass sich der Hund dort einen Kratzer zugezogen hat.«

»Und diesen Kratzer hast du auch auf dem Foto gefunden, das Kims Handy gemacht hat?«, hakte Mads nach.

»So sieht es aus.«

»Wie genau ist diese Übereinstimmung?«, fragte Gustav.

»Ich würde sagen, neunzig Prozent.«

»Das ist vermutlich zu wenig.«

»Für mich nicht«, entgegnete Mads. Er konnte es kaum abwarten, Hennig einen Besuch abzustatten.

»Ich dachte, wir dürfen das Foto nicht benutzen«, kommentierte Nils. Zu Mads' Überraschung schien er von der Anzeige Hennigs gegen ihn zu wissen, dabei war Mads davon ausgegangen, dass nur Gustav, der Bürgermeister, Tim und er darüber im Bilde waren. Vielleicht noch Petra.

»Das stimmt«, kam Gustav seinem Neffen mit einer Antwort zuvor. »Offiziell vorerst nicht, aber wir kümmern uns darum. Das hier ist ja kein offizielles Meeting, sondern ein internes. Da werden vorhandene Informationen natürlich genutzt. Es wäre geradezu fahrlässig, das nicht zu tun«, stellte Gustav klar.

»Wenn der Staatsanwalt das nicht zulässt, weißt du, dass jeder neu dazugewonnene Hinweis nicht verwendet werden darf«, insistierte Nils.

»Das ist mir bewusst, ich mache diesen Job schon ein paar Jährchen«, reagierte Gustav scharf. Nils zuckte nur mit den Achseln, Mads nahm wohlwollend zur Kenntnis, dass sein Onkel ihm den Rücken stärkte. Jetzt wandte sich Gustav an Tim: »Gute Arbeit. Wir gehen davon aus, dass wir das Foto nutzen dürfen, also mach bitte weiter. Ich übernehme die Verantwortung, falls dich einer aus der oberen Etage in Lübeck ansprechen sollte.«

»Ist schon okay. Ich habe kein Problem damit«, antwortete Tim. »Ich denke, es kann nicht schaden, wenn Mads dieser Spur nachgeht.«

»Das werde ich. Gleich nach der Besprechung werde ich Hennig aufsuchen. Hast du noch mehr über ihn herausgefunden?«

»Nicht viel. Er ist polizeilich bisher nicht in Erscheinung getreten und nutzt privat keine sozialen Medien, nur sein Astro- und Sci-Fi-Verein hat einen Auftritt bei Facebook und Instagram.«

»Gibt es zu Kims Handy noch was?«, wollte Mads wissen. Tim hatte zwar in der letzten Besprechung erwähnt, dass er bisher nichts auf dem Handy gefunden habe außer dem Foto, aber möglicherweise hatte sich das ja inzwischen geändert.

»Leider nicht. Das Handy ist bis auf besagtes Foto für die Ermittlungen nutzlos.«

»Damit habe ich gerechnet«, bemerkte Gustav. »Wie schaut es aus, hast du noch andere Informationen, die du mit uns teilen möchtest?«

»Nicht mehr viel. Das meiste habt ihr bereits in den vorherigen Berichten erhalten. Ich habe die Freunde nochmals durchleuchtet und ein paar andere Quellen angezapft, aber keiner von den Jungs hat sich in irgendeiner Weise polizeilich verdächtig gemacht. Der Einzige, der mal ab und an wegen einer Schlägerei Stress mit der Polizei hatte, war Paul, da ist allerdings nichts Aktenkundiges dabei, geschweige denn eine Vorstrafe. Was möglicherweise interessant sein könnte, ist die Tatsache, dass Kevin einen Malteserhund hat. Mads hat mir gestern Abend jedoch erzählt, dass Kevin als Täter ausscheidet.«

»Das stimmt. Daran hat sich bisher nichts geändert, weil es keinen Sinn macht, dass er zurück zur Party fährt, wenn er wegen seines Hundes schon in Niendorf ist. Außerdem konnte er nicht wissen, dass Kim um die Zeit am Strand war. Und um seinen Hund Gassi zu führen, muss er nicht von Niendorf nach Scharbeutz. Das wäre total Banane«, bestätigte Mads. Er hatte am vergangenen Abend nach dem Essen bei seiner Oma nochmals mit Tim telefoniert, um ein paar Punkte zu besprechen.

Wenn es nach ihm gegangen wäre, hätten sie die Sitzung jetzt beenden können. Was die anderen Kollegen zu sagen hatten, wusste er, das war nur für Tim interessant. Er wollte so schnell wie möglich Hennig aufsuchen und ihn in die Mangel nehmen. Einfach aufzustehen und zu gehen, war jedoch ausgeschlossen, sein Onkel hätte ihm vor versammelter Mannschaft einen Einlauf verpasst. Diese Erfahrung hatte er bereits in seiner Ausbildung machen müssen, als er einmal während des Meetings aufgestanden war, weil er ein Gespräch mit seinem Ausbildungsleiter gehabt hatte. Gustav hatte ihn vor allen Kollegen zusammengestaucht und sogar sein Vater, der bei der Besprechung anwesend war, hatte nicht zu ihm gehalten.

»Wenn es das war, würde ich das Wort an Nils und Carsten übergeben, die die Anwohner in der Umgebung des Tatortes befragt haben«, sagte Gustav.

»Eigentlich war es das«, bestätigte Tim. »Nur noch die letzte Info, die gerade auf meinem Laptop erscheint: Kevin Nickel und Finn Löhr sind beide an der Ostsee großgeworden.«

32

Der gestrige Abend war wunderschön gewesen. Paul hatte Sophia von einer Seite kennengelernt, die er ihr niemals zugetraut hätte. Stundenlang hatten sie sich über Gott und die Welt unterhalten und ihm war keine Sekunde langweilig gewesen. Irgendwann waren sie zu ihm aufs Hotelzimmer gegangen und er hatte den besten Sex seit langer Zeit gehabt. Dass auch Sophia auf ihre Kosten gekommen war, hatte ihm ihr lautes Stöhnen verraten und ihre Feststellung, dass sie ebenfalls seit Langem keinen so guten Sex mehr gehabt habe.

Mit Sophia an seiner Seite waren seine Gedanken weder bei seiner Ex noch bei Kim und erst recht nicht bei diesem dämlichen Polizisten. Seine Sorgen waren weit weg.

»Sehen wir uns heute Abend?«, fragte Sophia, die gerade aus dem Bad kam. Sie hatte sich angezogen, um sein Hotelzimmer zu verlassen.

»Von mir aus, sehr gerne. Wann?«

»20 Uhr? Dann kann ich mit meinen Mädels was essen gehen, sonst werden sie nur stinkig, dass ich keine Zeit mit ihnen verbringe. Ist das okay für dich?«

»Klar, dann kann ich mit meinen Jungs auch essen gehen. Passt.« Paul zog sie an sich und gab ihr einen Kuss, dabei wanderten seine Hände zu ihrem straffen Po.

»Vielleicht habe ich eine noch bessere Idee.«

»Und die wäre?«

Sie ging in die Knie, zog Pauls Boxershorts herunter – in diesem Augenblick seine einzige Bekleidung – und nahm sein bestes Stück in den Mund.

»Das ist eine verdammt gute Idee.« Paul schloss die Augen und genoss es. Es dauerte nicht lange und er beendete sein persönliches Verwöhnprogramm in ihrem Mund. Dann kam sie wieder hoch.

»Du schmeckst sogar echt gut«, sagte sie mit diesem frivolen Blick, der ihn um den Verstand brachte. »Ich finde deine Männlichkeit richtig geil. Mein Ex brauchte ewig eine Pause nach dem Sex.«

»Wir wollten doch nicht über deinen Ex reden«, antwortete Paul, der es hasste, wenn Frauen über ihre vergangenen Beziehungen sprachen. »Ich habe nun mal immer Lust, gerade wenn eine Frau so fucking sexy ist wie du.«

»Das gefällt mir.« Sie wollte ihn küssen, doch er drehte sich hastig zur Seite.

»Du hast gerade mein Sperma geschluckt.«

»Ach, wenn ich es schlucke, ist das okay, aber küssen willst du mich nicht? Ist doch dein Sperma.«

»Ich bin ja kein Homo wie Kevin.«

Sophia schmunzelte, in ihren Augen schien es aufzublitzen und er war sicher, dass sie genau das an ihm mochte, dass er ein Macho war und dazu stand. Mit weichgespülten Jungs wie Finn oder Metrosexuellen wie Cenk, die alle Frauen verstanden, konnte sie wenig anfangen. Sie wollte einen richtigen Mann wie Paul.

»Was hältst du davon, wenn wir heute Abend alle zusammen was essen und trinken gehen?«, schlug Sophia vor.

»Alle? Du meinst, meine Jungs und deine Mädels?«

»Ja, warum nicht? Dann würden wir zwei Fliegen mit einer Klappe schlagen. Weder meine Mädels noch deine Jungs hätten einen Grund zum Meckern. Wir können ja hier in der Nähe was machen und abends krieche ich wieder unter deine Bettdecke und wir machen da weiter, wo wir eben aufgehört haben.«

Paul antwortete nicht sofort, da er die Idee nicht sonderlich berauschend fand. Er wollte Zeit mit Sophia allein verbringen und auf seine Jungs, vor allem auf Finn, war er gerade gar nicht gut zu sprechen.

Auf der anderen Seite war das vielleicht eine Möglichkeit, die Wogen wieder zu glätten, denn an sich war er kein nachtragender Mensch. Da hatte er eine Idee: Wenn sie alle gemeinsam Party machten, könnte er die ein oder andere Story posten, wo man ihn und Sophia engumschlungen sehen würde. Seine Jungs würden die Story sicherlich auf ihren Profilen verlinken und er wusste, dass Milena Finn und Cenk folgte. Auf jeden Fall würde sie die Story dann zu Gesicht bekommen. Der Gedanke, dass sie registrierte, wie er mit einer viel hübscheren Frau seinen Spaß hatte, gefiel ihm. Sie sollte sehen, was sie an ihm verloren hatte.

Miststück, dachte er spöttisch.

»Was nun?«, hakte Sophia nach.

»Gute Idee. Ich treffe mich gleich eh mit den Jungs zum Frühstück, dann schlage ich es ihnen vor und melde mich bei dir.«

»Super. Ich würde vorschlagen, wir treffen uns um 19 Uhr bei euch in der Lobby und schauen dann weiter.«

Paul stimmte zu, gab ihr einen Abschiedskuss und verabschiedete sie.

Als die Tür längst ins Schloss gefallen war, war Sophia in seinen Gedanken immer noch bei ihm und plötzlich spürte er dieses Kribbeln im Bauch.

»Du wirst dich doch nicht in sie verlieben?«, sagte er zu sich und musterte skeptisch sein Spiegelbild im Badezimmer.

Und wenn schon? Sie war heiß, cool und sie verstanden sich bombe. Außerdem war der Sex richtig geil. Was wäre falsch daran, sich in Sophia zu verlieben?

»Weil sie nicht dein Kaliber ist«, äffte er Finn nach.

»Fick dich Finn«, sagte er gleich hinterher. »Du kennst Sophia nicht, und was mein Kaliber ist, bestimmst weder du noch irgendjemand anderer. Das tue ich immer noch allein.«

Er zog die Boxershorts aus und duschte.

»Mit dir habe ich ehrlich gesagt nicht gerechnet«, empfing Finn ihn, als er auf der Terrasse des Hotels zu seinen Freunden stieß. Am liebsten hätte er auf der Stelle kehrtgemacht, da er kurz davor war, seine Faust in Finns dämliches Grinsen zu schieben. Doch er beherrschte sich und nahm Platz, ohne auf Finns Kommentar einzugehen.

Der Kellner kam und Paul bestellte das Gleiche wie die letzten Tage.

»Hättest Sophia ruhig zum Frühstück mitbringen können«, bemerkte Cenk.

»Sie musste zu ihren Mädels.«

»Sagen die eigentlich gar nichts, dass sie nur noch bei dir ist?«, fragte Finn.

»Nein, warum sollten sie? Im Gegensatz zu dir gönnen sie ihr die Zeit mit mir.«

»Warum sollte ich dir die Zeit mit Sophia nicht gönnen?«, gab Finn zurück.

»Weil du eifersüchtig bist, dass so eine tolle Frau mit mir angeblichem Hohlbrot abhängt«, antwortete Paul und spürte, wie die Wut wieder hochkam.

»Du spinnst doch. Ich weiß jetzt schon, wie das enden wird. Sie wird dich auseinandernehmen und dich verlassen, wenn du deine wenigen Euros auf dem Konto für sie verbraten hast.«

Statt zu antworten, tat Paul genau das, was er nicht gewollt hatte. Er schlug Finn mit der Faust ins Gesicht.

33

Inwieweit die Information, dass Kevin und Cenk an der Lübecker Bucht aufgewachsen waren, für die Ermittlungen von Nutzen war, konnte Mads nicht einschätzen. Ehrlich gesagt, interessierte ihn das gerade auch nicht. Er wollte sich Hennig vorknöpfen.

Die Besprechung war seit einer knappen halben Stunde zu Ende und Mads war wieder in seinem Büro, als es an der Tür klopfte.

»Dein Onkel möchte dich sprechen«, sagte Petra.

»Wir haben uns doch eben erst in der Besprechung gesehen.«

»Möchtest du wirklich, dass ich deinem Onkel das ausrichte?« Petra sah ihn von der Türschwelle aus zweifelnd an.

»Nein, bestimmt nicht. Ich bin in fünf Minuten da.«

»Manchmal habe ich das Gefühl, dass du ihn absichtlich warten lässt«, konnte sich Petra einen Kommentar nicht verkneifen. »Und irgendwie finde ich das gut.« Sie schmunzelte, drehte sich auf der Schwelle um und entfernte sich.

Petra hatte nicht unrecht. Er hatte keine Lust, jedes Mal wie ein Hund beim Ruf seines Herrchens anzutanzen. Gustav musste begreifen, dass er nicht sofort spurte, nur weil ihm danach war. Außerdem ahnte er, was sie zu besprechen hatten. Das Foto.

Er nahm den Ausdruck der Pfote vom Tisch, hängte ihn auf dem Whiteboard unter dem Namen von Hennig auf und malte eine Linie zum möglichen Tatort.

»Wieso haben Sie gelogen, Herr Hennig?«, überlegte er laut. »Sind Sie der Psycho?«

Sein Blick wanderte zu Paul, dessen Bild er weiter links angebracht hatte. In Gedanken suchte er nach einer Verbindung zwischen Paul und Hennig, aber selbst auf seinem Schaubild waren sie so weit voneinander entfernt, dass er nicht davon ausging, dass es eine Verbindung zwischen den beiden gab.

»Doch, der Hund«, sagte er zu sich. »Anyon hat etwas gesehen. Jede Wette.«

Mads überlegte weiter. »Hast du Paul am Tatort gesehen und Kim?« Er zog sich einen Stuhl vor das Whiteboard und nahm seine Denkerpose ein.

»Wenn das so ist, wieso lügt Hennig? Was hat er davon, wenn er Paul deckt?«

Mads schüttelte den Kopf. »Nein, das ergibt keinen Sinn, du verzettelst dich. Das mit den Jungs, so schwer es dir fällt, das zuzugeben, könnte eine Sackgasse sein. Hennig ist viel spannender.«

Mads löste seinen Blick von dem Whiteboard. Es war Zeit, zu seinem Onkel zu gehen.

»Du bist zehn Minuten überfällig«, stellte Petra fest, als er das Vorzimmer betrat. »Man darf die Geduld seines Onkels auch nicht über Gebühr strapazieren. Warte, ich mache euch einen Espresso. Das wird ihn beruhigen.« Sie stand auf, bereitete zwei Espressos zu und stellte die Tassen zusammen mit je einem Keks auf ein Tablett. Mads dankte ihr und betrat damit nach kurzem Klopfen Gustavs Büro.

»Wieso hat das so lange gedauert? Oder hat Petra dich nicht informiert?«, moserte sein Onkel.

»Petra ist unschuldig. Ich musste noch zwei, drei Dinge durchgehen.«

»Soso«, mehr sagte Gustav nicht.

Mads reichte ihm einen Espresso und nahm ihm gegenüber Platz. »Warum hast du nach mir rufen lassen?«

»Weil ich noch ein paar Punkte mit dir besprechen möchte.«

»Und die wären?«

»Du hast erzählt, dass ein Zeuge einen Mops und sein Herrchen am Strand gesehen hat.«

»Genau.«

»Tim wird diese Angaben überprüfen. Hunde sind ja registriert. Auch die Jungs von der Streife werden prüfen, ob in der Nähe des Tatorts eine Person mit einem Mops wohnt, aber wir müssen mit unseren Ressourcen sorgsamer umgehen.«

»Und das heißt?«

»Dass wir nicht jeden Hund und dessen Besitzer in unsere Ermittlungen einbeziehen können, wir müssen selektiver vorgehen. Unsere eigenen Ressourcen sind begrenzt und Lübeck wird uns keine weiteren zur Verfügung stellen.«

»Die spinnen doch«, reagierte Mads ungehalten. »Was ist, wenn wir die dänischen Kollegen bitten? Immerhin steht deine Einheit in Kooperation mit den skandinavischen Ländern, Dänemark ist unser direkter Nachbar.«

»Du scherzt?« Gustav schüttelte den Kopf. »Das werde ich nicht, weil dieser Fall nichts mit Dänemark zu tun hat. Wir wollen unsere Nachbarn nicht ausnutzen. Wenn wir mal in einer richtig ernsten, internationalen Sache ihre Hilfe benötigen, könnte sich das rächen. Sie nutzen uns auch nicht für ihre lokalen Ermittlungen aus.«

»Ich halte es trotzdem für notwendig, dass wir jedem Hinweis nachgehen. Wie viele Hunde sollten um diese Zeit schon am Strand gewesen sein? Das ist sehr überschaubar. Falls Tim den Hundebesitzer ermittelt, werde ich ihm persönlich einen Besuch abstatten. Ich arbeite länger, ich habe noch Reserven.«

»Genau da wäre ich mir nicht so sicher. Die Sache mit Paul hat mir gezeigt, dass du am Limit …«

»Bin ich nicht«, fiel Mads seinem Onkel ins Wort. War das der Grund, warum Gustav ihn zu sich gerufen hatte? Um ihm zu sagen, dass er nicht belastbar sei?

»Entspann dich. Du kriegst das nur wieder in den falschen Hals. Ich bin auf deiner Seite, aber du musst deine Kräfte richtig einsetzen, vernünftig.«

»Das tue ich. Und wir hatten diese Diskussion bereits in der Küche. Ich dachte, das wäre klar.«

»Ist es.«

»Sind wir fertig? Hennig wartet auf mich«, erklärte Mads ungehalten.

»Nein, sind wir nicht. Es gibt noch drei Punkte.«

»Und die wären?«

»Wir hatten doch gestern bei Oma darüber diskutiert, ob es sinnvoll wäre, dass wir eine großangelegte Suchaktion starten.«

»Ich erinnere mich. Vielleicht müssen wir uns damit arrangieren, dass Kim nicht mehr am Leben ist, dass wir ihre Leiche finden.«

»Genau. Leider wird aus dem Vorhaben vorerst nichts.«

»Warum?«

»Die Direktion sieht derzeit keinen Anlass für so einen Aufwand. Es gibt zu wenige Hinweise, die einen Mord annehmen lassen.«

»Sie wird seit Tagen vermisst. Dazu das Handy, die Halskette? Spinnen die?« Mads konnte nicht glauben, was sein Onkel ihm gerade erzählte. Er hatte eher damit gerechnet, dass das eine Routineanfrage war.

»Schlipsträger. Aber ich habe jemanden im Verdacht, der da seine Finger im Spiel hat.«

»Albert?«

»Möglich. Eine großangelegte Suchaktion würde überregional für Schlagzeilen sorgen und das wäre absolut nicht in seinem Interesse. Seine Sorge, dass Touristen ihre Reisen stornieren könnten, kotzt mich an. Aber ich knöpfe ihn mir noch vor. Habe ihm schon eine Nachricht geschickt, da er in einem Gespräch war.«

»Mach das. Was sind die zwei anderen Punkte?«

»Der zweite Punkt betrifft das Gespräch mit dem Schweizer Spezialisten.«

»Was genau meinst du?«

»Ich glaube, es wäre vernünftiger, wenn ich das Gespräch alleine führe«, erklärte Gustav ruhig.

»Ganz bestimmt nicht.«

»Siehst du, genau deswegen. Du bist zu emotional.« Gustav lehnte sich nach vorn und stützte sich mit den Unterarmen auf dem Schreibtisch ab. »Ich weiß nicht, was er sagen wird. Und das Letzte, was ich möchte, ist, dass du in so einer Situation deine Emotionen nicht im Griff hast. Damit hilfst du niemandem, erst recht nicht Lena.«

»Lena ist meine Schwester und ich werde mich nicht wie ein Feigling ducken. Was immer dieser Spezialist sagen wird, ich höre es mir an«, erwiderte Mads entrüstet. Er konnte nicht glauben, dass sein Onkel ihm diesen Vorschlag tatsächlich unterbreitet hatte. Kannte er ihn so schlecht? Für nichts auf der Welt würde er sich vor der Verantwortung drücken. »Was ist der dritte Punkt?«, fuhr er fort, bevor sein Onkel diese unnötige Diskussion in die Länge zog.

»Es geht um Hennig. Ich werde dich begleiten.«

»Warum? Ich kriege das allein hin.«

»Weil man solche Gespräche immer mit einem weiteren Polizisten führen sollte, und du hast keinen Partner, der dich begleiten kann.«

»Doch, habe ich. Lena ist meine Partnerin, sonst niemand. Nur ihretwegen bin ich wieder hier«, wurde Mads deutlich.

Es klopfte an der Tür und Petra trat ein.

»Der Herr Bürgermeister möchte dich sprechen«, sagte sie.

»Schon jetzt?« Augenscheinlich hatte Gustav nicht so schnell mit ihm gerechnet. »Er soll reinkommen.«

Nur Sekunden später betrat Albert das Büro. Mads stand auf.

»Wohin?«

»Zu Hennig«, antwortete Mads. Er wartete die Reaktion seines Onkels gar nicht erst ab, sondern entfernte sich schnellen Schrittes und vergaß dabei sogar vor Wut, Alberts Gruß zu erwidern.

»Petra, ich bin bei Hennig, falls der alte Herr fragen sollte, wo ich mich rumtreibe, obwohl ich es ihm eben gesagt habe.«

»Ist in Ordnung. Das kann ja ein heiterer Tag werden, wenn beide Johannsens so gut gelaunt sind.«

Mads antwortete auf diesen trockenen Kommentar nicht, sondern eilte in sein Büro. Dort packte er ein paar Sachen zusammen und verließ das Gebäude. Nach knapp zwanzig Minuten mit dem Fahrrad war er bei seinem Ziel.

Mads stellte sein Fahrrad ab und schaute zum Himmel. Nur eine Wolke zeigte sich vor dem strahlenden Blau. Es würde ein weiterer schöner und sonniger Tag werden, selbst für die nächsten Tage war kein Regen angesagt. Dieser Zustand dauerte bereits eine ganze Weile an, und die ersten Landwirte machten sich Sorgen um die Ernte, was Mads nebenbei mitbekommen hatte.

Auf sein zweimaliges Klingeln öffnete Hennig nicht, doch so leicht wollte Mads es ihm nicht machen und beschloss, auf dem Grundstück nach ihm zu suchen. Da vor der Garage ein Auto stand, ging er nicht davon aus, dass Hennig unterwegs war.

Er könnte allerdings auch mit dem Fahrrad gefahren sein oder Gassi gehen mit Anyon, dachte er dann.

Auf dem großen Grundstück war Hennig nicht zu finden. Mads ging Richtung Apfelbaum, blieb kurz am Teich stehen und sah nach den Goldfischen. Friedlich schwammen sie dahin und bekamen nichts von der Grausamkeit der Welt da draußen mit.

Irgendwie passte Hennig nicht zu diesem idyllischen Teich, der so gepflegt war wie der gesamte Garten. Der Rasen war kurz gemäht, die Bäume hatten saftig grüne Blätter und die wenigen Blumen strahlten in schönen Farben. All das machte Hennig in seinen Augen noch unheimlicher.

Er erreichte den Apfelbaum, unter dem Anyon letztes Mal geschlafen hatte. Unwillkürlich musste er an den Physikunterricht in der Schule und Isaac Newton denken, der unter einem Apfelbaum das allgemeine Gravitationsgesetz gefunden hatte.

»Und du Anyon, was hast du gefunden?«, sagte er zu sich.

Die Beziehung zwischen Hund und Besitzer war in Mads' Augen nicht gesund, zu gerne hätte er gewusst, was Anyon davon hielt. Sicherlich nicht viel.

»Leider kannst du nicht sprechen, sonst würdest du mir erzählen, was an dem Abend vorgefallen ist.«

Mads ging weiter und erreichte das Gartenhäuschen, er schaute sich kurz um, sah aber niemanden. Während er das Häuschen musterte, hatte er das plötzliche Verlangen, einen Blick hinein zu wagen. Es war recht groß und sah nach einem kleinen alten Anbau aus, für ein reines Gartenhaus war es zu massiv. Möglicherweise war es einmal ein Gästehaus gewesen. Er sah sich nochmals um und prüfte, ob die Tür abgeschlossen war. Sie war es.

»Mist«, murmelte er. Dann trat er an ein Fenster und lugte hinein.

»Was ist das?«

Das kleine Häuschen war gar kein Gartenhäuschen, jedenfalls lagerten dort keine Gartengerätschaften. Ein Bett stand in dem Raum, daneben ein Schreibtisch. Da er keine Spinnweben oder Staub sah, ging er davon aus, dass es entweder regelmäßig gesäubert oder noch genutzt wurde.

Aber von wem?

Airbnb, dachte Mads schmunzelnd. Zu gern hätte er die Hütte betreten. Er versuchte erneut, die Tür zu öffnen, aber sie blieb verschlossen, also umrundete er das Gartenhaus in der Hoffnung, dass es noch einen anderen Eingang gäbe, fand jedoch keinen.

Nur ein Fenster stand auf Kipp.

Die Versuchung, das Fenster auszuhebeln und einen Blick in

das Haus zu riskieren, war sehr groß, weil er sich nicht erklären konnte, was ein Mann, der allein lebte, mit so einem Haus wollte. Schon das eigentliche Wohnhaus, in dem Hennig lebte, war zu groß für eine Person, doch das hatte er geerbt, daher war das nachvollziehbar.

Aber das hier? Das war schon ungewöhnlich, geradezu gruselig.

War Hennig nicht der, für den er sich ausgab?

Mads beschloss, das Risiko einzugehen. Hennig war nicht da, somit war die Gefahr, entdeckt zu werden, überschaubar.

»Zwei Minuten, dann bin ich weg.«

Unwillkürlich beschlich ihn die beängstigende Vision, dass Hennig Kim hier gefangen hielt, wie damals Josef Fritzl aus Österreich, der seine Tochter jahrzehntelang in einer unterirdischen Wohnung gefangen gehalten hatte. Oder Natascha Kampusch, die in Wien entführt und von einem Psycho gefangen gehalten worden war.

Immer sind es Österreicher, dachte Mads und lächelte schief.

Ein flaues Gefühl machte sich in seiner Magengrube breit und er schüttelte sich, weil er wusste, dass er gerade über das Ziel hinausschoss.

Dass Hennig Kim entführt und in dieser Hütte eingesperrt hatte, war geradezu absurd. Er hatte durch das Fenster hineingeschaut. Es sah alles sehr gepflegt aus und nicht wie ein Gefängnis, wo man junge Frauen gefangen hielt und folterte.

Er zog den Schnürsenkel aus seinem Schuh und widmete sich wieder dem Fenster. Mit etwas Geduld, dem Schnürsenkel und Geschick gelang es ihm, das Fenster zu öffnen. Er streckte seinen Kopf hindurch und schaute in das Zimmer. Wie vom anderen Fenster aus auch, sah er einen sehr gepflegten Raum. Keine Anzeichen, dass hier jemand gefangen gehalten wurde. Eine Treppe führte ins obere Stockwerk.

»Das schaue ich mir an.«

Gerade als er durch das Fenster steigen wollte, glaubte er, ein Geräusch zu hören. Schnell zog er seinen Kopf heraus und schloss das Fenster, dann eilte er um das Haus, als plötzlich Hennig vor ihm stand.

»Was machen Sie da?«, brüllte der.

»Nach Ihnen suchen«, antwortete Mads ruhig. Unauffällig ließ er den Schnürsenkel in seiner Hosentasche verschwinden.

»Hier, in meinem Garten? Habe ich Ihnen nicht ein Hausverbot erteilt?«

»Das ist mir herzlich egal«, wurde Mads ungemütlich. »Ich bin dienstlich hier und nicht aus privatem Vergnügen.«

»Das Fenster da war doch nicht verschlossen?« Hennig war ums Haus gegangen, als wollte er prüfen, ob alles in Ordnung war, und blieb etwas entfernt von dem Fenster stehen.

»Entspannen Sie sich. Woher soll ich wissen, ob Ihr Fenster offen oder zu war? Aber wenn wir hier schon mal sind – was ist das hier?«, fragte Mads und wies auf das Häuschen.

»Das geht Sie nichts an.«

»Doch, tut es, wenn es etwas mit meinen Ermittlungen zu tun hat.«

»Sie wollen mich nur schikanieren. Diesen Eindruck hatte ich schon bei Ihrem ersten Besuch.«

»Der Eindruck ist falsch. Ich ermittle vorurteilsfrei.«

Hennig lachte, es klang böse und abweisend. »Ich habe Sie durchschaut. Sie mit Ihrem Sonntagslächeln, den makellosen Zähnen und dem durchtrainierten Körper. Sie glauben, dass Sie sich alles erlauben können, weil Sie es gewohnt sind, mit allem durchzukommen. Sicherlich wissen Sie gar nicht, was es heißt, für etwas kämpfen zu müssen.«

Das waren ein paar Vorwürfe und Vorurteile zu viel. Mads hätte gerne einiges erwidert, doch er wusste, dass er so bei Hennig nicht weiterkommen und durch Entgegnungen nur auf Granit beißen würde.

»Herr Hennig, ich bin nicht hier, um Sie zu belehren, aber genauso erwarte ich von Ihnen, dass Sie mir nicht Dinge an den Kopf werfen, die nicht stimmen. Mir geht es nur darum, Kim Schuster zu finden.«

»Warum schnüffeln Sie dann auf meinem Grundstück rum?«

»Das tue ich gar nicht. Ich habe nach Ihnen gesucht, weil Sie auf mein Klingeln nicht an die Tür gekommen sind.«

»Ich war mit Anyon Gassi.«

»Wo ist Ihr Hund?« Mads sah sich suchend um.

»Das geht Sie gar nichts an. Verlassen Sie mein Grundstück.«

»Sonst was? Wollen Sie die Polizei rufen?«, gab Mads verärgert zurück. Dass Hennig so tobte, machte ihn nur noch verdächtiger, das hätte ihm klar sein müssen.

Oder hatte er wirklich etwas zu verbergen, etwas, was mit diesem Häuschen zu tun hatte?

»Was ist in der Hütte?«

»Das ist privat.«

»Sie scheinen nicht zu verstehen: Wenn die Ermittlungen es erfordern, besorge ich mir einen Durchsuchungsbeschluss und nehme Ihr gesamtes Anwesen auseinander.«

»Das können Sie gar nicht. Ich kenne meine Rechte. Und Sie wissen, dass ich eine Anzeige gegen Sie erstattet habe. Das macht Ihr Anliegen nicht gerade glaubwürdig.«

Wie es schien, hatte der Bürgermeister noch kein Gespräch wegen der Anzeige mit Hennig geführt oder aber Hennig hatte ihn abgewiesen. Mads wollte nicht näher darauf eingehen.

»Wenn Sie Ihre Rechte kennen, dann verraten Sie mir, warum Sie mich angelogen haben?«

»Ich Sie angelogen? Das ist doch eine üble Unterstellung«, schimpfte Hennig.

»Ist es nicht. Wir haben einen Zeugen, der Sie nach 20 Uhr mit Anyon am Strand bei den Dünen hinter der Minigolfanlage gesehen hat.«

»Na und?«

»Sie bestreiten das nicht?«

»Nein, warum sollte ich?«

»Weil Sie bei unserem ersten Gespräch erklärt haben, dass Sie nicht dort gewesen seien.«

»Das stimmt so nicht. Sie haben mich gefragt, ob ich nach 22 Uhr am Strand gewesen bin. Das war ich nicht. Von 20 Uhr war keine Rede.«

Eine solche Spitzfindigkeit hätte Mads seinem Gegenüber gar nicht zugetraut.

»Wie lange waren Sie denn am Strand?«, bohrte er weiter.

»Wenn ich um 22 Uhr nicht mehr am Strand war, heißt das, dass ich vorher nach Hause bin.«

»Und wann war das?«

»Ich vermute, kurz vor 21 Uhr, so genau habe ich nicht auf

die Uhr geschaut.« Mads sah seinem Gesprächspartner an, dass er glaubte, Oberwasser zu haben. Nun gut, sollte er sich sicher fühlen, aber so leicht würde er sich nicht geschlagen geben, er hatte noch einiges an Munition, was er loswerden wollte.

Verbeiß dich nicht, das hast du bei Paul auch gemacht. Was, wenn Paul und dieser komische Vogel Sackgassen sind?, ermahnte er sich, nicht persönlich zu werden.

»Sind Sie danach noch mal zum Strand?«

»Nein, ich bin zu Hause geblieben. Wollen Sie vielleicht wissen, wann ich zu Bett bin?«

»Schlafen Sie in der Hütte hier?« Das Wort »Bett« hatte Mads auf eine Idee gebracht und er schien einen wunden Punkt damit getroffen zu haben, denn Hennig wirkte plötzlich überrascht, fast unsicher. Seine Augenlider flatterten.

»Wie kommen Sie darauf?«

»Ich habe durch das Fenster geschaut. In dem Raum steht ein bezogenes Bett. Das wird ja nicht ohne Grund so vorbereitet sein.«

»Das ist für Gäste.« Hennig prüfte das Fenster, als wollte er kontrollieren, ob Mads nicht doch eingestiegen war. Aber das Fenster war verschlossen.

Dass jemand wie Hennig Gäste hatte, konnte sich Mads kaum vorstellen, daher fragte er: »Haben Sie öfter Besuch?«

»Wie meinen Sie das?«

»Das Bett sieht aus, als ob es regelmäßig benutzt würde.«

»Das geht Sie nichts an. Ich denke, wir sind fertig. Gehen Sie jetzt bitte.«

Hennig ging voraus, als wollte er damit Tatsachen schaffen.

Immerhin wusste Mads nun, dass Hennig mit Anyon am Strand gewesen war, nur die Uhrzeit passte nicht. Aber er hatte noch einen letzten Trumpf, den er auszuspielen gedachte.

Bevor er seine Frage stellen konnte, hörte er ein Hundebellen. Anyon kam auf sie zugelaufen. Statt sein Herrchen anzusteuern, lief er auf Mads zu, bellte, sprang auf zwei Beine und wedelte mit dem Schwanz.

Mads ließ es sich nicht nehmen und beugte sich herunter, um Anyon ausgiebig zu streicheln. Er stand mit dem Rücken zu Hennig.

»Ich kann mit Hunden«, konnte sich Mads einen Spruch nicht verkneifen.

»Lassen Sie das«, entgegnete Hennig erbost. »Anyon, aus! Das ziemt sich nicht.«

Der Hund reagierte sofort auf die scharfen Worte und stellte sich demütig rechts neben sein Herrchen.

Anyon konnte einem nur leidtun. Als Mads endlich seine Jokerfrage stellen wollte, sah er, dass eine Person das Grundstück betrat und auf sie zusteuerte. Der Mann war jünger als Hennig, der laut den Unterlagen von Tim vierundvierzig Jahre alt war. Doch es war nicht das Alter, das Mads erstaunte, sondern die Tatsache, dass er den Besucher kannte.

Es war der Koch Florian Maahsen. Was hatte der hier zu suchen?

Mads sah ihm deutlich an, dass er sich unwohl fühlte, als er Mads erkannte.

Da schoss ihm eine weitere Frage durch den Kopf: Hatte Maahsen ihn angelogen, was sein Verhältnis zu Hennig anbelangte?

34

Schlimmer hätte es nicht kommen können.

Seine angeblichen Freunde hatten zu Finn gehalten und ihm Vorwürfe gemacht. Finn hatte ihm sogar mit einer Anzeige gedroht.

Paul verstand die Welt nicht mehr.

»Die spinnen doch. Er hat angefangen«, schimpfte er, als er am Strand spazieren ging, um Dampf abzulassen. »Und er hat es absolut verdient. Dieses Von-oben-Herab. Was glaubt er, wer er ist?«

Dass seine Freunde Cenk und Kevin nicht zu ihm hielten, hatte ihn besonders verletzt, weil er sie viel länger kannte als sie Finn. Er hatte ihnen Finn vorgestellt.

»Die wollen sich nur bei ihm einschleimen, obwohl Finn mir in den Rücken gefallen ist. Warum kapieren die das nicht?«

Der erste Faustschlag war gar nicht mal das Ausschlaggebende gewesen. Finn war zwar zu Boden gestürzt, aber ernsthaft getroffen hatte Paul ihn nicht. Erst das folgende Wortgefecht hatte ihn zu einem blinden, wütenden Stier gemacht, denn er hatte Finn mit dem Vorwurf konfrontiert, warum er der Polizei erzählt habe, dass er Kim eine habe klatschen wollen. Finn, dieser Feigling, hatte das ignoriert und stattdessen ihm vorgeworfen, dass er auf die billigen Tricks der Polizei reinfalle, weil er zu dumm sei.

Das hatte Paul den Rest gegeben. Mehrmals hatte er auf Finn eingeprügelt. Er glaubte nicht, dass die Bullen ihn angelogen hatten.

Sein Handy vibrierte, er hatte eine Nachricht bekommen. Sie war von Cenk.

Du hast ihm das Nasenbein gebrochen. Er ist noch in der Notaufnahme.

Hat er nicht anders verdient. Warum fällt er mir so in den Rücken?,

antwortete Paul.

Deswegen muss man aber nicht gewalttätig werden.

Klar, der Metrosexuelle macht sich die Finger ja nicht schmutzig. Kapierst du nicht, dass er den ganzen Urlaub schon gegen mich stichelt? Ich werde das Gefühl nicht los, dass es ihm gelegen kommt, dass ich verdächtigt werde,

ließ Paul seinen Frust heraus.

Warum sollte er das?

Gute Frage! Was, wenn er Kim etwas angetan hat?

Quatsch,

kam sofort die Antwort.

Paul war sich da inzwischen nicht mehr so sicher. Warum sonst unternahm Finn alles, damit die Polizei ihn immer intensiver verdächtigte? Ein guter Freund würde so etwas niemals tun. Dazu noch die Autowäsche. Das waren ein paar Zufälle zu viel. Warum nur sah das die Polizei nicht?

»Weil dieser Mads dich als Mörder überführen möchte. Er hat es auf dich abgesehen. Jemand aus gutem Hause kann doch kein Mörder sein. Erst recht nicht, wenn der Herr Papa Anwalt ist«, gab er sich die Antwort. An Cenk schrieb er:

Glaubst du, dass ich es war?

Diesmal dauerte die Antwort etwas länger.

Nein, ganz sicher nicht. Ehrlich, ich habe mir den Urlaub anders vorgestellt. Völlig bekloppt, was da gerade abgeht. Du solltest dich bei Finn entschuldigen.

Paul konnte nicht glauben, was er da las, und antwortete entsprechend aufgebracht:

Ich? Wenn, dann ja wohl Finn bei mir! ER hat gegen Sophia gehetzt und gönnt es mir nicht, dass so eine tolle Frau etwas für mich empfindet. Außerdem hat er mich bei der Polizei in ein schlechtes Licht gerückt, und da verlangst du von mir, dass ich mich bei diesem eingebildeten Affen entschuldige? Ich bin echt enttäuscht von dir, Cenk.

Paul war bedient, er presste die Kiefer zusammen. Vor Anspannung tat ihm die Schulter weh. Am liebsten hätte er laut losgeschrien, was hier am Strand nicht möglich war.

Lass uns das heute Abend in Ruhe bei einem Kaffee bereden,

schrieb Cenk.

Da gibt es nichts zu bereden. Ich werde mich NIEMALS bei diesem Idioten entschuldigen. Er muss sich bei mir entschuldigen, weil er sich mir gegenüber kein bisschen loyal verhält und jetzt kein Mann ist und dazu steht,

antwortete Paul und steckte das Handy in die Hosentasche zurück. Er hatte keine Lust, weiter mit Cenk zu diskutieren.

»Ich brauch euch alle nicht. Ich habe mich und Sophia«, grollte er.

Wobei er nicht wusste, ob das mit Sophia wirklich so war. So sehr er sich gegen Finns Worte über sie wehrte, ließ ihn dennoch der Gedanke nicht los, dass sie eine Nummer zu groß für ihn war.

Seine Ex war nicht so markengeil gewesen wie Sophia. Sie war absolut bodenständig und hatte sich aus Geld nicht viel gemacht, was Paul sehr zu schätzen gewusst hatte. Bei Sophia sah das schon anders aus. Sie liebte das schnelle und luxuriöse Leben und bisher hatte immer er bezahlt. Sie hatte nicht ein Mal Anstalten gemacht, dass sie zahlen würde.

Ganz anders Milena. Bei ihrem dritten Date hatte sie die Rechnung übernommen, was er so nicht gewollt hatte, aber sie hatte darauf bestanden und das hatte ihm irgendwie imponiert.

Lass dich nicht verrückt machen. Ein Mann lädt sein Date ein. Das gehört sich so. Was wirfst du Sophia vor? Du hast ihr gar nicht die Möglichkeit gegeben, zu zahlen.

Paul konnte kaum einen klaren Gedanken fassen. Selbst das Spazierengehen half ihm nicht, runterzukommen. Seit der unsinnigen Diskussion mit Cenk war er noch verunsicherter, als er es ohnehin schon war.

Es war dies einer der seltenen Momente, in denen er sich eingestand, dass er nicht so selbstbewusst war, wie andere es von ihm dachten oder wie er auf andere wirken wollte. Auch er hatte Zweifel, jede Menge sogar, nur war er kein Mensch, der viel Zeit darauf verschwendete, da ihm das am Ende nichts brachte.

Ohne es richtig zu merken, hatte er mittlerweile den Niendorfer Hafen erreicht, in seinen Augen ein kleines Paradies. Der Hafen wirkte verträumt, romantisch und quirlig zugleich. So etwas Schönes gab es in Mannheim nicht, in der Quadratestadt, in der er großgeworden war und wo er früh hatte lernen müssen, dass es besser war, zuzuschlagen, bevor man selbst geschlagen wurde.

Er war ein Unterschichtkind gewesen und er hatte sich nie dafür geschämt. Als Möbelpacker verdiente er zwar nicht die Welt, aber genug, um damit über die Runden zu kommen. Außerdem konnte er nebenbei noch schwarzarbeiten, um ein wenig Geld zu sparen. Sein Traum war seine eigene Wohnung. Allerdings nicht irgendwo am Meer. Er liebte das Meer und die Sonne, keine Frage, dennoch wollte er in Mannheim bleiben. Er fühlte sich wohl dort und konnte sich nicht vorstellen, woanders zu leben.

Seine Gedanken wanderten zu Sophia. Ob ihr Mannheim auch zusagen würde und ob sie sich vorstellen könnte, in der im Vergleich zu Düsseldorf doch recht langweiligen Stadt zu wohnen?

Wenn sie dich liebt, wird sie nach Mannheim ziehen.

Dann brauchte er aber dringend eine neue Wohnung, seine jetzige war mit sechzig Quadratmetern viel zu klein.

Milena hat das nichts ausgemacht, meldete sich ein kritischer Gedanke. Die Jungs haben nicht unrecht. *Du versuchst, es Sophia recht zu machen, weil du dich für deine kleine Wohnung schämst.*

Er schüttelte den Kopf, dabei wusste er, dass es die Wahrheit war. Dennoch wollte er Sophia nicht abschießen. Wenn sie bei ihm war, fühlte er sich gut, seine Sorgen waren weit weg. So etwas gab man doch nicht leichtsinnig her, nur weil Freunde einem einen Floh ins Ohr setzen wollten.

Was war schon verkehrt daran, dass man als Frau einen bestimmten Lebensstandard wollte? Ansprüche hatte? Sprach das nicht für ihren Ehrgeiz? Milena war nicht ehrgeizig gewesen, sie hatte sich mit dem Wenigen zufriedengegeben, deswegen hatte er auch nicht versucht, mehr aus seinem Leben zu machen. Aber mit Sophia im Rücken – warum sollte er sich nicht selbstständig machen? Er war fleißig und jung und er kannte einige Jungs, die bestimmt für ihn arbeiten würden.

Es heißt doch nicht umsonst, dass hinter jedem erfolgreichen Mann eine starke Frau steht. Milena war eben nicht stark, deswegen hatte ich nie den Mut, mich selbstständig zu machen. Mit Sophia schon. Er nickte, um diesen Schwung mitzunehmen.

»Die Jungs haben keine Ahnung. Ich gründe meine eigene Firma«, sagte er zu sich.

Stolz hob er die Brust, doch sofort war wieder dieser Gedanke da, der wie ein Damoklesschwert über ihm schwebte: Was, wenn dieser Bulle ihn verhaftete, weil er ihn des Mordes überführen wollte?

Pauls Schritt wurde unwillkürlich energischer.

Ich habe Kim nicht getroffen, geschweige denn ihr wehgetan oder sie gar getötet.

Mittlerweile hatte er den Hafen längst hinter sich gelassen und befand sich auf der Strandallee Richtung Timmendorfer Strand.

Da er reichlich Zeit hatte, das Treffen mit Sophia sollte erst heute Abend stattfinden, ging er weiter. Er wollte zur *Buddelbar*, etwas trinken, der Chilloutmusik lauschen und am Strand entspannen, weit weg von seinen dämlichen Freunden.

Das sind keine Freunde, das sind Idioten. Die werden noch staunen, wenn ich mit meiner Firma durch die Decke gehe.

Er überlegte, ob er Sophia anrufen und fragen sollte, ob sie Lust hatte, etwas zu unternehmen, beließ es aber bei dem Gedanken. Er wollte sich nicht aufdrängen. Sie sollte nicht das Gefühl haben, dass er ihr nachlief. Später würde er ihr schreiben, dass seine Jungs andere Pläne hätten, und dann ihre Reaktion abwarten. Wenn sie mit ihm allein etwas machen wollte, wüsste er, dass sie wirklich Interesse an ihm hatte. Und warum sollte sie das nicht wollen? Das hatten sie an diesem Morgen ja bereits besprochen. Das mit den Jungs und ihren Mädels war ja nur, damit sie alle gemeinsam etwas unternahmen.

Paul erreichte die Promenade. Rechts von ihm, ein wenig nach hinten versetzt, sah er das *Café Fitz* und überlegte, ob er nicht hier an der Promenade einen Kaffee trinken sollte, statt eines Cocktails in der *Buddelbar*.

»Nicht immer Alkohol, Zeit für Veränderungen«, sagte er zu sich. Dieser plötzliche neue Gedanke gefiel ihm, sodass er das Café ansteuerte, doch dann blieb er wie erstarrt stehen.

Etwas weiter hinten auf der Terrasse saß Sophia, ihr gegenüber ein junger attraktiver Mann. Beide schienen sich prächtig zu amüsieren.

35

»Was schaust du so genervt? Ist doch Superwetter«, sagte Albert, als er neben Gustav auf der Terrasse des Café Fitz Platz nahm. Sie hatten auf der Dienststelle nur kurz gesprochen und dann entschieden, die Mittagszeit zum Anlass zu nehmen, ihre Unterhaltung im Restaurant fortzuführen.

»Weil ich das Gefühl nicht loswerde, dass wir das Ganze dir zu verdanken haben«, erwiderte Gustav.

»Was?«

»Tu nicht so. Dass die großangelegte Suchaktion von der Direktion abgelehnt wurde.«

»Ich habe dir das schon im Büro gesagt und gerne wiederhole ich mich: Ich habe damit nichts zu tun, aber ich finde es sehr vorausschauend und klug, da es keine wirklichen Hinweise gibt, die auf ein Gewaltverbrechen schließen lassen. Stell dir vor, die Polizei würde bei jeder Vermisstenanzeige ein Großaufgebot einsetzen. Wer soll das alles bezahlen und was ist mit den ganzen anderen Verbrechen?«

»Dir geht es nur ums Geld«, giftete Gustav.

»Das stimmt nicht. Mir geht es um das Wohl meiner Gemeinde. Aber du wirst nicht leugnen können, ohne Geld funktionieren unser gesamtes System und die Art, wie wir leben, nicht.«

»Schau mir in die Augen und sag mir, dass du nichts damit zu tun hast? Dass du dich nicht aus Sorge um Stornierungen zu so einer Dummheit hinreißen lassen hast?«

Albert schaute seinen Freund an, dann lächelte er. »Wieso sollte ich dich anlügen? Ich bin doch immer ehrlich zu dir. Und für dich gerne noch einmal: Ich habe nichts damit zu tun, begrüße aber die Entscheidung der Direktion. Ihr habt zu wenig Hinweise, die auf eine Entführung oder einen Mord schließen lassen.«

Gustav schnaufte, doch er war gewillt, Albert zu glauben, da er mit einer Sache nicht so unrecht hatte: Albert stand zu den Dingen, die er entschied, das musste Gustav ihm lassen.

»Was soll denn noch passieren? Wir haben ihr Handy gefunden und die Halskette. Gerade wenn sie entführt wurde und noch am Leben ist, macht so eine Aktion Sinn.«

»Sicher? Du vertrittst doch sonst die Meinung, dass man in solchen Fällen eher unter dem Radar ermitteln sollte, um den Täter nicht unter Druck zu setzen, damit er nicht eine Dummheit begeht.«

»Ja, das stimmt schon, aber wir kommen seit Tagen nicht voran und die öffentliche Fahndung hat auch nicht den gewünschten Erfolg gebracht. Mads' Ergebnisse sind mehr als mager und wir beide wissen, wie wichtig die Zeit bei einer Entführung ist. Außerdem setzen uns das gefundene Handy und die Halskette enorm unter Druck. Mir ein Rätsel, dass die Direktion diese Beweise ignoriert.«

»Verstehe, du glaubst, dass sie tot ist, willst es aber nicht aussprechen.«

Gustav fühlte sich ertappt. »Es spricht leider vieles dafür.«

»Und mit dem Großeinsatz erhoffst du dir, ihre Leiche zu finden und den Täter unter Druck zu setzen.«

»Das wäre eine Möglichkeit.«

»Und was, wenn Kim Schuster noch lebt? Würdest du damit nicht ihr Todesurteil besiegeln?«

Genau das war das Problem. Gustav steckte in einem Konflikt. Zum einen wollte er die Suche, zum anderen gab es weiterhin diese kleine Hoffnung, dass sie am Leben war, und dann wäre so eine Suche nicht unbedingt von Vorteil, weil sie auf diese Weise sicherlich nicht ihr Versteck finden würden. Schließlich war es möglich, dass der Täter die Lübecker Bucht längst mit ihr verlassen hatte.

Aus diesem Grund hatte er die Entscheidung der Direktion in Lübeck auch zunächst geschluckt und war nicht hart dagegen vorgegangen. Stattdessen ärgerte er sich lieber, aber am Ende über sich, weil er und sein Team in einer Sackgasse steckten. Und als Leiter der Abteilung trug er die Verantwortung dafür.

Der Kellner kam und nahm die Bestellung auf.

»Hat das Ganze etwas mit Mads zu tun?«, fragte Albert, nachdem der Kellner gegangen war.

»Mit Mads?«

»Na, der Großeinsatz. Wenn ihr die Leiche von Kim Schuster findet, dürfte jede Menge Druck von seinen Schultern fallen.«

»Jetzt spinnst du komplett. Mads hat noch mehr Hoffnung, sie lebendig zu finden, als ich. Diese Suche ist keine Unterstützung für Mads, sondern eine Konsequenz aus der Zeit, die seit der Vermisstenanzeige verstrichen ist, und den gefundenen Beweisen.«

Albert schien ihm nicht zu glauben, Gustav sah es ihm an.

Der Kellner kam mit den Getränken und fragte, was die beiden essen wollten, dann entfernte er sich. Gustav nippte an seinem Milchkaffee und schaute über die Promenade. Sie saßen etwas weiter hinten auf der Terrasse.

»Wenn ich euch irgendwie unterstützen kann, lasst es mich wissen«, sagte Albert.

»Kümmere dich nur darum, dass dieser Hennig die Anzeige zurückzieht. So einen Kindergarten kann ich gerade nicht gebrauchen, erst recht nicht, weil Mads ihn als potenziellen Verdächtigen sieht.«

»Genau deswegen wollte ich mit dir sprechen. Die Sache ist komplizierter als gehofft. Hennig sieht keinen Grund, die Anzeige zurückzuziehen.«

»Warum?«

»Woher soll ich das wissen? Ich habe heute Morgen mit ihm telefoniert, und er hat erklärt, dass er die Anzeige nicht zurückziehen will, weil er seine Bürgerrechte kennt und nicht den schwarzen Peter haben möchte, weil die Polizei zu dumm ist, den Täter zu finden.«

»Dann wollen wir hoffen, dass Mads etwas gegen ihn findet, was seine Tat im Nachhinein rechtfertigt.«

»Und wenn nicht? Mir fällt es irgendwie schwer, mir Hennig als Täter vorzustellen.«

»Dann kümmere ich mich um die Anzeige, da sei mal ohne Sorge. Ich bin sein Chef und ich übernehme die Verantwortung. Mads nicht.«

»Der Löwe, der sich schützend vor die Familie stellt.«

»Der Chef, der sich schützend vor sein Team stellt«, korrigierte Gustav.

»Mich musst du nicht anlügen, eben hast du als Onkel gesprochen. Genug von den Ermittlungen. Soll ich dich heute Abend begleiten?«

»Wohin?«

»Na, ins Krankenhaus. Der Spezialist kommt doch.«

»Sehr lieb von dir, aber das mache ich allein.«

»Was ist mit Mads?«

»Er will unbedingt dabei sein.«

»Was ich ihm nicht verübeln kann«, antwortete Albert.

»Mir wäre es lieber, wenn er nicht mitkommt. Ich weiß nicht, was der Spezialist sagen wird, und Mads ist gerade emotional ziemlich angeschlagen, auch wenn er das mir gegenüber leugnet.«

»Du kennst ihn besser als ich, aber er wird sich da nicht reinreden lassen. Mein Rat als guter alter Freund: Er soll dich begleiten. Sonst richtest du nur Schaden an.«

»Vermutlich hast du recht.« Gustav sah auf, da zwei Personen, die gerade die Terrasse betreten hatten, seine Aufmerksamkeit auf sich zogen.

»Kennst du die?«

»Die junge Frau, ja. Das ist Sophia Uhl, eine Freundin der Vermissten.«

»Und der Mann?«

»Keine Ahnung, vermutlich ihr Date.«

Beide nahmen etwas weiter links von ihnen auf der Terrasse Platz, obwohl vorne noch einige Plätze frei waren. Wahrscheinlich wollten sie etwas Privatsphäre, um ungestört zu flirten.

»Hübsches Paar«, sagte Albert und trank einen Schluck aus seinem Kaffeebecher. »Wird sie verdächtigt?«

»Nein, aber Paul Giese. Und Mads hat mir gestern Abend, als wir uns bei meiner Mutter getroffen haben, erzählt, dass Paul intensiv mit Sophia anbändeln würde. Aus der Befragung von Paul weiß ich, dass sie sich daten.«

»Wie es ausschaut, hat sie schon einen neuen. So ist das im Urlaub.«

Gustav nickte nur, er fand das irgendwie seltsam, denn laut Mads schien die Sache für Paul mehr als nur ein Flirt zu sein. Offenbar hatte sich sein Neffe geirrt, oder Pauls Freunde hatten Mads einen Bären aufgebunden.

Der Kellner kam mit dem Essen, servierte und entfernte sich.

»Die Jugend von heute verroht«, kommentierte Albert das Gesehene. »Ihre Freundin wird entführt oder Schlimmeres und sie sitzt da und flirtet, als wäre nichts geschehen.«

»Das aus deinem Mund zu hören, erstaunt mich.«

»Warum?« Albert ließ die Gabel voll Salat verdutzt vor seinem Mund in der Luft schweben.

»Das sollte dir doch nur recht sein. Eine Touristin mehr, die der Gemeinde Einnahmen beschert.«

»Jetzt wirst du sarkastisch.« Albert schüttelte den Kopf und steckte die Gabel samt Salat in den Mund. »Habt ihr wirklich keinen dringend Tatverdächtigen?«, fragte er kauend.

»Streng genommen, Nein. Dieser Paul und sein Kumpel Finn waren am Strand, mehr echte Verdachtsmomente gibt es nicht. Hennig behauptet, nicht am Strand gewesen zu sein, aber wenn sich Fischers Software nicht irrt, war zumindest sein Hund zur möglichen Tatzeit dort. Damit hätte Hennig gelogen und es stellt sich die Frage: warum.«

»Ist Mads nicht bei ihm?«

»Doch, eigentlich wollte ich mit, aber er ist einfach abgedüst.«

»Vermutlich will er dich nicht bei den Ermittlungen dabeihaben.«

»Er ist halt stur wie ein Esel«, murrte Gustav.

»Da kenne ich noch jemanden. Irgendwie fällt es mir schwer, mir vorzustellen, dass Hennig etwas mit Kims Verschwinden zu tun haben könnte. Soviel ich weiß, steht er nicht mal auf Frauen.«

»Ist er homosexuell?«

»Es gibt Gerüchte. Jedenfalls wurde er noch nie mit einer Frau gesehen. Eine Freundin meiner Sekretärin wohnt in seiner Nähe und laut ihr hatte er nie Damenbesuch.«

»Und wie ist es mit Männern?«

»Das wisse sie nicht. Vielleicht steht er nicht zu seiner Homosexualität. Das zumindest würde ihn eher entlasten. Warum sollte er Kim entführen?«

»Glaubst du, der Entführer hatte ein sexuelles Interesse?«

»Welches sonst?« Albert wirkte überrascht über die Frage.

»Er hätte sie einfach nur erschlagen können.«

»Das glaube ich nicht. Wenn er sie bloß im Affekt erschlägt, lässt er sie am Strand liegen. Warum sollte er sich die Mühe machen, sie mitzunehmen? Er hat sie lebendig entführt, weil er seiner perversen Neigung nachgehen wollte.«

Gustav antwortete nicht, obwohl Alberts Worte plausibel klangen. Ob das aber ein Beleg dafür war, dass Hennig nichts mit Kims Verschwinden zu tun hatte, konnte er nicht einschätzen. Er war gespannt, was Mads zu berichten hatte.

Sein Blick wanderte zur Promenade und blieb an einer Person hängen, die wie angewurzelt vor dem Eingang stand und jemanden anstarrte. Nein, nicht jemanden, sondern Sophia. Die Person war Paul und Gustav schwante nichts Gutes.

36

Paul konnte nicht glauben, was er da beobachten musste. Sein Herz raste, aber noch schlimmer waren seine Wut und seine Eifersucht. Hatte Sophia ihn so schnell hintergangen?

Angesichts dessen, was sich hier im *Café Fitz* abspielte: Ja!

Er konnte keinen klaren Gedanken mehr fassen. Sollte er zur *Buddelbar* weitergehen und sich hoffnungslos besaufen?

Deine Jungs haben recht, Sophia ist eine geldgeile Schlange, dachte er, während er noch immer wie angewurzelt dastand, unfähig zu einer Reaktion.

Es wäre ja auch zu schön gewesen, wenn er mal Glück gehabt hätte. Seit der Trennung von Milena ging wirklich alles in die Hose und dieser Urlaub war die reinste Katastrophe. Er hasste diesen Ort, die Lübecker Bucht, sein Leben.

Alles in ihm schrie danach, die Sachen zu packen und zurück nach Mannheim zu fahren.

Nein, nicht alles. Die Eifersucht flüsterte ihm zu, dass er diese verlogene Schlampe zur Rede stellen und dem Typen mit der teuren Uhr die Fresse polieren sollte.

Paul fasste einen Entschluss, er betrat die Terrasse. Doch kaum hatte er einen Fuß daraufgesetzt, wurde er von einer Person gestoppt.

»Herr Giese, ich hoffe, Sie haben keine Dummheiten vor?«, sagte der ältere Mann. Paul kannte ihn vom Verhör auf der Dienststelle. Es war dieser Johannsen.

»Das geht Sie einen Dreck an. Verfolgen Sie mich?«

»Nein, ich bin gerade zu Tisch und habe Sie zufällig gesehen. Sie wirken sehr aufgebracht.«

»Ach nee?« Paul konnte nicht glauben, dass sich die Polizei jetzt auch noch in sein Privatleben einmischte. Er schob den Mann zur Seite und ging schnellen Schrittes auf Sophia zu, die weder ihn noch das Gespräch mit dem Polizisten registriert hatte, weil sie mit dem Rücken zur Promenade saß.

»Wen haben wir denn da?«, machte er sich bemerkbar. Seine

Augen funkelten, in Gedanken hatte er bereits die Hand zur Faust geballt, nur die Anwesenheit des Bullen ließ ihn zögern.

»Du hier?«, antwortete eine sichtlich überraschte Sophia. Paul sah ihr an, dass sein Erscheinen ihr extrem unangenehm war. Kein Wunder, wenn sie zwei Männer datete und die sich plötzlich gegenüberstanden.

Unwillkürlich ballte Paul die rechte Hand in der Hosentasche, um diesem Möchtegernschönling und Polohemdträger die Faust zwischen die Zähne zu schieben.

»War zufällig in der Gegend«, sagte er stattdessen bemüht sachlich, um ihr verlogenes Spiel kurz mitzumachen.

»Das ist wirklich ein schöner Zufall.«

»Ach ja?«, antwortete Paul. Es war nicht zu übersehen, wie unwohl Sophia sich fühlte. Vermutlich suchte sie verzweifelt nach einem Ausweg, um die Situation zu retten. Aber nicht mit Paul. Er würde nicht wie ein begossener Pudel dastehen, damit Sophia ihre Spielchen spielte. Da hatte sie ihn falsch eingeschätzt. Mit einem wie Finn konnte sie so etwas machen, genauso mit diesem Lackaffen, der ihn nur anschaute und dämlich dabei grinste.

Pauls Blick wanderte kurz zu dem Polizisten, der ihn weiter beobachtete, aber so langsam war ihm das völlig egal. Seine Wut wurde immer größer und er wusste, dass nur ein falsches Wort von Sophia reichen würde, damit er explodierte.

»Darf ich dir Max vorstellen?«, sagte sie.

»Hallo, freut mich«, sagte der und reichte Paul die Hand. Noch immer hatte er dieses arrogante Grinsen auf dem Gesicht.

Paul fühlte sich wie in einem schlechten Film. Erst wurde er von Sophia verarscht und jetzt verhöhnten sie und der Typ ihn auch noch? Das war mehr, als seine Nerven ertrugen. Er zog die Faust aus der Hosentasche und schlug zu.

37

Noch bevor Maahsen bei Hennig angekommen war, hatte Mads rasch die Frage gestellt, wegen der er vor allem zu ihm gegangen war: Ob Anyon allein zum Strand gelaufen sein könnte, schließlich hatte er das Foto als Indiz. Doch Hennig war bei seiner Aussage geblieben, dass sein Hund nicht nach 22 Uhr oder gar um 1 Uhr am Strand gewesen war. Anyon habe tief und fest geschlafen, wie es sich für einen braven Hund gehörte.

Mit Maahsen hatte Mads sich nicht unterhalten und Hennig auch nicht gezeigt, dass er ihn kannte. Mads wollte den Koch nicht in eine peinliche Situation bringen. Vermutlich wusste Hennig gar nicht, dass er den Tipp mit dem Malteser von ihm bekommen hatte.

Wenn Hennig allerdings glaubte, dass die Fronten damit geklärt wären und Mads ihn in Ruhe lassen würde, hatte er sich geschnitten, da Mads noch immer überzeugt davon war, dass Anyon am Strand gewesen sein musste. Der Fotovergleich reichte in seinen Augen dafür aus. Der Staatsanwalt und die Gerichte mochten das anders sehen – er nicht. Er musste bloß beweisen, dass Anyon am Strand gewesen war, und dafür hatte er Vorkehrungen getroffen.

Hennig hatte nicht bemerkt, dass es Mads gelungen war, Anyon ein paar Haare abzunehmen, als er ihn gestreichelt hatte, und er hatte sie sofort in der Dienststelle abgegeben, damit sie per Express nach Lübeck zur Spurensicherung gebracht wurden.

Sollte der Befund positiv sein, würde er sich Hennig richtig vorknöpfen.

»Ich frage mich immer noch, was sich im ersten Stock der Hütte befindet«, sagte er zu sich, als er sich aufs Fahrrad schwang, um nach Niendorf zu fahren. Er hatte endlich etwas Zeit für sich, da jetzt keine Befragung anstand und der nächste Termin weitaus schwieriger sein würde als die bisherigen Ermittlungen: das Gespräch mit dem Spezialisten aus der Schweiz.

Am Hafen stellte er sein Fahrrad ab und ging zu dem Imbiss

von Oli und Ali. Es waren gerade keine anderen Besucher da und Ali stand vor dem Fenster. Mads ging zu ihm und begrüßte ihn.

»Wo ist Oli?«, fragte er dann.

»Am Kutter.«

»Um die Zeit?«

»Nicht, was du denkst. So senil, dass er um diese Zeit fischen geht, ist er noch nicht«, lachte Ali. Im selben Moment kam auch schon Oli um die Ecke gebogen.

»Wer sagt, ich wäre senil?«

»Ali«, antwortete Mads trocken.

»… sagte der Senile und verdrehte die Wahrheit«, konterte Oli. »Ich weiß noch, was ich tue. Der alte Kutter macht mir Sorgen. Wenn wir Pech haben, kommt da finanziell was auf uns zu.«

»Wieso kauft ihr euch nicht ein neues Schiff?«, wollte Mads wissen.

»Ein neues Schiff? Jung, erstens: Weißt du, was das kostet? Und zweitens: Aage gehört seit Jahrzehnten zur Familie, glaubst du, man wirft so einen Kutter einfach weg, weil er nicht mehr taufrisch ist? Aage und wir haben schon manches Abenteuer erlebt. Stell dir vor, ich würde Ali wegen all seiner Macken wegwerfen?« Oli lachte.

»Als ob du weniger Macken hättest«, stichelte Ali. »Du bist doch der König der Macken.« Dann wandte er sich an Mads. »Du bist ja sicherlich nicht hier, um Olis Märchenstunde zu lauschen. Wonach verlangt dein Appetit?«

»Ein Krabbenbrötchen und eine Cola Zero«, sagte Mads und gab Ali das Geld.

»Ich und Macken? Dem werde ich gleich«, grummelte Oli währenddessen und betrat den Imbiss, um kurz darauf wieder hinter dem Fenster zu erscheinen. »Habt ihr das Mädchen gefunden?«

»Nein, leider noch nicht. Der Fall ist komplizierter, als ich gedacht habe«, gestand Mads ein.

»Wollen wir hoffen, dass sie lebt. Aber es heißt ja, wenn man eine Person nicht innerhalb von 72 Stunden findet …«

»Du solltest weniger Krimis schauen und Mads seine Arbeit machen lassen«, entgegnete Ali, der Mads sein Krabbenbrötchen und die Cola reichte. »Sie lebt bestimmt noch.«

»Ich weiß nicht, was besser ist: In den Händen eines Psychopathen zu sein, der einen tagelang quält und missbraucht, oder einen schnellen Tod zu erleiden?«, ließ sich Oli wieder vernehmen.

Mads ging auf den Kommentar nicht weiter ein und verabschiedete sich. »Wir sehen uns.«

»Sicher«, nickte Oli. »Lass es dir schmecken.«

»Wir drücken die Daumen, dass du die junge Frau lebend findest«, sagte Ali noch, während Mads ihnen zuwinkte.

»Die ist tot, glaub mir«, hörte er Oli sagen, als er schon Richtung Promenade ging. »Ich möchte nicht mit ihm tauschen.«

Große Hoffnung, Kim lebend zu finden, hatte er auch nicht mehr, aber solange man keine Leiche gefunden hatte, machte man es sich als Ermittler zu einfach, jemanden für tot zu erklären. Was Mads an dem aktuellen Fall allerdings am meisten nervte, war, dass er keinen echten Hinweis auf den Täter hatte, nur eine Handvoll möglicher Verdächtiger, die aber auch nicht so recht als Täter infrage kamen.

»Beschissene Ausgangslage«, murmelte er.

Das Spazierengehen tat ihm gut, er bekam den Kopf einigermaßen frei. An diesem Tag war es auch nicht so heiß wie gestern, sondern angenehm mild, vermutlich um die 25 Grad. Die frische Meeresluft tat ihr Übriges, damit er sich zusehends entspannte. Nach einer Weile erreichte er die *Seaside Lounge* und sah, dass Jule Dienst hatte.

Seine Exfreundin hatte ihn auch bemerkt. Sie kam auf ihn zugesteuert und grüßte ihn.

»Lass es dir schmecken«, sagte sie.

»Möchtest du?«, fragte Mads und hielt das Brötchen ein Stück in ihre Richtung.

»Nein, danke. Wohin des Wegs?«

»Habe Mittagspause und etwas Luft. Will mir ein bisschen die Füße vertreten.«

»Komm doch auf die Terrasse, der Espresso geht auf mich.«

»Sehr lieb, aber ich möchte ein wenig spazieren gehen. Du wolltest dich doch mal umhören, wegen der Jungs.« Er sah ihr an, dass sie mit seiner Antwort nicht zufrieden war.

»Bin ich dir nur gut genug, wenn du was von mir willst?«

»Übertreib nicht, es war dein Vorschlag«, ermahnte er sie. Er hatte keine Lust auf diese Spielchen.

»Gut, ich habe mich umgehört. Wirklich viel haben die Jungs nicht verraten. Wenn du mich fragst, ist dieser Paul unschuldig.«

»Und wie kommst du darauf?«

»Weibliche Intuition.«

»Zum Glück bist du keine Polizistin«, sagte Mads und grinste.

»Danke für die Blumen.«

»Dafür nicht. Wir sehen uns.«

»Hast du am Samstag auch gesagt und mich vergessen.«

»Ich hatte Dienst.« Mads drückte ihr einen Kuss auf die Wange und entfernte sich – zum Missfallen von Jule, aber auf eine sinnlose Diskussion hatte er gerade keine Lust. Vielleicht sollte er ein klärendes Gespräch mit ihr führen, denn er hatte das Gefühl, dass sie sich in etwas verrannte. Dabei hatte er gehofft, dass sie verstehen würde, dass zwischen ihnen beiden nie wieder mehr als nur eine Freundschaft sein könnte.

Er biss in sein Krabbenbrötchen und dachte an den Fall. Ob sie über den Hinweis mit dem Mops etwas herausfinden würden? Er musste unbedingt den Halter ausfindig machen. Hoffentlich fand Tim etwas.

Mads näherte sich der Niendorfer Brücke und ging ein Stück darauf zum Meer hinaus. Seine Gedanken wanderten zu Emma. Hier auf der Brücke hatte er ihren Sturz abgefangen, und als er in ihre Augen geschaut, ihre Verletzlichkeit gesehen und sie ihn angelächelt hatte, mit diesem vorsichtigen Blick, hatte es spürbar bei ihm gekribbelt. Sie hatte etwas in ihm ausgelöst, was keiner Frau zuvor gelungen war.

Das alles lag mittlerweile einige Monate zurück.

Er ließ seinen Blick übers Meer schweifen. Die See lag ruhig, eine Möwe stand zwei Meter von ihm auf der Brücke und schaute ihn an, dann breitete sie ihre Flügel aus, sah Mads erneut an und flog davon.

»Ich wünschte, ich könnte dich begleiten«, sagte er.

Dann gab er sich einen Ruck und ging zurück. Auf dem großzügigen Platz vor der Brücke sah er eine ältere Frau, die ihm zuwinkte. Seine Stimmung besserte sich deutlich, denn er erkannte seine Oma. Sicherlich hatte sie sich mit ihren »Mädels«

im Café auf der anderen Straßenseite getroffen und wollte jetzt nach Hause. Er winkte zurück und legte einen Schritt zu.

Dann geschah alles sehr schnell. Er sah, wie ein Mann sich seiner Oma näherte. Plötzlich riss er ihr blitzschnell die Handtasche aus der Hand und rannte weg. Seine Oma stürzte. Mads eilte sofort zu ihr.

»Alles gut?«, fragte er besorgt.

»Ja, Kind, mir gehts gut.«

Mehr wollte Mads nicht hören. »Ich schnappe mir diesen Idioten«, sagte er zu ihr und rannte in die Richtung, in die auch der Taschendieb gerannt war.

Wenig später sah er den Dieb und lief schneller. Dass dieser Mistkerl seine Oma vor seinen Augen angegriffen hatte, weckte eine blinde Wut in ihm und er erhöhte erneut das Tempo. Er kam dem Dieb immer näher.

Dieser schien das zu ahnen, er schaute nach hinten, sah Mads und legte ebenfalls an Tempo zu.

Aber Mads war schneller. Der Taschendieb hatte nicht die Ausdauer eines Paul, was ihm sehr gelegen kam.

Unerwartet machte der Dieb eine scharfe Rechtsdrehung und sprang auf den Strandabschnitt, dabei schubste er einen Mann beiseite, der taumelte, aber nicht stürzte.

»Du Idiot«, rief der Mann dem Dieb hinterher.

Das war ein Fehler, dachte Mads. Der Sand würde den Lauf seines Gegners bremsen und Mads war voller Adrenalin. Er würde ihn nicht entwischen lassen. Er kam ihm immer näher.

Der Dieb versuchte, im Zickzack zu laufen, was geradezu albern war, es brachte ihm gar nichts. Mittlerweile trennten sie nur noch wenige Meter.

Gleich, dachte Mads, legte einen letzten Sprint ein, dann setzte er zu einem Sprung an, erwischte den Dieb an der Schulter und riss ihn zu Boden.

»Hast du komplett den Verstand verloren, meine Oma anzugreifen, du Wichser?«, brüllte Mads und schlug auf den am Boden liegenden Mann ein, der sich schützend die Hände vors Gesicht hielt. »Nie wieder legst du Hand an meine Oma!«

Der Mann versuchte sich zu wehren, war Mads jedoch hoffnungslos unterlegen.

»Mads, lass das. Der Mann liegt doch schon am Boden«, hörte er plötzlich jemanden hinter sich sagen. Er spürte zwei Hände auf seinen Schultern, die ihn packten und von dem Mann wegzogen. »Er hat genug, glaub mir.« Mads erkannte die Stimme von Lasse Brandt.

Er stand auf, noch immer voller Adrenalin.

Der Dieb hatte sich auf alle viere begeben und versuchte, davonzukrabbeln.

»Nicht so schnell, mein Freund.« Walter war zu ihnen gestoßen und stellte sich vor den Dieb. »Du gehst nirgendwohin.«

»Komm hoch«, sagte Mads.

»Hey … Mann … Echt, das tut mir leid. Ich wusste nicht, dass es deine Oma ist.«

»Ach, und bei einer anderen Dame wäre das in Ordnung gewesen?«, fragte Walter drohend.

Der Dieb schwieg.

»Hau ab, bevor ich mich vergesse«, sagte Mads. Der Mann ließ sich nicht zweimal bitten und eilte davon.

»Wieso hast du ihn gehen lassen?«, fragte ein sichtlich überraschter Brandt.

»Ich kenne diesen Idioten. Der ist ein Junkie. Was glaubst du, wie oft wir den schon festgenommen haben? Morgen wäre er wieder auf freiem Fuß.«

»Verstehe.«

»Wie gehts deiner Oma?«, fragte Walter.

»Ich glaube, ganz gut. Ich schau gleich nach ihr. Danke, dass ihr mich vor einer großen Dummheit bewahrt habt.«

»Dafür nicht. Wir sind da vorne. Wenn du noch Zeit und Lust hast, leiste uns Gesellschaft«, sagte Brandt und zeigte auf die Stelle. Mads sah dort Aydin und eine weitere Person, die jünger war als er. Vermutlich war es sein Bruder, den er noch nie persönlich getroffen hatte, aber aus Erzählungen kannte.

»Mach ich. Ich schaue erst mal nach meiner Oma.«

Er lief zurück und sah, dass Jutta auf dem Platz vor der Brücke auf der Bank saß, neben ihr eine Freundin.

»Da bist du ja wieder.«

»Gehts dir gut?«, fragte Mads, dann begrüßte er auch die Freundin.

»Ja, Kind, mach dir keine Sorgen. So schnell haut mich nichts um. Du hast ja meine Tasche.«

»Sicher? Soll ich dich ins Krankenhaus fahren?« Er gab seiner Oma die Handtasche.

»Jetzt übertreib mal nicht.«

»Ich übertreibe nicht, aber …«

»Nichts aber. Ich hoffe, du warst nicht zu grob zu Moritz.«

»Und wenn?« Mads wollte seine Oma nicht anlügen.

»Der macht das doch nicht aus Boshaftigkeit, sondern um seine Drogensucht zu finanzieren. Armer Kerl, hätte er mich gefragt, hätte ich ihm etwas Geld gegeben«, antwortete Jutta.

»Kein Grund, jemandem die Handtasche zu klauen. Und erst recht nicht meiner Oma, vor meinen Augen.«

»Mir schwant nichts Gutes, liebster Enkel.« Sie sah ihn prüfend an.

»So schlimm war es nicht. Ich habe ihm nichts getan«, beschwichtigte Mads. Er wollte nicht, dass Jutta sich Sorgen machte. Sie war einfach zu empathisch, ganz wie seine Schwester. Sein Mitgefühl mit Moritz hielt sich in Grenzen.

»Gewalt ist keine Lösung, Mads«, sagte sie mahnend.

»Diebstahl sicher auch nicht. Es gibt genug Therapieprogramme, dazu Methadon und was weiß ich nicht alles. Jemand, der von den Drogen wegkommen will, hat auch die Möglichkeit dazu, der Staat lässt ihn nicht hängen.«

Juttas Freundin schwieg, was Mads erstaunte. Er kannte sie, sie war an sich sehr geschwätzig.

»Soll ich dich wirklich nicht zum Arzt bringen?«

»Nein, mir gehts gut. Fährst du mit deinem Onkel heute Abend ins Krankenhaus?«

»Das war geplant.«

»Gut, ruf mich bitte sofort nach eurem Gespräch mit dem Spezialisten an. Ich würde ja gerne mitkommen, aber mein Sohn hat es mir nicht erlaubt.«

»Er möchte den Spezialisten nicht überfordern, wenn wir plötzlich alle auf der Matte stehen«, nahm Mads seinen Onkel in Schutz. Der wahre Grund, warum seine Oma nicht dabei sein sollte, war jedoch ein anderer. Man konnte nicht wissen, was der Spezialist sagen würde, und weder Gustav noch Mads wollten, dass Jutta eine noch schlimmere Diagnose als von den Ärzten aus Lübeck zu hören bekam. Sie war alt und gesundheitlich nicht mehr ganz auf der Höhe. Auch wenn sie gerade so tat, als wäre sie bei bester Gesundheit, Mads wusste es besser.

»Wenn du das ebenfalls so siehst, wird das wohl stimmen. Aber ruf mich an«, antwortete Jutta, die ihrem Enkel bedingungslos vertraute.

»Oma, mir wäre es lieber, wenn …«

»Kind, ich sagte doch, mir geht es gut. Eine alte Schachtel wie mich haut so schnell nichts um.«

»Na gut. Wenn was ist, ruf mich an.« Dann wandte er sich an die Freundin. »Du kennst sie ja. Wenn du das Gefühl hast, dass es ihr nicht gutgeht, geh bitte mit ihr zum Arzt.«

»Darauf kannst du dich verlassen«, antwortete die Freundin lächelnd.

Mads umarmte seine Oma, drückte ihr einen Kuss auf die Wange und ging zurück zu Brandt und den anderen, die noch immer am Strand waren.

»Das ist mein Bruder, Tolga«, sagte Aydin. Mads reichte Tolga die Hand.

»Von dir habe ich schon vieles gehört. Schön, dass wir uns endlich persönlich treffen.«

»Echt, was denn?«, fragte Tolga.

»Nur Gutes. Und dass du ziemlich cool bist.«

»Oh, das freut mich. Emre sagt immer nur gute Sachen über mich, aber er ist auch ein cooler Bruder.« Tolga grinste schief. Er wirkte etwas verlegen, was Mads sympathisch fand an dem jungen Mann, der Trisomie 21 hatte und deutlich kleiner war als die anderen. Aydin hatte ihm vor Jahren, als sie noch auf der Polizeiakademie gewesen waren, erzählt, dass Tolga aufgrund seiner Behinderung keine Freunde fand. Jetzt, wo er vor ihm stand und sah, was für ein herzlicher junger Mann er war, machte ihn das sehr traurig. Er hoffte, dass Tolga inzwischen Freunde hatte.

Tolga hob die Hand zum High-five und Mads schlug ein. Tolga kicherte, schaute auf den Sand, dann wieder zu Mads. Seine Augen strahlten und er spitzte die Lippen, als wollte er »Wow« sagen.

»Was beschäftigt dich?«, fragte Walter, dem das wohl nicht entgangen war. »Du musst vor Mads nicht schüchtern sein, Großer. Er ist unser Freund.«

»Meiner auch?«, fragte Tolga etwas beschämt.

»Klar, wenn ich auch deiner bin«, antwortete Mads.

»Auf jeden Fall. Einen Avenger wollte ich schon immer zum Freund haben. Voll cool.« Tolga strahlte übers ganze Gesicht.

»Einen Avenger?«, fragte Aydin.

»Klar doch. Er sieht aus wie Thor. Aber ich weiß, dass du nicht Thor bist. Trotzdem bist du bestimmt genauso cool.«

»Das ist sehr lieb von dir. Ist Thor deine Lieblingsfigur?« So wie es Tolga formulierte, fühlte sich Mads geschmeichelt, es klang bei ihm ganz anders, als wenn Jörn das sagte.

»Ehrlich gesagt nicht. Iron Man ist meine Lieblingsfigur. Onkel Walter hat mir voll die coole Iron-Man-Figur geschenkt.« Tolga sah unsicher zu Walter. »Aber ich finde Thor auch cool.«

Mads lachte und strich Tolga übers Haar. Die Ehrlichkeit des jungen Mannes imponierte ihm.

Als hätte Mads mit seinem Gedanken an Jörn eine unsichtbare Einladung ausgesprochen, stand dieser plötzlich vor ihnen.

»Moin«, machte er sich bemerkbar.

»Was machst du hier?«, grüßte Mads ihn.

»Ich langweile mich ein wenig. Hast du Lust, mit mir Fußball zu spielen?«, fragte Jörn. Er hatte einen Ball bei sich.

»Tolga hat bestimmt Lust«, sagte Brandt.

»Möchtest du?«, fragte Jörn.

»Klar. Ich bin Tolga und du?«

»Jörn. Freut mich.«

Tolga folgte Jörn und Mads hörte, wie Jörn sagte: »Das ist mein bester Kumpel, ab und zu spielt er Thor.«

»Er ist auch mein Freund«, erwiderte Tolga. »Aber er ist nicht Thor.«

»Doch, ist er, ist aber ein Geheimnis«, beharrte Jörn.

Mads und die anderen lachten. Walter schaute den beiden nach. »Ist dieser Jörn okay?«

»Keine Sorge, der ist harmlos. Er übertreibt gerne, aber ansonsten ist er ganz in Ordnung.«

»Schön, da hat Tolga mal einen Kumpel in seiner Altersklasse«, sagte Aydin lächelnd.

»Hat er noch immer keine Freunde?«, fragte Mads.

»Leider nicht«, antwortete Aydin. »Seine Behinderung macht den Leuten Angst. Dabei ist er so ein lieber Junge.«

»Das stimmt gar nicht. Er hat Lasse und mich«, entgegnete Walter. Mads verstand, sagte aber nichts. Vielleicht könnte Jörn Tolgas Freund werden, zumindest solange er an der Ostsee war.

Mads wandte sich an Brandt. »Nochmals danke, dass ihr mich vorhin vor einer großen Dummheit bewahrt habt. Wer weiß, was ich mit dem Junkie angestellt hätte.«

»Du warst recht emotional.«

»Ich weiß, ich habe rotgesehen, als dieser Idiot meine Oma vor meinen Augen beklaut hat. Dabei kennt er uns beide. Ich will nicht wissen, wie oft meine Oma ihm schon Geld zugesteckt hat, weil sie Mitleid mit ihm hatte. So dreist kann man doch nicht sein?«

»Drogen. Man darf den Einfluss von Rauschmitteln nicht unterschätzen. Ist er stark abhängig?«, fragte Aydin.

»Soweit ich weiß, Ja. Er ist stadtbekannt, seit Jahren. Ich weiß nicht, wie oft die Kollegen von der Streife ihn schon festgenommen haben, und nach einem Tag kommt er wieder frei.«

»Das kennen wir aus Köln. In einer Großstadt ist das Alltag, aber hier an der Ostsee, wo es so idyllisch ist, vermutet man das nicht«, bestätigte Aydin.

»Drogen sind kein reines Stadtproblem«, entgegnete Brandt. »Glücklicherweise ist ja alles gut gegangen. Möchtest du ein Bier?«

Mads schaute auf seine Armbanduhr. Da er noch Zeit hatte, beschloss er, sich die Zeit für seine neuen Freunde zu nehmen.

»Warum nicht.«

Walter holte eine Bierflasche aus der Kühlbox, öffnete sie und reichte sie Mads, der nun mit den anderen anstieß. Dann setzte er die Flasche an und nahm einen kräftigen Schluck. Er schaute aufs Meer hinaus und für einen Augenblick vergaß er all seine Sorgen und die Ermittlungen, weil er Menschen um sich hatte, die füreinander da waren, bei denen es leichtfiel, sich fallenzulassen.

»Die Ostsee hat schon ihre ganz eigene Magie«, bemerkte Walter und holte Mads aus seinen Gedanken.

»Ich kann mir keinen schöneren Ort auf Welt vorstellen.« Mads atmete die saubere Seeluft tief ein.

»Kann ich gut verstehen. Es ist schön, wenn man an einem Ort verwurzelt ist. Irgendwann erzähle ich euch mal meine Geschichte, als ich auf einem alten Schiff angeheuert habe.«

»Du warst auf einem Schiff?«, fragte Brandt.

»Ja, da war ich noch jung, unbekümmert und voller Abenteuerlust.«

»Lang ists her«, sagte Aydin schmunzelnd.

»Sehr lange, eine schöne, aber auch gefährliche Reise.«

»Ich würde diese Geschichte gerne hören, wenn ich mehr Zeit habe«, sagte Mads.

»Dann werde ich sie euch erzählen, und noch einiges mehr. Es tut gut, wenn man sein Seelenleben teilt. Es erleichtert das Herz.« Walter sah Mads aufmerksam an und mit einem Mal fühlte sich Mads seltsam nackt. Dieser Bär von einem Mann war voller Feingefühl, und wie bei ihrer ersten Begegnung hatte er auch jetzt das Gefühl, dass seine Worte nicht zu seinem äußeren Erscheinungsbild passten. Dennoch glaubte er Walter jedes davon.

»Du scheinst ein sehr weiser und empathischer Mann zu sein«, bemerkte Mads daher.

»Weise nicht, aber ich habe viel erlebt und kann Menschen deshalb ganz gut deuten.«

»Mach dich nicht kleiner, als du bist. Ich kenne keinen einfühlsameren Menschen als dich«, entgegnete Brandt. »Wer sonst würde einem fremden Straßenmusiker, der unter Mordverdacht steht, Unterschlupf bieten und sein eigenes Leben riskieren, um seine Unschuld zu beweisen.«

»Weil Rémy nie schuldig gewesen ist. Seine einzige Schuld besteht darin, dass er ein guter Mensch ist, dass er mit dem Herzen sieht und dass unsere Welt mit so viel Liebe nicht umgehen kann.« Walter seufzte. »Ich hoffe, es geht diesem wunderbaren jungen Menschen gut.«

»Du scheinst den Musiker gut zu kennen«, sagte Mads. Es war nicht zu übersehen, dass Walter eine besondere Bindung zu diesem Rémy hatte.

»Ich darf ihn meinen Freund nennen. Mehr Glück kann ich mir nicht wünschen.«

»Dann muss er wirklich etwas Besonderes sein. Vor allem, wenn du bereit bist, dein Leben für ihn zu opfern. Auch ich kenne einen Menschen, für den ich mein Leben opfern würde.«

»Wer ist dieser Mensch?«, fragte Brandt.

»Meine Schwester.«

»Ihr geht es nicht gut, richtig?«, fragte Walter, dabei sah er Mads wieder so unglaublich tief in die Augen.

»Ja, sie liegt im Koma.« Es fiel ihm verdammt schwer, diese Worte über die Lippen zu bringen, und er kämpfte einen Moment mit den Tränen, bis er den Kampf verlor. Er weinte und drehte sich weg, weil er nicht wollte, dass seine neuen Freunde das sahen.

Walter, der neben ihm saß, drückte ihn an sich. Normalerweise hätte Mads das nicht zugelassen, weil er niemals Schwäche zeigen wollte, aber in diesem Augenblick war ihm das egal. Walter löste sich von ihm und Mads beruhigte sich langsam. Er wischte sich die Tränen vom Gesicht.

»Du liebst sie sehr.«

»Es gibt niemanden, den ich mehr liebe. Sie war immer für mich da. Und jetzt habe ich Angst, dass ich sie verliere, große Angst. Es ist meine Schuld, dass sie im Koma liegt.«

»So darfst du nicht denken«, schaltete sich Aydin ein.

»Doch, es ist die Wahrheit. Meine Schwester ist Polizistin, und wäre ich eine Minute eher bei ihr gewesen, hätte man sie nicht entführt und sie läge jetzt nicht mit einem Schädel-Hirn-Trauma im Koma.«

»Ich verstehe dich«, sagte Brandt. »Vor Jahren habe ich bei einem Einsatz meinen Partner verloren und mir lange Zeit Vorwürfe gemacht, bis Walter und Emre in mein Leben getreten sind. Ich weiß, wie schwer einem das fällt, aber du hilfst niemandem, wenn du dich selbst belastest. Du musst für deine Schwester da sein. Was sagen denn die Ärzte?«

»Sie sind machtlos. Wir müssen abwarten, bis sie aufwacht. Und genau das fällt mir so unsagbar schwer«, antwortete Mads. »Diese Hilflosigkeit ist nicht zu ertragen. Ich habe in meiner Zeit bei der Bundeswehr viel Leid und Tod gesehen, aber niemals habe ich mich so ohnmächtig gefühlt wie jetzt.«

»Vielleicht können wir helfen«, sagte Aydin.

»Genau«, Walter nickte.

»Wie?« Mads verstand nicht.

»Wir kennen einen Arzt, der Wunder vollbringt«, antwortete Walter.

»Wunder? Bitte, Walter, übertreib nicht«, ermahnte ihn Brandt, der deutlich vorsichtiger zu sein schien als Aydin und Walter.

»Was soll es denn sonst gewesen sein, wenn nicht ein Wunder? Lasse wurde bei einem Einsatz schwer verletzt und er war fast tot, aber Dr. Glück hat ihn zurück ins Leben geholt. Ich werde nie vergessen, wie erschöpft er aus dem Krankenzimmer kam, in dem Lasse lag. Er muss irgendeine Energie zu ihm hingeleitet haben.«

»Walter neigt zu Übertreibungen. Dr. Glück ist ein hervorragender Chirurg und Mediziner, und ja, ich verdanke ihm mein Leben. Aber das hat rein gar nichts mit Magie oder Händeauflegen zu tun.«

»Emre, sehe ich das falsch?« Walter drehte sich zu Aydin.

»Ich weiß nicht, was an dem Abend passiert ist, aber Lasse war beinahe tot und Glück hat ihn zurückgeholt. Er lebt, nur das zählt.«

Walter schien mit der Antwort nicht zufrieden. »Sollen wir Dr. Glück anrufen? Brandt hat seine Nummer.«

»Jeder noch so kleine Strohhalm ist willkommen«, sagte Mads, allerdings konnte er sich nicht vorstellen, dass ein Chirurg seiner Schwester würde helfen können. Außerdem sah er die Sache eher wie Brandt, da er kein Mensch war, der an Wunder glaubte. Als sein Vater ermordet wurde, hatte es kein Wunder gegeben, und als der Krebs seine Mutter von innen zerfressen hatte und sie unter unendlichen Schmerzen gestorben war, hatte es auch kein Wunder gegeben. Und bei seiner Schwester ebenso wenig. Wunder waren fremd im Hause Johannsen.

»Ich möchte deine Hoffnungen aber etwas dämpfen«, antwortete Brandt und zückte sein Handy. Mads nickte nur. Wie es schien, war Brandt der rationalste von den dreien. Aydin hatte sich eigenartig ruhig verhalten, als Walter über die schwere Verletzung des Freundes gesprochen hatte. Mads nahm an, dass es daran lag, dass es ihm noch immer sehr nahe ging. Es war nicht zu übersehen, dass Aydin zu Brandt aufschaute, in ihm vermutlich sogar eine Art Vaterfigur sah oder einen großen Bruder, den er bewunderte.

In diesem Moment hatte Brandt den Arzt schon in der Leitung. Das Gespräch dauerte nicht lange.

»Es tut mir leid, aber das ist nicht Glücks Fachgebiet, er wüsste nicht, wie er helfen könnte. Trotzdem hört er sich um, vielleicht kann er einen Spezialisten empfehlen«, fasste Brandt das Gespräch zusammen.

»Danke. Einen Versuch war es wert«, sagte Mads. Sein Blick wanderte zu Walter, dem man ansah, wie sehr Glücks Antwort ihn enttäuschte, augenscheinlich hatte er mit etwas anderem gerechnet. Aber so war das Leben, Wunder kamen selten vor.

Kurz legte sich Stille über die kleine Gruppe. Möglicherweise weil keiner wusste, was er sagen sollte, oder weil alle das Telefonat erst einmal sacken lassen mussten.

Die Einzigen, die nicht bedrückt waren, waren Tolga und Jörn. Sie lachten und hatten Freude beim Ballspielen. Mads freute sich für die beiden.

»Hast du Lust, heute Abend mit uns zu essen?«, fragte Aydin und durchdrang damit die Stille. »Wir grillen und es gibt die leckersten Würstchen, die du dir vorstellen kannst.«

»Würde ich sehr gerne, aber ich bin heute Abend im Krankenhaus, danach gehen mein Onkel und ich mit einem Spezialisten aus der Schweiz essen. Er ist seit gestern in Lübeck, wegen meiner Schwester.«

»Dann drücke ich die Daumen, dass er helfen kann«, sagte Walter. »Aber keine Sorge, ich hebe ein paar Würstchen für dich auf, falls wir uns die Tage doch noch sehen sollten.«

»Versprich nichts, was du nicht halten kannst«, entgegnete Aydin grinsend. »Du weißt, dass Tolga kein Sättigungsgefühl kennt, wenn es um deine Currywurst geht.«

»Er darf essen, so viel er will, weil er weiß, was lecker ist«, brummte Walter und seine Augen leuchteten auf. Es war nicht zu übersehen, dass er auch zu Tolga eine sehr enge Bindung hatte. Im Gegensatz zu den beiden anderen sah er immer wieder zu Aydins Bruder, vermutlich um zu sehen, ob Jörn ihn nicht doch ärgerte.

»Tolga ist verrückt nach Walters Currywürsten, da hat Emre

recht. Sag mal, was macht eigentlich der Fall? Wie war das Gespräch mit diesem Paul?«, erkundigte sich Brandt.

»Leider lief es nicht wie erhofft. Es gibt Indizien, die für ihn als Täter sprechen, aber nicht genug Beweise, um ihn zu verhaften.«

»Verstehe. Habt ihr noch einen anderen Verdächtigen?«

»Es gibt noch seinen Kumpel Finn und diesen Hennig. Er wohnt hier im Ort und sein Hund war vermutlich zur Tatzeit am Tatort.«

»Wieso vermutlich? Leugnet er es?«

»Genau. Aber ich habe eine Haarprobe von dem Hund organisiert.«

»Also habt ihr Hundehaar am Tatort gefunden?«, hakte Brandt nach.

»Richtig. Wenn es eine Übereinstimmung gibt, schnappe ich mir diesen Hennig.«

»Und wenn nicht?«, fragte Aydin.

»Dann drehe ich mich im Kreis. Ich fühle mich langsam eh wie ein Hamster, der immer schneller in seinem Rad läuft und nie ankommt. Entweder ist der Täter ungemein gerissen und professionell, weshalb wir keine Hinweise auf ihn finden, oder wir sehen den Wald vor lauter Bäumen nicht.«

»Vielleicht haben wir ja was für dich«, sagte Brandt vieldeutig.

»Ihr?«

»Wir sagten ja, dass wir uns umhören, und es ist Walter zu verdanken, dass wir an eine Info gelangt sind, die dir weiterhelfen könnte.«

38

Paul war auf seinem Zimmer und ärgerte sich über sich selbst. Dieser Max war gar nicht ihr Date oder ihre neue Flamme gewesen, er war ein Bekannter aus Hamburg, der zufällig auch in Timmendorfer Strand war. Sie hatten sich auf der Promenade getroffen und dann beschlossen, einen Kaffee zu trinken.

Und Max war schwul!

»Ich und meine Nerven«, machte sich Paul Vorwürfe.

Sophia hatte ihm zurecht einen Einlauf verpasst. Dann war auch noch dieser Johannsen dazwischengegangen, hatte ihn festgehalten und erst als Max versichert hatte, keine Anzeige erstatten zu wollen, hatte Paul gehen dürfen.

»Was machst du hier noch?«, sagte er wütend zu sich. »Fahr zurück nach Mannheim.«

Das hieße allerdings auch, dass die Jungs selbst würden zusehen müssen, wie sie nach Hause kamen, denn sie waren zusammen in seinem Auto hergefahren und vermutlich würde das Hotel ihm die übrigen Nächte nicht erstatten. Er würde somit eine Menge Geld für nichts in die Luft blasen.

Jemand wie Finn, der einen reichen Vater hatte, konnte das verschmerzen, aber nicht er. Er hatte lange auf den Urlaub gespart und nur deswegen tat er sich schwer damit, die Koffer zu packen.

»Und wegen Sophia«, fügte er laut hinzu.

Er mochte sie tatsächlich und so wollte er nicht gehen. Er hatte sich bei ihr und diesem Max entschuldigt, aber Sophia hatte ihn angeschrien, er solle sich verpissen und ihr nie wieder unter die Augen treten.

»Du hast es nicht anders verdient«, stellte er fest.

Sein Blick wanderte zu seinem Handy, das auf dem Tisch lag. Sie hatte sich nicht gemeldet, warum auch?

Ob er ihr schreiben sollte? Nein, das ließ sein Stolz nicht zu. Er hatte sich entschuldigt und sie hatte ihm in aller Öffentlichkeit klargemacht, was sie von ihm hielt. Er würde nicht wie ein Hund um Vergebung betteln.

Sein Atem ging schneller und er beschloss, am Strand joggen zu gehen, um runterzukommen. Er zog sich eine kurze Hose an, dazu ein Muscle-Shirt und verließ mit seinem Handy das Zimmer.

Vor dem Hintereingang des Hotels auf der Promenade traf er auf Kevin.

»Wohin?«, fragte der.

»Bisschen joggen«, antwortete Paul. »Sonst dreh ich noch durch.«

Bruno bellte und wedelte mit dem Schwanz, ein Zeichen, dass er gerne gestreichelt werden wollte. Paul tat ihm den Gefallen, immerhin konnte Bruno am allerwenigsten für seine Dummheit. »Ein Hund müsste man sein.«

»Warum?«

»Ist doch offensichtlich, man wird gefüttert, zum Klo gebracht und muss sich um nichts Gedanken machen. Besser geht es doch nicht.«

»Das meinte ich nicht. Warum drehst du durch?«, wiederholte Kevin.

Paul lachte auf. »Wegen dem ganzen Mist hier! Dieser Urlaub ist eine einzige Katastrophe. So viel Kohle für nichts verbraten. Glaub mir, mit Malle wären wir besser beraten gewesen.«

»Verstehe, es geht um Sophia. Was hast du denn angestellt?«

Paul war immer wieder über Kevins Fähigkeiten erstaunt. Er erkannte oft, wo der Kern eines Problems lag, gerade wenn es um Gefühlsdinge ging.

»Ich habe es echt verkackt«, gestand er dann.

»Und das heißt?«

Paul erzählte, was vorgefallen war.

Kevin lachte, aber nur kurz, er war glücklicherweise anders gestrickt als Cenk oder Finn, die ihn sofort aufgezogen hätten.

»Das war nicht gerade clever«, sagte er dann.

»Leider. Ich habe rotgesehen, als ich vor diesem Kerl stand.«

»Hättest trotzdem abwarten können, bis er sich vorgestellt hat.«

»Hätte, hätte. Es ist einfach passiert. Zu meinem Pech hat auch noch dieser ältere Bulle alles gesehen. Das macht mich nur umso verdächtiger. Der glaubt doch jetzt erst recht, ich wäre ein aggressiver Schläger.«

»Was man ihm nach der Aktion nicht verübeln kann.«

»Es war keine Absicht«, beharrte Paul.

»Versteh mich nicht falsch, aber das sagst du immer. Du musst lernen, deine Emotionen in den Griff zu bekommen.«

Paul schloss kurz die Augen, um sich zu sammeln. Kevin hatte recht, nur war das leichter gesagt als getan. Er war nicht wie Kevin, der sich immer im Griff hatte. Er war Paul.

»Schreib ihr doch«, schlug Kevin jetzt vor.

»Wie meinst du das?«

»Na, dass es dir leidtut.«

»Das halte ich für keine gute Idee.«

»Warum?«

»Weil sie dann im Vorteil ist. Ich krieche nicht zu ihr zurück. Sie hat mir auf der Terrasse gesagt, was sie von mir hält, und ich habe mich dort entschuldigt.«

»Falscher männlicher Machostolz«, entgegnete Kevin und verdrehte die Augen, um seinen Worten Nachdruck verleihen.

Als Schwuler kannst du das eben nicht verstehen, wäre es Paul fast herausgerutscht, aber er konnte sich beherrschen. Kevin hatte ja recht. Eigentlich.

»Ich vergesse Sophia einfach. Es war ein netter Urlaubsfick, mehr nicht.«

»Wirklich überzeugend kommst du nicht rüber. Sie bedeutet dir was, richtig?«

Wieder fühlte sich Paul ertappt. Er konnte Kevin nichts vormachen.

»Irgendwie schon. Ich weiß, dass das nicht clever ist.«

»Liebe ist nie clever, weil es Liebe ist«, erklärte Kevin vieldeutig.

»Ich bin nicht in sie verliebt.«

»Du bist auf dem besten Weg dahin. Ich kenne dich inzwischen ganz gut. Es war doch schon immer so, dass du dich schnell verliebst. Bei Milena war es nicht anders.«

»Ja, irgendwie hast du recht. Aber Sophia will nichts mehr von mir wissen«, murrte Paul.

»Das ist doch gar nicht gesagt. Du hast dich wie ein Idiot benommen, da ist ihre Reaktion nur verständlich. Schreib ihr, dass es dir aufrichtig leidtut und du sie gerne sehen möchtest, um es ihr noch mal persönlich zu sagen.«

»Das kann ich …«

»Dann kann ich dir Macho auch nicht helfen.« Kevin streichelte Bruno. »Was wird aus dir und Finn?«, fragte er und sah zu Paul auf.

»Was soll schon aus uns werden? Er hatte längst eine Abreibung verdient. Wenn er glaubt, dass ich mich bei ihm entschuldige, hat er sich geschnitten.«

»War mir irgendwie klar. Du hast ja recht, Finn kann echt eine Meganervensäge sein, aber am Ende seid ihr doch Freunde und wir alle sind hier im Urlaub. Da sollte man auch mal über seinen Schatten springen.«

»Warum muss ich immer derjenige sein, der über seinen Schatten springt?«

»Weil du ihn geschlagen hast.« Kevins Worte klangen nicht wie ein Vorwurf, sondern wie eine Feststellung.

»Aber nur …«

»Weil er es verdient hat«, beendete Kevin Pauls Satz. »Ist mir schon klar. Du weißt, dass ich dich mag. Trotzdem: Willst du deine Probleme wirklich ein Leben lang mit den Fäusten regeln?«

»Wenn es nicht anders …« Paul unterbrach sich. »Nein, du hast recht. Möchte ich nicht, aber ich kann auch nichts dafür.« Natürlich wollte er nicht als Schläger hingestellt werden, und dass er ein Aggressionsproblem hatte, war ihm bewusst. Allerdings war es leicht, zu versichern, keine Gewalt anzuwenden. Sich dann aber auch daran zu halten, wenn die Wut einen übermannte und die Kontrolle über den Verstand übernahm, war etwas ganz anderes.

»Deine Entscheidung«, sagte Kevin. »Das geht nur dich und Finn was an. Ihm habe ich das übrigens auch so gesagt, ich mische mich da nicht ein. Wir sind heute Abend in der *Seaside Lounge*, falls du kommen magst.«

»Danke, aber ich denke, eher nicht.«

»Wie du meinst. Wenn dir diese Sophia wirklich was bedeutet, schreib sie an. Hör nur ein Mal auf mich.«

»Mal schauen.«

Paul verabschiedete sich von Kevin und trabte auf der Promenade Richtung Timmendorfer Strand los, dabei begleitete ihn das Gespräch mit Kevin. Einiges, was er gesagt hatte, war schon plausibel, das wusste er. Nur sein männlicher Stolz stand ihm im Weg, denn seine größte Sorge war, dass Sophia ihn erneut abweisen würde. Damit würde er nicht klarkommen.

Und wenn sie es nicht tut?, überlegte er, wurde langsamer und steuerte eine Bank an, auf der er Platz nahm.

Er wusste nicht, was er tun sollte. Wie automatisch zog er sein Handy aus der Tasche und öffnete WhatsApp.

Schreib ihr. Wenn sie auf dein Versöhnungsangebot nicht eingeht – egal, was verlierst du? Du siehst sie nie wieder.

Paul biss sich auf die Unterlippe, dann presste er die Kiefer aufeinander. Es war Zeit, über seinen Schatten zu springen. Also schrieb er:

Hey, es tut mir wirklich sehr leid, das war keine Absicht, glaub mir bitte. Aber dich mit einem anderen Kerl zu sehen, das war zu viel für mich.

Er schickte die Nachricht ab und wartete auf Antwort. Zu seinem Erstaunen dauerte es keine Minute, bis eine kam. Er las:

Kein Grund, jemanden zu schlagen! Ein Gespräch hätte alles geklärt!

Du hast recht, das war dumm von mir. Ich weiß auch nicht, aber das mit dir bedeutet mir sehr viel. Ich weiß, das klingt verrückt, weil wir im Urlaub sind und uns kaum kennen. Trotzdem ist da dieses Gefühl, dass du für mich etwas ganz Besonderes bist,

schrieb Paul. Jetzt hatte er in Sachen Gefühle die Hosen runtergelassen.

Die Antwort ließ auf sich warten, was Paul nicht als gutes Zeichen deutete. Immer wieder starrte er aufs Display. Endlich kam die Nachricht:

Vielleicht sollten wir das persönlich besprechen.

Sehr gerne,

antwortete Paul und spürte, wie eine schwere Last von seinem Herzen fiel.

Wann?,

fragte sie.

Mir egal. 20 Uhr?

Das klappt nicht. Ich bin mit meinen Mädels um 19 Uhr essen.

Wann dann?

Wieder dauerte es bis zur nächsten Nachricht. Spielte sie mit ihm? Paul hasste es, zu warten, denn er war jemand, der oft zu schnell die falschen Schlüsse zog, das wusste er. Endlich kam die erlösende Antwort:

22 Uhr bei dir im Hotel?

Paul musste die Nachricht zweimal lesen. Hatte sie ihm gerade wirklich vorgeschlagen, dass sie sich in seinem Hotel treffen sollten? Das konnte doch nur bedeuten, dass sie nicht mehr sauer auf ihn war, oder?

»Entspann dich, das kann genauso gut heißen, dass sie mit ihren Mädels in der Nähe was essen ist«, ermahnte er sich, nicht zu euphorisch zu sein.

Sehr gerne,

antwortete er und bekam auch gleich die Antwort.

Bis dann.

Kevin, du hast was gut bei mir, dachte er und seine Sorgen waren plötzlich wie weggeblasen, dabei wusste er überhaupt nicht, ob Sophia ihm wirklich verzeihen oder was sie ihm sagen würde. Doch Paul wollte das Positive sehen. Sie hatte einem persönlichen

Gespräch zugestimmt und den Rest würde sein Charme erledigen. Er wusste, wie er Frauen um den Finger wickeln konnte.

Was konnte jetzt also noch schiefgehen? Er sprang auf, voller Energie, er fühlte sich frei im Kopf und die Anspannung war weg, als hätte jemand eine Zentnerlast von seinen Schultern genommen. Beschwingt lief er Richtung Hotel zurück, als er plötzlich stoppte und wie erstarrt stehenblieb.

Eine Erinnerung an den Abend war zurück.

»Das kann nicht sein«, sagte er entsetzt. Der neue Erinnerungsfetzen sagte ganz klar, dass er Kim doch am Strand getroffen hatte. Plötzlich wurde ihm eiskalt und schwindelig. Er übergab sich.

39

Gustav hatte ins *Wullenwever* eingeladen, eines der feinsten Restaurants in Lübeck. Wie es schien, wollte er sich nicht lumpen lassen, was Mads gut verstehen konnte. Immerhin kam Dr. Hannes Leunig extra aus der Schweiz, um nach Lena zu schauen, keine Selbstverständlichkeit. Mads war getrennt von Gustav nach Lübeck gefahren, da er noch kurz zu Lena gehen wollte. Insgeheim hoffte er, schon im Krankenhaus auf den Spezialisten zu treffen, allein. Doch leider erfüllte sich diese Hoffnung nicht.

Als er das Zimmer auf der Intensivstation betrat, glaubte er, eine fremde Stimme zu hören. Es war jemand bei seiner Schwester.

»Was machst du hier?«, fragte Mads und fühlte, wie sein Blut in Wallung geriet.

»Nach Lena schauen, ich habe erst gestern davon erfahren«, sagte der Mann. Er saß auf einem Stuhl neben dem Bett und besaß die Frechheit, Lenas Hand zu halten.

Mads machte einen Schritt auf ihn zu. »Sofort raus aus dem Zimmer«, sagte er mit vor Wut zitternder Stimme.

»Warum? Darf ich …«

»Raus, sagte ich.« Mads packte den Mann am Kragen und zog ihn hoch, dann zerrte er ihn aus dem Zimmer.

»Spinnst du?«, reagierte der Mann gereizt, als sie auf dem Flur waren.

»Sei froh, dass ich dir nicht die Fresse poliere«, grollte Mads.

»Was habe ich dir getan, dass du so ausflippst?«

»Das fragst du wirklich?«

»Ja, tue ich.«

»Ich hatte dir doch gesagt, was passiert, wenn du dich meiner Schwester noch mal näherst«, sagte Mads drohend.

»Sie ist alt genug, um für sich selbst zu entscheiden.«

»Lena hat sich von dir getrennt. Du hast hier nichts verloren.« Mads war kurz davor, sich Christian erneut zu packen und ihm eine Abreibung zu verpassen.

»Das ist lange her. Ich habe mich geändert, wirklich.«

»Interessiert mich nicht.«

»Ich weiß, dass ich Scheiße gebaut habe, aber ich bin jetzt ein anderer Mensch.«

»Menschen wie du ändern sich nicht. Ich meine das ernst: Wenn du dich ihr noch ein Mal näherst oder hier aufschlägst, kannst du dir direkt ein Zimmer in diesem Krankenhaus reservieren.«

»Du hast dich kein bisschen verändert, immer noch zu viel Testosteron«, sagte Christian abfällig. »Lena kann ihre eigenen Entscheidungen treffen. Vielleicht weißt du es nicht, aber wir haben uns die letzten Monate geschrieben.«

»Ich wiederhole mich kein zweites Mal, sieh zu, dass du Land gewinnst! Ich will dich nie wieder hier sehen.« Jetzt packte Mads Lenas Exfreund und drängte ihn ein Stück den Gang hinunter. »Hast du mich verstanden?«

»Entspann dich. Auch wenn du es mir nicht glaubst, ich habe mich verändert. Gewalt ist sicherlich keine Lösung.« Christian befreite sich aus Mads' Griff und entfernte sich mit schnellen Schritten.

Mads atmete tief ein und aus, um sich zu beruhigen. Er wollte so aufgebracht nicht zu seiner Schwester gehen. Dass Christian Jung ausgerechnet jetzt wieder auftauchte, passte ihm gar nicht. Lena war zu gut für ihn, und Mads würde nicht zulassen, dass er seine Schwester erneut tyrannisierte und ihr das Herz brach.

Als sein Puls sich verlangsamt hatte, betrat er das Zimmer und trat an Lenas Bett. Sie lag friedlich da. Es schien, als würde sie schlafen und hätte nichts von dem Streit mitbekommen.

»Moin, Schwesterherz«, machte er sich bemerkbar und nahm auf dem Stuhl Platz, den Christian vorhin dort hingestellt hatte. Als er saß, berührte er sanft ihre Hand und legte sie in seine.

»Du hast sicherlich schon Dr. Leunig kennengelernt, den Schweizer Spezialisten. Er wird dir helfen.«

Lena reagierte nicht, wie die Male zuvor, als er sie besucht und sich mit ihr unterhalten hatte. Es fiel ihm schwer, zu glauben, dass sie alles mitbekam. Aber seine Oma war davon überzeugt und auch die Ärzte sagten, dass Komapatienten möglicherweise ihre

Umgebung wahrnehmen konnten. Daher wollte er gerne daran glauben.

»Alles wird gut, Schwesterherz. Ich verspreche es dir. Ich weiche nicht von deiner Seite, bis du wieder gesund bist. Und du wirst gesund, daran zweifle ich keine Sekunde. Dann nehmen wir uns unsere Surfbretter und reiten ein paar Wellen, so wie wir es getan haben, als wir Kinder waren.«

Mads kämpfte mit den Tränen. Nichts wünschte er sich gerade mehr, als dass seine Schwester die Augen öffnete, lächelte und wieder zu ihm zurückkehrte. Dass sie Leben zeigte.

Er kannte keinen Menschen, der es mehr verdient hatte, zu leben, als sie.

»Oma lässt dich ganz lieb grüßen und Gustav auch. Du fragst dich sicherlich, wie er und ich zurechtkommen. Tja, irgendwie klappt das schon, aber nur, weil wir uns zusammenreißen und sehnsüchtig darauf warten, dass du wieder in unserer Mitte bist. Hörst du, wir lieben dich, kleines Schwesterchen und wir vermissen dich.«

Mads stand auf, beugte sich zu Lena hinab und drückte ihr einen Kuss auf die Wange. »Ich komme morgen wieder.«

Dann verließ er ihr Zimmer, das Krankenhaus und fuhr zum *Wullenwever*, begleitet von der Hoffnung, dass der Spezialist ein Wunder für sie hätte. Es wäre das erste Wunder für die Familie Johannsen und das kostbarste Geschenk, das Mads sich wünschen konnte.

Als er das Restaurant betrat, saß sein Onkel bereits an einem Tisch. Dr. Leunig war noch nicht zu sehen. Mads grüßte seinen Onkel und nahm neben ihm Platz.

»Gibt es Neuigkeiten von Lena?«

»Ich habe mit keinem Arzt gesprochen. Nur Lena besucht.«

»Du wirkst gereizt.«

»Weil ich Christian im Krankenhaus begegnet bin«, gestand Mads. Warum hätte er seinen Onkel anlügen sollen.

»Was hat er dort zu suchen gehabt? Ich dachte, er wäre irgendwo in Süddeutschland.«

»Habe ich auch gedacht. Er hat Lena besucht, aber ich habe ihm klargemacht, dass er die Finger von meiner Schwester lassen soll.«

»Als ob er je auf dich gehört hat. Trotzdem hast du richtig gehandelt. Er darf nicht in ihrer Nähe sein. Ihre Beziehung war toxisch. Dass er sich angesichts Lenas Zustand überhaupt zu ihr traut. Ich werde mit ihm reden.« Gustavs Augen verrieten Mads, dass er über den Umstand ebenso wenig erfreut war wie er. Sie hatten alle erlebt, wie sehr Lena gelitten und Christian seine Fehltritte dennoch immer wieder verziehen hatte. Bis heute hatte Mads nicht verstanden, was sie an diesem Idioten und Versager gefunden hatte.

Der Kellner trat zu ihnen.

»Möchten Sie etwas trinken?«, fragte er.

»Danke, wir warten noch auf einen Gast«, antwortete Mads und der Kellner entfernte sich.

»Dr. Leunig müsste gleich da sein«, sagte Gustav und schaute auf seine Uhr. Die übergenaue Pünktlichkeit lag ihnen in den Genen. Schon seine Oma hatte immer großen Wert darauf gelegt, dass sie eher zu früh als zu spät kamen.

»Ein Johannsen verspätet sich nie«, hatte sie jedes Mal mit Nachdruck betont, und so war es auch.

»Vielleicht hat er das Restaurant nicht gefunden. Es sind ja erst fünf Minuten«, pflichtete Mads ihm bei. Gustav war nicht weniger angespannt als er.

Kaum hatte er das ausgesprochen, betrat Leunig das Restaurant. Da Mads den Spezialisten gegoogelt hatte, wusste er, wie er aussah. Er schätzte ihn ungefähr auf das Alter von Gustav, gleichzeitig war Leunig deutlich schlanker und einen Kopf kleiner. Beide standen auf und begrüßten den Mediziner.

»Vielen Dank, Herr. Dr. Leunig, dass Sie sich Zeit für Lena genommen haben. Das ist nicht selbstverständlich, wir wissen das sehr zu schätzen«, begann Gustav das Gespräch.

Der Kellner erschien, als hätte er nur darauf gelauert, dass Leunig Platz nahm, und reichte ihnen die Karten. Kurz war es still, weil jeder das Menü studierte.

»Mögen Sie Rotwein?«, fragte Leunig.

Er wirkte etwas steif für Mads' Geschmack, aber nicht unfreundlich oder unsympathisch. Am Ende zählten ohnehin nur seine medizinischen Fähigkeiten.

»Um diese Zeit, gerne. Ich hatte an das Kalbsfilet gedacht. Es schmeckt vorzüglich.«

»Kalbsfilet auf Gemüse à la Nicoise in Olivenjus, die Zusammensetzung der fünf Gänge hört sich ausgezeichnet an«, antwortete Leunig.

»Dann sollten wir alle das Fünf-Gänge-Menü bestellen, dazu einen guten Roten. Haben Sie einen Favoriten?«

»Den hätte ich.«

Gustav rief den Kellner zu sich, Leunig nannte seinen Weinwunsch und alle bestellten das vereinbarte Menü. Mads wusste nicht, wann er das letzte Mal in diesem ausgesprochen noblen Restaurant gewesen war. Es musste mit Gustav und seinem Vater gewesen sein.

»Ein sehr schönes Restaurant«, sagte Leunig. »Es könnte auch in Zürich seinen Platz behaupten.«

»Freut mich, dass Ihnen das Restaurant zusagt, sie werden das Essen zu schätzen wissen. Ich wurde hier noch nie enttäuscht.«

»Davon bin ich überzeugt.«

Mads wurde langsam unruhig. Ihn interessierte nur, ob und wie dieser Spezialist seiner Schwester helfen konnte. Aber er wusste auch, dass man nicht gleich mit der Tür ins Haus fallen durfte. Also unterhielten sie sich zunächst über Lübeck, die berühmte alte Hansestadt, und die Anekdote, dass Anfang des Jahrtausends ein reicher Chinese das Holstentor hatte kaufen wollen. Ob das stimmte, war bis heute nicht geklärt, doch es musste dieses Interesse gegeben haben.

Leunig schien sich für Historisches zu interessieren, er stellte viele Fragen und Gustav war glücklicherweise in dieser Hinsicht bewanderter als Mads. Zwischendurch kam der Kellner mit dem Wein, ließ sie kosten und schenkte ein.

»Waren Sie bei meiner Schwester?«, fragte Mads, nachdem der Kellner gegangen war. Er hielt es einfach nicht mehr aus, weil Leunig keine Anstalten machte, endlich über das zu sprechen, warum er überhaupt hier war.

»Selbstverständlich. Ich hatte sehr interessante Gespräche mit den Lübecker Kollegen. Wäre es angemessen, wenn ich Sie bitte, bis nach dem Dessert zu warten, damit wir uns auf das Gespräch und die daraus folgenden notwendigen Schritte konzentrieren können? Das gute Essen würde uns nur davon ablenken.«

»Das passt uns«, kam Gustav Mads mit einer Antwort zuvor

und warf seinem Neffen einen mahnenden Blick zu, ja nicht zu widersprechen.

Mads nickte, obwohl er überhaupt nicht damit einverstanden war. Aber sie waren es Leunig schuldig, dass sie auf seine Befindlichkeiten Rücksicht nahmen, auch wenn das Warten immer unerträglicher wurde. Die einzige Lösung war für ihn der Wein.

Mads trank bereits das zweite Glas, während sein Onkel und Leunig noch beim ersten waren.

»Bevor ich es vergesse, Albert Lange richtet die besten Wünsche aus«, ließ sich Gustav vernehmen.

»Vielen Dank. Schade, dass er nicht am Tisch ist.«

»Er war leider verhindert. Als Bürgermeister hat er viele Verpflichtungen.«

»Ich weiß. Ich werde ihm morgen einen kurzen Besuch abstatten.«

»Woher kennen Sie sich?«

»Das ist eine lange Geschichte«, antwortete Leunig und Mads hätte am liebsten hinzugefügt: *»Die niemanden interessiert.«* Stattdessen leerte er sein Glas, um es gleich wieder zu füllen. Sie hatten inzwischen eine weitere Flasche bestellt und kurz darauf wurde das Hauptgericht serviert.

»Ich kenne Albert schon sehr lange. Wir haben uns in St. Moritz kennengelernt und seitdem verbindet uns eine intensive Freundschaft, trotz der räumlichen Distanz.« Leunig begann zu essen und auch Gustav und Mads griffen nach dem Besteck.

»Sie haben nicht übertrieben, vorzüglich.« Leunig wischte sich dezent mit der Serviette über die Lippen.

Zieh mal den Stock aus dem Arsch, dachte Mads. Unwillkürlich musste er an Hennig denken. Leunig und er hatten in ihrem Auftreten eine gewisse Ähnlichkeit, nur mit dem Unterschied, dass Leunig etwas aus seinem Leben gemacht hatte.

Das Essen verlief recht entspannt, man unterhielt sich über die Hanse, die dänische Minderheit und welche Rechte diese genoss.

»Das erinnert mich ein wenig an die Schweiz. Sie wissen ja, dass wir den deutschen, italienischen und französischen Teil haben. Das alles unter einen Hut zu bekommen, ist nicht so einfach. Aber wir Schweizer meistern das mit Bravour.«

Mads musste Leunig zugutehalten, dass sein Hochdeutsch wirklich gut war. Nur ab und an kam sein Schweizer Dialekt hervor.

»Sie sind übrigens eine sehr interessante Familie«, fuhr Leunig fort. »Seit Generationen bei der Polizei. Bewundernswert.«

»Danke«, antwortete Gustav.

Mads hatte inzwischen das fünfte Glas Wein getrunken und Gustav warf ihm einen undurchsichtigen Blick zu, sagte jedoch nichts. Vermutlich wollte er seinem Neffen vor dem Gast keine Szene machen. Mads kannte diesen Blick.

Endlich kam der Nachtisch, der wie erwartet auf große Begeisterung stieß.

»Vorzüglich«, sagte Leunig zum wiederholten Mal und tupfte sich den Mund mit der Serviette ab. »Diese Lokalität muss ich mir merken. Lübeck ist immer eine Reise wert. Nur hätte ich mir gewünscht, der Anlass wäre ein anderer.«

Mads atmete innerlich auf. Nach einer quälend langen Zeit kam Leunig endlich auf das zu sprechen, was Mads am wichtigsten war.

»Wir würden uns freuen, Sie erneut im Norden begrüßen zu dürfen – dann hoffentlich mit Lena am Tisch«, sagte Gustav.

Leunig gönnte sich einen kleinen Schluck aus seinem Weinglas, schob den leeren Teller ein wenig zur Seite und begann: »Ich hatte Gelegenheit, die Krankenakte von Lena Johannsen ausgiebig einzusehen, und wir haben einige Tests durchgeführt. Die behandelnden Ärzte waren die ganze Zeit sehr kooperativ und zu keiner Sekunde kam das Gefühl auf, dass sie sich in ihrer Kompetenz eingeschränkt fühlten.«

»Können Sie denn etwas für meine Schwester tun?«, fragte Mads ungeduldig.

»Ich möchte ehrlich zu Ihnen sein: Nach reiflicher Überlegung und nach Durchsicht aller Unterlagen glaube ich, dass Ihre Schwester bei den behandelnden Ärzten bereits in besten Händen ist. Ich wüsste nicht, was ich darüber hinaus an Therapien oder Behandlungen vorschlagen könnte, was nicht auch die Kollegen in Lübeck längst in Erwägung gezogen haben oder in Erwägung ziehen würden, wenn sich der Zustand der Patientin verändern sollte.«

»Die Patientin heißt Lena Johannsen, sie ist meine Schwester«, platzte Mads heraus. Er konnte nicht fassen, was er gerade hörte. Dr. Leunig hatte ihm seine naive Hoffnung, Lena helfen zu können, mit einer Gelassenheit geraubt, dass es Mads kaum auf seinem Stuhl hielt. Und dafür dieses elend lange Essen und der ganze verdammte Small Talk.

»Verzeihen Sie«, entschuldigte sich Leunig.

»Wir haben uns zu entschuldigen«, beeilte sich Gustav zu sagen. »Mads ist zu emotional, immerhin geht es um seine Schwester. Das heißt also, Sie können nichts für meine Nichte tun?«

»Ich fürchte nicht. Wenn Sie erlauben, lasse ich mir in regelmäßigen Abständen die neuesten Diagnosen und Werte schicken.«

»Sehr gerne«, antwortete Gustav.

Mads bebte innerlich, seine Enttäuschung war kaum zu ertragen. Er musste an Walter denken, der behauptet hatte, dass ein Wunder Brandts Leben gerettet habe. Wo bitte war hier das Wunder? Warum gab es keines für Lena?

Er wusste, dass Leunig keine Schuld daran trug, trotzdem machte sich das Gefühl breit, dass der Mediziner dafür verantwortlich war, weil er nicht im Stande war, Lena zu helfen.

»Danke. Ich lasse Ihnen noch ein paar Vollmachten zukommen, damit wir auf der sicheren Seite sind.«

»Selbstverständlich.« Gustav wirkte ebenfalls angeschlagen, Mads sah es ihm an, doch sein Onkel versuchte, das zu überspielen. Mads hingegen wollte am liebsten aufstehen und einfach wegrennen, um seine Wut und die Enttäuschung herauszubrüllen. Aber er blieb sitzen, er musste sich zusammenreißen.

»Wie schätzen Sie den Zustand von Lena ein?«, fragte Gustav.

»Dreißig bis vierzig Prozent der Patienten mit schwerem Schädel-Hirn-Trauma versterben. Ihre Nichte gehört zu den vierzehn Prozent der Patienten, die in einem posttraumatischen vegetativen Zustand, also im Koma, verbleiben. Sollte die Patien…« Leunig unterbrach sich, schaute zu Mads und korrigierte sich sofort: »Sollte Ihre Schwester aus dem Koma aufwachen, sehe ich eine nur sehr geringe Wahrscheinlichkeit, dass sie jemals wieder ein eigenständiges Leben führen können wird. Sie sollten sich darauf einstellen, dass sie für den Rest ihres Lebens schwerbehindert sein und Betreuung brauchen wird, vielleicht in einer vollstationären Einrichtung. Wir dürfen nicht vergessen, dass wir es mit einer schwerwiegenden Verletzung zu tun haben. Erschwerend kommt hinzu, dass sie sich schon sehr lange in diesem posttraumatischen vegetativen Zustand befindet. Für diese Art der Verletzung ist das sehr ungewöhnlich.«

»Könnte das denn ein gutes Zeichen sein?«, hakte Gustav nach.

Mads hingegen war wie versteinert, er war zu keiner Regung fähig. Ihm war, als hätte man ihn an die Wand gekettet und der Spezialist würde mit feinen spitzen Nadeln auf sein Herz zielen.

»Ich fürchte nicht. Es wäre zudem noch immer möglich, dass sie an den Folgen der schweren Verletzung stirbt. Manchmal ist der Tod sogar eine Erlösung für diese Patienten.«

Mads konnte nicht mehr. Leunig war kein Mann der Hoffnung, sondern ein Todesbote. Plötzlich fühlte er sich eingeengt, er bekam keine Luft mehr. Unvermittelt stand er auf und rannte nach draußen.

»Gehts Ihnen gut?«, hörte Leunig noch sagen, aber dieser Mediziner verstand nichts. Es war egal, was mit ihm war, es ging nur um seine Schwester.

Vor dem Restaurant atmete er mehrmals die kühle Abendluft ein und aus und versuchte, seine Angst abzuschütteln, aber es gelang ihm nicht. Diese Anspannung war unerträglich, seine Schultern, sein Nacken, alles schmerzte entsetzlich. Er lief ein paar Meter, blieb stehen und ließ endlich all seine Wut heraus. Er schrie, als hätte man ihm ein Stück glühenden Stahl in den Körper gebohrt, um ihn zu brandmarken.

Dann lief er einfach los, egal wohin. Er lief und lief. Links von ihm begleitete ihn die Trave. Irgendwann blieb er stehen, völlig außer Atem. Er weinte und schrie erneut all seine Wut und Enttäuschung heraus.

Da vibrierte sein Handy. Er nahm an, dass sein Onkel ihm geschrieben hatte, sicherlich wollte er wissen, wo er war.

Mads fischte das Handy aus seiner Hosentasche und beruhigte sich allmählich.

Die Nachricht war jedoch nicht von Gustav, sondern von Ole. Mads öffnete sie und las:

Das Labor war schnell. Wir haben eine Übereinstimmung mit dem Fell von Hennigs Hund.

Mads antwortete sofort:

Danke, du hast was gut bei mir.

Dafür nicht.

Langsam steckte Mads das Handy weg, seine Augen verengten sich gefährlich und seine ganze Wut konzentrierte sich nun auf Hennig. »Dich schnappe ich mir jetzt, du Freak«, zischte er und eilte zu seinem Wagen, um Hennig einen Besuch abzustatten. Er war gewillt, bis zum Äußersten zu gehen, um endlich die Wahrheit zu erfahren.

40

Paul konnte keinen klaren Gedanken fassen, so sehr stand er seit dem Moment, in dem der Erinnerungsfetzen zurückgekommen war, unter Strom. Immer wieder versuchte er, die Bilder dieses Abends vor seinem geistigen Auge abzurufen.

»Mit Finn hast du dich auch geirrt«, sagte er zu sich. Er hatte geglaubt, dass er Finn mit Kim gesehen hatte, aber diese Erinnerung hatte sich schnell als falsch erwiesen. Wahrscheinlich hatte er sich dieses Trugbild nur gewünscht, um Finn in den Fokus der Polizei zu rücken und sich selbst aus der Schusslinie zu nehmen.

Aber dieses neue Bild war anders. Diese Erinnerung fühlte sich echt an. Er wusste, dass sie echt war. Keine Einbildung. Und diese Erinnerung war brandgefährlich für ihn.

»Trotzdem kann das nicht sein«, versuchte er sich zu beruhigen. »Ich habe Kim weder gesehen noch bin ich ihr begegnet und erst recht habe ich mich nicht mit ihr unterhalten. So langsam verliere ich den Verstand.«

Er ging zur Minibar, holte eine Flasche Bier heraus, öffnete sie und setzte sie an.

»Ich war alleine am Strand. Alleine.«

Warst du nicht!, ermahnte ihn die Erinnerung, sich nicht zu belügen. *Die Polizei wird es herausfinden. Dieser Mads wird es herausfinden. Er ist wie ein Bluthund, er hat sich an deine Fersen geheftet.*

Paul gönnte sich einen weiteren kräftigen Schluck und noch einen, bis er die Flasche geleert hatte.

Sein Handy vibrierte.

Kevin hatte ihm eine Nachricht geschickt.

Kommst du noch? Sind in der Seaside Lounge.

»Der hat Probleme! Was interessieren mich diese verdammte Lounge oder Finn, wenn ich im Knast bin?«, wetterte er.

Wilde, gefährliche Gedanken nahmen Besitz von ihm. Er sah sich in einem der berüchtigten Gefängnisse einsitzen, weil er ein

Frauenmörder war. Sicherlich würden die harten Jungs ihn richtig rannehmen, ihn ihren geballten Hass spüren lassen.

Er wusste von Bekannten, die im Knast gesessen hatten, dass man sich schnell Freunde suchen musste, eine Gang. Aber wie sollte er das tun? Diese Gangs waren meist Dunkelhäutige, Türken, Araber, Russen oder Jugos. Und er? Er war eine richtige Kartoffel. Das perfekte Opfer.

»Ich gehe nicht in den Knast«, wiederholte er und ermahnte sich, Ruhe zu bewahren. Noch konnte die Polizei ihm nichts beweisen. Die tappte völlig im Dunkeln.

»Von wegen, warum hat es dieser Mads dann auf dich abgesehen und nicht auf Finn?«

Wie ein Tiger im Käfig lief er von einer Wand zur anderen, immer wieder, hin und her.

»Verdammt«, schrie er, »du hörst dich an, als hättest du sie tatsächlich getötet. Glaubst du das wirklich?«

Er schüttelte den Kopf. Er war unschuldig.

»Und warum fühlt sich das gerade nicht so an?«, rief er verzweifelt.

Die Angst übermannte ihn. Eine Angst, die ihn lähmte, keinen klaren Gedanken fassen ließ.

Trotzdem, es gab keinen Zweifel: Er hatte Kim am Strand getroffen, in der Nähe der Dünen, und er hatte mit ihr gesprochen. Auch daran bestand kein Zweifel. Danach war sie weitergegangen, er war zurückgeblieben. Doch die Wut hatte ihm zugeflüstert, dass diese verdammte arrogante Schlampe nicht so einfach davonkommen durfte. Also war er ihr gefolgt und hatte ihr einen Schlag mit der Faust verpasst. Sie war zu Boden gestürzt.

»Du hast es getan. Du hast Kim ermordet.«

Der Boden unter seinen Füßen schien zu schwanken.

Was er mit der Leiche gemacht hatte, war unwichtig. Nur eines war sicher: Er hatte Kim getötet und es war bloß eine Frage der Zeit, bis die Polizei es herausfinden würde.

Er griff nach seinem Koffer, nur von dem einen Gedanken getrieben: Sachen packen und so schnell wie möglich abhauen, untertauchen.

41

Mads hatte sich sofort mit dem Auto auf den Weg nach Haffkrug gemacht. Während der Fahrt legte sich seine Wut, zurück blieb die Enttäuschung. Die Enttäuschung darüber, dass er machtlos war, dass er keine Chance hatte, seiner Schwester zu helfen.

Sein Onkel hatte ihn mehrfach angerufen, aber Mads hatte das Gespräch nicht angenommen, er wollte allein sein und sich Hennig vorknöpfen. Sein Onkel hätte ihm das sicherlich untersagt. Auch auf die Nachricht, die Gustav ihm geschrieben hatte, hatte er nicht reagiert.

Jetzt parkte er seinen Wagen am Strandufer, unweit von Hennigs Anschrift. Dort, wo Kim vermutlich entführt worden war. Es war inzwischen 22:34 Uhr, ein lauer Sommerabend. Einige Menschen waren noch unterwegs, aber viele hatten sicherlich schon den Heimweg angetreten oder saßen in irgendeinem der Gastrobetriebe.

Warum lügst du, Hennig?, fragte sich Mads, als er die Düne betrat und hinaus aufs Meer schaute. *Hast du Kim entführt?* Der Strandabschnitt wurde von einer langen Düne begleitet, die mit Gras bewachsen war. Immer wieder gab es Sträucher und Bäume, die einem Täter guten Schutz boten. Also auch Hennig?

Der seltsame Hundebesitzer kannte diese Ecke, er wohnte nicht weit von hier entfernt. Von hier aus hätte er sein Opfer gut beobachten und dann überraschend zuschlagen können.

Hast du an diesem Abend vorgehabt eine junge Frau zu entführen?

Mads überlegte weiter. Paul und Finn waren nach 1 Uhr am Strand gewesen. Paul hatte sich hier auf den Dünen herumgetrieben, hatte sich angeblich erleichtert und war dann zurück zur Party gegangen. Finn genauso, nur etwas zeitversetzt. Hatte Hennig beide gesehen? Möglich. Aber was war mit Kim? Sie konnte nicht viel später hier gewesen sein. Das Foto von dem Hund bewies das.

Hatte sich Kim demzufolge vorher hier aufgehalten? Hatte Hennig sie vor dem Eintreffen von Paul und Finn getötet? Möglicherweise war Anyon der Köder gewesen. Frauen standen auf Hunde.

Sie wollte deinen Hund streicheln, du hast sie überwältigt und die Kamera ist aus Kims Hand geflogen, dabei hat sie das Foto gemacht, schlussfolgerte Mads.

Diese Möglichkeit war nicht auszuschließen.

Hennig hatte sie getötet oder ohnmächtig geschlagen, doch plötzlich war Paul aufgetaucht, um sich zu erleichtern. Hennig konnte die junge Frau noch rechtzeitig hinter einem Strauch verstecken und Paul war zu betrunken, um etwas zu bemerken. Er verrichtete sein Geschäft und lief zurück. Finn bedeutete keine unmittelbare Gefahr. Er war am Strand, Hennig beobachtete ihn, bis er verschwand. Und was machte er dann?

Mads zermarterte sich das Hirn, ihm war, als ob die fehlenden Puzzleteile sich langsam zu einer Einheit fügten, aber er konnte das Bild in seiner Gesamtheit nicht erfassen. In Gedanken weit entfernt von Raum und Zeit schaute er aufs Meer hinaus, er schloss die Augen und ein leichter Schwindel überkam ihn, weil er doch mehr getrunken hatte, als er sich eingestehen wollte. Dann öffnete er die Augen und ging auf die Knie.

»Sie war ohnmächtig, durch Hennigs festen Schlag. Und als er niemanden mehr am Strand gesehen hat, hat er sie gepackt und ist mit ihr nach Hause gegangen, um seine kranken Fantasien an ihr auszuleben …«

Stopp!

Hennig musste befürchten, dass er unterwegs angesprochen würde. Immerhin waren es von seinem Zuhause bis hierher um die zwei Kilometer. Würde er das wirklich riskieren?

Warum nicht? Er kennt sich aus, es ist sehr spät, er muss nicht über die Strandallee gehen, er kann die Nebenstraßen nehmen, wohin sich kein Tourist verirrt und wo auch kein Einheimischer so spät noch auf den Beinen ist. Die Dunkelheit schützt ihn.

Mads fuhr sich mit der Hand über die Haare. »Anyon, hast du es gesehen?«, fragte er in die dunkle Nacht hinein.

Das alles klang verdammt plausibel, er musste es nur noch beweisen.

Jetzt!

Er ging zurück zum Auto, stieg ein und fuhr los. Er wusste,

dass es eigentlich zu spät und er zu betrunken war, um einen Verdächtigen aufzusuchen, und dass sein Onkel ihm deswegen einen Einlauf verpassen würde, aber er dachte nicht eine Sekunde daran, nach Hause zu fahren und Hennig morgen zur Rede zu stellen. Er würde jetzt die Wahrheit erfahren.

Nur wenige Minuten später parkte er den Wagen ganz in der Nähe und stieg aus.

Im Haus brannte kein Licht. Möglicherweise schlief Hennig.

Mads trat an die Haustür und klingelte. Keine Reaktion.

»So tief kann niemand schlafen«, dachte er laut und betätigte erneut die Klingel, aber Hennig öffnete nicht.

So schnell wollte Mads sich nicht geschlagen geben, er schaute sich auf dem Grundstück um. In keinem der Fenster brannte Licht und er konnte auch Hennigs Fahrzeug nicht sehen.

»Möglicherweise doch ausgeflogen«, murmelte er. »Vielleicht sollte ich morgen wiederkommen.« Sein Blick wanderte zur Hütte, die in der Dunkelheit ein wenig gruselig wirkte mit ihrem spitzen Dach und den kleinen Fenstern. Ihm war fast, als würde ihn eine Fratze anlächeln und nur darauf hoffen, dass er einträte.

Da hatte Mads eine Idee – höchst illegal zwar, aber in seinem Zustand war ihm das herzlich egal. Er ging zu dem Häuschen und drückte die Türklinke herunter, sie war erwartungsgemäß verschlossen. Dann schaute er durch das Fenster. Niemand war in dem Zimmer.

Mads ging um die Hütte herum in der Hoffnung, dass das andere Fenster offen war. Leider war es ebenso verschlossen, also ging er zurück zur Tür und sah sich das Schloss an. Es war ein einfaches altes Buntbartschloss.

So ein Schloss zu knacken, war kinderleicht, man musste nur mit einem stabilen Gegenstand die Platte im Inneren des Schlosses zur Seite schieben.

Mads schaute sich im Garten um und fand ein Stück Draht, womit zwei Pflanzen befestigt waren. Er schnappte sich den Draht, trat wieder an die Tür, steckte ihn in den Schlitz und keine Minute später hatte er die Tür geöffnet.

»Was versteckst du hier?«, sagte er zu sich. An seinem Handy schaltete er die Taschenlampenfunktion ein, um ein wenig mehr zu sehen. Er wollte so wenig Aufsehen wie möglich erregen.

Konzentriert schaute er sich in dem Zimmer um, fand aber keine Hinweise, die darauf hindeuteten, dass Hennig Kim hier gefangen hielt. Anschließend ging er über die Treppe in den oberen Stock. Hier befanden sich ein Sofa, ein Schreibtisch, ein Schreibtischstuhl und ein Computer mit Monitor. Sonst nichts.

Mads konnte seine Enttäuschung nicht verbergen. Hatte er sich doch geirrt und Hennig hatte mit Kims Verschwinden nichts zu tun?

Er trat an den Schreibtisch und sah, dass neben dem Computer eine Webcam an den Monitor angebracht war. Ohne lange zu überlegen, schaltete Mads den Rechner ein und nahm Platz. Der Rechner fuhr hoch und forderte ihn auf, ein Passwort einzugeben.

»Mist«, fluchte er. Er versuchte es mit dem Namen von Hennig – falsch.

Der Hund!, dachte er und gab »Anyon« als Passwort ein. Wieder kam eine Fehlermeldung.

Das Geburtsdatum, überlegte Mads weiter. Durch Tims Recherchen wusste er, wann Hennig geboren war, also gab er »Anyon22061977« ein. Zu seinem Erstaunen verschwand die Passworteingabe und der Startbildschirm erschien.

»Was ist das für eine kranke Scheiße?«, konnte Mads noch sagen, bevor er einen heftigen Schlag auf den Kopf spürte und zu Boden fiel.

42

Timmendorfer Strand, 18. August

Gustav war in großer Sorge um Mads. Dass er gestern einfach aus dem Restaurant gelaufen war, hatte er noch verstehen können, aber dass er weder zur Arbeit erschien noch auf seine Anrufe reagierte, war eines Johannsens nicht würdig.

Immerhin war es mittlerweile 11 Uhr und von Mads fehlte weiter jede Spur. Allerdings wollte er seinem Neffen auch nicht nachlaufen. Mads würde sich schon beruhigen, und wenn er dann zum Dienst käme, würde Gustav ihm seine Meinung kundtun. Er wendete sich einigen E-Mails zu, um sie zu beantworten.

Es klopfte an der Tür und Petra trat ein.

»Ist Mads da?«, fragte Gustav.

»Nicht, dass ich wüsste. Habe ihn nicht gesehen. Wo sollte er denn sein?«

»Woher soll ich das wissen?«, blaffte Gustav seine Sekretärin ungewollt an. Die Wut kam einfach so und formte sich zu Worten.

»Verstehe. Herr Lange ist da. Darf er eintreten oder lieber nicht?«

»Lass ihn rein.«

»Wie der Herr Dompteur wünscht.«

Petra verließ das Büro und schloss hörbar die Tür hinter sich. Gustav tat es leid, dass er sie so angefahren hatte. Dass Mads unentschuldigt fehlte, war schließlich nicht ihre Schuld.

Damit, dass Albert ihn an diesem Vormittag noch besuchen würde, hatte er bereits gerechnet, denn sie hatten nach dem Gespräch mit Leunig nicht wieder miteinander geredet. Das Interview mit der Ostseezeitung für diesen Morgen war abgesagt, Albert war ein wichtiger Termin dazwischengekommen.

In diesem Moment trat der Bürgermeister ein, mit einem Lächeln, als wäre die Welt in bester Ordnung. Doch sein Lächeln erstarb schnell, als er Gustavs Miene erblickte. »Was ist passiert? Ist was mit Lena?«

»Nein, keine Neuigkeiten wegen Lena. Dein Spezialist kann

uns leider nicht helfen. Nimm doch Platz.« Im Gegensatz zu Mads versuchte Gustav, nicht daran zu zerbrechen. Einer in der Familie musste stark bleiben, sonst würde alles zusammenbrechen.

Albert ließ sich nicht zweimal bitten und setzte sich. »Und warum machst du dann so ein Gesicht? Wir finden andere Spezialisten. Noch gibt es Hoffnung.«

»Ich bin nicht wegen des Spezialisten sauer. Nur enttäuscht und traurig, weil er nichts für Lena tun kann. Aber dafür kann er ja nichts. Danke, dass du ihn kontaktiert hast. Er lässt dich grüßen.« Gustav lehnte sich ein wenig nach vorn und seufzte. »Ich bin von Mads gerade sehr genervt.«

Es klopfte an der Tür und Petra trat mit einem Tablett und zwei Espressos ein.

»Das ist sehr lieb von Ihnen, Frau Wiese. Genau daran habe ich eben gedacht. Wenn Sie irgendwann keine Lust mehr auf diesen Brummbären haben, würde ich Sie mit Kusshand nehmen.«

»Das kann schneller gehen, als mancher für möglich hält«, erklärte Petra schnippisch.

Albert wirkte irritiert, sagte aber nichts.

»Ja, es tut mir leid. Ich hätte dich eben nicht so angehen sollen«, presste Gustav seine Entschuldigung an Petra mehr als schwerfällig heraus.

»Das ist immerhin ein Anfang«, antwortete Petra und verließ das Büro.

»Hast du deine Laune wieder nicht im Griff?« Albert schüttelte den Kopf und trank von seinem Espresso, den Keks reichte er Gustav. »Ich glaube, den brauchst du gerade dringender als ich. Was ist denn los?«

Gustav trank ebenfalls einen Schluck und steckte sich beide Kekse gleichzeitig in den Mund.

»Mads hat gestern Abend eine Szene gemacht«, erklärte er dann.

»Eine Szene?«

»Ja, eine Szene. Möchtest du mich ausreden lassen oder mich nach jedem Satz unterbrechen?«

»Fahr nur fort.« Albert hob abwehrend die Hände.

»Als Dr. Leunig uns sagte, dass er Lena nicht helfen könne,

dass ihr Zustand sehr ernst sei und wir mit dem Schlimmsten rechnen müssten, ist Mads wortlos weggelaufen.«

»Wer kann es ihm verübeln? Deswegen sollte man doch nicht so ein Fass aufmachen.«

Gustav brummte und leerte das Espressotässchen.

»Deshalb bin ich ja auch nicht sauer. Er antwortet seit gestern Abend nicht auf meine Nachrichten und ignoriert meine Anrufe.«

»Soll ich gleich mit ihm sprechen?«, schlug Albert vor.

»Er ist nicht im Büro. Ich habe keine Ahnung, wo er ist. Ich sagte ja, er reagiert nicht auf meine Anrufe.«

»Warte. Ich rufe ihn an. Vielleicht spricht er mit mir.«

»Da bin ich mal gespannt«, erwiderte Gustav zweifelnd.

Albert zückte sein Handy und wählte die Nummer von Mads.

»Ich glaube, sein Handy ist im Flugmodus«, sagte er nach einer Weile, »es kommt nur die automatische Ansage des Providers.«

»Siehst du, das ist ja wohl eine Frechheit. Er ist doch keine fünfzehn mehr.«

»Entspann dich, vielleicht hat er einen über den Durst getrunken und schläft seinen Rausch aus.«

»Er hat heute Dienst! Was ist das für ein Zeichen an meine anderen Mitarbeiter, wenn ich ihm das durchgehen lasse?«

»Du denkst auch nur an deinen Ruf. Was ist mit Mads? Er hat gestern erfahren müssen, dass seine Schwester vielleicht nie wieder gesund wird oder möglicherweise stirbt. Wie kannst du da an deinen Ruf denken?«, wurde Albert deutlich.

Gustav lag etwas auf der Zunge, aber er hielt sich zurück. So unrecht hatte sein Freund schließlich nicht. War er zu streng mit Mads?

»Vielleicht hast du recht«, gab er deshalb zu.

»Nicht nur vielleicht, sondern ganz sicher. Lass ihm den Tag, und wenn er morgen wieder zum Dienst erscheint, gib ihm keinen Einlauf. Kriegst du das hin?«

»Ich kann mich zusammenreißen, auch wenn es dir vermutlich schwerfällt, das zu glauben. Ich möchte meinem Neffen nichts Böses, aber er soll nicht alles in sich reinfressen. Ich bin doch für ihn da. Das kapiert er nur nicht.«

»Er ist halt stur und eigensinnig wie du.«

Gustav ließ diese Aussage unkommentiert, stattdessen sagte er: »Du bist sicherlich nicht wegen Mads hier.«

»Nein, du hast recht. Ich habe gute Neuigkeiten.« Albert lehnte sich auf seinem Stuhl zurück und lächelte zufrieden.

»Und die wären?«

»Ich komme gerade vom Frühstück mit Frank Tackenberg.«

»Diesem Immobilienmogul?«

»Genau. Die Gemeinde kann sich glücklich schätzen, ich konnte ihn beim Frühstück überzeugen. Tackenberg möchte in ein Hotel investieren. Einen Fünf-Sterne-Palast.«

»Das sind in der Tat gute Neuigkeiten. Wann startet der Bau?«

»Recht bald, hoffe ich. Nur der Eigentümer eines Campingplatzes stellt sich noch quer.«

»Verstehe, er möchte sein Grundstück nicht verkaufen«, mutmaßte Gustav.

»So sieht es aus. Aber damit der Bau beginnen kann, braucht Tackenberg das Grundstück. Ich hatte auf deine Hilfe gehofft, was den Eigentümer des Grundstückes anbelangt.«

»Inwiefern?« Gustav ahnte, worauf Albert hinauswollte.

»Du kennst ihn. Es geht um Fritz Vogl.«

»Du möchtest, dass ich mit ihm spreche?«

»Das würde uns allen nützen.«

»Uns allen? Was habe ich von einem Fünf-Sterne-Hotel?«

»Eine enorme Aufwertung unserer Gemeinde. Das kann dich doch nicht kaltlassen.« Albert beugte sich vor. »Und ganz im Vertrauen: Mir war dieser Campingplatz schon immer ein Dorn im Auge.«

»Warum? Ist er nicht mondän genug für deine Gemeinde und die Schickeria?«

»Tust du mir den Gefallen oder nicht? Du bist gerade unausstehlich«, maulte Albert. »Ich möchte doch nur, dass du mit Vogl sprichst. Mehr nicht.«

Gustav atmete aus. »Ich rede mit ihm. Mehr nicht. Versprechen kann ich dir nichts.«

»Das reicht mir. Mehr verlange ich gar nicht von dir.« Albert lächelte, dann schlug er die Handflächen auf die Oberschenkel und stand auf. »Lass uns rausgehen, ein bisschen die Beine vertreten.«

»Ich muss arbeiten«, erwiderte Gustav kühl.

»Das kannst du auch draußen. Und unter uns: So unter Strom kannst du doch keinen klaren Gedanken fassen.«

Albert hatte recht, etwas frische Luft würde ihm sicherlich helfen, runterzukommen. Gustav wollte eben aufstehen, da klingelte sein Bürotelefon.

Er nahm das Gespräch an. Es war seine Mutter. Sie wechselten ein paar Worte, dann legte Gustav auf.

»Was ist los?«, fragte Albert.

»Mads, was sonst.«

»Ist er bei seiner Oma? Das ist doch wunderbar. Du hast versprochen …«

»Nein, ist er nicht«, fiel Gustav dem Bürgermeister ins Wort. »Jutta hat ihn angerufen und ihm eine Nachricht geschrieben, aber er hat nicht geantwortet. Jetzt macht sie sich natürlich Sorgen.«

»Sie hat Mads schon immer sehr geliebt. Nun gut, du hast ihr ja gesagt, dass sie sich keine Sorgen machen soll, wie ich gehört habe.«

»Ich hoffe, dass sie das wirklich nicht tut«, sagte Gustav nachdenklich. »Das sieht Mads einfach nicht ähnlich, er vergöttert seine Oma. Sie nicht zurückzurufen, würde ihm nie in den Sinn kommen.«

»Ich sagte doch, er hat einen über den Durst getrunken und sein Handy ist aus oder im Flugmodus oder der Akku ist leer. Kein Wunder, dass er nicht weiß, dass sie ihn kontaktiert hat. Jede Wette, der schläft tief und fest. Wir waren doch auch mal jung.«

Gustav knirschte mit den Zähnen. Mads' Verhalten gefiel ihm gar nicht, aber welche Wahl hatte er? Sich aufregen oder warten, bis sein Neffe wieder auf der Dienststelle war?

Plötzlich kam ihm ein anderer Gedanke. Was, wenn Mads sich etwas angetan hatte? Dass er seiner Oma nicht antwortete, war nicht mit der Tatsache gleichzusetzen, dass er auf ihn nicht reagierte. Machte er seinem Neffen etwa unberechtigt Vorwürfe?

»Lass uns kurz bei Mads vorbeischauen«, sagte er und stand auf.

»Sagst du das, weil du dir als Onkel Sorgen machst oder weil du wütend bist?«

»Weil ich mir Sorgen mache. Dass er seiner Oma nicht antwortet, sieht ihm nicht ähnlich. Egal wie schlecht gelaunt er sein mag, er würde seiner Oma immer antworten, damit sie nicht beunruhigt ist. Selbst während seines Afghanistaneinsatzes hat er sich bei ihr gemeldet, als sie sich Sorgen machte, weil er nichts von sich hören ließ. Mads hat sein Handy eigentlich nie aus.«

»Mein Auto steht vor der Tür«, sagte Albert.

Mit dem unguten Gefühl, dass er seinem Neffen wirklich unrecht getan hatte und dass ihm etwas zugestoßen war, ging er um den Schreibtisch herum, da klopfte es an der Tür und Petra trat ein.

»Paul Giese möchte mit dir sprechen.«

»Ist er am Telefon?«

»Nein, er ist hier.«

43

Paul hatte nicht die Flucht ergriffen, er war geblieben. Die ganze Nacht hatte er sich in seinem Zimmer betrunken und wieder und wieder versucht, die Puzzleteile dieser beschissenen Nacht zusammenzufügen. Egal wie er es drehte und wendete, das Ergebnis war immer das Gleiche: Er hatte Kim geschlagen. Was danach passiert war, konnte er nicht rekonstruieren.

Doch das war auch nicht nötig. Er hatte sie geschlagen, sie war zu Boden gestürzt und seitdem galt sie als vermisst, das hieß sicher nichts anderes, als dass er sie ermordet hatte.

»Aber was habe ich mit der Leiche getan?«, überlegte er, als er völlig verkatert aus dem Bett stieg.

Genau diese Frage war es dann auch, die ihn hatte zögern lassen, zu fliehen und unterzutauchen.

Oder tust du es nicht, weil du psychisch am Ende bist?, überlegte er.

Letztlich hatte das auch keine Bedeutung. Zunächst einmal musste er dringend duschen und verschwand im Bad. Als er nach einer Viertelstunde wieder in seinem Zimmer vor dem Spiegelschrank stand, spürte er, dass ihm ein Duschbad noch nie so gutgetan hatte.

»Du siehst echt schlimm aus«, sagte er zu seinem Spiegelbild.

Seine Augen waren von zahlreichen roten Äderchen durchzogen, ein Zeichen, dass er viel geweint und wenig geschlafen hatte.

Er wusste, dass er kein Heiliger war, dass er zu Wutausbrüchen neigte und auch schon mal handgreiflich wurde. Aber ein Mord war doch etwas völlig anderes.

»Habe ich sie wirklich getötet? Bin ich ein Mörder?«

Sein Spiegelbild blieb ihm die Antwort schuldig.

Er gab sich einen Ruck, schwenkte die Schranktür auf und holte sich frische Wäsche heraus. Während er sie anzog, wanderte sein Blick zu seinem Handy, das er auf Flugmodus und lautlos geschaltet hatte. Nur das WLAN war aktiv, sodass er jede Menge WhatsApp-Nachrichten erhalten hatte. Die meisten von Kevin und Sophia.

»Jetzt habe ich auf jeden Fall endgültig verkackt.«

Gestern noch hatte sich Sophia mit ihm treffen wollen und seine Vorfreude darauf war riesengroß gewesen. Aber nachdem er die Panikattacke bekommen und nur an Flucht gedacht hatte, war es ihm unmöglich gewesen, sich mit ihr zu treffen. Er wollte seine Ruhe, hatte das Handy auf Flugmodus und lautlos gestellt und seinen Koffer gepackt – allerdings nur zu Hälfte. Dann hatte er sein Vorhaben abgebrochen, den Koffer in die Ecke geschmissen und angefangen zu weinen. Er hatte es nicht steuern können. Seine Tränen waren übermächtig und fanden kein Ende. Irgendwann hatte er begonnen zu trinken, hatte die Minibar geleert, sich beim Roomservice eine Flasche Wodka bestellt und auch diese ausgetrunken.

Den Gedanken an die Flucht hatte er verworfen und sich stattdessen in den Vollrausch getrunken, um sich und sein beschissenes Leben, das er völlig ruiniert hatte, zu bemitleiden.

Irgendwann hatte ihn der Schlaf erlöst.

Aber das war gestern! Heute war ein neuer Tag, doch was er jetzt weiter tun musste, wusste er nicht.

Flucht ist keine Lösung, war die einzige Erkenntnis.

Zur Polizei solltest du jedenfalls nicht gehen. Die haben Kims Leiche nicht, also können die dir nichts. Wieso diesen Vorteil verspielen?

»Weil ich dann erst recht am Arsch bin«, sagte er gereizt.

Aber wenn er sie ermordet hatte, wo war dann diese verdammte Leiche?

Paul atmete aus.

Habe ich doch mein Auto benutzt und sie weggeschafft? Und Finn hat mir einen unbeabsichtigten Gefallen damit getan, dass er den Wagen hat reinigen lassen?

Natürlich wusste er das nicht, dennoch klang dieser Gedanke nicht verkehrt.

Aber der Schlüssel hat während der Party auf dem Tisch gelegen, ich müsste demnach wieder zurückgegangen sein, den Schlüssel geholt haben und noch mal zu der Stelle gefahren sein.

Paul schüttelte den Kopf. Er hatte sogar die Antwort darauf, wie er den wahren Hergang würde herausfinden können.

Es klopfte an der Tür, Paul machte auf.

»Alles okay?«, fragte Cenk.

»Ja, warum?«

»Wir haben uns Sorgen gemacht, du hast nicht geantwortet. Sophia hat sich auch Sorgen gemacht.« Cenk trat ein.

»Sophia?« Dass seine Jungs beunruhigt waren, interessierte ihn nicht. Bei Sophia war das etwas anderes.

»Ja, sie hat dich kontaktiert und dir mehrere Nachrichten geschrieben, aber du hast nicht reagiert, da hat sie mich angeschrieben.«

»Du hast ihre Nummer?«

»Klar, das weißt du doch. Was ist los mit dir?«

»Stimmt. Habe einfach ein bisschen zu viel gesoffen gestern.«

»Wo warst du denn?«

»Hier, hatte keine Lust auf Menschen«, gab Paul zu.

»Auch nicht auf Sophia?«

»Auf keinen Menschen, sagte ich doch.«

»Ehrlich, Paul, wir machen uns langsam echt Sorgen um dich. So kennen wir dich gar nicht. Wo drückt der Schuh?«

Paul kannte Cenk schon eine Ewigkeit. Er war mit zehn Jahren mit seinen Eltern nach Mannheim gezogen, weil sein Vater dort einen neuen Job angenommen hatte. Vorher hatte Cenks Familie in Leverkusen gewohnt.

»Ich bin nur genervt von diesem Bullen und den Ermittlungen. Der hat mich echt auf dem Kieker.«

»Aber du hast doch nichts getan, also mach dir keinen Kopf.«

»Wenn das mal so leicht wäre«, sagte Paul seufzend. »Ich weiß nur, dass ich irgendwann wieder auf der Party war. Du erinnerst dich ja daran.«

»Stimmt, du kamst nach dieser Janine zurück. Wann genau, weiß ich nicht.«

»Bin ich danach noch mal weg?«

»Keine Ahnung, Bro, wir waren alle gut dabei. Aber du warst halt immer wieder verschwunden. So wie sonst auch, du drehst ja gerne deine Runden. Keine Ahnung, wo du die ganze Zeit warst.«

Paul lief es eiskalt den Rücken herunter. Bedeutete das vielleicht doch, dass er die Autoschlüssel vom Tisch genommen hatte und zur Düne gefahren war, um Kims Leiche verschwinden zu lassen?

»Weißt du, wann Finn zurück zur Party ist?«

»Das hatte ich dir schon gesagt, etwas später als du.«

»Und hat er die Party noch mal verlassen, bevor wir alle ins Hotel sind?«

»Ehrlich, ich weiß es nicht. Am Ende saß doch keiner mehr so richtig an seinem Platz«, sagte Cenk achselzuckend. »Einer war immer seine Runden drehen. Der Einzige, der früher gegangen ist, war Kevin, wegen Bruno. Aber du warst doch auch auf der Party und viel weniger als du habe ich nicht gesoffen.«

»Ich weiß, nur sind meine Erinnerungslücken größer als deine.«

»Verdächtigst du Finn?«

»Nein, mich!«, wäre es Paul fast herausgerutscht, stattdessen sagte er: »Nein, tue ich nicht. Ich versuche nur, Argumente zu finden, warum ich unschuldig bin.«

»Entspann dich. Wir leben in Deutschland, nicht in Russland, der Türkei oder Saudi-Arabien. Hier muss dir die Polizei nachweisen, dass du schuldig bist.«

Paul zögerte kurz und überlegte, ob er Cenk reinen Wein einschenken sollte. Er vertraute ihm eigentlich, auch wenn er es ihm krummnahm, dass er die letzten Tage nicht eindeutig Position für ihn bezogen hatte. Dennoch fasste er sich ein Herz.

»Und wenn ich Kim doch gesehen habe?«, sagte er endlich.

»Echt?« Cenk schien ehrlich überrascht.

»Ich weiß es nicht, ist nur so ein Gedanke. Ich hatte wirklich einen Filmriss, nur seit gestern glaube ich, dass ich ihr doch begegnet bin.«

»Scheißfilmriss, Bro. Kenne ich, wenn dein Verstand dich fickt. Wenn du sie doch gesehen hast, musst du es der Polizei erzählen.«

Paul schluckte. »Mache ich mich damit nicht noch verdächtiger?«, fragte er.

»Quatsch. Damit zeigst du denen, dass du nichts zu verbergen hast. Wenn sie es irgendwie rausfinden und bemerken, dass du lügst, hast du ein Problem.«

Das Argument war nicht von der Hand zu weisen.

»Aber was, wenn ich mir das nur einbilde?«

»Dann solltest du es genau so der Polizei sagen. Bisher hast du dich nicht so richtig klug verhalten, das habe ich dir ja gesagt. Es bringt nichts, sich mit den Bullen anzulegen.«

»Irgendwie hast du recht. Mein Temperament steht mir dabei im Weg.«

»Manchmal frage ich mich, wer von uns beiden der Südländer ist«, lachte Cenk. »Bro, mach dich nicht komplett verrückt. Zieh dich an und komm mit, wir sind alle auf der Terrasse.«

»Nicht jetzt, ich habe keine Lust auf Finn.«

»Vergiss das mit Finn, der hat sich beruhigt und möchte sich mit dir aussprechen. Wir sind doch Freunde.«

»Geh vor, ich überlegs mir«, erwiderte Paul.

»Da gibt es nichts zu überlegen. In fünfzehn Minuten treffen wir uns unten und dann werden Finn und du sich die Hände geben und wir genießen unsere letzten Tage an der Ostsee.«

Cenk reichte Paul die Faust zum Abschlagen, verabschiedete sich und ließ Paul mit jeder Menge wilder Gedanken zurück.

»Du bist doch kein ängstlicher Mensch, keiner, der sich vor Konflikten scheut, oder?«, sagte Paul zu sich, nachdem die Tür ins Schloss gefallen war.

Nein, das war er nicht. Er hatte die Probleme immer angesprochen und sich ihnen gestellt.

»Vielleicht ist es an der Zeit, dass du wieder der wirst, der du schon immer warst. Cenk hat recht.«

Paul ballte die rechte Hand zur Faust und beschloss, sofort zur Polizei zu gehen und ihnen alles zu erzählen, was er wusste. Wenn er daraufhin verhaftet würde, war es so. Aber er glaubte noch immer, dass er unschuldig war.

44

Mads brummte der Schädel, als er zu sich kam. Sofort war ein Erinnerungsfetzen da: Er hatte einen harten Schlag auf den Kopf erhalten und war zu Boden gesackt, danach versank alles im Nebel.

Nein!

Es waren mehrere Schläge auf den Kopf gefolgt, bis er vollends das Bewusstsein verloren hatte.

Er öffnete die Augen. Sie waren nicht verbunden. In seinem Mund steckte ein Knebel und er lag auf einem kalten Untergrund. Beton, die Hände mit Kabelbinder gefesselt.

Wo bin ich?, überlegte er. Er schaute sich um. Es war dunkel in dem Raum, stockfinster. Vermutlich ein Raum ohne Fenster.

Erinnerungen an seinen letzten Fall hier an der Ostsee wurden wach, als der Mörder Lena und Emma in einem dunklen Kellerraum gefangen gehalten hatte. Hatte er es wieder mit einem Psychopathen zu tun?

Was für eine kranke Wendung, dachte er.

Der Knebel hinderte ihn daran, Laute von sich zu geben, er saß zu fest.

Wie hat mich dieser irre Typ hergeschafft?, fragte sich Mads. Er wusste, dass Hennig ihn hinterrücks angegriffen hatte. Aber Mads war kein Leichtgewicht, ihn in diesen Raum zu schaffen, war sicherlich nicht einfach gewesen.

Wieso bin ich dabei nicht aufgewacht?

Hatte Hennig ihn dermaßen verletzt, dass er eine ganze Weile weggetreten war? Mads wollte das nicht glauben, auch wenn es nicht ausgeschlossen war.

Betäubung?!

Das wäre eine Möglichkeit. Dass er aufgrund der Schläge vielleicht doch so lange bewusstlos gewesen war, wollte er trotzdem nicht ganz ausschließen.

Eine andere Frage schoss ihm durch den Kopf: Wurde Kim auch hier gefangen gehalten?

Was zur nächsten Frage führte: Lebte sie noch?

Hoffnung keimte in ihm auf. Obwohl er sich selbst in einer aussichtslosen Situation befand, drehten sich seine Gedanken um Kim.

Langsam stand er auf, wodurch sein Schädel noch heftiger brummte, als er es ohnehin tat. Vorsichtig bewegte er die Finger. Ihm war klar, dass er sich nicht freimachen konnte. Diese Kabelbinder waren fies, je mehr er versuchte, seine Hände zu befreien, desto enger wurden sie. Daher war es am klügsten die Hände nicht zu stark zu bewegen.

Immerhin war er nirgends angebunden. Hennig hatte also möglicherweise improvisiert.

Oder er ist sich seiner Sache zu sicher, meldete sich ein anderer Gedanke.

Langsam bewegte er sich durch den Raum, tastete sich mit den Füßen vor, aber der Raum war leer. Er war auch nicht sonderlich groß. Jetzt stand er vor einer Tür. Einer Metalltür. Mit dem rechten Fuß tastete er die Tür ab, erreichte den Türgriff und versuchte, ihn herunterzudrücken. Verschlossen. Alles andere hätte ihn auch gewundert.

Er tastete die Wand weiter ab und fand den Lichtschalter, drehte sich um und betätigte den Schalter mit der rechten Hand.

Es wurde hell, aber nicht zu hell, sodass seine Augen kein Problem hatten, sich an die Helligkeit zu gewöhnen. Er schaute sich um und fühlte sich in seiner ersten Annahme bestätigt: Hier war nichts, was ihm helfen konnte, zu fliehen.

Dieser verdammte Knebel, dachte er und atmete durch die Nase aus.

Erst jetzt fiel ihm auf, dass er nur noch mit Unterwäsche bekleidet war. Hennig musste ihm seine Sachen ausgezogen und seine Wertgegenstände an sich genommen haben.

Meine Waffe!

Er trug immer eine Waffe bei sich, auch am vergangenen Abend. Dabei hatte er, kurz bevor er zu seiner Schwester gefahren war, noch überlegt, ob er sie überhaupt mitnehmen sollte, da er abends zum Essen verabredet gewesen war. Dummerweise hatte er sie mitgenommen, was jetzt für ihn ein großer Nachteil war. Hennig war im Besitz seiner Waffe.

Wenn er nicht eh eine eigene hat, dachte er bitter.

Der Plan, sich hinter der Tür zu verstecken und zu versuchen, Hennig zu überwältigen, sobald er diese aufschloss, bekam Risse. Wenn Hennig mit seiner Waffe den Keller betrat, riskierte er, erschossen zu werden.

Dennoch wollte Mads die Idee nicht ganz verwerfen, denn seine anderen Optionen waren spärlich.

Immerhin hat er dich nicht angebunden. Diese Bewegungsfreiheit ist ein großer Vorteil, sprach sich Mads Mut zu. *Und im Gegensatz zu Hennig bist du eine ausgebildete Kampfmaschine.*

Die Frage war nur: Wo war Hennig und wann würde er hier auftauchen?

Mads trat wieder an die Tür, drehte sich um und versuchte, sie mit den Händen zu öffnen, aber da war nichts zu machen. Sie blieb verschlossen. Ohne einen Dietrich oder einen spitzen Gegenstand sah er keine Möglichkeit, das recht große Buntbartschloss zu öffnen.

Sein Blick wanderte zu seinen Füßen. Selbst die Turnschuhe hatte Hennig ihm abgenommen. Der Betonboden war kalt, obwohl es draußen sehr warm war, was ihm sagte, dass er tief unter der Erde war.

Im Gästehaus?, überlegte er.

War es möglich, dass es dort einen Keller gab? Geheime unterirdische Räume? Er hielt das für sehr wahrscheinlich, denn er nahm nicht an, dass Hennig ihn rüber ins Haus geschafft hatte.

Wie es schien, hatte Mads' Riecher richtig gelegen.

Wut machte sich in ihm breit. Wut über sich selbst, dass er so unvorsichtig gewesen war. Er schob die Dummheit auf den Alkohol, zudem war er entsetzlich aufgewühlt gewesen wegen Lena und der dämlichen Prognose des Spezialisten. All das hatte dazu geführt, dass er fahrlässig gehandelt hatte, und jetzt bekam er die Quittung dafür.

Im nüchternen Zustand hätte er garantiert bemerkt, wie Hennig sich ihm genähert hatte. Andererseits hatte das Foto auf dem Startbildschirm ihn dermaßen überrascht, dass er sicherlich auch unter normalen Umständen kurz unaufmerksam gewesen wäre.

Wie konnte man so ein Foto auf seinem Startbildschirm haben?

Die Antwort war schnell gefunden: Weil Hennig sich zu sicher war, dass nie jemand sein Geheimnis entdecken würde, denn der Computer befand sich in seinen privaten Räumlichkeiten und war zudem passwortgeschützt.

Mads musste an den Magier Jan Rouven denken. Vor Jahren, als er Urlaub in Vegas gemacht hatte, hatte er eine Show von Rouven besucht, die ihn schwer begeistert hatte. Rouven war ein Mann, der fest im Leben zu stehen schien. Erfolgreich, glücklich mit seinem Manager verheiratet und finanziell unabhängig. Doch nur ein Jahr später hatte Mads gelesen, dass Rouven wegen des Besitzes und der Verbreitung von Kinderpornografie verhaftet worden war. Tausende Dateien waren auf seinem Rechner gefunden worden, ungeschützt und leicht zugänglich. Die vermeintliche Sicherheit der eigenen vier Wände war ihm zum Verhängnis geworden, wie sie auch Hennig zum Verhängnis geworden war.

Nur gab es einen entscheidenden Unterschied: Hennig hatte auf Mads von Anfang an wie jemand gewirkt, dem er eine Straftat zutraute, da er sich merkwürdig verhielt. Dieser Rouven jedoch war ihm sympathisch gewesen. Er hatte alles, was sich die meisten Menschen erträumten. Aber ein Dämon war ein Dämon, und wenn der Besitz von einem ergriffen hatte, war man machtlos dagegen, egal wer man war. Dann musste man seinen abartigen Fantasien nachgehen.

Menschen sind Bestien, dachte Mads. Er wünschte, er hätte eine höhere Meinung von seiner Art, aber seine Erfahrung hatte ihn gelehrt, dass von der Menschheit im Allgemeinen nicht viel zu erwarten war.

Im Einzelfall sah das natürlich anders aus. Da gab es Menschen wie seine Schwester, seine Oma oder Emma, die er sehr schätzte.

Dabei kennst du Emma nicht mal richtig, dachte er.

In diesem Moment wurde ihm wieder einmal bewusst, dass er jetzt zumindest eine Ahnung davon bekam, was sie durchgemacht hatte. Im Gegensatz zu ihm war sie allerdings über eine längere Zeit in so einem kleinen Raum gefangen gehalten worden, ohne Essen und Trinken, weil der Psychopath sich daran ergötzt hatte, sie hungern und leiden zu sehen.

Mads konnte nachvollziehen, warum sie nach diesem Erlebnis der Ostsee den Rücken gekehrt und zurück zu ihren Eltern nach

Köln gezogen war. Die Lübecker Bucht hatte ihr nur Schmerz zugefügt.

Mittlerweile ließen die Kopfschmerzen ein wenig nach und ein Hungergefühl meldete sich, das Mads zu verdrängen versuchte. In seiner Spezialeinheit hatte er gelernt, Hunger und Durst zu unterdrücken, mussten sie doch immer damit rechnen, in Gefangenschaft zu geraten und nichts zu essen oder zu trinken zu bekommen.

Gustav wird dich finden. Schließlich hatte Ole ihm eine Nachricht geschickt und Mads kannte seinen Onkel, wenn er sich nicht bald meldete, würde er sich fragen, warum sein Neffe nicht zum Dienst erschien, und dann würde er nach ihm suchen und erfahren, dass Ole ihm eine Nachricht geschrieben hatte. Daraufhin würde er sicherlich auf die Idee kommen, dass Mads zu Hennig gefahren war. Wenn er darüber hinaus noch sein Auto in der Nähe von Hennigs Anwesen fände, würde sein Onkel wissen, dass er in der Gewalt dieses Mannes war.

Und wenn er glaubt, dass du nur deinen Rausch ausschläfst, und dich heute nicht mehr behelligt?

Mads hoffte nicht, denn es gab in dem Fall noch eine weitere Möglichkeit: Hennig könnte ihn erschießen.

Nein, Mads musste einen Weg finden, sich selbst zu befreien. Schnell.

Die Idee, Hennig zu überraschen, verwarf er, denn er ging inzwischen davon aus, dass er den Raum bewaffnet betreten würde. Also würde er auf die Gelegenheit warten müssen, Hennig in ein Gespräch zu verwickeln, dann eine schnelle Rechtsdrehung, ein Haken mit dem rechten Fuß und die Waffe würde aus Hennigs Hand fliegen. Anschließend ein weiterer Haken und Hennig würde am Boden liegen.

Das hörte sich nach einem sehr guten Plan an. Nur musste dieser verdammte Knebel aus seinem Mund, sonst würde er schlecht mit Hennig reden können.

Und dann befreie ich Kim. Sie lebt, machte er sich Mut.

In dem Moment horchte Mads auf und bewegte sich nicht mehr. Schritte!

Soll ich mich doch hinter der Tür verstecken und volles Risiko gehen?, dachte er.

45

Gustav hatte Albert rasch verabschiedet und ihn damit vertröstet, dass er sich nach dem Gespräch mit Paul Giese melden werde. Er war gespannt, warum der junge Mann ihn sprechen wollte, denn er hatte am Empfang explizit nach Gustav und nicht nach seinem Neffen gefragt.

»Moin.« Gustav betrat den Verhörraum, Paul saß am Tisch und schien tief in Gedanken versunken zu sein.

»Hallo«, sagte Paul und sah Gustav an. Er wirkte angespannt. »Gut, dass Sie da sind.«

»Ich hoffe, dass Sie das zum Anlass nehmen, mir zu vertrauen. Ich möchte Ihnen nichts anhängen«, antwortete Gustav. Dass Mads nicht in der Dienststelle war, musste Giese nicht erfahren. »Das Gespräch wird übrigens aufgezeichnet, nur zu Ihrer Information.«

»Danke. Nichts gegen Ihren Neffen, aber es war schon sehr deutlich, dass er mich nicht leiden kann. Ich möchte nur fair behandelt werden.«

»Das werden Sie, keine Sorge.«

»Gut, gut.« Paul atmete durch. »Das hier ist kein Geständnis oder so. Ich möchte wie Sie, dass man Kims Mörder findet.«

»Mörder?«

»Glauben Sie etwa, dass sie noch lebt? Irgendjemand hat Kim ermordet, aber nicht ich.«

Gustav beschlich das Gefühl, dass das hier kein zielführendes Gespräch werden würde, und fragte sich, was der Beweggrund war, dass Paul hier auftauchte. Er musste an die Schlägerei auf der Terrasse des *Café Fitz* denken.

»Und warum sind Sie dann hier?«

»Gleich. Ich möchte mich noch mal wegen des Vorfalls entschuldigen.«

»Sie meinen den im Café?«

»Genau. Das war wirklich dumm von mir. Ich wollte den Typen nicht schlagen, aber ich war so enttäuscht von Sophia, da ist es passiert.«

»Ist das immer Ihre Art, mit Enttäuschungen umzugehen?« Gustav hatte wenig Verständnis für Pauls Antwort, sie klang nach einer billigen Ausrede und nicht danach, dass der junge Mann seine Tat tatsächlich bereute.

»Nein, natürlich nicht. Ich weiß, dass ich nicht fehlerfrei bin. Aber jemanden zu schlagen, heißt doch nicht, dass man auch ein Mörder ist.«

»Da gebe ich Ihnen recht. Wollen Sie nicht endlich darauf zu sprechen kommen, warum Sie hier sind?«, wiederholte Gustav.

»Ja, das will ich doch«, presste Paul hervor, er wagte es nicht, Gustav anzuschauen. »Es ist nur wichtig, dass Sie mir vertrauen und die Ansicht vertreten, dass jemanden zu schlagen und ein Mord unterschiedliche Dinge sind.«

»Herr Giese, erzählen Sie mir einfach die Wahrheit. Ich werde Ihre Worte fair und ehrlich bewerten, das ist meine Aufgabe als Leiter der Kriminalpolizei und dieser Einheit hier. Ich möchte niemanden unschuldig ins Gefängnis bringen. Nur der Täter interessiert mich, und wenn Sie dazu beitragen können, ihn zu finden, bin ich Ihnen sehr dankbar«, erklärte Gustav. Er hoffte, dass Paul endlich begriff, dass er kein persönliches Interesse an ihm hatte, sondern nur herausfinden wollte, was mit Kim geschehen war.

Paul sah ihn an, als wäre er unsicher, was er sagen sollte. Gustav versuchte noch immer, ruhig zu bleiben, schließlich hatte Mads' stürmische Art bei ihm nichts gebracht und es musste ja einen Grund geben, warum Paul hier war.

Niemand sagte etwas.

»Herr Giese, möchten Sie nicht erzählen, warum Sie hier sind?«, unternahm Gustav einen weiteren Vorstoß.

Diesmal streckte Paul seinen Oberkörper und blickte Gustav an. Sein Blick wirkte verzweifelt, orientierungslos.

»Ich kann mich wieder erinnern.«

»Erinnern?«

»Ja, an die Nacht, als ich am Strand war. Ein paar Erinnerungen sind zurück.«

»Und die wären?« Gustav horchte auf. War es möglich, dass Paul ihnen helfen würde, dem Täter einen Schritt näher zu kommen? Er ging jedenfalls nicht davon aus, dass sich jemand wie Paul selbst belasten würde.

»Vielleicht …«, begann Paul, unterbrach sich dann und richtete seinen Blick starr auf Gustav. Dieser schwieg. Paul sollte Zeit haben, sich zu sammeln. Was immer er erzählen wollte, es musste ihn heftig umtreiben.

Will er sich doch belasten?, überlegte Gustav. *Oder Finn? Aber wie glaubwürdig wäre das, wenn er Finn etwas anhängen wollte?*

»Vielleicht«, setzte Paul nochmals an. »Vielleicht habe ich Kim doch noch getroffen.« Seine letzten Worte kamen hastig.

Jetzt wurde Gustav noch aufmerksamer.

»Wann war das?«

»Ich weiß es nicht, jedenfalls vor 2 Uhr morgens, soweit ich mich erinnere. Das war da bei den Dünen, wo ich mich erleichtert habe.«

»Bevor Sie Finn gesehen haben?«

»Genau.«

»Wissen Sie, warum Kim Schuster bei den Dünen war?« Eine Frage, die Gustav schon längere Zeit beschäftigte. Vielleicht war sie austreten gewesen wie Paul, im Schutz der Düne.

»Da war so ein dämlicher Hund«, sagte Paul. »Ich erinnere mich jedenfalls an einen.«

»Welche Rasse?« Gustav war alarmiert. Hatten sie Paul möglicherweise nicht nur zu unrecht verdächtigt, sondern war er auch der Letzte, der Kim lebend gesehen hatte?

»Keine Ahnung, so ein kleiner Hund. Es war dunkel, ich habe nicht darauf geachtet.«

»Überlegen Sie bitte.«

»Wofür? Wen interessiert die Töle? Der ist eh weggerannt.«

»Und sein Herrchen?«

»Da war niemand. Nur Kim und ich.«

»Sicher?«, hakte Gustav nach.

»Ja, ganz sicher. Das ist ja mein Problem.«

»Ihr Problem?«

»Weil ich mich mit meiner Aussage selbst belaste.«

»Was ist denn geschehen?«

Paul antwortete nicht sofort, er schaute Gustav an, dann schluckte er, fuhr sich mit der Hand über die Haare und plötzlich wurden seine Augen feucht und sein rechter Mundwinkel zuckte.

»Ich habe mit Kim gestritten, ich wollte, dass sie sich bei mir entschuldigt. Sie hat es aber nicht eingesehen und mich beschimpft. Ich wurde wütend und dann ist es passiert, ich habe ihr einen Schlag versetzt und sie ist zu Boden gestürzt.«

»Was ist danach geschehen?«

»Ich habe noch ein paar Mal auf sie eingeschlagen, bis sie sich nicht mehr geregt hat. Ich war so unglaublich wütend.«

»Sie waren ganz alleine?«

»Ja, war ich.« Pauls Augen schwammen in Tränen, weil er wie Gustav wusste, dass er sich mit dieser Aussage schwer belastet hatte. Wer, wenn nicht er, hatte Kim getötet?

»Sie wissen, dass ich Sie nicht gehen lassen kann. Ich nehme Sie fest, wegen des Verdachtes des Mordes an Kim Schuster.«

46

Da Mads keine Uhr bei sich hatte, wusste er nicht, wie lange er schon in diesem kargen, kleinen Raum ausharrte.

Das Geräusch von Schritten war jedenfalls genauso schnell verschwunden, wie es gekommen war. Hennig war nicht erschienen.

Dass er das irgendwann tun würde, stand für Mads außer Frage. Er glaubte nicht, dass er es mit einem Psycho wie in seinem letzten Fall zu tun hatte. Jemanden, der ihn gefangen hielt, um ihn auszuhungern.

Also blieb ihm nichts anderes übrig, als zu warten und seine Reserven zu schonen. Daher stand er in einer Ecke des Raumes und überlegte, wie er sich aus den Fängen Hennigs befreien könnte.

Gleichzeitig stellte er sich die Frage, wann sein Onkel bemerken würde, dass hier etwas nicht stimmte. Oder war Gustav womöglich schon bei Hennig gewesen und es hatte nur keine Hinweise darauf gegeben, dass Mads hier war?

Ob Hennig mein Auto weggefahren hat?, überlegte er.

Immerhin war dieser Irre im Besitz seiner Sachen, somit hatte er auch den Autoschlüssel, und es war sicherlich ein Leichtes, Mads' Auto zu finden, er hatte ganz in der Nähe geparkt.

Wenn er auch nur einen Kratzer in mein Cabrio gemacht hat, bringe ich ihn um, schoss es ihm durch den Kopf. Ein Gedanke, der ihn trotz seiner misslichen Lage zum Schmunzeln brachte.

Wäre ich bloß mit dem Dienstwagen gefahren, ärgerte er sich, dabei wusste er genau, wie lächerlich dieser Gedanke war. Aber die Ablenkung tat ihm gut, da er nicht einschätzen konnte, was ihn hier erwartete.

Er dachte an Kim. Immer wieder überlegte er, ob sie hier gefangen gehalten wurde oder nicht. Ob sie am Leben war oder bereits kaltblütig ermordet.

Das Knurren seines Magens und den Durst ignorierte er, so gut es ging. Aber er wusste, dass spätestens morgen dieses Gefühl noch stärker werden würde, ebenso wie der Drang, sich erleichtern zu müssen.

Wenn ich doch nur meine Hände befreien könnte, grübelte er und versuchte, obwohl er es besser wusste, die Handgelenke zu bewegen. Sogleich spürte er, wie sich der Kabelbinder noch enger um sie schlang. Ihn mit Gewalt zum Zerreißen zu bringen, war ausgeschlossen.

Du hast keine Wahl, du musst dich gedulden, bis dieser Freak die Tür öffnet.

Und wenn er das nicht tat?

Mads schüttelte den Kopf. Sich darüber Gedanken zu machen, brachte nichts. Viel wichtiger war ein Plan, wie er Hennig überwältigen und vorher dazu bringen könnte, ihm zu erzählen, wo Kim war.

Kurz überlegte er, ob er sich ein Schläfchen gönnen sollte, nur ein paar Minuten, um die Müdigkeit in den Beinen zu vertreiben. Fünfzehn Minuten reichten, um Reserven für einige Stunden zu aktivieren. Etwas, was sie bei der Bundeswehr trainiert hatten.

Aber Mads entschied sich dagegen, er wollte nicht von Hennig überrascht werden, auch wenn er glaubte, dass er in dem Augenblick, wenn Hennig die Tür aufschloss, wach werden würde.

So blieb ihm nichts anderes übrig, als weiter zu warten, den Blick auf die Tür geheftet.

In so einer Situation kam einem die Zeit wie die Unendlichkeit vor. Die Minuten wurden zu Stunden und die Anspannung stieg und stieg. Mads zählte in Gedanken die Sekunden, gab es aber schnell wieder auf. Wofür auch?

Wann kommt Hennig?, fragte er sich wieder und wieder. Ebenso wie: *War Gustav schon hier, und wenn nicht, wann kommt er?*

Die größte Herausforderung war der Kampf gegen die Enge, das dringende Gebot, sich nicht verrückt zu machen, weil man gefangen war, daher kontrollierte Mads seinen Atem, was ihm gut gelang. Nur seine Gedanken zu kontrollieren, gelang ihm nicht, und so mancher davon spielte ihm einen bösen Streich.

Nach einer gefühlten Ewigkeit hörte er wieder ein Geräusch, es war dasselbe, was er schon einmal gehört hatte. Es musste jemand hinter der Tür sein und dabei konnte es sich nur um Hennig handeln.

Mach endlich die verdammte Tür auf, dachte er und spürte, wie sein Pulsschlag sich beschleunigte.

»Stellen Sie sich an die Wand, mittig«, hörte er da schon Hennigs Stimme.

Mads schaute zur Tür. Er glaubte, dass Hennig durch das Schlüsselloch lugte. Da es ein Buntbartschloss war, war das ohne Weiteres möglich, daher tat er ihm den Gefallen, auch wenn er damit jeden Vorteil aus der Hand gab. Das Risiko, dass Hennig nicht eintreten würde, wenn er seine Anweisung nicht befolgte, wollte Mads nicht eingehen.

Er stand nun, wie Hennig es sich gewünscht hatte, und fixierte die Tür mit seinem Blick, doch nichts geschah.

Mach endlich die Tür auf!

Hennig schien allerdings nicht daran zu denken. Dass er sich wieder entfernt hatte, glaubte Mads nicht, er hatte keine Schritte mehr gehört.

»Machen Sie keine Dummheiten«, hörte er Hennig dann sagen. »Ich bin klar im Vorteil.«

Mads schüttelte den Kopf. Er hoffte, dass Hennig, der sicher noch immer wie ein Spanner durch das Schlüsselloch spionierte, verstand.

Wieder Stille und diese Ungewissheit, was Hennig als Nächstes tun würde.

Endlich wurde die Tür geöffnet und Hennig trat ein, sehr vorsichtig. Er hielt Mads' Waffe auf ihn gerichtet.

»Keine Dummheiten. Es wäre mir eine Freude, Sie zu erschießen. Wäre geil, zu sehen, wie Ihr Kopf wie eine Tomate platzt«, erklärte Hennig und starrte ihn mit einem undurchschaubaren Blick an. Seine Augen wirkten noch tief liegender als sonst. Plötzlich kicherte er so schrill, als hätte sich in seinem Kopf gerade ein Gedanke zu einem Bild geformt.

»Jetzt sind Sie nicht mehr so tapfer, oder? Lachen Sie noch immer über mich?«

Mads hatte einen Spruch auf Lager, den er diesem Freak gerne an den Kopf geworfen hätte, aber wie sollte er das tun, mit einem Knebel im Mund?

»Das hier ist allein Ihre Schuld. Was mussten Sie auch herumschnüffeln? Ich habe Sie nicht auf mein Grundstück eingeladen und erst recht nicht in mein Haus. Nein, ich habe Ihnen sogar ein Hausverbot erteilt. Wenn ich Sie erschieße, wäre das also legal, ich könnte damit argumentieren, dass ich vermutet habe, Sie wären ein Einbrecher.«

Dann sollten Sie mich aber nicht mit meiner eigenen Waffe erschießen, Sie Trottel, hätte Mads gerne erwidert, doch er war verdammt dazu, diesem Psycho zuzuhören.

Hennig zu überwältigen, war momentan nicht möglich. Noch!

»Sie haben mich in eine sehr missliche Lage gebracht, ich hoffe, Sie wissen das.«

Hennig machte einen Schritt in den Raum, gleichzeitig trat Mads einen halben Schritt vor in der Hoffnung, dass Hennig es nicht bemerkte.

»Schön brav an die Wand, sonst puste ich Sie um«, reagierte Hennig scharf und fuchtelte mit der Waffe.

Mads tat ihm den Gefallen. Den Gedanken, volles Risiko zu gehen und auf Hennig zuzurennen, verwarf er, weil er zu weit weg war und sein Gegner somit genug Zeit hätte, zu schießen.

»Was mache ich nur mit Ihnen?«

Hennig fuhr sich mit der freien Hand übers Gesicht. Er schien tatsächlich unschlüssig. Wahrscheinlich war ihm bewusst, dass die Polizei sich an seine Fersen heften würde, wenn er Mads umbrachte.

Ich muss irgendwie mit diesem Irren reden, überlegte Mads und versuchte, ihm durch Laute verständlich zu machen, dass er ihm den Knebel abnehmen solle.

»Sie wollen, dass ich Sie von dem Knebel befreie?«

Mads nickte.

Hennig machte noch einen Schritt auf ihn zu, dann stoppte er und zielte mit der Waffe auf Mads' Kopf. »Für wie dumm halten Sie mich? Sobald ich Ihnen zu nahe komme, werden Sie Dummheiten machen.«

Mads schüttelte den Kopf.

»Ich vertraue niemandem, der in mein Haus einbricht. Warum mussten Sie so neugierig sein? Durch Ihre Ignoranz haben Sie mich in eine unmögliche Situation gebracht«, wiederholte Hennig und atmete deutlich hörbar.

Mads hätte zu gerne etwas erwidert. Dieser Knebel nervte,

aber es gab keine Möglichkeit, ihn ohne Hennigs Hilfe aus dem Mund zu bekommen.

»Soll ich Sie erschießen?« Wieder zielte Hennig auf Mads' Kopf, dann tat er, als würde er abdrücken, und lachte.

»Das ist wahre Macht. Ihr Leben liegt in meinen Händen. Ihr Aussehen, Ihre Muskeln, all das kann Ihnen nicht helfen. Nicht einmal die Tatsache, dass Sie Bulle sind. Ich bin Ihr Henker und Richter. Ich bin Gott.« Hennig hielt inne, seine Augen waren weit aufgerissen. »Ich muss gestehen, dass mir dieses Gefühl der Macht gefällt.«

Sein Atem wurde immer schneller.

»Wissen Sie was?« Hennig starrte Mads an. »Zur Hölle mit der Vorsicht. Ich war ein Leben lang immer nur vorsichtig, weil ich Angst hatte, dass niemand meine Vorlieben verstehen oder akzeptieren würde. Und sicherlich lasse ich mir mein Leben nicht von so einem dummen Bullen wie Ihnen zerstören.«

Mads wusste, dass Hennig schießen würde, sein Blick, seine gesamte Mimik signalisierte, dass er fest entschlossen war und komplett die Kontrolle über sich verloren hatte. Jetzt noch abzuwarten, würde seinen Tod bedeuten, das war Mads in diesem Moment klar.

Dann schoss Hennig.

47

Paul atmete aus. Der Druck auf seinen Schultern hatte deutlich abgenommen und die Schwere, die ihn die letzten Tage begleitet hatte, war so gut wie verschwunden.

Er war absolut erleichtert, diesen Schritt gegangen zu sein. Cenks Ratschlag war richtig und gut gewesen. Er war niemand, der sich vor der Verantwortung drückte, und erst recht keiner, der untertauchte und im Untergrund lebte, damit die Polizei ihn nicht fand.

»Du hast alles richtig gemacht«, sagte er zu sich. Mit einer Flucht hätte er sich nur tiefer in die Scheiße geritten.

Natürlich wusste er, dass die nächsten Tage nicht leicht sein würden. Immerhin hatte er gestanden, dass er Kim geschlagen hatte. Gustav Johannsen hatte ihm verständlich gemacht, dass er damit dringend tatverdächtig sei und dass er, sobald der Haftbefehl gegen ihn vorliege, in U-Haft kommen werde. Paul hatte ihm zugehört und nur genickt, ihm war, als wäre die Stimme von Johannsen aus dem Off gekommen. Dann hatte der Polizist das Zimmer verlassen, weil er ihm Zeit geben wollte, seine Aussage zu sortieren. Das war mittlerweile einige Minuten her.

»Zu sortieren«, wiederholte er die Worte Johannsens. Er fand den Satz komisch. Hatte er auf Johannsen einen so unkonzentrierten Eindruck gemacht? Oder war das nur eine faule Ausrede, weil der Polizist etwas vorhatte?

Er wusste es nicht und es war auch egal. Er hatte die Wahrheit erzählt und war mit sich im Reinen. Inzwischen war er zudem der festen Überzeugung, dass er Kim nicht ermordet hatte, weil er nicht zurück zum Tatort gegangen war. An weitere Gedächtnislücken oder daran, dass ein Filmriss ihn daran hinderte, sich daran zu erinnern, dass er doch noch mal zum Tatort gegangen war, um Kims Leiche wegzuschaffen, glaubte er nicht. Ausschließen konnte er es freilich nicht, es war eher dieses Gefühl, das ihm sagte, dass er sich an das Wichtigste wieder erinnerte.

»Ich bin unschuldig«, sagte er zum wiederholten Male zu sich und dieser Gedanke fühlte sich gut und richtig an. Anders als die anderen Tage, als er ständig Zweifel gehabt hatte, ob das alles so stimmte. Als er sich noch hatte vorstellen können, dass er Kim ermordet und weggeschafft hatte. Aber wie und wohin? Das hatte er nicht zusammenkriegen können. Abgesehen von seinem Auto gab es keine Option dafür.

Trotzdem war dieser Zweifel, dass Blut an seinen Händen klebte, immer dagewesen. Er hatte ihn natürlich mit niemandem geteilt, aus Sorge, dass jemand die Polizei informieren und ihn belasten würde. Kurz hatte er sogar überlegt, ob Finn die Leiche nicht hatte verschwinden lassen. Immerhin hatte er den Wagen gründlich reinigen lassen und seine Fantasie hatte ihm eingeflüstert, dass er möglicherweise Kim auf der Düne begegnet war und sie missbraucht und getötet hatte. Vermutlich unbeabsichtigt, im Affekt. Dann hatte er den Wagen geholt und Kim fortgeschafft. Finn kannte diese Ecke sehr gut, er war schließlich an der Ostsee großgeworden.

Das passte alles zusammen, und trotzdem glaubte er nicht, dass Finn der Täter war. Finn war niemand, der eine Frau vergewaltigen würde, dafür war er zu unterwürfig, was Frauen anbelangte.

Sein Handy vibrierte. Seltsam, beim letzten Mal hatte er in dem Verhörraum keinen Internetempfang gehabt, aber da war es auch ein anderer Raum gewesen. Er fischte das Handy aus der Hosentasche und sah, dass Sophia ihm geschrieben hatte.

Ganz ehrlich, sich nicht zu melden, ist nicht okay. Ich dachte, wir wollten sprechen?

Paul überlegte kurz, dann beschloss er, ihr reinen Wein einzuschenken.

Sorry, dass ich mich nicht gemeldet habe. Gestern kamen die Erinnerungen zurück. Ich bin gerade bei der Polizei, um reinen Tisch zu machen. Du bedeutest mir wirklich viel, aber du sollst wissen, dass ich Kim in dieser Nacht doch noch getroffen habe. Wir haben uns unterhalten und ich habe sie geschlagen.

»Keine Lügen mehr«, sagte Paul zu sich, als er die Nachricht abschickte. Wenn er Sophia tatsächlich etwas bedeutete, würde sie zu ihm stehen und es zu schätzen wissen, dass er nicht log.

Sophias Reaktion ließ nicht lange auf sich warten. Sie blockierte ihn.

48

Die ganze Zeit schon hatte Gustav Paul Giese im Verdacht gehabt, und wie es schien, hatte sich sein Bauchgefühl nicht getäuscht.

Paul war noch immer im Verhörraum. Er sollte Zeit haben, seine nächsten Worte genau zu überdenken. Währenddessen versuchte Gustav, Mads zu erreichen, aber sein Handy war weiterhin nicht eingeschaltet.

»Verdammt, Mads, so langsam reicht es«, sagte Gustav verärgert. Er würde Paul also allein dazu bringen müssen, ein Geständnis abzulegen. Als er in die Küche ging, um eine Cola für Paul und sich zu holen, kam ihm Petra entgegen.

»Ole hat eben versucht, dich zu erreichen.«

»Worum geht es?«, fragte Gustav.

»Um Beweise in deinem Fall.«

»Ich ruf ihn gleich an.«

»Danke«, antwortete sie.

Gustav holte die zwei Coladosen aus dem Kühlschrank und ging in sein Büro, um Ole anzurufen.

»Das ging aber schnell«, sagte Ole, der offenbar Gustavs Nummer auf seinem Display gesehen hatte.

»Petra meinte, du hättest was für mich?«, erkundigte sich Gustav.

»Ich merke schon, du bist in Eile.«

»Bin ich leider. Paul Giese sitzt im Verhörraum und ist fast so weit, ein Geständnis abzulegen.«

»Das ist interessant, dann ist meine Information von gestern vermutlich hinfällig.«

»Welche denn?«

»Hat dir Mads nichts erzählt?«

»Er ist mir heute noch nicht über den Weg gelaufen. Worum geht es denn?«, fragte Gustav ungeduldig.

»Wir konnten das Hundehaar zuordnen. Es stammt von Hennigs Malteser.«

»Irrtum ausgeschlossen?«

»Zu 99,99 Prozent. Es wurden am möglichen Tatort zwar noch andere Hundehaare gefunden, aber das ist ja nicht relevant.«

»Stimmt.« Gustav überlegte kurz. »Das heißt, Hennigs Hund war am Tatort. Aber warum hat er dann gelogen?«

»Das müssen du oder Mads den guten Mann wohl oder übel selbst fragen, ich bin nur für die Spuren zuständig. Aber wenn Giese geständig ist, sollte dir das doch egal sein.«

»*Wenn* er gesteht. War das der Grund, warum du mich sprechen wolltest?«

»Das und die Tatsache, dass sich keiner bei mir gemeldet hat«, erwiderte Ole. »Mads hatte ich gestern Abend bereits informiert, deshalb hatte ich damit gerechnet, dass ihr euch meldet.«

»Mads' Fehler«, gab Gustav kurz angebunden zurück.

»Ist schon gut. Schimpf nicht zu sehr mit ihm. Der Junge hat es gerade nicht leicht.«

Gustav wusste, worauf Ole anspielte: Lena.

»Kein Grund, seine Arbeit zu vernachlässigen«, blieb Gustav vieldeutig. »Hast du noch was anderes?«

»Ja, der andere wichtige Grund, warum ich anrufe, ist: Wir haben DNA am möglichen Tatort identifizieren können.«

»Kim Schusters?«

»Genau.«

»Macht Sinn. Paul Giese hat zugegeben, dass er sie auf der Düne bewusstlos geschlagen hat«, erklärte Gustav.

»Gut, das wars dann auch von meiner Seite«, sagte Ole.

»Danke dir. Kriege ich die Ergebnisse noch?«

»Die sollten bereits im System hinterlegt sein.«

Gustav bedankte sich und beendete das Gespräch.

Jetzt fehlt nur noch das Geständnis, dachte er und rief den Staatsanwalt an.

Das Telefonat dauerte keine fünf Minuten. Der Staatsanwalt wollte sich um alles Weitere kümmern, hoffte aber trotzdem auf ein schriftliches Geständnis. Für ihn war der Fall damit so gut wie abgeschlossen.

Für Gustav jedoch nicht. Auch wenn vieles für Paul sprach, die Frage, wo die Leiche war, hatte er ihm bisher nicht beantworten können.

Gustav griff zum Hörer und wählte Mads' Nummer. Noch immer die automatische Ansage, dass er nicht erreichbar sei.

»Verdammt, Mads, so langsam ist das nicht mehr lustig. Wenn du wegen Lena so neben der Spur bist, werde ich nachsichtig sein. Mir geht das auch sehr nahe, aber wehe, du willst mich nur ärgern, das finde ich nicht witzig«, grollte er vor sich hin.

In die Wut mischte sich mittlerweile allerdings ein weiteres Gefühl – die Sorge, dass seinem Neffen doch etwas zugestoßen war.

»Wenn er nach dem Verhör weiter nicht erreichbar ist, schaue ich nach ihm.«

Gustav nahm die beiden Coladosen und verließ sein Büro. Wenig später stand er vor dem Verhörraum.

»Du kannst gehen«, sagte er zu seinem Mitarbeiter, der vor der Tür Wache stand.

Der Mitarbeiter nickte und entfernte sich. Gustav trat ein.

»Ihre Cola«, sagte er, reichte Paul die Dose und nahm ihm gegenüber Platz.

»Danke«, sagte Paul.

»Dafür nicht.«

Paul öffnete die Dose und trank einen kräftigen Schluck. Gustav tat es ihm gleich, dann drückte er auf den Knopf für die Tonaufnahme und informierte Paul, dass alles Weitere aufgezeichnet würde.

»Ich hoffe, Sie hatten genug Zeit, Ihre Gedanken zu sortieren. Sie wissen: Wenn Sie jetzt kooperieren, kann sich das strafmildernd für Sie auswirken. Ich habe vorhin ein Gespräch mit dem Staatsanwalt geführt, er hat mir versichert, dass Ihre Kooperation sich positiv in der Gerichtsverhandlungen und dem Urteil niederschlagen wird.«

»Deswegen bin ich hier, keine Lügen. Ich bin wirklich froh, dass Ihr Psychoneffe nicht anwesend ist.«

»Herr Johannsen ist ein verdienter Mitarbeiter …«

»Klar, ist ja Ihr Neffe, deswegen nehmen Sie ihn in Schutz. Aber er hat eindeutig einen an der Waffel. Hält sich für den Tollsten, nur weil er ganz passabel aussieht. Der hatte mich immer auf dem Kieker, der hatte mich längst verurteilt.«

»Herr Giese, wir sind nicht hier, um über Herrn Johannsen

zu sprechen. Es geht um Sie und Ihre Begegnung mit Kim Schuster.«

»Ich weiß, bin ja nicht doof. Wollte das nur mal festhalten«, erwiderte Paul flapsig. »Da das Gespräch aufgenommen wird, kann es nicht schaden, dass der Staatsanwalt das erfährt. Wäre gut, wenn es eine interne Untersuchung gibt.«

»Lassen Sie uns bitte zurück zum Thema kommen. Sie haben ausgesagt, dass Sie Kim Schuster auf der Düne getroffen haben«, erklärte Gustav und sah Paul prüfend an.

»Genau.«

»Was ist danach exakt geschehen?«

»Das sagte ich doch. Es kam zu einem Wortgefecht. Es hat mich wütend gemacht, dass sie diesen dämlichen Köter gestreichelt und mich wie einen Idioten dastehen lassen hat.«

»Sie hat also während Ihres Gesprächs einen Hund gestreichelt? Können Sie sich inzwischen an den Hund erinnern?«

»Nein …«, antwortete Paul, hielt dann plötzlich inne und verzog das Gesicht, als hätte er gerade eine Eingebung. »Doch, doch, ich denke schon.«

»Und wie sah er aus?«

»Wie gesagt, es war dunkel. Aber es war ein kleiner Hund und er hatte weißes Fell.«

»Ein Malteser?«

»Genau, so ein Hund wie Bruno.« Pauls Augen leuchteten auf, als wäre er froh, dass eine weitere Erinnerung wiedergekommen war.

»Sind Sie ganz sicher, dass es ein Hund wie Bruno war? Immerhin sagten Sie vorhin, es sei dunkel gewesen.« Das war eine neue Information, und nach dem, was Ole ihm eben gesagt hatte, musste er das jetzt sehr genau wissen, weil diese Aussage bedeutete, dass es nur der Hund von Hennig gewesen sein konnte. Damit hätten sie endlich einen vor Gericht zulässigen Beweis. Die Hunderasse von Bruno kannte er aus der Fallakte.

»Ganz sicher. Es war ein Malteser. Nachdem ich Kim geschlagen habe und sie zu Boden gestürzt ist, hat der Hund gebellt und ich habe ihn mit einem Fußtritt verscheucht. So war es. Daran gibt es keinen Zweifel. Meine Erinnerungen sind vollständig zurück. Ich glaube, das liegt daran, dass der Druck und der Stress weg sind.« Paul wirkte zufrieden.

Hennigs Hund war also doch am Tatort gewesen. Inwiefern ihn das in der Aufklärung des Falles weiterbringen würde, konnte Gustav noch nicht einschätzen. Es stand lediglich fest, dass Hennig gelogen hatte, womit die Frage im Raum stand: warum?

Mads hat nie daran gezweifelt, dass es Hennigs Hund war und dass Hennig gelogen hat, dachte er.

»War vielleicht noch jemand in der Nähe?«, hakte er nach.

»Nein, ich glaube nicht.«

»Na ja, so ein Hund wird doch einen Besitzer haben.«

»Ja und?«, fragte Paul.

»Gerade um die Zeit ist es ungewöhnlich, dass ein Hund alleine am Strand ist.«

»Ich habe aber niemanden gesehen. Nur Finn ist mir über den Weg gelaufen, sonst habe ich niemanden bemerkt. Ja, ich weiß, dass ich mich damit selbst belaste, trotzdem: Das ist die Wahrheit. Ich werde ab jetzt weder lügen noch wegrennen. Ich habe Kim geschlagen, das gebe ich zu, dafür schäme ich mich und dafür entschuldige ich mich. Aber ich habe sie nicht getötet und erst recht nicht ihre Leiche weggeschafft oder sie entführt. Ich bin zurück zur Party, das wars. Und ich bin mir hundertprozentig sicher, dass es sich exakt so abgespielt hat. Kein Filmriss mehr.«

Gustav hörte Paul zu und war geneigt, ihm zu glauben. Doch die Tatsache, dass Paul gestanden hatte, Kim geschlagen zu haben, machte ihn dringend tatverdächtig. Das reichte aus, um ihn festzunehmen.

Da kam Gustav eine Idee.

»War in Ihrem Wagen eigentlich eine Decke?«

»Ja, im Kofferraum. Ich bin Möbelpacker. Ab und an habe ich kleinere Möbelstücke im Wagen, die Decke benutze ich, damit die Möbel und der Wagen keine Kratzer bekommen.«

Gustav nahm das interessiert zur Kenntnis, da dieser Hinweis bislang nicht in der Fallakte stand. Wie es schien, hatte Mads noch keine Gelegenheit gehabt, Paul diese Frage zu stellen, oder die Antwort war nicht in das System eingepflegt.

»Herr Giese, diese Decke befand sich nicht im Wagen, als wir ihn durchsucht haben. Haben Sie die Decke herausgenommen?«

»Nein.«

»Jemand anderer?«

Pauls Augen weiteten sich, dann sagte er: »Das kann nur einer gewesen sein: Finn!« Er erstarrte und sein Gesichtsausdruck wirkte, als hätte er einen Geist gesehen.

Gustav wusste genau, was Paul dachte, weil er den gleichen Gedanken hatte: War es möglich, dass Finn ebenfalls auf Kim getroffen und über sie hergefallen war, als er sie hilflos in den Dünen hatte liegen sehen?

»Finn, das Schwein, hat Kim missbraucht, sie getötet und mit meinem Wagen weggeschafft, deswegen hat er mein Auto reinigen lassen und die verräterische Decke hat er auch noch vernichtet«, platzte Paul heraus und seine Augen funkelten gefährlich auf.

49

Mads hatte sich blitzschnell nach rechts abgerollt, als sich der Schuss aus der Waffe löste. Dennoch traf ihn die Kugel. Ein Schmerz durchzuckte seinen Körper und er konnte den Aufschrei nur unterdrücken, weil gleichzeitig ein Adrenalinschub durch seine Adern jagte. Sofort kam er wieder auf die Beine und sprang auf Hennig, der einen zweiten Schuss abfeuerte, doch es gelang Mads, seinen Gegner rechtzeitig zur Seite zu schubsen, sodass die Kugel hinter ihm in den Beton einschlug.

Hennig wankte.

»Ich bringe Sie um«, brüllte er und schubste Mads gegen die Wand.

Da Mads seine Hände nicht nutzen konnte, war er Hennig gegenüber klar im Nachteil, aber im Gegensatz zu seinem Peiniger war er auf solche Situationen trainiert.

Blitzschnell drehte er sich nach rechts, dann machte er einen Ausfallschritt, wodurch er nun hinter Hennig stand und trat ihm mit dem rechten Fuß gegen den Rücken.

Hennig schrie und stürzte endlich zu Boden. Die Waffe löste sich aus seiner Hand und landete zwei Meter von ihm entfernt.

Mads eilte hin und wollte sie mit dem Fuß wegkicken, doch Hennig war schneller. Er griff unvermittelt nach Mads' rechtem Bein und zog blitzartig daran, sodass Mads das Gleichgewicht verlor und zu Boden fiel.

Hennig nutzte diesen kleinen Vorteil und hechtete zur Waffe.

»Dachten Sie, Sie könnten mich narren? Ich bin Gott!«, brüllte Hennig, der nun wieder mit der Waffe auf Mads zielte.

Der überlegte nicht lange, rollte sich nach rechts, sprang auf und holte gleichzeitig mit dem rechten Bein aus, um Hennig die Waffe aus der Hand zu treten. Hennig schrie vor Schmerz auf, die Waffe flog Richtung Tür. Mads nutzte die kurze Unaufmerksamkeit seines Gegners und trat ihm mit einer schnellen Drehung gegen den Brustkorb. Hennig ging zu Boden.

Mads trat ihm noch mehrmals gegen den Kopf, worauf Hennig Blut spuckte. Liegend versuchte er sich mit Händen und Füßen zu wehren, aber Mads war ihm deutlich überlegen. Immer wieder trat er auf Hennig ein, bis dieser sich nicht mehr regte, erst dann hielt Mads inne.

Wer ist jetzt Gott?, hätte er ihn gerne angebrüllt, doch der Knebel hinderte ihn daran.

Er musste so schnell wie möglich seine Hände freibekommen, nur gab es in diesem Raum nichts, womit er den Kabelbinder hätte durchschneiden können. Er blickte zu dem am Boden liegenden Hennig, er war noch immer bewusstlos, sein Gesicht blutverschmiert.

So schnell würde er nicht zu sich kommen, also blieb Mads genug Zeit, um sich im Keller umzuschauen und etwas Scharfes zu finden, um den Kabelbinder zu durchtrennen.

Er schob die Waffe durch die Türöffnung, ging hinaus und befand sich nun in einem weiteren Raum.

Er schaute sich um, fand aber nichts Geeignetes, sodass er weiterging und sich in einer Art Flur wiederfand, der zu anderen Räumen führte, aus denen Tageslicht hereinfiel.

Es gab keinen Zweifel, Mads befand sich in einem Keller und der Größe nach zu urteilen, konnte das nur der Keller des Wohnhauses sein, nicht der der Hütte. Wieder schob er die Waffe in den nächsten Raum, der deutlich größer war.

Endlich entdeckte er etwas, um seine Hände zu befreien: An der hinteren Wand waren einige Gartengeräte angebracht, darunter ein kleines Beil. Er drehte sich mit dem Rücken zur Klinge und versuchte, die Spitze zwischen seinen Händen zu positionieren, um den Kabelbinder durchzuschneiden.

Ein kurzer Stich.

Die Klinge hatte ihr Ziel verfehlt und er spürte, wie warmes Blut seine Hand herunterfloss. Dieser Schmerz war besser zu ertragen als der Schmerz an der Seite, der ihm bei jeder Bewegung bewusst machte, wo die Kugel ihn getroffen hatte. Glücklicherweise war es nur ein Streifschuss, dennoch schmerzte es.

Langsam legte er die Hände wieder an die Klinge des Beils, und als er glaubte, dass sie genau unter dem Kabelbinder lag, erhöhte er den Druck und bewegte seine Hände hoch und runter. Erneut spürte er Blut, aber er gab nicht auf, sondern versuchte konzentriert, die Hände auseinanderzuziehen. Wer konnte schon sagen, wie lange Hennig noch betäubt sein würde.

Ein letzter Ruck und endlich war er frei.

Er schaute seine Hände an, er hatte sich einige Schnittwunden zugefügt. Für Wehklagen war allerdings keine Zeit. Hastig entfernte er den dämlichen Knebel aus seinem Mund und atmete befreit durch. Ihm war, als würde er pure Lebensenergie aufsaugen. Sein Blick wanderte zu seiner Waffe, die etwa zwei Meter von der Türschwelle entfernt auf dem Boden lag. Jetzt konnte ihm nichts mehr passieren. Es war Zeit, sich Hennig zu schnappen. Doch in dem Moment, als Mads einen Schritt auf die Waffe zu machte, erschien Hennig in der Tür.

»Eine Bewegung und ich säge dich in zwei Teile«, brüllte er. Er hielt eine elektrische Heckenschere in der Hand. Wo er die gefunden hatte, erschloss sich Mads nicht, sicherlich in einem der Räume, in denen er noch nicht gewesen war.

»Machen Sie keine Dummheiten«, antwortete Mads und versuchte dem Drang, zur Waffe zu schauen, zu widerstehen, da er nicht wusste, ob Hennig sie bemerkt hatte. Aber Hennig starrte nur Mads an, mit den Augen eines Wahnsinnigen. Dieser große, blasse, schmächtige Mann mit dem eingefallenen Gesicht und den weit aufgerissenen Augen schien nur noch von Hass und dem Verlangen, Mads zu töten, besessen zu sein.

»Es ist nicht meine Schuld«, rief Hennig. »Sie sind ein Einbrecher, ein nervender Parasit.«

»Es ist nur eine Frage der Zeit, bis die Polizei hier erscheinen wird. Wollen Sie wirklich Ihr ganzes Leben ruinieren? Noch haben Sie die Möglichkeit, alles …«

»Halten Sie Ihre dämliche Fresse«, fiel Hennig ihm ins Wort. »Es ist doch Ihre Schuld. Was müssen Sie in meiner Wohnung rumspionieren? Wer hat Sie eingeladen?«

»Das ändert nichts an der Tatsache, dass Sie ein ziemlich kranker Irrer sind«, hätte Mads ihm am liebsten entgegnet, stattdessen sagte er: »Legen Sie die Heckenschere weg und lassen Sie uns vernünftig miteinander reden. Wenn Sie mir verraten, was Sie mit Kim Schuster getan haben, kann ich Ihnen helfen. Dann fällt das, was ich auf Ihrem Rechner gefunden habe, nicht so ins Gewicht.« Mads log, doch das war gerade irrelevant. Er musste Hennig fest-

nehmen, lebend. Der Tod war für jemanden wie ihn noch zu gut, das hatte er nicht verdient.

»Sie mir helfen? Ich habe Kim nichts getan. Ich bin nicht ihr Mörder. Aber Sie, Sie werde ich töten und den Wildschweinen im Wald zum Fraß werfen. Da wimmelt es nur so von denen. Es wird nichts von Ihnen übrig bleiben.«

Mads überkam eine dunkle Vorahnung.

»Haben Sie das mit Kims Leiche auch getan, nachdem Sie sie ermordet haben?« Daran, dass sie noch lebte, wollte Mads nicht mehr glauben. Diese naive Hoffnung hatte Hennig mit diesem einen Satz zunichtegemacht.

»Ich habe Kim nicht ermordet«, brüllte Hennig. Speichel flog aus seinem Mund und er wirkte kurz unaufmerksam, denn sein Griff um die Heckenschere lockerte sich.

Mads nutzte diesen Bruchteil einer Sekunde und stürzte auf Hennig zu. Der registrierte es rechtzeitig und stach mit der Heckenschere nach Mads. Zum Glück konnte der sich blitzschnell nach rechts drehen und die Schere verfehlte ihn, aber Hennig war flink. Er drehte sich ebenso schnell nach links und Mads sprang nach vorne. Wieder verfehlte das Mordinstrument sein Ziel.

Nun stand Mads vor der Tür und Hennig im Raum.

»Sie werden den Keller nicht lebend verlassen«, brüllte Hennig, der die Pistole augenscheinlich noch immer nicht entdeckt hatte. Leider hatte Mads keine Möglichkeit, danach zu greifen.

Ob er aus dem Keller rennen und mit Verstärkung zurückkommen sollte?

Nein, es war unklar, ob die Tür zum Keller verschlossen war. Er traute es Hennig zu, und sollte es tatsächlich so sein, würde er seinen kleinen Vorteil, sich die Waffe zu holen, verspielen. Denn dass Hennig sich die Waffe griff, musste er dringend verhindern.

Hennig starrte ihn weiter an, Mads trat in den Raum. Nur noch drei Schritte trennten ihn von der Pistole. Er fixierte Hennig mit seinem Blick. Die Schere in seiner Hand und der wahnsinnige Tunnelblick seines Angreifers waren vermutlich der einzige Grund, warum Hennig die Waffe noch nicht entdeckt hatte.

»Begreifen Sie doch endlich, dass es besser für Sie wäre, die Schere fallen zu lassen«, ließ sich Mads vernehmen.

»Ganz sicher gebe ich diesen Vorteil nicht aus der Hand.« Hennig schnaufte. »Wieso sterben Sie nicht einfach und gehen mir stattdessen derart auf den Sack?«

Mads machte noch einen halben Schritt in den Raum.

Zwei Schritte, dachte Mads. Ob er sich auf den Boden werfen, die Waffe packen und sich anschließend nach rechts abrollen sollte? Manchmal musste man ein Risiko eingehen, aber da machte Hennig schon einen Schritt auf ihn zu. Er startete die Heckenschere, ein lautes Rattern erfüllte den Raum.

»Ich hacke Sie klein!«, schrie Hennig und lachte. Er trat einen weiteren Schritt auf Mads zu.

Vielleicht wäre es doch klüger, nach draußen zu laufen und zu hoffen, dass Hennig die Kellertür nicht verschlossen hat, überlegte Mads.

Scheiß drauf, spring und schnapp dir die Waffe, meldete sich eine innere Stimme und er schaute unbeabsichtigt zu der Waffe am Boden. Sie lag näher bei Hennig als bei ihm.

Hennig folgte seinem Blick und lachte. »Jetzt verstehe ich.« Er machte einen Schritt und hatte die Waffe damit unter dem Fuß. »Zeit zu sterben, Sie Parasit«, rief er schrill.

50

Pauls Gedanken deckten sich mit denen von Gustav, auch er sah die Möglichkeit, dass Finn der Mörder war. Dennoch entschied Gustav, dass Paul zunächst in eine Zelle der Dienststelle gebracht werden sollte.

»Frag Herrn Giese bitte, was er essen möchte«, sagte er, als er durch das Vorzimmer bei Petra vorbeiging. »Möglicherweise bleibt er über Nacht in der Zelle.«

»Möglicherweise?«, fragte Petra und zog die Augenbrauen hoch.

»Ja, das hängt von meinem Gespräch mit Finn Löhr ab.«

»Ist Giese unschuldig?«

»Das weiß ich nicht. Sicher ist, dass er Kim Schuster mindestens bewusstlos geschlagen hat. Was danach passiert ist, ist noch unklar. Deswegen suche ich jetzt Löhr auf.« Gustav presste die Lippen zusammen, dann sagte er: »Mads hat sich wohl noch nicht gemeldet?«

»Nein, bei mir nicht. Soll ich mal in seinem Büro nachschauen?«, bot Petra an.

»Musst du nicht. Ich mach das gleich auf dem Weg nach draußen.« Gustav ging in sein Büro, holte Waffe und Dienstmarke und überlegte, ob er auch die schusssichere Weste anziehen sollte, aber bei der Hitze und unter der Annahme, dass Löhr nicht bewaffnet war, entschied er sich dagegen.

»Wenn jemand fragt, ich bin bei Finn Löhr in Niendorf«, sagte er im Hinausgehen.

»Willst du keine Verstärkung mitnehmen?«, fragte Petra.

Gustav drehte sich um. »Nein, mit diesem Teenager werde ich schon allein fertig.«

»Bisschen leichtsinnig, oder?«

Gustav brummte. »Denk an das Essen für Giese«, sagte er dann.

»Das vergesse ich schon nicht«, erwiderte Petra.

»Danke. Und sollte Mads doch noch anrufen oder reinschneien, sag ihm bitte, wo ich bin.«

»Mach ich.« Petra wirkte ein wenig besorgt. Gustav nickte ihr zu, verließ das Vorzimmer und eilte zu Mads' Büro. Er fand sich bestätigt: Sein Neffe war nicht da.

Wäre auch frech, zu kommen, ohne sich bei mir zu melden, dachte Gustav, als er die Tür schloss und Richtung Ausgang ging.

Auf dem Weg nach Niendorf klingelte sein Handy. Er nahm das Gespräch an.

»Wolltest du dich nicht melden?«, fragte Albert.

»Ich weiß, aber es gab dramatische Veränderungen.«

»Sag nicht, dass Giese gestanden hat? Ich habe schon so etwas geahnt«, mutmaßte Albert.

»Nein, das nicht. Er hat nur zugegeben, dass er Kim am Strand begegnet ist und sie bewusstlos geschlagen hat. Aber er hat sie nicht vom Strand weggeschafft«, erklärte Gustav.

»Verstehe. Bist du im Auto?«

»Genau. Auf dem Weg zu Finn Löhr.«

»Das ist doch ein Kumpel von Giese?«

»Stimmt. Möglich, dass er der Täter ist.«

»Gut, das entlastet wenigstens Hennig«, meinte Albert zufrieden.

»Sieht danach aus.«

»Hätte mich auch gewundert, wenn jemand wie er ein brutaler Mörder wäre.«

»Noch wissen wir nicht, ob Kim ermordet wurde«, bremste ihn Gustav.

»Sei nicht naiv. Wenn dieser Finn der Täter ist, was glaubst du, wo er die Leiche versteckt hat?«

»Gute Frage. Er ist an der Ostsee großgeworden. Vielleicht haben seine Eltern eine Ferienwohnung hier? Immerhin ist sein Vater ein erfolgreicher Anwalt.«

»Jede Wette, der hat die Leiche in die Ferienwohnung geschafft. Sollte es die geben, müsst ihr dringend dahin und sie durchsuchen«, stellte Albert fest.

»Ich werde Tim anrufen, damit er das prüft.«

»Wieso Tim? Ich mache das. Ich habe Zugriff auf sämtliche Daten.«

»Aber nur, wenn die Ferienwohnung in deiner Gemeinde liegt.«

»Das stimmt. Na gut, dann lass Tim das machen. Bist du allein unterwegs?«

»Bin ich.« Gustav fühlte sich ein wenig wie in einem Verhör, dabei hatte er weiß Gott andere Sorgen, als Albert seine Ermittlungsergebnisse auseinanderzusetzen.

»Ich dachte, ihr wärt immer im Team draußen, wenn ihr jemanden festnehmt«, redete Albert weiter.

»Nicht immer. Kann mir schwer vorstellen, dass Löhr bewaffnet ist.«

»Soll ich dich begleiten?«

Gustav merkte auf, er hörte Sorge aus der Stimme seines alten Freundes, dem er sonst eher egoistische Züge nachgesagt hatte. Er musste schmunzeln.

»Das wäre eine Schlagzeile. Der Bürgermeister als Deckung bei einer Festnahme. Nein, ich kriege das allein hin. Du hast doch sicherlich noch andere, dringendere Angelegenheiten.«

»Habe ich tatsächlich. Bin gleich auf dem Weg nach Haffkrug.«

»Und da?«

»Ich gehe ins Restaurant *Oceans*, treffe mich mit Frank. Wir müssen ein paar Dinge besprechen.«

»Verstehe. Sei nett zu ihm.«

»Das bin ich doch immer. Ich wollte auch noch mal kurz bei Hennig vorbeischauen«, fügte Albert hinzu.

»Warum?«

»Na, wegen der Anzeige.«

»Das brauchst du nicht.«

»Wieso nicht?« Albert klang irritiert.

»Weil nur Mads glaubt, dass Hennig der Täter ist. Im Gegensatz zu mir.«

»Das wäre auch gar nicht logisch, deinen Worten von eben nach zu urteilen«, pflichtete Albert ihm bei.

»Sehe ich genauso. Aber solange Löhr nicht geständig ist, solltest du Hennig vorerst keinen Besuch abstatten.«

»Übertreibst du nicht? Ich mache das nur für Mads. Ich bin nicht gerade darauf erpicht, meine Zeit mit Hennig zu vergeuden.«

»Ich weiß …«, erwiderte Gustav, dann fiel ihm etwas ein: »Vielleicht könntest du mir doch einen kleinen Gefallen tun.«

»Welchen?«

»Schau mal bei Hennig, ob Mads' Cabrio in der Nähe geparkt ist.«

»Sein Cabrio? Ich verstehe nur noch Bahnhof.«

»Ole hat mich vorhin angerufen und erzählt, dass er Mads gestern Abend eine Nachricht geschickt hat, in der stand, dass Hennigs Hund am möglichen Tatort war«, erklärte Gustav. »Ich kann mir zwar schwer vorstellen, dass Mads bei Hennig parkt, aber wenn du eh in der Nähe bist, kann es ja nicht schaden, das zu prüfen.«

»Ich kann mir das auch nicht vorstellen. Mads ist bestimmt zu Hause und schläft seinen Rausch aus«, konstatierte Albert.

»Das nehme ich auch an. Schaust du trotzdem?«

»Mach ich, für meinen alten Freund. Wäre es dann nicht klug, gleich mit ihm zu sprechen?«

»Bitte nicht. Warten wir mein Gespräch mit Löhr ab.«

»Gut. Melde dich«, sagte Albert.

»Mach ich.« Gustav beendete das Telefonat.

Inzwischen hatte er Niendorf erreicht und überlegte, ob er einen kurzen Umweg machen sollte, um zu schauen, ob Mads zu Hause war. Doch da der Wohnblock, in dem Mads' Apartment lag, eine Tiefgarage hatte, würde er sein Auto dort ohnehin nicht auf der Straße sehen können. Also entschied er sich dagegen. Er wollte zu Löhr, das war dringender.

Rasch rief er Tim an, der versprach, sich so schnell wie möglich um sein Anliegen zu kümmern.

Gustav war zufrieden, endlich passte alles zusammen: Finn war nachts am Strand gewesen, er hatte Pauls Auto reinigen lassen und er hatte früher an der Ostsee gelebt.

Wenn seine Eltern jetzt auch noch eine Ferienwohnung in der Nähe besitzen, gibt es keinen Zweifel mehr, dachte Gustav, als er das *SeeHus Lifestyle Hotel* erreichte, in dem die Freunde übernachteten.

Er betrat die Lobby und ging an den Empfang. Der junge Mitarbeiter grüßte ihn.

»Wie kann ich Ihnen helfen?«

»Ich bin von der Ostseekriminalpolizei und muss mit einem Gast von Ihnen, Herrn Finn Löhr, sprechen.«

»Hört dieser Horror denn gar nicht mehr auf?«, rutschte es

dem jungen Mann heraus. »Verzeihen Sie bitte, das war unprofessionell«, fügte er hastig hinzu und schaute über die Schulter, wo zwei Personen in einem Hinterzimmer saßen. Der Ältere der beiden war sicherlich der Vorgesetzte, er sah neugierig in ihre Richtung.

»Ist Herr Löhr im Hotel?«, wiederholte Gustav ungerührt.

»Er ist mit seinen Freunden vor einer Stunde an den Strand. Ob er noch da ist, kann ich nicht sagen.«

»Danke, ich schaue nach.«

Gustav verließ das Hotel und ging zum Strand, doch an dem Strandabschnitt konnte er weder Finn noch seine Freunde sehen. Aus der Fallakte wusste er, wie sie aussahen. In der Hoffnung, dass sie möglicherweise Richtung Seebrücke gegangen waren, lief er weiter, aber er fand sie nirgends, deshalb drehte er um und ging über die Promenade zurück.

»Sonst muss ich ihn anrufen«, sagte er zu sich.

Auf dem gesamten Rückweg über die Promenade sah er niemanden aus der Gruppe, doch kurz vor dem Hotel kam ihm ein junger Mann mit einem Malteserhund entgegen. Er erkannte ihn.

»Verzeihen Sie«, sprach er den Mann an.

»Ja, bitte?« Der Malteser wedelte entzückt mit dem Schwanz und stellte sich immer wieder auf die Hinterbeine. Der Mann sah lächelnd auf den Hund herab. »Ich glaube, Bruno mag sie.«

»Vermutlich, weil er riecht, dass ich auch einen Hund habe«, bestätigte Gustav, ging in die Knie und nahm sich die Zeit, Bruno ausgiebig zu streicheln. Er hielt ihn auch an den Pfoten – nicht ganz uneigennützig, denn er wollte prüfen, ob der Hund eine Verletzung hatte. Es war zwar sehr unwahrscheinlich, da Anyons Pfote die Wunde aufwies und er nachweislich am Strand gewesen war, trotzdem konnte der Doppelcheck nicht schaden. »Ein sehr schöner und lieber Hund«, sagte Gustav und erhob sich. Wie erwartet hatte er keine Verletzung feststellen können.

»Danke. Was für einen haben Sie denn?«

»Einen Schäferhund.«

»Auch sehr schöne Hunde. Leider werden sie nicht so alt.«

»Das stimmt. Aber deswegen wollte ich gar nicht mit Ihnen sprechen.«

»Kennen wir uns denn?«, fragte der andere erstaunt.

»Nicht persönlich. Sie kennen meinen Mitarbeiter Mads Johannsen. Sie sind doch Kevin Nickel, oder?«

»Genau.« Kevins Blick wirkte plötzlich vorsichtiger, zurückhaltender. »Ist Paul bei Ihnen?«

»Ja, ist er.«

»Hat er gestanden?«

»Nein, aber er hat zugegeben, dass er Kim Schuster am Strand getroffen und sie geschlagen hat«, antwortete Gustav.

»Was ihn nicht zu einem Mörder macht«, bemerkte Kevin. »Ich kenne ihn sehr gut. Er ist eigentlich ein lieber Kerl, er hat nur leider ein Egoproblem.«

»Und ein Aggressionsproblem.«

»Das mag stimmen. Aber ein eiskalter Mörder? Wegen einer Frau? Dem laufen die Frauen doch nach.«

»Sie glauben nicht, was ich in meinen Dienstjahren schon für unglaubliche Dinge erlebt habe«, erklärte Gustav.

»Doch, das glaube ich Ihnen gerne. Vielleicht fällt es mir nur so schwer, in Paul einen Mörder zu sehen, weil ich ihn sehr lange kenne. Da nimmt man sich das Recht heraus, einen Menschen richtig einschätzen zu können.«

»Nicht immer. Jemanden lange zu kennen, heißt nicht, dass man ihn wirklich kennt«, beharrte Gustav.

»Verstehe. Sie meinen die drei Gesichter.«

»Drei Gesichter?«

»Ein japanisches Sprichwort. Jeder Mensch hat drei Gesichter. Eines, das man der Welt zeigt, eines, das die engsten Freunde, die eigene Familie und der Partner zu sehen bekommen, und ein drittes, welches nur zum Vorschein kommt, wenn man allein ist. Das dritte Gesicht, das aus liebenden Vätern Pädophile werden lässt oder aus besten Freunden Mörder.«

Gustav nickte, er kannte einen ähnlichen Spruch, aber was Kevin sagte, traf es auf den Punkt.

»Sie vier scheinen sehr gute Freunde zu sein«, stellte Gustav fest.

»Bis zu diesem Urlaub dachte ich das auch.«

»Wie meinen Sie das?«

»Na ja, seit der Geschichte mit Kim streiten sich die Jungs unentwegt, das Vertrauen ist weg. Sehr schade, weil wir uns wirklich gut verstanden haben. Ich hoffe, dass das Ganze wieder ins Lot kommt, wenn Sie den Mörder gefasst haben.«

»Das wünsche ich Ihnen. Mads hat mir erzählt, dass Sie und Finn aus dieser Ecke kommen.«

»Richtig.«

»Aus Niendorf?«

»Ich aus Scharbeutz und Finn aus Timmendorfer Strand.«

»Stimmt, ich erinnere mich. Seine Eltern haben da eine Ferienwohnung, meinte Mads.«

»Genau.«

Gewusst wie, dachte Gustav zufrieden.

»Wissen Sie, wo ich Cenk und Finn finde? Ich müsste den beiden noch ein paar Fragen wegen Paul stellen.«

»Cenk ist im Hotelgym und Finn in der Ferienwohnung, er muss da mal nach dem Rechten sehen, sagte er.«

»Warum haben Sie denn nicht in der Ferienwohnung seiner Eltern übernachtet?«

»Weil sein Vater das niemals erlauben würde. Der hat bestimmt Sorge, dass wir nur Party machen. Finns Vater ist sehr streng, müssen Sie wissen.«

»Und wo ist die Ferienwohnung?«

»In der Wohldstraße.«

»Sie haben nicht zufällig die Hausnummer? Dann würde ich ihm nämlich auf dem Rückweg einen Besuch abstatten.«

Kevin nannte ihm die Hausnummer und fügte hinzu: »Ein wirklich schönes Haus, ich war ein paar Mal da.«

»Danke.«

»Haben Sie Paul verhaftet?«, fragte Kevin besorgt.

»Nein, wir haben nur seine Aussage aufgenommen.«

»Ich hoffe, Sie finden den Täter. Drei Gesichter hin oder her, dass Paul ein eiskalter Frauenmörder ist, kann ich mir einfach nicht vorstellen.«

»Das hoffe ich für Ihren Freund auch. Eine letzte Frage hätte ich noch an Sie«, sagte Gustav.

»Welche?«

»Wissen Sie, ob in Paul Gieses Fahrzeug eine Decke war?«

»Ja, im Kofferraum. Paul hat sie immer dabei. Warum?«

»Nur so«, blieb Gustav vage. »Nochmals danke für Ihre Zeit.«

Er bückte sich und streichelte Bruno, der das sichtlich genoss, dann verabschiedete er sich von Kevin und eilte zurück zu seinem Auto.

Auf dem Weg zu der Ferienwohnung von Finns Eltern überlegte er erneut, ob er nicht kurz bei Mads vorbeischauen sollte, doch wie auf der Hinfahrt zum Hotel entschied er sich dagegen und fuhr weiter Richtung Timmendorfer Strand.

Die Unterredung mit Löhr würde er auch allein meistern und das war gerade wichtiger, als nach seinem schlafenden Neffen zu schauen.

Sein Handy klingelte, er nahm das Gespräch über die Freisprecheinrichtung des Wagens an. Es war Tim.

»Ich habe die Anschrift«, sagte Tim.

»Lass mich raten: Wohldstraße in Timmendorfer Strand.«

»Genau. Woher weißt du das?«

»Kevin, Finns Freund, hat es mir verraten. Besten Dank für deine Mühen.«

»Dafür nicht.«

Gustav verabschiedete sich von Tim und erreichte wenig später sein Ziel.

Kevin hatte nicht übertrieben. Das Einfamilienhaus war modern und wirkte sehr hochwertig. Eine hohe Hecke, die das Anwesen umrundete, schützte vor allzu neugierigen Blicken.

Gustav trat vor die Haustür und betätigte die Klingel.

51

Hennig hatte die Waffe sofort aufgehoben und Mads war nur die Flucht geblieben.

»Mist«, fluchte er, als er aus dem nächsten Raum lief, weil er ihm keinen Schutz bot. Hennig lauerte im Flur und schoss.

Ein lauter Knall und ein Luftzug an seinem Ohr – Hennig hatte ihn nur knapp verfehlt.

In diesem Raum, der deutlich größer und verwinkelter war als der davor, gab es mehrere Regale. In der hinteren Ecke standen zwei alte Schränke, an der Wand hingen ein paar Gartengeräte und in Kisten lagerten ebenfalls diverse Dinge. Rechts von ihm stand eine alte Tonne aus Metall mit dazugehörigem Metalldeckel.

Mads schob einen der Schränke in die Mitte, dann kippte er ihn um – als Schutz, sollte Hennig wild um sich schießen. Danach warf er einige der Regale um, damit Hennig sich ihm nicht ungehindert nähern konnte. Schließlich griff er noch nach der Schaufel, die an der Wand lehnte, und schnappte sich den Metalldeckel. Ob dieser wirklich eine Kugel abfangen würde, war ungewiss, aber es war besser als nichts.

Verdammt, Gustav, wo bist du, wo ist die Verstärkung?, dachte Mads. *Langsam müsstest du schnallen, dass ich noch nicht im Büro bin. Du legst doch immer so viel Wert auf Pünktlichkeit.*

Seine Gedanken wanderten zu Brandt. Mit einem Kollegen wie ihm hätte er sicher nicht in dieser Scheiße gesessen. Brandt und seine Freunde hatten sich ja sogar im Urlaub die Mühe gemacht und sich umgehört. Leider hatten sie keine wirklich neue Information für ihn gehabt, obwohl es sich sehr danach angehört hatte. Walter, selbst Imbissbudenbesitzer, hatte über einen der Mitarbeiter der umliegenden Imbisse erfahren, dass nachts am Strand ein Malteser ohne Herrchen gesichtet worden war. Dass es sich dabei nur um Anyon handeln konnte, stand für Mads außer Frage, erst recht, weil Ole das inzwischen bestätigt hatte. Diese Information nützte ihm in seiner misslichen Lage allerdings herzlich wenig.

In Afghanistan hatte seine Truppe einmal mit zehn Mann gegen fünfzig Taliban gekämpft und selbst diesen Kampf hatte er als aussichtsreicher in Erinnerung als die Situation, in der er sich gerade befand. Die Taliban waren schlecht bewaffnet gewesen und hatten am Ende gegen Mads' Einheit dank deren exzellenter Ausbildung und ihrer Ausrüstung keine Chance gehabt. Sie hatten alle fünfzig Taliban getötet. Es war ein guter Tag für den Frieden gewesen.

Wie naiv wir doch waren, schoss ihm ein gehässiger Gedanke durch den Kopf, denn alles, wofür seine Kameraden und er ihr Leben riskiert hatten, war vergebens. Die Taliban waren nicht nur an der Macht, sie verfügten darüber hinaus dank der blitzartigen Flucht der westlichen Kräfte über die modernste Ausrüstung in der Gegend.

Ein Schuss holte ihn aus seinen Gedanken.

»Sie sitzen wie eine Maus in der Falle«, hörte er Hennig schreien. »Ich knall Sie ab.«

»Unterschätzen Sie mich nicht«, entgegnete Mads. »Sie haben wirklich alles falsch gemacht, was man falsch machen kann.«

»Ich?«, schrie Hennig, seine Stimme machte einen irritierenden Kiekser. »Sie sind in mein Haus eingebrochen. Ich habe nichts getan und jetzt stelle ich den Einbrecher, das ist mein gutes Recht. Wenn Sie tot sind, ist endlich wieder Ruhe. Ich will doch bloß meine Ruhe.«

»Dafür ist es jetzt zu spät. Glauben Sie wirklich, dass das hier nach Ihren Plänen enden wird? Selbst wenn Sie mich erschießen, wird man Sie nicht in Ruhe lassen. Sie werden verhaftet und kommen vor ein Gericht, damit sind Sie für immer weggesperrt«, rief Mads, gleichzeitig durchzuckte ein Schmerz seinen Körper. Die Schusswunde meldete sich.

»Sie lügen. Wo ist denn die Verstärkung?« Hennig lachte. »Niemand wird kommen. Ich erschieße Sie und lasse Sie verschwinden …«

»Wie Sie auch Kim Schuster haben verschwinden lassen?«, hakte Mads sogleich ein.

»Ich habe sie nicht ermordet, verdammt noch mal.«

»Genauso wenig wie Ihr Hund am Strand war, ja?«, entgegnete Mads.

»Halten Sie Anyon da raus.« Hennig schoss gleich mehrere Kugeln ab, eine von ihnen bohrte sich in das Holz des Schrankes. Mads hielt instinktiv den Metalldeckel vor seinen Körper.

Wie komme ich hier nur raus?, überlegte er und ärgerte sich darüber, dass er nicht doch versucht hatte, aus dem Keller zu flüchten.

Insgesamt war der Keller unglaublich verschachtelt und groß. So riesig hatte er das Haus gar nicht in Erinnerung, aber die Räume hier unten wiesen darauf hin, dass das Wohnhaus viel größer war, als es wirkte.

Oder der ganze Garten ist unterkellert, überlegte er.

Es folgten weitere Schüsse, die Mads jedoch verfehlten, sodass er glaubte, vorerst sicher zu sein. Es sei denn, Hennig würde auf die Idee kommen und sich durch die umgeworfenen Regale zu ihm vorkämpfen, was er an dessen Stelle auf jeden Fall getan hätte.

Und richtig. Hennig schob ein umgekipptes Regal zur Seite und schoss.

Zu hoffen, dass er bald alle Kugeln verschossen haben würde, war vergeblich. Das Magazin seiner Walter P99 Q hatte Platz für fünfzehn Patronen, und wenn er richtig gezählt hatte, hatte Hennig erst sieben abgeschossen.

Darauf zu spekulieren, dass der Wahnsinnige noch die anderen acht abfeuerte, bevor Mads ihn angriff, war keine Option. Er würde Hennig schnellstmöglich überwältigen müssen.

»Lassen Sie uns reden«, sagte er daher.

Hennig lachte. »Worüber? Wo Sie bestattet werden wollen?« Sein Lachen wurde schriller. »Sie sind die Maus, ich die Katze und es gibt keinen Fluchtweg.« Er schob noch ein Regal zur Seite und schoss erneut.

Die Kugel verfehlte Mads, aber er wusste, dass Hennig recht hatte. Ein paar Regale und das wäre es gewesen mit seiner Deckung, in dem Augenblick würde ihn auch kein Wunder mehr retten.

Du musst etwas tun. Denk nach, Mads. Denk nach!

Sein Blick glitt an der Wand entlang, an der noch ein paar andere Gartengeräte lehnten, auch eine Kiste stand dort auf dem Boden. Er krabbelte zu der Kiste und schaute hinein. Ein Satz

Kugeln für das Boulespiel lag darin. Er schob die Kiste robbend zu seiner Deckung hinter dem Schrank.

Dann holte er zwei Kugeln heraus und wartete darauf, dass Hennig einen Ton von sich geben würde, damit er wusste, in welche Richtung er werfen musste, da er von hier aus keine Sicht auf ihn hatte.

»Überschätzen Sie sich nicht. Sie haben noch drei Patronen, dann ist das Magazin leer«, bluffte Mads.

»Für wie dumm halten Sie mich? In dem Magazin sind fünfzehn Patronen.«

Das genügte Mads. Er kam kurz aus seiner Deckung und warf die zwei Kugeln hintereinander auf Hennig.

Eine traf, Hennig schrie auf und sogleich warf Mads die nächsten beiden Kugeln. Wieder traf er Hennig, der jetzt zur Seite sprang. Doch Mads hatte noch mehr Munition und warf weiter, diesmal traf er seinen Gegner am Kopf.

Dann ging alles ganz schnell. Mads sprang über den Schrank und hechtete auf Hennig zu, dem es nicht mehr gelang, zu schießen. Mads schlug ihm die Waffe aus der Hand und prügelte auf ihn ein.

Hennig steckte einige Wirkungstreffer ein, aber er ging nicht K. o. Stattdessen rammte er sein Knie gegen Mads' Bauch.

Mads unterdrückte den Schmerz und hieb weiter auf Hennig ein. »Geben Sie endlich auf«, brüllte er ihn an.

»Fick dich«, brüllte Hennig zurück und streckte seine Hand aus.

Mads sah zu spät, was Hennig plante, denn der hatte plötzlich eine Kugel in der Hand und schlug Mads damit auf den Kopf.

Ein Volltreffer.

Mads schrie auf und fiel zur Seite, für einen Moment wurde ihm schwarz vor Augen und er verlor das Bewusstsein.

Als er wieder zu sich kam, stand Hennig schon auf den Beinen und suchte offensichtlich nach der Waffe. Reflexartig packte er Hennigs Bein und zog ihn runter. Hennig stolperte und Mads nutzte den Moment, um selbst auf die Beine zu kommen.

Jetzt standen sie sich Auge in Auge gegenüber.

Mads ballte die Hand zur Faust und schlug Hennig ins Gesicht.

Ein Wirkungstreffer, Blut schoss aus Hennigs Mund. Mads verpasste ihm weitere Schläge und endlich schien Hennigs Widerstand zu brechen. Er bäumte sich ein letztes Mal auf, schlug wild um sich und ging zu Boden. Dennoch ließ Mads nicht nach, er trat Hennig mit voller Wucht in die Seite und bemerkte, wie dieser bewusstlos wurde.

Sofort ergriff Mads die Waffe und zielte auf Hennig.

»Abschaum wie Sie muss man erschießen«, sagte er und verwarf den Gedanken, dass es besser wäre, wenn Hennig vor Gericht käme und für immer weggesperrt würde.

52

Gustav klingelte bereits das zweite Mal, da Finn die Tür nicht geöffnet hatte. Dass er das Anwesen mittlerweile verlassen hatte, glaubte er nicht. Schließlich lag das Gespräch mit Kevin keine fünfzehn Minuten zurück.

Ob Kevin ihn angerufen und gewarnt hat?

Nein, das wäre zwar möglich, aber eher unwahrscheinlich. Zum einen, weil Gustav ihm erzählt hatte, dass er Finn wegen Paul ein paar Fragen stellen wollte und somit nicht zum Ausdruck gebracht hatte, dass er Finn verdächtigte. Zum anderen, weil Kevin gesagt hatte, dass zwischen den Jungs dicke Luft herrsche. Warum sollte Kevin den Freund also sofort anrufen?

Gustav betätigte die Klingel ein weiteres Mal.

Als wieder keine Reaktion kam, beschloss er, sich im Garten umzusehen, vielleicht war Finn auf der Terrasse. Er folgte dem Steinweg, der zum hinteren Bereich in den ausgesprochen gepflegten Garten führte. Insgesamt hatte man bei dem Anwesen nicht das Gefühl, dass es sich hier um ein Ferienhaus handelte. Es war einfach zu groß und der Garten so über die Maßen ordentlich, dass sicher ein Gärtner die anfallenden Arbeiten übernahm.

Weder im Garten noch auf der Terrasse war Finn zu sehen.

Gustav erreichte die Garage und staunte nicht schlecht. Das Tor stand offen, in der Garage parkte ein schicker SUV – ein Mietwagen, wie er verwundert feststellte. Also war doch jemand im Haus.

Warum braucht Finn ein Mietfahrzeug?, überlegte er.

Die Antwort war schnell gefunden und sie bereitete ihm eine Gänsehaut. Gustav spürte, wie sein Mund trocken wurde, er zückte seine Waffe und entsicherte sie, dann ging er zurück zum Haus. Diesmal prüfte er jedoch nur, ob die Tür verschlossen war. Sie war es.

Das Fenster an der Terrasse! Er erinnerte sich, dass eines der bodentiefen Fenster auf Kipp gestanden hatte. Gustav eilte zur

Terrasse, schaute sich um und öffnete das Fenster mit dem Schnürsenkeltrick, dann trat er langsam ins Haus.

Von Finn keine Spur.

Vorsichtig schritt er vom Wohnzimmer in den Flur, von dem weitere Zimmer abzweigten. Eine Treppe führte in den ersten Stock, die andere in den Keller.

Sein Gefühl sagte ihm, dass Finn nur im Keller sein konnte. Behutsam stieg er Stufe für Stufe hinunter. Die Treppe endete vor einer Tür, er öffnete sie und betrat den Kellergang. Hier unten war es deutlich dunkler als im Erdgeschoss, aber immer noch hell genug, dass Gustav sehen konnte, wo er war, denn der Keller hatte einige Fenster. Zwei Räume hatten keine Tür, daneben gab es zwei weitere, die durch eine Tür verschlossen waren.

Ob sich Finn dort irgendwo versteckte?

Gustav schaute zuerst in den beiden Räumen ohne Tür, stieß aber weder auf Finn noch auf Kims Leiche. Dann trat er an die erste verschlossene Tür, öffnete sie langsam und trat ein.

Ein Weinkeller, die Regale gut gefüllt mit Weinflaschen.

Er ging wieder hinaus und trat vor den letzten Raum, wieder schob er vorsichtig die Tür auf und trat ein, die Waffe im Anschlag, bereit, zu schießen, wenn Finn eine Dummheit anstellte.

In dem Raum standen eine Couch, ein Schreibtisch und ein Schreibtischstuhl.

Dort saß Finn, er trug Kopfhörer und schien laut Musik zu hören. Gustav steckte die Waffe weg.

»Hallo, Herr Löhr«, machte er sich lautstark bemerkbar.

Finn drehte sich um und schaute ihn entsetzt an, dann setzte er die Kopfhörer ab.

»Was machen Sie in meiner Wohnung?«, fragte er und stand auf.

»Entspannen Sie sich. Ich bin von der Ostseekriminalpolizei. Mein Name ist Gustav Johannsen.«

»Können Sie sich ausweisen?«

Gustav zeigte ihm seinen Dienstausweis.

»Und warum brechen Sie in mein Haus ein?«

»Ihr Haus? Es gehört doch Ihren Eltern.«

»Für das Haus bin ich momentan verantwortlich. Ich kenne mich in juristischen Fragen aus. Ich studiere Jura.«

»Gut für Sie«, konterte Gustav, das alles war ihm eine Nummer zu skurril. Spielte Finn ihm etwas vor oder hatte er tatsächlich die ganze Zeit Musik gehört und daher das Klingeln nicht wahrgenommen? »Was machen Sie hier?«, fragte er den jungen Mann.

»Sieht man doch, Musik hören.«

»Und warum sind Sie nicht bei Ihren Freunden?«

»Weil ich hier mal nach dem Rechten sehen muss«, antwortete Finn. Er wirkte gereizt. Gustav glaubte ihm nicht.

»Wieso sind Sie mit einem Mietfahrzeug hier?«, bohrte er weiter.

»Ich verstehe Ihre Frage nicht. Ist es verboten, sich ein Auto zu mieten?«

»Es wundert mich nur. Sie sind doch mit Paul Gieses Auto im Urlaub.«

»Genau deswegen. Ich habe keine Lust, mich von ihm abhängig zu machen oder ihn anzubetteln, ob ich sein Auto haben darf. Paul und ich haben gerade nicht das beste Verhältnis.« Er deutete auf seine Nase, die sichtlich lädiert war, offenbar ein einfacher Nasenbeinbruch. Keine komplizierte Verletzung, aber ungemein schmerzhaft, das wusste Gustav.

»War das Herr Giese?«, fragte er.

Finn nickte. »Wer sonst? Er prügelt sich ja gerne mal, inzwischen sogar mit seinen eigenen Freunden.«

Gustav ging nicht weiter darauf ein, für ihn klang die Sache mit dem Mietwagen nicht plausibel.

»Warum sind Sie nicht mit dem Fahrrad hergekommen? Die Entfernungen sind hier doch nicht groß«, fragte er daher.

»Weil ich lieber Auto fahre und wir in wenigen Tagen abreisen. Ich brauche das Auto für die Rückfahrt.«

Wie es schien, hatte Finn für alles eine Erklärung. Konnte es sein, dass Paul und er sich irrten und Finn nichts mit Kims Verschwinden zu tun hatte? Momentan sprach einiges dafür.

»Was genau wollen Sie eigentlich von mir? Hat Paul irgendwelche Lügen über mich verbreitet?«

»Ist es eine Lüge, dass Sie Pauls Wagen haben reinigen lassen?«

»Nein, ist es nicht. Ich hatte meine Gründe dafür.«

»Und die wären?« Gustav kannte die Antwort, aber er wollte sie von Finn hören, ihn in die Enge treiben. Es war nicht zu übersehen, wie gereizt und angespannt er war.

»Ich musste zu einem Freund meines Vaters, der auch Anwalt ist, und das Auto sah nicht ansprechend aus.«

Gustav fiel auf, dass Finn das Wort »Anwalt« stark betonte, als könnte er damit bei ihm Eindruck schinden.

»Und was ist mit der Decke passiert?«, fuhr er ungerührt fort.

»Was für eine Decke?«

»Im Auto lag eine Decke laut der Aussage von Herrn Giese.«

»Keine Ahnung. Wo soll die denn gewesen sein?«

»Im Kofferraum.«

»Kann ich mich nicht dran erinnern, vielleicht ist sie noch da. Habe ich nicht drauf geachtet.«

»Sie ist nicht da. Mein Mitarbeiter und ich haben den Wagen durchsucht, da war keine Decke«, antwortete Gustav. Er wusste sofort, dass Finn log, und jetzt brach sein Lügengebilde wie ein Kartenhaus zusammen. Das mit der Decke war ein großer Fehler gewesen. Wusste Finn vielleicht nichts von der Durchsuchung, weil Paul es weder ihm noch seinen Freunden erzählt hatte? Immerhin hatten sie alle momentan nicht das beste Verhältnis.

»Vielleicht hat Paul die Decke ja rausgenommen, was weiß ich. Ich weiß nichts von einer Decke.« Finn blinzelte nervös.

»Das halten wir für sehr unwahrscheinlich«, bemerkte Gustav und sah Finn schweigend an.

»Dann war es wohl die Autowäscherei. Ich weiß nichts von einer Decke. Was geht mich das überhaupt an? Sie sollten schleunigst mein Haus verlassen, bevor ich Sie anzeige.«

»Ich gehe nirgendwohin, solange Sie mir nicht erklären, wo die Decke ist.«

»Woher soll ich das wissen? Was für Lügen hat Ihnen Paul erzählt, dass Sie ihm derart auf den Leim gegangen sind?«, brauste Finn auf.

»Ich denke, er hat uns die Wahrheit erzählt. Sie haben Kims Leiche in der Decke weggeschafft, nachdem Sie betrunken am Strand über sie hergefallen sind. Und jetzt versuchen Sie, die Spuren zu verwischen, weil Sie Angst haben, dass wir Ihnen auf die Schliche kommen.«

»Das ist doch dämlich«, wurde Finn laut. »Paul lügt. Ich lasse mir das nicht gefallen.«

»Wenn Sie mir jetzt nicht die Wahrheit erzählen, werden wir dieses Haus durchsuchen, und sollten wir die Leiche finden …«

»Sie können das Haus nicht durchsuchen. Mein Vater rastet aus«, entfuhr es Finn.

»Das interessiert mich herzlich wenig«, entgegnete Gustav. Ihm entging nicht, dass Finns rechte Hand so stark zitterte, dass er sie in der Hosentasche verschwinden ließ. Finn kam augenscheinlich mit Druck nicht klar.

»Wo haben Sie Kims Leiche versteckt?«, wiederholte Gustav.

Finn lachte, dabei blinzelte er wieder hektisch. Gustav sah ihm an, dass er mit der Situation überfordert war.

»Ich habe Kim nicht getötet«, sagte er, doch überzeugend klangen seine Worte nicht.

»Sie haben zwei Fehler gemacht. Sie hätten erstens bei der Sache mit der Decke nicht lügen und zweitens Ihre Bluetooth-Kopfhörer einschalten sollen«, erklärte Gustav kühl. Eben erst hatte er bemerkt, dass die kleine Leuchtdiode an den kabellosen Kopfhörern nicht leuchtete, als Finn den Kopf nach rechts drehte. Das konnte nur heißen, dass er ihm die ganze Zeit etwas vorgemacht hatte. Vermutlich hatte er gesehen, dass Gustav vor der Tür stand, da hatte ihn Panik überkommen, weil er davon ausgehen musste, dass die Polizei hinter ihm her war, und er Gustav nicht kannte. Sein schlechtes Gewissen hatte ihn verraten, fast wäre Gustav auf den Trick hereingefallen.

»Verfickte Kopfhörer«, platzte Finn heraus. Er hechtete an Gustav vorbei und schubste ihn dabei zur Seite, dann rannte er weg. Gustav taumelte, drehte sich um und lief hinter Finn her, der es bis zur Haustür geschafft hatte.

»Keine Bewegung oder ich schieße«, rief Gustav. Er hatte seine Waffe gezückt.

»Ich gehe nicht in den Knast!« Finn öffnete die Tür und lief hinaus. Gustav hinterher. Finn rannte zu seinem Auto und stieg ein.

Gustav hörte, wie der Motor ansprang. Zum Glück war er rechtzeitig zur Stelle, zielte auf die Räder und feuerte ein paar Schüsse auf die Reifen ab. Der Wagen schlingerte und kam zum Stehen.

Gustav eilte hin, öffnete die Fahrertür und sah, dass Finn am ganzen Körper zitterte.

»Keine Dummheiten. Steigen Sie aus«, brüllte Gustav, aber Finn war zu keiner Reaktion fähig. Als er sich langsam beruhigt hatte, half Gustav ihm aus dem Wagen. Er hatte Finns Gegenwehr gebrochen.

Sie gingen zurück ins Haus und betraten das Wohnzimmer.

»Setzen Sie sich«, befahl Gustav streng, sein Tonfall duldete keine Diskussion. Finn nahm Platz, sein Blick war gesenkt, doch Gustav erkannte, dass seine Augen glasig waren.

»Und jetzt erzählen Sie mir genau, was vorgefallen ist«, forderte er.

»Mein Vater bringt mich um, wenn er das erfährt. Sie kennen meinen Vater nicht«, sagte Finn leise.

»Ihr Vater ist Ihr geringstes Problem. Sie haben eine junge Frau ermordet und ich möchte wissen, wie es dazu gekommen ist.«

»Ich habe sie nicht ermordet. Es war ein Unfall«, platzte Finn heraus. Er schaute zu Gustav auf, der vor ihm stand.

»Was ist passiert?«

»Ich wollte das doch gar nicht. Ich bin nicht so einer«, jammerte Finn.

»Trotzdem haben Sie Kim Schuster ermordet. Sie waren am Strand. Was ist dann geschehen?« Gustav versuchte, ruhig zu bleiben, weil er fürchtete, Finn zu verlieren, wenn er den Druck erhöhte.

»Ich wollte das wirklich nicht«, wiederholte Finn und schlug die Hände vors Gesicht. Er begann zu weinen. Gustav ließ ihm Zeit, der junge Mann sollte sich ausheulen und dann endlich ein Geständnis ablegen. Gerade jetzt, wo er so aufgewühlt und emotional war, rechnete Gustav mit nichts anderem.

»Ich war betrunken, als ich am Strand war, und ich sah Paul, wie er von der Düne kam«, begann er. »Paul sah mich nicht, er hatte es eilig. Ich bin auch zur Düne, um auszutreten, da habe ich Kim gesehen. Sie lag auf dem Boden und regte sich nicht. Ihr Oberteil und ihr kurzer Rock waren verrutscht. Man konnte das weiße Höschen sehen.« Finn hielt inne.

Gustav spürte, wie Wut in ihm aufstieg. Dass Finn die Unterwäsche der Toten erwähnte, hörte sich für ihn so an, als suchte Finn nach einer Entschuldigung, warum er Kim ermordet hatte.

»Ich weiß nicht, aber sie wirkte so auffordernd«, fuhr Finn fort und unterbrach sich erneut. »Ich habe mich zu ihr gebeugt, geschaut, ob es ihr gut geht. Aber sie hat sich nicht bewegt. Ich war doch so betrunken«, jammerte er und zog die Nase hoch. Er schaute Gustav an, als erwartete er Verständnis, doch diesen Gefallen tat Gustav ihm nicht. Innerlich kochte er vor Wut, er hatte jedoch gelernt, sein Handeln nicht von Emotionen leiten zu lassen.

»Was ist dann geschehen?«, fragte Gustav betont ruhig.

»Ich habe sie berührt, versucht, sie zu wecken, ihr zu helfen, aber sie hat sich einfach nicht bewegt. Ihre Brust lugte aus dem Oberteil heraus und ihr Slip zog mich magisch an. Es war, als würde mich jemand von außen steuern. Ich habe ihre Brust berührt und ihren Slip heruntergezogen. Sie hat sich nicht gewehrt, das war doch wie ein Einverständnis, dass sie nichts dagegen hatte. Warum musste sie auch den Slip zeigen. Ich konnte da nicht anders und dann ist es einfach passiert.« Jetzt heulte Finn wie ein Kind, dem man etwas weggenommen hatte.

»Sie haben Kim Schuster missbraucht«, sprach Gustav das Offensichtliche aus. »Und erzählen Sie mir nicht, dass diese entsetzliche Situation eine Einladung war. Kim Schuster wurde von Paul Giese bewusstlos geschlagen, sie hat ihren Rock sicherlich nicht hochgezogen, um Sie zu irgendetwas zu animieren«, stellte Gustav klar. Er hatte schon vieles in seiner Laufbahn als Polizist gehört, aber das hier war wirklich widerwärtig.

»Ich wollte es nicht, ehrlich. Es tut mir leid, es ist einfach passiert. Wäre sie doch nur still liegen geblieben, dann wäre nichts weiter passiert.«

»Sie ist also wieder zu sich gekommen, richtig?«

»Ja«, räumte Finn ein. »Plötzlich hat sie sich bewegt und versucht, sich zu wehren. Ich war doch betrunken, ich habe Panik bekommen und dann habe ich ihr den Hals zugedrückt. Immer fester, bis sie sich nicht mehr gerührt hat.«

»Anschließend sind Sie zurück zur Party, Sie wussten, dass Pauls Autoschlüssel auf dem Tisch lag. Sie haben ihn genommen und Kim Schuster in die Ferienwohnung Ihrer Eltern gebracht.«

Finn nickte stumm.

»Und wo haben Sie die Leiche versteckt?«

»Im ersten Stock, in meinem Zimmer. Sie schläft in meinem Bett, sie liegt ganz friedlich da.« Finns Augen hatten sich geweitet, während er das sagte, sein Blick wirkte wirr.

Endlich hatte Gustav sein Geständnis, er hatte genug gehört. Er nahm Finn fest und fuhr mit ihm zur Dienststelle. Noch auf der Fahrt rief er die Spurensicherung und Mitarbeiter seiner Dienststelle an, damit sie das Haus bewachten, bis die Spurensicherung einträfe.

53

Endlich hatten sie ihren Täter.

Gustav war wieder in seinem Büro und Finn Löhr saß in einer Zelle der Dienststelle. Paul hatten sie gehen lassen. Es gab keinen dringenden Tatverdacht mehr gegen ihn. Sicherlich würde es aber eine Anzeige geben, so leicht würde er nicht davonkommen. Immerhin hatte er Kim Schuster bewusstlos geschlagen, was am Ende den Missbrauch durch Finn Löhr und ihre Ermordung zur Folge gehabt hatte. Welche Strafe er dafür erhalten würde, wusste Gustav nicht. Das zu entscheiden, war Aufgabe des Staatsanwaltes und der Gerichte.

Es klopfte an seiner Tür und Petra betrat das Büro.

»Den brauchst du jetzt bestimmt«, sagte sie und reichte ihm eine Tasse Espresso mit einem Keks dazu.

»Und wie. Danke.« Gustav zählte nicht mehr, wie viele Espressos er am Tag trank, aber jeden einzelnen genoss er. Er war ein Kaffeejunkie.

»Dafür nicht. Haben wir endlich unseren Täter?«

»Ja. Der Spuk ist vorbei. Leider ist Kim Schuster nicht mehr am Leben.«

»Wirklich schade. Sie war noch so jung und hatte das ganze Leben vor sich.«

»Du sagst es.« Gustav dachte an Lena. Auch sie hatte ihr ganzes Leben noch vor sich und sie schwebte seit Monaten in Lebensgefahr.

»Ich lasse dich mal ein paar Minuten alleine.«

»Danke. Hat sich Mads gemeldet?«, fragte Gustav.

»Noch nicht. Soll ich ihn anrufen?«

»Nein, das hat heute keinen Sinn mehr. Du siehst ja, ich habe den Mörder auch ohne seine Hilfe geschnappt.«

»Wenn das mal kein Anflug von Arroganz ist«, sagte Petra schmunzelnd.

»Nicht Arroganz, eher Sarkasmus«, korrigierte Gustav.

»Wie dem auch sei, Chef.« Petra lächelte und verließ das Zimmer.

Gustav trank den Espresso, steckte sich den Keks in den Mund

und ließ sich gegen die Rückenlehne seines Bürostuhles sinken. Kurz schloss er die Augen, er brauchte etwas Ruhe.

Der Anblick der Leiche einer jungen Frau war selbst nach so vielen Jahren keine Selbstverständlichkeit, und je älter er wurde, desto weniger ließ es ihn kalt.

Ich brauche dich, Mads, dachte Gustav. *Du musst in meine Fußstapfen treten und diese Einheit leiten. Ich bin zu müde für die Bösartigkeit der Menschen.*

Ob sein Neffe noch die Kurve kriegen oder an der Krankheit seiner Schwester zerbrechen würde, konnte Gustav gerade nicht einschätzen. Doch er verstand ihn. Mads hatte bereits seine Eltern verloren und jetzt drohte auch Lena zu sterben. Was blieb ihm dann noch?

Nur Gustav und Oma Jutta.

Das war zu wenig, das war Gustav bewusst, dennoch war Mads alt genug, um zu begreifen, dass das Leben weitergehen musste, auch im schlimmsten anzunehmenden Fall, dass Lena sterben würde.

Wieder klopfte es an der Tür und Petra betrat sein Büro.

»Was gibt es?«, fragte Gustav.

»Mads ist da.«

»Mads?«

»Ja. Und er ist nicht allein.«

»Wen hat er mitgebracht?«

»Thomasz Hennig. Er hat ihn festgenommen.«

»Was?«, entfuhr es Gustav. »Finn ist der Täter. Wo ist mein Neffe?«

»Er bringt Hennig in eine Zelle.«

»Hat er denn komplett den Verstand verloren?« Gustavs Blutdruck schoss in die Höhe. War Mads also gar nicht zu Hause gewesen, um seinen Rausch auszuschlafen, sondern hatte er Hennig aufgesucht, um ihn zu verhaften? Und das, ohne ihn darüber zu unterrichten?

»Beruhig dich. Ich muss dir noch was sagen.«

»Was denn?«

»Mads ist verletzt.«

»Verletzt?« Gustavs Wut verflog und die Sorge um seinen Neffen gewann die Oberhand. »Verdammt, was ist denn passiert?«

»Keine Ahnung. Ich habe nur gesehen, dass sein T-Shirt und seine Hände blutig sind. Sein Gesicht sieht ziemlich übel zugerichtet aus.«

Gustav eilte aus seinem Büro, er musste sehen, was mit Mads geschehen war. Er lief zu den Zellen und stieß im Flur auf Mads, der Hennig schon in die Zelle gebracht hatte.

»Wie gehts dir?«, fragte er seinen Neffen.

»Den Umständen entsprechend. Wo wart ihr?«, gab der zurück.

»Wir?« Gustavs Blick wanderte zu seinem Shirt. Es war nicht zu übersehen, dass Mads heftig aus einer Wunde blutete. »Du musst ins Krankenhaus.«

»Ist nicht so schlimm, nur ein Streifschuss. Ich habe die Wunde bei Hennig verbunden.«

»Das ist mir egal. Ich fahre dich jetzt ins Krankenhaus. Dann kannst du mir alles in Ruhe erzählen.«

Unter Protest willigte Mads schließlich ein. Als sie gerade nach draußen gingen, kam ihnen Albert Lange entgegen.

»Wohin?«, fragte der Bürgermeister.

»Ins Krankenhaus. Mads ist verwundet«, erklärte Gustav knapp.

»Ich fahre euch«, sagte Albert. »Mein Wagen steht vor der Tür.«

»Gut.«

Sie stiegen ein und Albert fuhr los.

»Es ist nur ein Streifschuss und ich habe die Wunde längst verbunden. Da kann nichts passieren«, beschwichtigte Mads. Aber das Blut auf seinem T-Shirt verriet Gustav, dass die Wirklichkeit anders aussah. Es war der falsche Zeitpunkt, um den Helden zu spielen.

»Die im Krankenhaus sollen sich das anschauen«, entgegnete er daher.

»Eigentlich sollte ich jetzt Hennig verhören. Ich habe ihn fast so weit.«

»Wie weit?«

»Dass er den Mord an Kim Schuster gesteht. Ich glaube, er hat ihre Leiche zerstückelt und im Wald den Wildschweinen zum Fraß gegeben.«

»Hat er bestimmt nicht.«

»Woher willst du das wissen? Der Psycho wollte genau das mit mir machen. Wo warst du eigentlich, wo war die Verstärkung?«

»Dein Onkel und ich haben angenommen, dass du deinen Rausch ausschläfst«, schaltete sich Albert ein.

»Was für einen Rausch?«

»Na ja, im *Wullenwever* war die Rotweinflasche dein bester Freund und dann bist du einfach rausgerannt und hast nicht auf meine Nachrichten und Anrufe reagiert …«

»Weil ich enttäuscht war, ist das so schwer zu verstehen?«, erwiderte Mads.

»Entspann dich, Mads, deinen Onkel trifft keine Schuld. Er hat dich mehrmals angerufen, aber dein Handy war aus«, sagte Albert.

»Mein guter Herr Onkel flippt doch aus, sollte ich mal zehn Minuten zu spät ins Büro kommen, was ich nicht tue. Aber wenn ich mich stundenlang nicht melde, glaubt er, dass ich meinen Rausch ausschlafe? Kennt er mich wirklich so schlecht? Ich würde niemals meinen Dienst schwänzen. Wer feiern kann, kann auch arbeiten«, grollte Mads.

»Du hast recht. Es tut mir aufrichtig leid. Ich hätte zu Hause nach dir schauen sollen, und spätestens als Ole mir erzählt hat, dass du wusstest, dass Hennigs Hund am Tatort war, hätte ich nach dir suchen müssen. Zu meiner Verteidigung: Ich saß auch nicht sinnlos im Büro herum, sondern habe den Täter gejagt.«

»Hennig? Wohl kaum. Ich habe Hennig festgenommen, nicht du. Und dabei hätte ich fast mein Leben riskiert.«

»Ich habe ja keine Ahnung, welchen Mist Hennig verbockt hat, aber ganz sicher ist er nicht Kims Mörder. Und ein Geständnis unter Folter ist in Deutschland für die Tonne.«

»Was für eine Folter?«, schimpfte Mads. »Natürlich ist er der Täter, alles …«

»Nein, ist er nicht, wenn du mich mal ausreden lassen würdest.«

»Und wer soll der Mörder sein?« Mads schüttelte verständnislos den Kopf, augenscheinlich wollte er seinem Onkel nicht glauben.

»Finn Löhr.«

»Finn?« Mads schaute ihn mit großen Augen an. »Warum sollte er Kim ermorden, das ergibt doch keinen Sinn.«

»Warum tötet ein Vater seine Kinder? Warum missbraucht ein Priester seine Schutzbefohlenen und warum bringt ein Rentner seine Frau um, mit der er sechzig Jahre lang verheiratet war? Erwartest du wirklich eine Erklärung für das kranke Verhalten von Mördern? Wir sind Polizisten, keine Psychologen. Unser Job ist es, Mörder zu jagen und festzunehmen, damit sie der Gesellschaft keinen Schaden mehr zufügen. Genau das habe ich getan. Finn Löhr hat Kim Schuster missbraucht und erwürgt. Er hat vorhin gestanden und sitzt in der Zelle. Der Fall ist abgeschlossen«, wurde Gustav emotional.

»Wir sind da«, meldete sich Albert zu Wort, da sie mittlerweile die Notaufnahme der Sana Klinik in Eutin erreicht hatten.

»Dann hatte Hennig also die ganze Zeit recht«, sagte Mads, seine Stimme klang plötzlich nachdenklich.

»Das wird wohl so sein. Die Frage ist, warum er trotzdem so ausgerastet ist? Bist du gestern Abend noch zu ihm?«

»Ja, ich war wütend. Dann kam die Nachricht von Ole und da war es für mich offensichtlich, dass nur Hennig der Mörder sein konnte. Vor allem, weil er bis zum Schluss geleugnet hat, dass sein Hund am Tatort war.«

»Lass mich raten, er hat dich gestern Abend beim Einbruch in seine Wohnung überrascht und bewusstlos geschlagen.«

»So ungefähr, aber es war die Hütte im Garten und ich war dummerweise kurz unaufmerksam.«

»Das passiert, wenn man allein und noch dazu betrunken einen Tatverdächtigen aufsucht. Ein erfahrener Polizist wie du sollte das wissen.«

Mads schwieg und öffnete die hintere Tür von Alberts Auto. Sie stiegen aus und gingen Richtung Notaufnahme.

»Hast du denn in seiner Wohnung etwas entdeckt?«

»Das habe ich.«

»Und was? Lass dir doch nicht alles aus der Nase ziehen. War das der Grund, warum er dich bewusstlos geschlagen hat?«, bohrte Gustav nach.

»Es war das Foto auf seinem Computer.«

»Was war darauf zu sehen?« Gustav hatte bereits einen Verdacht.

»Ein Kind, das missbraucht wird.«

54

Timmendorfer Strand, 19. August

Die Klinik hatte Mads dabehalten wollen und auch sein Onkel und Albert hatten ihm geraten, einen Tag dortzubleiben, aber Mads hatte abgelehnt. Er kannte seinen Körper. Er hatte als Elitesoldat schon ganz andere Verletzungen überstanden. Daher war er auch an diesem Tag wie gewohnt in der Dienststelle erschienen und stand gerade im Vorzimmer seines Onkels.

»Moin«, grüßte er Petra.

»Moin! Du hast uns einen riesigen Schrecken eingejagt, vor allem deinem Onkel«, sagte Petra besorgt.

»Wegen der Sache mit Hennig?«

»Sei nicht so streng mit ihm, er war furchtbar in Sorge, aber wir haben ihn alle beschwichtigt, dass du sicher nur etwas gefrustet bist wegen deiner Schwester.«

Mads presste die Lippen zusammen, denn gestern hatte er dieses Gefühl auch gehabt. Die Augen seines Onkels hatten verraten, wie unglaublich besorgt er war, auch wenn Gustav ihm eine Menge Vorwürfe gemacht hatte. Er schien eben nicht aus seiner Haut zu können.

»Ich geh mal in die Höhle des Löwen.«

»Vergiss den Espresso nicht«, sagte Petra schmunzelnd.

»Machst du ihn bitte?«

»Klar doch. Wir wollen ja nicht die Laune deines Onkels …, deines Chefs aufs Spiel setzen.«

Kurz darauf reichte sie Mads das fertige Tablett.

»Viel Erfolg.«

»Danke«, sagte Mads, klopfte an und betrat Gustavs Büro. Als der ihn sah, erhob er sich von seinem Stuhl und kam auf ihn zu, um seinen Neffen zu begrüßen.

»Du hast doch frei. Was machst du hier?«, fragte er.

»Ich bin auf dem Weg zu ein paar Freunden. War vorhin noch bei Oma.« Beide nahmen am Besprechungstisch Platz.

»Und was sagt deine Oma?«

»Ich habe ihr nicht die ganze Wahrheit erzählt. Nur, dass ich mich leicht verletzt habe.«

»Und, hat sie es geschluckt?«

»Nein, sie hat mich eiskalt durchschaut.« Mads grinste.

»Du vergisst, dass ihr Mann Polizist war. Mein Vater hatte keine Geheimnisse vor ihr, er hat ihr blind vertraut und sie hat ihm immer den Rücken gestärkt. Sie durchschaut uns alle. Manchmal habe ich das Gefühl, dass sie über ihren eigenen Zustand lieber schweigt, damit wir uns keine Sorgen um sie machen.«

»Das Gefühl habe ich auch. Oma möchte niemandem zur Last fallen.« Mads' Stimme klang nachdenklich. Er liebte seine Großmutter bedingungslos, und der Gedanke, dass ihr etwas zustoßen könnte, war nicht zu ertragen.

»So sind unsere Johannsen-Frauen. Deine Mutter war so und Lena ist auch so. Wir Männer sind da leider aus einem etwas anderen Holz geschnitzt.«

Für einen Moment trat Stille ein. Mads leerte seinen Espressobecher und ließ den Keks in seinem Mund verschwinden.

»Was hat die Spurensicherung gefunden?«, erkundigte er sich dann.

»Die hatten gestern jede Menge zu tun. Erst die Wohnung von Finns Eltern, anschließend das Anwesen von Hennig. Auf seinem Rechner wurden zigtausend Fotos und Videos gefunden, die den Missbrauch von Kindern zeigen. Außerdem tausende Daten von Chatverläufen. Du bist auf den Kopf eines Pädophilenrings gestoßen. Eine große Sache.«

»Drecksbande«, entfuhr es Mads. Er hatte kein Verständnis und erst recht kein Mitleid mit solchen Menschen. Als er am vergangenen Tag die Waffe auf Hennig gerichtet hatte, war das Bild des kleinen, missbrauchten Jungen vor seinem geistigen Auge erschienen und die Wut hatte ihm zugeflüstert, dass er diesen Verbrecher erschießen sollte. Doch er hatte es nicht getan, weil er Polizist war, und als Polizist würde er keine Selbstjustiz üben.

»Du sagst es«, bestätigte Gustav. »Es wird Monate dauern, bis der Staatsanwalt sich ein Bild von dem ganzen Ausmaß verschafft hat. Hennig wird für sehr lange Zeit ins Gefängnis wandern.«

»Hör doch auf. Nach fünf Jahren ist das Arschloch wieder frei und vergeht sich weiter an Kindern.«

»Nach unseren bisherigen Informationen hat er sich nicht an Kindern vergangen, sondern nur Inhalte …«

»Nur?«, fiel Mads seinem Onkel ins Wort.

»Du weißt, wie ich das meine«, entgegnete der. »Wenn es nach mir ginge, müsste man Pädophile kastrieren und für immer wegsperren. Aber es geht nicht nach mir. Wir sind Polizisten, keine Richter. Ich habe mich gestern mit Hennig unterhalten. Er hat sich gesprächig gezeigt. Dass er vehement bestritten hat, dass sein Hund am Tatort war, lag daran, dass er Sorge hatte, dass man seiner kranken Neigung auf die Spur kommen könnte. Anyon ist wohl ausgebüxt und Hennig hat ihn gegen 2 Uhr morgens in der Nähe des Tatorts gefunden und nach Hause gebracht.« Gustav schaute Mads an. »Mads, das war verdammt gute Arbeit. Du bist da auf ein richtiges Wespennest gestoßen.«

»Durch Zufall.«

»Egal. Das war ausgezeichnete Polizeiarbeit. Aber tu mir nächstes Mal den Gefallen, mich zu kontaktieren, bevor du einen Tatverdächtigen alleine aufsuchst. Und bitte niemals betrunken ermitteln.«

»Mach ich«, antwortete Mads, er spürte, dass sein Onkel viel Wert auf seine Worte legte. »Gibt es noch etwas wegen Finn Löhr?«

»Nein, er hat ja bereits gestanden und wir haben Kims Leiche in seinem Bett gefunden.«

»Wie krank ist das eigentlich? Wieso lässt er ihre Leiche tagelang in seinem Bett liegen? Er muss doch wissen, dass er damit ein großes Risiko eingeht.«

»Das glaube ich nicht. Nur er hat den Schlüssel zu seinem Zimmer, seine Eltern sind nicht da und er ist im Urlaub, vermutlich hat er sich nicht bewusst machen können, dass er sie wirklich ermordet hat. Er sieht sich nicht als brutalen Mörder. Jemand wie er, der aus einem guten Elternhaus stammt, dem die Zukunft gehört, ist kein Mörder. Verdrängung par excellence. Aber als du immer tiefer vorgedrungen bist, hat er es mit der Angst zu tun bekommen und realisiert, dass er die Leiche wegschaffen muss. Gestörte Persönlichkeit und irrationale Handlungen sind nichts

Neues bei Mördern. Letztes Jahr haben die Kollegen in Lübeck einen Mörder überführt, der sein Opfer missbraucht und die Leiche anschließend fotografiert hat. Als die Polizei das Handy konfiszierte, haben sie die Bilder von der Toten ungeschützt auf dem Handy gefunden. Neffe, ich kann dir nur raten, nicht nach Gründen zu suchen. Wie ich schon sagte, unser Job ist es, solche Typen zu jagen und zu verhaften. Um den Rest sollen sich andere kümmern.«

Mads nickte, sein Onkel hatte recht, dennoch beschäftigte ihn die Frage, wie jemand wie Finn, der auf der schönen Seite des Lebens geboren war, seine Zukunft derart sorglos wegwerfen konnte. »Was ist mit Paul?«, erkundigte er sich.

»Den haben wir gehen lassen. Er wird sich noch vor Gericht verantworten müssen. Für uns ist der Fall abgeschlossen und ich will dich erst nächste Woche wieder hier sehen. Du bist ab jetzt am Meer. Die Sonne scheint, nimm dein Surfbrett oder dein Fahrrad, mach Touren oder leg dich in die Sonne. Mir egal. Hauptsache, ich treffe dich nicht im Büro.«

»Sollte ich hinkriegen. Sehen wir uns heute Abend?«

»Was für eine Frage. Natürlich. Ich nehme Oma mit.«

»Ich komme um 19 Uhr, ich habe Freunden versprochen, vorher mit ihnen zu grillen.«

»Mach das. Zu einer leckeren Bratwurst würde ich auch nicht Nein sagen«, sagte Gustav grinsend.

»Kannst gerne mitkommen. Die Jungs sind echt in Ordnung.«

»Das würde ich gerne.«

»Ich weiß, dass du auf gutes Essen stehst, sagt mir dein Bauch jeden Tag«, scherzte Mads.

»Sieh zu, dass du Land gewinnst«, erwiderte Gustav gespielt ärgerlich und wedelte mit der Hand.

Beide lachten und Mads verabschiedete sich. Draußen schwang er sich auf sein Fahrrad und fuhr Richtung Campingplatz. Als er nach einem kurzen Stopp im Supermarkt, wo er Bier und Cola gekauft hatte, ankam, duftete es bereits nach gegrillten Würstchen.

»Du bist keine Sekunde zu früh«, empfing ihn Walter mit einem breiten Grinsen. »Deine Currywurst ist gerade fertig.«

Mads grüßte in die Runde. »Ich habe Bier und Getränke mitgebracht.« Er reichte die Tüte Aydin und griff nach dem Teller mit Currywurst, Soße und einer Scheibe Toast, den Walter ihm hinhielt.

»Was ist mit deinem Gesicht passiert?«, erkundigte sich Brandt.

»Das erzähle ich euch nach der Currywurst.«

»Lass mich raten, es hat etwas mit deinem aktuellen Fall zu tun?«, mutmaßte Aydin.

»Stimmt. Meinem Ex-Fall. Wir haben den Täter verhaftet. Aber wie gesagt, ich habe jetzt echt Kohldampf. Die Currywurst riecht verdammt lecker.«

»Iss in Ruhe deine Wurst, anschließend haben wir genug Zeit zum Quatschen«, kommentierte Walter.

»Onkel Walters Currywurst schmeckt sogar noch viel besser, als sie riecht. Du wirst süchtig danach«, ließ sich jetzt Tolga vernehmen. Er grinste und steckte sich das letzte Stück Wurst von seinem Teller in den Mund. Brandt und die anderen lachten und Walters Augen glänzten so sehr, dass Mads wieder spürte, wie viel ihm Tolgas Worte bedeuteten.

Mads widmete sich nun ebenfalls seiner Currywurst, er tunkte ein Stück in die Soße, schob es sich in den Mund und was dann geschah, konnte er nicht in Worte fassen. Es war eine Geschmacksexplosion, die ihresgleichen suchte. Walters Spezialsoße in Kombination mit den Röstaromen der Currywurst war einzigartig. Mads konnte sich nicht erinnern, ob er je so eine leckere Wurst gegessen hatte.

»Die ist wirklich bombastisch. Tolga hat kein bisschen übertrieben«, stellte er fest.

»Ich sage immer die Wahrheit. Du wirst süchtig nach der Wurst, so wie ich. Du glaubst gar nicht, wie glücklich ich bin, dass Onkel Walter nicht nur mein allerbester Freund ist, sondern dazu noch so leckere Würstchen grillt. Das ist besser als jeder Lottogewinn.« Tolga strahlte übers ganze Gesicht und Walter reichte ihm sogleich die nächste Currywurst, dabei strich er ihm übers Haar.

»Willkommen im Currywurst-Fanclub«, sagte Brandt lachend und stieß mit Mads an, die anderen folgten ihrem Beispiel.

Mads war zufrieden. Für einen Augenblick waren seine Sorgen weit weg und er wusste, dass er Freunde fürs Leben gefunden hatte.

55

»Du bist ein begehrter Mann«, sagte Albert.

»Inwiefern?« Gustav und der Bürgermeister hatten sich am Hafen in Niendorf verabredet, weshalb Gustav diesmal ein wenig früher Feierabend gemacht hatte. Danach würde er seine Mutter abholen, um mit ihr ins Krankenhaus zu Lena zu fahren.

»Na, ihr habt einen weltweit agierenden Pädophilenring ausgehoben«, erwiderte Albert.

»Nicht wir. Mads.«

»Aber du bist der Leiter dieser Einheit. Die bundesweite Presse möchte Interviews mit dir. Jeder spricht über meine Gemeinde. Mir ist zu Ohren gekommen, dass auch die Bild-Zeitung scharf auf ein Interview ist, genauso wie RTL.«

»Sollen sie doch. Es wird keine Interviews geben.«

»Warum nicht?« Albert wirkte erstaunt.

»Weil ich kein Pressesprecher bin. Das ist die Aufgabe der Direktion in Lübeck.«

»Kannst du dir nicht vorstellen, wie wir das für unsere Gemeinde nutzen könnten?«, fragte Albert verständnislos.

»War mir klar, dass du bloß wieder monetäre Gedanken hast.«

»Nein, nur das Wohl …«

»… der Gemeinde, schon klar«, beendete Gustav Alberts Worte, die er so oft gehört hatte.

»Sag nicht kategorisch Nein. Ich kann das alles organisieren. Lass mich nur machen.«

»Was du tust, ist deine Entscheidung, aber ich stehe für kein Interview zur Verfügung. Ich möchte mir gar nicht vorstellen, was wäre, hätte dieser Wahnsinnige Mads etwas angetan.«

»Dein Neffe ist eine ausgebildete Kampfmaschine«, gab Albert zurück. »Hennig hatte keine Chance gegen ihn.«

»Da wäre ich mir nicht so sicher. Auch wenn Mads nicht alles erzählt, aber allein die Tatsache, dass Hennig ihn überrascht, bewusstlos geschlagen und in einem Kellerraum gefangen gehalten hat, sagt mir, dass Mads die Situation weder unter Kontrolle hatte noch dass das Ganze harmlos war.«

»Du machst dir ernsthaft Sorgen um ihn«, stellte Albert fest.

»Was für ein dämlicher Satz. Natürlich, er ist in erster Linie mein Neffe und erst dann mein Mitarbeiter.«

»Verzeih, das war dumm von mir.«

Für einen Moment herrschte Stille. Beide schauten aufs Meer hinaus, ein Boot verließ den Hafen und steuerte in die Ferne.

»Irgendwann sollten wir auch ein Boot chartern und nach Malmö hoch fahren. Nur du und ich und ein paar Kisten Bier.«

»Das hört sich sehr gut an.« Gustav holte tief Luft. Einfach davonfahren und auf einem Boot die Welt entdecken – gegen ein solches Abenteuer hatte er in diesem Augenblick nichts einzuwenden.

»Irgendwann, wenn ich nicht mehr Bürgermeister bin und du in Pension bist, machen wir das.«

»Du und nicht mehr Bürgermeister?« Gustav schaute Albert von der Seite an. »Kann ich mir schwer vorstellen. Dich wird man mit den Füßen voran aus dem Rathaus tragen und als Bürgermeister unter die Erde bringen.«

»Mach ruhig deine Witze. Mein Amt bringt viel Arbeit und Stress mit sich. Sobald du in Pension bist, werde ich zurücktreten.«

»Wir werden sehen«, antwortete Gustav und sah wieder aufs Meer.

Wie sein Leben wohl verlaufen wäre, wenn er auf einem Schiff angeheuert hätte? Schon als Kind hatte er Kapitän werden wollen, aber als Sprössling einer Polizistenfamilie war sein Schicksal vorgezeichnet und so war er in die Fußstapfen seines Vaters getreten und Polizist geworden.

Das Klingeln seines Handys holte ihn aus seinen Gedanken.

»Das Krankenhaus«, sagte er, als er aufs Display schaute. Sein Herzschlag beschleunigte sich und seine Handflächen begannen zu schwitzen. So ein Anruf konnte nichts Gutes bedeuten, jemand aus dem Krankenhaus hatte noch nie außer der Reihe angerufen.

Er nahm das Gespräch an und spielte schon in Gedanken durch, wie er seiner Mutter und Mads die schreckliche Nachricht von Lenas Tod beibringen sollte. Es war ein unmögliches Unterfangen.

Das Telefonat dauerte keine Minute.

»Was ist los?«, fragte Albert, nachdem Gustav aufgelegt hatte. Der starre Blick seines Freundes konnte ihm nicht entgangen sein.

»Es geht um Lena«, presste Gustav hervor.

»Was ist mit ihr?« Albert klang atemlos, als befürchtete auch er das Schlimmste.

Gustav war nicht in der Lage, etwas zu sagen. Die Gefühle übermannten ihn, doch dann fasste er sich und antwortete: »Sie ist aufgewacht.«

56

Niendorf, 20. August

»Was würde ich für ein Interview mit Gustav Johannsen geben«, sagte Tobias Wichmann, Chefredakteur und Herausgeber der Ostseezeitung.

»Da kriegst du eher einen Sechser im Lotto«, antwortete Katrin Starke, seine Sekretärin.

»Ich weiß. Der alte Mann ist stur wie ein Esel. Tut so, als ob wir ihn beißen würden.«

»Was ist denn mit Mads Johannsen, seinem Neffen? Der ist deutlich jünger, vielleicht ist er gesprächiger.«

»Und wenn? Das bringt mir herzlich wenig, weil Gustav der Dienststellenleiter ist, der hat seinem ganzen Team einen Maulkorb verpasst. Keiner wird gegen ihn aufbegehren. Der hat sein Team im Griff, mit harter Hand.«

»Sei nicht so gemein. Immerhin macht er exzellente Arbeit.«

»Das stimmt.« Tobias rieb sich die Stirn. »Aber ein verdammtes Interview, was ist daran so schlimm? Weißt du, was das für unsere Auflage und unseren Onlineauftritt bedeuten würde? Ganz Deutschland spricht über diesen Pädophilenring.«

»Und dass eine junge Frau ermordet wurde, scheint niemanden zu interessieren«, konterte Katrin.

»Doch, uns. Wir haben darüber berichtet.« Tobias ließ die Handflächen auf die Oberschenkel fallen und stand auf. »Gut, organisiere mir bitte einen Termin mit dem Bürgermeister. Albert ist doch ganz dicke mit Herrn Johannsen.«

»Mach ich. Das sollte kein Problem sein.«

»Zum Glück. Vielleicht kriege ich ja ihn dazu, aus dem Nähkästchen zu plaudern. Würde mich wundern, wenn Johannsen ihn nicht gründlich informiert hat.«

»Mich auch. Die beiden kennen sich ja schon ewig. Wann passt es dir?«, fragte Katrin und sah zu Tobias auf.

»So schnell wie möglich.«

»Verstehe.«

Tobias schaute auf seine Uhr. »Die Bewerber müssten gleich kommen. Sobald der erste da ist, schick ihn in mein Büro.«

»Mach ich.«

Tobias ging nach nebenan, startete seinen Rechner und prüfte seine E-Mails, dabei dachte er weiter über den Fall nach und über das Potenzial, das er für seine Zeitung barg.

Der Informationsmarkt war hart umkämpft und die Auflagen sanken jährlich, weil immer mehr Menschen sich lieber digital informierten. Auch die Ostseezeitung hatte mit dem Absatzrückgang zu kämpfen, aber glücklicherweise nicht so stark wie andere überregionale Zeitungen. Die Ostseezeitung hatte treue Abonnenten. Dennoch wusste Tobias, dass er sich auf diesen Lorbeeren nicht ausruhen durfte. Er hatte vor, den Onlineauftritt der Zeitung zu stärken, und investierte viel Geld in diese Sparte. Dafür brauchte er dringend neue Mitarbeiter, die sich in der digitalen Welt auskannten, die jung und hungrig auf Erfolg waren.

Mit vier solcher Bewerber würde er gleich persönliche Gespräche führen. Ihre Bewerbungsmappen hatten einen guten Eindruck bei ihm hinterlassen, denn auch das Zwischenmenschliche musste stimmen, darauf legte er großen Wert.

Sein Telefon klingelte, es war Katrin. Die erste Bewerberin war da. Tobias bat sie herein.

Die junge Frau war pünktlich, das gefiel ihm. Heutzutage war das leider nicht mehr selbstverständlich. Er hatte schon viele Bewerber erlebt, die zu spät zu ihrem Vorstellungsgespräch erschienen waren.

»Schön, dass Sie da sind«, begrüßte er die Frau. »Setzen Sie sich doch bitte.« Der erste Eindruck war ausgesprochen positiv. Sie hatte etwas an sich, was sofort Vertrautheit erweckte.

»Vielen Dank für die Einladung«, erwiderte sie und nahm an dem Besprechungstisch Platz.

»Ich habe zu danken. Ihre Bewerbungsunterlagen sind beeindruckend und Ihr Schreibstil gefällt mir sehr gut. Da stelle ich mir die Frage, warum Sie nicht zu einer großen Zeitung wollen?«

»Weil ich Ihre Zeitung die letzten Monate gelesen habe und glaube, dass ich nur hier authentische Artikel schreiben kann«, antwortete sie.

»Danke für die Blumen.«

»Das ist nur die Wahrheit. Ich möchte eine gute Journalistin sein und dazu zählt für mich, dass ich authentische und sachliche Artikel schreiben darf, ohne dass wir vor der Politik, der Wirtschaft oder Werbetreibenden kuschen müssen.«

»Dann sind Sie bei uns richtig«, antwortete Tobias. Schon jetzt hatte er das starke Gefühl, dass Emma Falk perfekt in sein Team passte.

– Ende –

Anmerkungen des Autors

Lena lebt! Und Emma ist zurück. Was für ein dramatisches Finale.

Ich hoffe, dass Sie beim Lesen des zweiten Küstenkrimis so viel Freude hatten wie ich beim Schreiben, und dass Ihnen die Kapitel mit den Kölner Jungs ebenso gut gefallen haben. Im letzten Köln-Krimi hatte ich angedeutet, dass die Kölner Urlaub an der Ostsee machen würden, und schon damals wusste ich, dass es zu einer Begegnung kommen würde. Wer weiß, ob nicht Team Köln und Ostsee einmal zusammen ermitteln.

Jedem, der die Kölner Krimis nicht kennt und daher mit Walter, Aydin und Brandt nichts anzufangen weiß, empfehle ich die beliebte Kölner Krimireihe.

Doch zurück an die Ostsee: Die Handlung dieser Geschichte ist frei erfunden, ebenso die Figuren. Auch wurden einige Orte ein wenig über die Realität hinausgehend ausgeschmückt, um die Spannung zu erhöhen. Zwar gibt es Dünen an der Ostsee, aber auf der Höhe Richtung Haffkrug sind sie nicht so hoch bewachsen, wie im Roman geschildert. Die Sträucher und Büsche waren in dieser Geschichte jedoch nötig, damit die Handlung glaubwürdiger ist. Auch was den Ausblick von der Terrasse der *Seaside Lounge* in Niendorf anbelangt, habe ich etwas geflunkert. Man hat zwar die Ostsee direkt vor der Nase, aber eben auch eine Düne, die den Ausblick etwas einschränkt. Dennoch ist ein Besuch der Location aufgrund der Lage und des Angebots immer einen Besuch wert, das gilt selbstverständlich auch für die anderen Restaurants und Cafés.

Welche Lokalitäten es tatsächlich an diesem Abschnitt der Ostsee zu finden gibt, können Sie im Anschluss an die Anmerkungen des Autors nachlesen. Außerdem gibt es noch Bonusmaterial.

Aber nun zum Täter: Diesmal war es kein Psychopath, sondern ein Student aus gutem Hause. Jemand, den man gewöhnlich nicht auf dem Schirm hat, wenn man nach einem Mörder sucht.

Eine solch extreme Tat ist jedoch nicht so außergewöhnlich, wie man annehmen mag. Ein Mord geschieht oft in ungewöhnlichen, dramatischen Situationen, zumeist unter dem Einfluss von Emotionen wie Wut oder Eifersucht. Und er geschieht unter dem Einfluss von Drogen wie Alkohol.

Auch wenn der Genuss von Alkohol in unserer Gesellschaft anerkannt und weit verbreitet ist, ist Alkohol eine Droge, weshalb alkoholisierte Menschen Dinge tun können, die sie im nüchternen Zustand niemals tun würden. Das Internet ist voll von solchen traurigen Beispielen.

Dennoch einmal Hand aufs Herz: Hatten Sie den richtigen Täter gleich im Verdacht?

Ich muss Ihnen etwas gestehen: Ich nicht.

Lange habe ich zwischen zwei Figuren geschwankt: zwischen Kevin und dem Koch Florian Maahsen.

Je mehr Seiten ich jedoch geschrieben hatte, desto unwahrscheinlicher wurde es, dass Kevin der Täter sein könnte, sodass der Koch bis zum Ende die Poleposition inne hatte. Aber zwei reale, schreckliche Ereignisse änderten meinen Plan.

Sicherlich haben Sie davon gelesen: Ein junger Mann tötet nach einer Party eine junge Frau mit einem Messer und macht anschließend mit seinem Handy ein Foto von ihr. Die Polizei findet dieses Foto und überführt den Täter.

Als Leser würde manch einer bei einer solchen Handlung im Roman denken, dass die Geschichte unrealistisch ist, dass kein Mörder so naiv wäre, ein Foto der Toten auf seinem Handy zu speichern. Aber Sie sehen, das Verhalten von Menschen im wahren Leben ist selten logisch und das eines Mörders noch viel weniger. Das Foto der Toten ist wie eine Trophäe für den Mörder. Er ergötzt sich daran, und indem er sich wieder und wieder an die Tat erinnert, erfährt er innere Befriedigung. Dass die Polizei ihm auf die Schliche kommen oder sein Handy konfiszieren könnte, kommt dem wahren Mörder nie in den Sinn. Aber genau dieses Sich-in-Sicherheit-Wiegen ist es, was ihn am Ende überführt.

Ein anderes Beispiel, von dem Sie womöglich gelesen haben, ist der Meistermagier Jan Rouven. Er war sehr erfolgreich in Las Vegas. Vor einigen Jahren habe ich eine Show von ihm dort besucht und war sehr von ihm beeindruckt. Seine natürliche und bodenständige Art haben mir ausgesprochen gefallen. Dass er allerdings ein Pädophiler ist, auf dessen Rechner sich tausende verstörender Bilder und Videos befanden, und dass das FBI ihn deshalb überführen konnte, hätte ich niemals für möglich gehalten. Würde man dies allerdings als Romanhandlung in einem Buch lesen, würde es sicher wieder einige geben, die eine solche Geschichte für unrealistisch halten. Sie würden argumentieren, dass ein Star wie Rouven, selbst wenn er diese Neigung hat, sicherlich nicht solche Videos und Bilder auf seinem Rechner zu Hause abgespeichert hätte. So dämlich kann er nicht sein.

War er aber. Der Schutz der eigenen vier Wände hat ihn in falscher Sicherheit gewiegt.

Was ich damit sagen möchte: Verbrecher machen Fehler. Zum Teil so leichtsinnige und dumme, dass Sie als Leser das für schier unglaublich halten würden. Aber sie werden gemacht. Denn nur wegen dieser Fehler werden sie am Ende auch verhaftet.

Ein solcher Fehler hat nun auch Thomasz Hennig überführt. Er hatte auf seinem Bildschirm ein Foto, das den Missbrauch eines Kindes zeigt. Nur durch Zufall entdeckte Mads dieses Foto und konnte ihn verhaften, auch wenn er dabei fast sein Leben verloren hätte.

Wer hätte geahnt, dass es gleich zwei Verbrechen an der Ostsee aufzuklären gäbe? Ich hoffe, dass die Überraschung gelungen ist und das Ende mit den zwei unterschiedlichen Tätern Ihnen gefallen hat.

Solche Zufallstreffer gibt es übrigens auch im wahren Leben. Googeln Sie einmal danach. Der Zufall hilft der Polizei öfter, als man glauben mag.

Nun ein paar Worte zu den neuen Nebenfiguren wie Christian Jung, dem Exfreund von Lena, Moritz, dem Junkie, und Frank Tackenberg, dem Investor. Sie können sicher sein, dass ich nicht aus purer Langeweile oder um Seiten zu füllen bestimmte Nebenfiguren im Buch erscheinen lasse. Diese Figuren werden in den nächsten Büchern noch eine größere Rolle spielen, was uns zum nächsten Punkt bringt: Lena kommt ins Leben zurück!

Ich hoffe, Ihnen ist wie mir ein Stein vom Herzen gefallen, und ich möchte ehrlich zu Ihnen sein: Dieses Ende war nicht von Anfang an klar. Ich habe lange überlegt, was ich mit Lena machen soll. Dann ist plötzlich ihr Exfreund im Krankenhaus aufgetaucht und der Rest hat sich aus einer inneren Logik heraus ergeben. Denn Lena, die Frau, die immer für Mads da war, die verständnisvoll war und eine gute Polizistin, hat einen Freund, der alles andere als das ist, was man sich von einem Partner wünscht.

Jetzt, wo sie wieder wach ist, stellen sich viele Fragen: Wird sie wieder gesund? Wie lange wird sie in die Reha müssen? Kann sie wieder bei der Polizei anfangen und vor allem, was ist mit ihrem Exfreund? Bahnt sich da eine alte neue Liebe an?

Wie werden Mads und Gustav darauf reagieren? Vor allem Mads, der Christian hasst.

Es wird sehr spannend und dramatisch, so viel steht fest.

Zu guter Letzt noch ein paar Worte zu Emma.

Ja, Emma ist zurück. Was hat sie dazu bewogen, an die Ostsee zu ziehen und den Job als Journalistin bei der Ostseezeitung anzunehmen? Immerhin hat sie an der Lübecker Bucht ihren Verlobten auf tragische Weise verloren und wurde dort selbst entführt und gefangen gehalten. Würde man da nicht dieser Gegend für immer den Rücken kehren?

Vielleicht hat sie Gefühle für Mads, weil er ihr das Leben gerettet hat. Oder sie will einen Neubeginn.

Sie sehen, es gibt noch einige offene Fragen, zu denen es jede Menge Antworten im nächsten Küstenkrimi geben wird.

Und auch im nächsten Buch werden wieder dramatische Dinge passieren. Dinge, mit denen Sie nicht rechnen und die Sie schockieren und ratlos zurücklassen werden. Aber auch Dinge, die Sie erfreuen und vielleicht zu Tränen rühren werden.

Genau so sollte ein Roman doch sein, oder?

In diesem Sinne bis zum nächsten Buch

Ihr *Salim Güler*

Wichtige reale Orte im Buch:

Roof Bar (Scharbeutz)
Bayside Hotel (Scharbeutz)
Seaside Lounge (Niendorf)
Café Wichtig (Timmendorfer Strand)
SeeHus Lifestyle Hotel (Niendorf)
Ahoi Kaffee (Niendorf)
Restaurant Oceans (Haffkrug)
Restaurant Wolkenlos (Timmendorfer Strand)
Portobello (Timmendorfer Strand)
Ostsee Therme (Timmendorfer Strand)
Restaurant Fuerstein (Niendorf)
Belvedere Hotel (Timmendorfer Strand)
Wullenwever (Restaurant Lübeck, Nobel)
Café Fitz (Timmendorfer Strand)

Olis und Alis Imbiss sind meiner Fantasie entsprungen.

Der Autor

Salim Güler, aufgewachsen in Norddeutschland, studierte in Köln Wirtschaftswissenschaften und promovierte an der TU-Chemnitz.

Schon als Schüler begann er mit dem Schreiben von selbsterfundenen Geschichten und diese Leidenschaft ließ ihn bis heute nicht los.

In seinen Romanen finden sich immer wieder gesellschaftlich aktuelle Themen, die er geschickt in eine fiktive und hochspannende Geschichte einzubetten versteht.

Seine Bücher landen regelmäßig in den Bestsellerlisten der Amazon und Bild Verkaufs-Charts. Mit mehr als 1 Million verkaufter Bücher gehört er zu den beliebtesten und erfolgreichsten Krimi- und Thriller-Autoren Deutschlands.

Güler ist sehr am Austausch mit seinen Leserinnen und Lesern interessiert und freut sich daher über jeden Kontakt, entweder über Facebook oder über seine Homepage.

Daniela Arnold

Dein Schweigen bringt den Tod

Als Fenja Marten im Krankenhaus schwer verletzt zu sich kommt und erfährt, dass sie von einem Kleinlaster angefahren wurde und beinahe gestorben wäre, ist sie vollkommen schockiert. Warum kann sie sich weder an den Unfall selbst noch an dessen Ursache erinnern? Doch während die Ärzte und auch die Polizei, ja sogar ihr Ehemann, an einen Suizidversuch glauben, ist Fenja überzeugt, dass in Wahrheit etwas anderes, wirklich Böses hinter ihrem Unfall steckt.

Taschenbuch, 256 Seiten, € 11,90 [D]
ISBN 978-3-96357-222-7

Elke Bergsma

Lebensfesseln

Hat seinetwegen ein wegen Mordes verurteilter Mann zwölf Jahren unschuldig hinter Gittern verbracht? Diese Frage treibt Hauptkommissar David Büttner um, während er gleichzeitig einen mutmaßlichen Suizid untersucht, der immer mehr wie ein Mord erscheint. Als der zuständige Staatsanwalt aber weder in diesem, noch in dem zwölf Jahre zurückliegenden Fall einen Grund sieht, Ermittlungen aufzunehmen, werden Büttner und sein Team auf eigene Faust tätig.

Taschenbuch, 276 Seiten, € 11,90 [D]
ISBN 978-3-96357-272-2